Andy Hermann

Das Geheimnis des Donnervogels

Andy Hermann

Das Geheimnis des Donnervogels

Bibliographische Information der Deutschen Nationalbibliothek:

Die Deutsche Nationalbibliothek verzeichnet diese Publikation in der Deutschen Nationalbibliographie, detaillierte bibliographische Daten sind im Internet über dnb.dnb.de abrufbar.

Verlag: BoD · Books on Demand GmbH, In de Tarpen 42, 22848 Norderstedt, bod@bod.de

Druck: Libri Plureos GmbH, Friedensallee 273, 22763 Hamburg

ISBN: 978-3-7693-5531-4

Kapitel 1

Da war ein Geräusch, das es hier nicht hätte geben dürfen. Anna Steiner schreckte von ihrem Computerbildschirm hoch. Sie sah sich in dem weitläufigen Labor des archäologischen Institutes der Universität Hamburg um.

Durch die großen Fenster war nur die dunkle Februarnacht zu sehen. Schwach reflektierte der wolkenverhangene Himmel die Lichter der Großstadt, sodass es nie wirklich ganz finster wurde.

Anna war alleine im Institut, oder dachte es zumindest bis gerade eben. Es war schon nach zehn Uhr Abend. Sie musste ihren monatlichen Zwischenbericht fertigbekommen.

Sie konzentrierte alle ihre Sinne. Draußen am Gang waren eindeutig Schritte zu hören, oder spielte ihr das Gehör einen Streich.

Sie stand auf von ihrem Arbeitsplatz und schlich zur Tür.

*

Vor drei Jahren hatte alles angefangen, da hatten sie in einer illegalen Nacht- und Nebelaktion eine uralte unterirdische Bunkeranlage neben den Pyramiden von Gizeh tief unter der Wüste entdeckt. Darin hatten sie Artefakte einer technisch hochentwickelten präägyptischen Zivilisation und viele mumifizierte Leichen gefunden.

Beinahe hätte das dem ganzen Team das Leben gekostet, denn der damalige Leiter der ägyptischen Ausgrabungen in Gizeh wollte die Entdeckung unter allen Umständen verhindern. Er ging dabei über Leichen.

Doch ein Freund ihres Vaters, der ein Security Unternehmen besaß, holte ihr Team im letzten Augenblick aus Ägypten heraus und brachte sie heim nach Berlin.

Die mitgebrachten Beweise für diese Zivilisation waren über zehntausend Jahre alt, wie mittels Radiokarbonmethode bei den gefundenen Holzstücken festgestellt werden konnte. Sie hatten sie aus Ägypten herausgeschmuggelt und waren dann in Berlin damit an die Öffentlichkeit gegangen.

Das Bild einer zehntausend Jahre alten Maschinenpistole war viral um die Welt gegangen. Weltweit hatten alle Medien darüber berichtet. Das Geschichtsbild der Menschheit wurde seither umgeschrieben.

Doch tausende Artefakte und Papyrustexte aus dem Bunker, der wohl mit der geheimen Kammer des Wissens ident war, von der schon Herodot gewusst haben soll, waren noch nicht erforscht. Bei der Datenmenge und der Fülle an Artefakten würde das noch Jahre dauern. Bei der Auswertung konnten sie täglich auf neue Überraschungen stoßen.

Frank Steiner, Annas Vater und Institutsleiter für Archäologie und Ägyptologie an der Humboldt Universität war vom Minister in Berlin persönlich zum neuen Grabungsleiter in Gizeh ernannt worden. Der ägyptische Minister für Altertümer hatte das vorgeschlagen.

Die Untersuchungen für diese riesige Menge an Artefakten waren aus Effizienzgründen auf die Universität von Kairo, die Humboldt Universität in Berlin und die Universität Hamburg aufgeteilt worden.

Hier in Hamburg arbeitete Anna als junge Anthropologin von gerade sechsundzwanzig Jahren an der Bestimmung der

Artefakte und der Entschlüsselung der Hieroglyphen mit ihrem Team von acht Personen.

Dabei wusste noch immer niemand, ob die Funde nun zur verlorenen Zivilisation von Atlantis gehörten oder nicht. Denn der Name Atlantis war bisher nirgends gefunden worden.

Auf der Universität war es einigen Leuten im Mittelbau gar nicht recht gewesen, dass Anna direkt nach dem Studium gleich als Teamleiterin einsteigen konnte. Sie hatte sich einige Feinde geschaffen, die sich übergangen fühlten. Es störte sie, dass eine so hübsche blonde großgewachsene Masterabsolventin gleich nach dem Studium in Führungsverantwortung kam. Nur weil sie bei der Entdeckung dabei war, von den Medien gehypt wurde und ihr Vater Institutsleiter in Berlin war, hatte sie den Job bekommen, meinten ihre Feinde.

Anna war seit einiger Zeit Single und hatte sich in ihren Job vergraben. Für Beziehungen war da keine Zeit mehr gewesen.

*

Anna öffnete vorsichtig die Tür zum Gang und trat in den dunklen Flur. Die Bewegungsmelder für das Ganglicht reagierten nicht. Waren sie defekt oder etwa abgeschaltet worden?

Anna bekam eine Gänsehaut. Sie zückte ihre Handy-Taschenlampe und schlich in die Richtung, aus der sie die Schritte gehört hatte.

Dort hinten war das Lager mit den noch nicht übersetzten Papyri aus dem Bunker. Die Tür stand offen und Anna sah flackernden Lichtschein von Taschenlampen.

Sie musste die Polizei rufen, das Lager hatte um diese Zeit verschlossen zu sein. Hier konnte niemand legal drinnen sein. Das waren eindeutig Einbrecher.

Sie drückte sich in eine Gangnische und wählte den Notruf. Doch der Polizist am anderen Ende war schwer von Begriff. Anna konnte nur leise zu sprechen, um nicht auf sich aufmerksam zu machen, und der Polizist verstand sie nicht. So musste sie lauter sprechen, als ihr lieb war. Endlich hatte der Typ verstanden, doch es war zu spät. Anna hörte, wie sich eilige Schritte näherten.

Sie sprintete aus ihrer Nische und rannte Richtung ihres Büros. Doch das Handydisplay leuchtete noch hell und zeigte dem Eindringling ihren Fluchtweg.

Als sie die Tür zum Labor aufriss, peitschten zwei Schüsse durch den Gang. Die Projektile schlugen knapp neben Anna in die Wand. Sie bekam eine Prise Mörtelstaub ins Gesicht.

Sie knallte die Tür hinter sich zu und fand in der Panik ihre Schlüssel nicht. Die waren in ihrer Handtasche am Arbeitsplatz und jetzt unerreichbar fern.

Sie rannte durch das ganze Labor und versteckte sich unter einem Schreibtisch. Hoffentlich würde die Polizei bald hier sein.

Sie hörte, wie der Fremde die Labor Tür aufstieß und in den Raum eindrang. In wenigen Minuten würde er sie finden.

Ihr Leben war dann keinen müden Euro mehr wert. Dieser Typ wollte anscheinend keine Zeugen.

Sie hörte, wie er sich langsam und vorsichtig zwischen den Labortischen und Schränken bewegte. Sie wagte kaum zu atmen.

Da erscholl vom Gang her eine laute Stimme und rief etwas in einer fremden Sprache, die Anna nicht verstehen konnte. Es hätte aber auch ein englischer Dialekt sein können.

Der Typ im Labor antwortete. Der andere wurde zornig und schrie etwas Unverständliches. Daraufhin trat der Typ im Labor den Rückzug an. Anna hörte, wie er wütend die Tür zuschmiss.

Plötzlich war ihre Angst verflogen und ihre Neugier siegte. Sie wollte wissen, wohin die Typen flüchteten. Damit könnte sie der Polizei helfen.

Sie schlich zurück auf den Gang und hörte, wie die Typen durchs Treppenhaus polterten. Sie schienen es sehr eilig zu haben.

Anna begann zu laufen, um den Anschluss nicht zu verlieren. Dass der Typ schon auf sie geschossen hatte, verdrängte sie einfach.

Sie sprintete die Treppe hinab. Ihr Labor lag im dritten Stock des Institutsgebäudes. Sie hörte, wie unten die Eingangstür aufgeschossen wurde. Die Typen hatten Panik und mussten auf einem anderen Weg hereingekommen sein, schlussfolgerte Anna messerscharf.

Als sie den Eingang erreichte, sah sie nur noch, wie ein schwarzer Van ohne Licht davon brauste. Sie konnte das Nummernschild nicht erkennen.

Sie rannte auf die Fahrbahn der Johns Allee, um besser sehen zu können. Doch der Van bog bei der nächsten Kreuzung nach rechts ab und war außer Sichtweite.

In dem Moment kamen von der anderen Seite zwei Streifenwagen mit Blaulicht herangebraust und legten neben ihr eine Notbremsung hin.

Sie schrie der Besatzung des ersten Wagens zu: „Dort sind sie hin, schwarzer Van, hat nur wenig Vorsprung, den kriegt ihr. Vorne rechts abbiegen, beeilt euch."

„Moment, nicht so stürmisch, junge Frau, worum geht es denn. Wir sollen hier einen Einbruch untersuchen. Haben Sie uns alarmiert?", erwiderte der Polizist während er gemütlich aus dem Streifenwagen stieg.

„Die Diebe hauen grade ab, wenn Sie sich beeilen, dann kriegen Sie die bestimmt."

„Die sind längst über alle Berge und schwarze Vans gibt's in Hamburg viele. Haben Sie vielleicht das Nummernschild lesen können?"

„Nein, die haben auf mich geschossen", rief Anna aufgebracht.

„Sie sind aber nicht verletzt, wie ich sehe."

„Muss man bei Euch erst tot sein, bevor ihr aktiv werdet?"

„Keine Beleidigungen, das verbitten wir uns. Zeigen Sie uns lieber den Tatort."

Kapitel 2 – 3 Tage später

Universitätsprofessor DDr. Frank Steiner, Grabungsleiter für Gizeh, war eben aus Kairo nach Berlin zurückgekommen.

Das Pendeln zwischen Berlin und Kairo strengte ihn mittlerweile etwas an. Er war zwar erst fünfundfünfzig und sportlich gut trainiert, aber früher war er nicht so viel geflogen, da hatte er in Ruhe forschen können. Aber nun war er berühmt und durfte die Forschung zur unbekannten zehntausend Jahre alten Hochkultur leiten. Das konnte schon Stress verursachen, besonders dann, wenn die Journalisten auf neue Sensationsfunde hofften und sein Sekretariat die Anfragen kaum mehr abwehren konnte.

*

Sie hatten damals in der unterirdischen Bunkeranlage die mumifizierten Leichen von über zweitausend Personen gefunden. Es waren fast nur Frauen und Kinder und nur wenige Dutzend Soldaten gewesen.

Die Anzahl der High Tech Artefakte war nicht sehr groß gewesen. Die Verwendung von Elektrizität war erwiesen. Es musste auch eine prähistorische Maschinenindustrie gegeben haben, denn die Bunkertore hatten elektrischen Antrieb mit Getriebe und Motor, der freigelegt werden konnte und von Archäologen und Maschinenbauern untersucht worden war.

Dabei wurde festgestellt, dass Eisen-Aluminiumlegierungen mit einem hohen Aluminiumanteil verwendet worden waren. Aluminium gibt es in der freien Natur nicht, also musste es damals schon eine Art der

Aluminiumgewinnung mittels Elektrolyse gegeben haben. Auch Titan, Wolfram und Zink waren Legierungselemente. Die Stähle waren in zehntausend Jahren faktisch nicht korrodiert.

Die gefundene Maschinenpistole war die einzige modern anmutende Waffe, die gefunden worden war. Sonst gab es noch einige Handgranaten, Taschenlampen und Dolche aus rostfreiem Stahl.

Die restlichen tausenden Artefakte waren die persönlichen Schmuckstücke und Besitztümer der Frauen und Kinder. Diese zeugten zwar von Massenfertigung, waren aber technologisch nur auf einer Kulturstufe des Europäischen Spätmittelalters, wo es auch schon Manufakturen gegeben hatte.

Der Kern der Funde waren die zehntausenden Papyri, die nicht in Rollen aufbewahrt worden waren. Da wären sie längst zerfallen. Die Blätter waren luftdicht zwischen Glasplatten aufbewahrt, so dass sie in eins A Qualität mit allen Farben und ohne Alterung vorlagen, da sie Jahrtausende lang in völliger Dunkelheit gelagert worden waren.

Dies war der unschätzbar wertvollste Fund für die Menschheit. Doch das Übersetzen war mühsam und oft unmöglich, da es sich teilweise um fremde Hieroglyphen handelte, die aus der Ägyptologie nicht bekannt waren. Manche der Texte waren mit Sicherheit nochmals verschlüsselt, was die Übersetzung abermals verkomplizierte.

Deshalb war das KIT, das Karlsruher Institut für Technology mit seinem Supercomputer mit KI-Unterstützung in die Forschung eingebunden.

*

Frank Steiner nahm am Schreibtisch im Arbeitszimmer seiner Villa in Berlin Zehlendorf Platz und loggte sich in den Server der Humboldt Universität ein. Er wollte die neuesten Notizen seines Teams lesen.

Zu seinem Bedauern musste er feststellen, dass es nicht wirklich etwas Neues gab. Die Archäologen traten auf der Stelle. Sie konnten nichts Bahnbrechendes mehr finden.

Mehrere tausend Papyri hatten sie schon übersetzt. Es waren Texte über Landwirtschaft, Anbaumethoden, Medizin und Astronomie gewesen. Es war verblüffend, wie modern die Inhalte waren. Oft war es Wissen, das die heutige Menschheit erst seit wenigen Jahrzehnten erworben hatte. Biologische Landwirtschaft und Texte über die Funktion von Mikroorganismen im Boden. Unglaublich, dass solches Wissen bereits vor über zehntausend Jahren existiert hatte.

Doch kein Hinweis auf die Lage der Hauptstadt oder auf andere Stätten dieser Zivilisation war bisher nach drei Jahren intensiver Forschung gefunden worden.

Frank Steiner loggte sich in die Papyri- und Artefakte-Datenbank ein. Darin waren alle Forschungsergebnisse der letzten drei Jahre enthalten. Sie mussten irgendetwas übersehen haben oder sie hatten die richtigen Texte noch immer nicht gefunden und entschlüsselt.

In der Datenbank waren auch die noch nicht entschlüsselten Texte in digitaler Form als Bilder gespeichert.

Frank hatte einen Verdacht. Drei Papyrustafeln waren nicht bei den anderen gewesen, sondern waren bei einer mumifizierten Frauenleiche gefunden worden. Diese hatte sich von den anderen Frauenleichen durch besonderen Schmuck unterschieden. Es könnte sich um die Kommandantin der Gizeh Anlage, um ISIS persönlich handeln, doch der finale Beweis dafür stand noch aus.

Diese drei Tafeln hatten bisher jedem Entschlüsselungsversuch widerstanden.

Frank gab die Kennnummern für diese Tafeln in das Suchfenster ein und erschrak. „Null Treffer" zeigte das System an.

Er probierte weitere Suchen in der Datenbank und immer kam die Antwort „Null Treffer".

Das konnte es nicht geben, war er in der falschen Version der Datenbank?

Er stieg neu ein und probierte es zwei, drei, viermal. Jedes Mal kam dasselbe Ergebnis „Null Treffer. Es gab keinen Zweifel mehr, die Datenbank war leer.

Es war neun Uhr Abend und Frank rief den CIO der Universität auf seiner Privatnummer an und teilte ihm den Sachverhalt mit.

Dieser scheuchte den Datenbankspezialisten seines Teams, Helmut Oberhauser aus seiner Stammkneipe, wo er gerade das Europacupspiel Bayern München gegen Real Madrid verfolgte.

Oberhauser trug sein Tablet immer bei sich und checkte die Situation. Entsetzt musste er feststellen, die Datenbank war gehackt worden und nun völlig leer.

Jetzt wurde Großalarm ausgelöst. Was konnte noch gerettet werden und was war verloren.

Dreißig Minuten später stand die Webkonferenz des Krisenteams. Netzwerkspezialisten vom Internetprovider, der IT-Security Beauftragte der Universität, der CIO und ein knappes Dutzend weiterer Experten checkten die Lage online von ihren Geräten aus und tauschten ihre Informationen via Livestream aus.

Als feststand, dass es sich um Sabotage handelte, wurden sofort die Partneruniversitäten in Hamburg und Kairo informiert. Dort wurden die IT-Verantwortlichen aus dem Bett geworfen und dazu genötigt, augenblicklich die Systeme zu checken.

Es war gegen Mitternacht, als das niederschmetternde Ergebnis feststand. Sie waren alle viel zu sorglos gewesen. Es hatte bei keiner IT-Abteilung einen vierundzwanzig Stunden Überwachungsdienst gegeben. Alle hatten sich auf die automatischen KI gesteuerten Antiviren Programme verlassen, die jeden Eindringling ins System hätte melden sollen. Diese hatten aber allesamt versagt.

An allen drei Standorten waren die Datenbanken mit den Forschungsergebnissen der letzten drei Jahre gleichzeitig gehackt worden und bis aufs letzte Bit geleert worden.

Doch es gab die Backups in der Internet Cloud. Das könne doch kein Problem sein, diese rückzusichern, dachten die Spezialisten.

Bis sie erkennen mussten, dass es in der Cloud keine Backups mehr gab. Alle Backups hatten sich in Luft aufgelöst. Die Hacker waren auch in die Cloud eingedrungen und hatten einen der riesigen weltmarktführenden Internetanbieter genauso gehackt und dort die Daten gelöscht.

Nachdem das Krisenteam die Nacht durchgearbeitet hatte, wurden Festplattenspezialisten hinzugezogen, die normalerweise in der Lage sein sollten, auch gelöschte Daten auf einer Festplatte wieder herzustellen.

Denn bei einem normalen Löschvorgang wird nur der Datenindex gelöscht, der anzeigt, wo sich die Daten auf der Festplatte befinden. Die eigentlichen Daten, die Nullen und Einsen des binären Systems, sind nach wie vor an Ort und Stelle. Sie können nur nicht mehr gefunden und gelesen werden.

Nun gibt es Spezialsoftware, die eine Festplatte analysieren kann, um aus diesem Datenfriedhof mit Hilfe von KI wieder die Originaldaten zu rekonstruieren. Dies ist machbar, solange die Festplatte nicht physisch beschädigt ist.

Das war die letzte Hoffnung aller Beteiligten.

Doch gegen Mittag stand fest, dass die Spezialsoftware keine Chance hatte, denn die Daten waren nicht nur gelöscht worden, sondern die Bereiche, wo die Daten auf den Festplatten gestanden hatten, waren von einer eingeschleusten Schadsoftware mit lauter Nullen überschrieben worden. Damit waren die Daten endgültig zerstört und nicht mehr wiederherstellbar.

Drei Jahre Arbeit von drei internationalen Teams war mit einem Schlag zerstört worden.

Kapitel 3

Anna war mit dem ICE von Hamburg nach Berlin gekommen. In ihrem Schlepptau hatte sie Julia Thorwald, Starjournalistin beim Hamburger Wochenmagazin Planet.

Julia war damals in Gizeh dabei gewesen, als sie vor drei Jahren die unterirdische Bunkeranlage in Gizeh entdeckten.

Danach hatten sie sich ineinander verliebt und waren fast ein Jahr ein Paar gewesen.

Doch der temperamentvollen Julia, klein und rothaarig, immer auf der Suche nach der großen Story war die ruhige Anthropologin Anna einfach zu langweilig gewesen.

Dazu war gekommen, dass Anna immer noch nicht wusste, wollte sie jetzt lesbisch oder hetero oder beides sein.

Die intensive Liebe zwischen ihnen hatte sich abgekühlt und war einer losen Beziehung gewichen, in der Sex keine Rolle mehr spielte. Julia wollte den Kontakt zu Anna nicht ganz verlieren. Ihr Beweggrund war aber rein beruflicher Natur. Sie wollte als Erste die neuesten Forschungsergebnisse der präägyptischen Hochkultur im Planet verkünden. Deshalb hielt sie den Kontakt zu Anna aufrecht.

Im Augenblick war auch Julia Single, da sie seit Anna keine neue Freundin gefunden hatte.

Der Hack der drei Universitätsserver war im Internet rasch viral gegangen und so hatte sich Julia sofort bei Anna gemeldet, da sie messerscharf geschlossen hatte, dass das Zentrum der Ermittlungen Berlin sein würde.

Anna war es anfangs nicht recht gewesen, doch sie wusste, wenn Julia sich etwas in den Kopf gesetzt hatte, dann war es unmöglich, sie davon abzubringen.

Jetzt saßen Anna, Frank und Helmut Oberhauser, der Datenbankspezialist der Humboldt Universität im Polizeikommissariat Berlin Mitte bei Hauptkommissar Helmut Kopetzky und schilderten die Vorfälle der vergangenen Nacht.

Julia musste mit rund zwanzig anderen Journalisten vor dem Gebäude warten und durfte nicht hinein. Ihre Beziehung zu Anna hatte ihr nicht geholfen.

Erst am Nachmittag war eine Pressekonferenz angesetzt, wo dann alle zugleich informiert würden, wie ihnen ein Polizeimitarbeiter erklärt hatte.

Anna krachte der Magen, sie hatte im Morgengrauen nur einen Kaffee getrunken, bevor sie zum ICE gestürmt war. Jetzt war es zwei Uhr Nachmittag und sie hatte noch nichts gegessen.

Hauptkommissar Kopetzky stammte aus Dresden, war Mitte Fünfzig und noch in der ehemaligen DDR sozialisiert worden. Sein Hemd spannte heftig über seinem Bauch. Sein Gesicht war gerötet, denn er ärgerte sich mächtig, weil er mit dem Fall betraut worden war. Sein Englisch war grottenschlecht, dabei würde er auch mit den Ägyptern der Universität Kairo Kontakt pflegen müssen, was ihm gar nicht behagte.

Warum war für den Fall nicht Hamburg zuständig, wo doch der erste Einbruch dort stattgefunden hatte? Kopetzky verstand die Welt nicht. Er hätte gerne bis zu seiner Pensionierung eine ruhige Kugel geschoben.

Wenn da nicht heute Früh der Berliner Innensenator persönlich am Telefon gewesen wäre und ihm mit dem Fall betraut hätte. Das war absolut unüblich.

Dann hatte der Innensenator noch etwas von der Gründung einer länderübergreifenden SOKO erklärt, die Kopetzky leiten solle. Irgendetwas konnte hier nicht stimmen, ahnte Kopetzky. Er ärgerte sich, weil er nur ein kleines Rädchen war, in einem für ihn undurchschaubaren Getriebe.

Er dachte: „Warum haben die in Hamburg nicht anständig reagiert, als der Einbruch vor drei Tagen stattgefunden hat, wo sie diese Anna Steiner fast erschossen haben? Jetzt drehen oben plötzlich alle durch, nur weil ein paar Computer die Daten verloren haben. Jetzt schicken sie mich ins Feuer, wo ich doch von IT keine Ahnung habe."

Professor Steiner verlor langsam die Nerven: „Jetzt sitzen wir hier seit fast zwei Stunden und erklären Ihnen, was passiert ist. Unsere Forschungsergebnisse dreier Jahre sind unwiederbringlich zerstört worden. Und Sie haben anscheinend keine Ahnung, was zu geschehen hat. Sie löchern uns mit Fragen, die keine Relevanz haben. Ich sage Ihnen, da waren Profis am Werk. Zuerst brechen sie in Hamburg ein und stehlen etwas. Wir wissen nicht einmal, was sie gestohlen haben, oder ob sie überhaupt etwas gestohlen haben. Denn die Datenbanken, die uns das zeigen könnten, sind plötzlich leer.

Wenn ich nicht bis gestern in Kairo gewesen wäre, hätte ich das schneller checken können."

Ein vorwurfsvoller Blick traf dabei Anna, weil sie genau diese Recherche nicht durchgeführt hatte.

„Die Polizei in Hamburg hat gar nichts gemacht, außer ein Protokoll aufzunehmen. Das ist ein Skandal sondergleichen. Ich habe gute Lust, damit an die Presse zu gehen und das Verhalten der Polizei anzuprangern", redete sich Professor Steiner in Rage.

Hauptkommissar Kopetzky schlug wütend mit der Faust auf den Besprechungstisch und rief: „Schluss jetzt, die Polizei kann nichts dafür, wenn Sie auf ihr altes Gerümpel nicht besser aufpassen können. Wieso liegen diese alten Dinger in Hamburg einfach in einem normalen ungesicherten Lagerraum, wenn sie angeblich so wertvoll sind? Wieso kann ihre IT ihre ach so wertvollen Daten nicht schützen? Von Ihrer Unfähigkeit abzulenken und die Polizei zu beschuldigen, das ist billig, das lasse ich mir nicht bieten. Die Besprechung ist beendet."

Die nachfolgende Pressekonferenz geriet vollends zum Fiasko.

Nach wenigen Fragen hatten die Journalisten Professor Steiner und Hauptkommissar Kopetzky völlig aufgeblättert und die Schlagzeilen der großen deutschen Medien lauteten: „Schwere Sicherheitsmängel an der Universitäts-IT in ganz Deutschland", „Polizei ohne IT-Kompetenz", „Für die Menschheit unersetzliche Artefakte gestohlen". Polizei und Universität wurden von den Journalisten in der Luft zerrissen. Alle Schlagzeilen waren nur Minuten nach der

Pressekonferenz online zu lesen und wurden hunderttausende Male geklickt.

Anna hatte sich mit Julia nach der Pressekonferenz einen heftigen Streit geliefert, weil Julia bei der Pressekonferenz ihren Vater nicht unterstützt hatte. Sie hatte gar keine Fragen gestellt, sondern war still im Hintergrund geblieben.

Julia hatte daraufhin den ICE zurück nach Hamburg genommen, doch dann lautete die Schlagzeile des Hamburger Planet anders als die übrigen Headlines: „Wer will verhindern, dass die Geschichte der Menschheit neu geschrieben wird?"

Kapitel 4

Abends saß Professor Steiner in seiner Villa in Berlin Zehlendorf mit seiner Tochter und seiner Frau Elisabeth beim Abendessen und blies Trübsal.

„Meine Karriere ist im Arsch, dabei kann ich am wenigsten dafür, denn für die Sicherheit waren andere zuständig. Aber man wird mir das alles anhängen und das Projekt womöglich einstellen. Ich bin dann das Bauernopfer für eine völlig unfähige Verwaltung. Dabei weiß ich doch den wahren Grund. Die Universitäten haben zu wenig Geld, um eine wirkungsvolle Security betreiben zu können."

„Reg dich nicht auf", erklärte seine Frau Elisabeth, die von Archäologie keine Ahnung hatte, sondern sich als High Society Dame lieber in bester Gesellschaft herumtrieb. „Du bist immer noch der Entdecker des ganzen Schatzes und das meiste ist doch noch vorhanden, auch wenn ein paar Dinge von irgendwelchen Sammlern gestohlen worden sein sollten."

Da rief Anna dazwischen: „Mama, du hast wirklich keine Ahnung, alles was wir übersetzt haben, ist weg. Die Motivation ist draußen, keiner im Team wird wieder bei null anfangen wollen. Alle Fotos, alle Dokumentationen, alle Forschungsergebnisse, alles ist gelöscht und überschrieben worden. Auf der Geschichte der Menschheit lastet anscheinend ein Fluch. Sie soll nicht umgeschrieben werden. Das bringt uns allen nur Unglück."

„Seit wann ist meine Tochter abergläubisch", seufzte Frank. „Hier waren echte Profis am Werk. Oberhauser hat mir gesagt, was sie in der IT herausgefunden haben. Bevor die Daten gelöscht wurden, wurden sie abgesaugt und irgendwohin kopiert. Das konnten die Forensiker inzwischen einwandfrei feststellen.

Jemand will die Daten selbst auswerten und uns gleichzeitig daran hindern, dass wir damit arbeiten."

„Wer sollte das bitte sein, eine andere Universität?", warf Anna ein. „Das macht doch keinen Sinn, denn keiner, der die Daten hat, kann die Ergebnisse publizieren, da er sich damit verraten würde."

Der Professor seufzte abermals und meinte: „Vermutlich bin ich schuld an dem ganzen Desaster. Denn du weißt nicht alles. Es gibt ein Geheimnis, das ich hier nicht sagen kann."

Elisabeth spitzte die Ohren und meinte: „Vielleicht können wir dir helfen, wenn du es uns verrätst."

„Nein, meine Liebe, es würde dich nur belasten, es hat nichts mit uns zu tun. Ich darf es euch nicht sagen."

„Gut, dann eben nicht", schmollte Elisabeth und ging ins Wohnzimmer zum TV-Gerät, während das Dienstmädchen die Reste des Abendessens wegräumte.

Anna sah ihren Vater fragend an und sagte nichts.

Dieser murmelte leise: „Komm mit" und ging in Richtung Arbeitszimmer. Anna folgte unauffällig, so dass die Mutter im Wohnzimmer nichts mitbekam.

Frank schloss leise die Tür zum Arbeitszimmer und sie nahmen in der kleinen Polstersitzgarnitur Platz, die vor der großen Bücherwand stand.

Frank begann mit leiser Stimme: „Ich hätte dich schon früher ins Vertrauen ziehen sollen, doch die Ägypter hatten von mir verlangt, zu schweigen. Niemand sollte erfahren, worum es wirklich geht.

Du erinnerst dich an den großen Galaempfang in der Hamburger Elbphilharmonie vor drei Jahren, wo die Entdeckung der präägyptischen Zivilisation offiziell der Welt vorgestellt wurde und wir alle groß gefeiert wurden."

„Wie könnte ich das je vergessen", warf Anna ein. „Einer der schönsten Tage meines Lebens", sagte sie und musste dabei an Julia denken, wie sie Hand in Hand als Paar dort gestanden hatten.

„Nach dem offiziellen Teil wurde ich von zwei Ägyptern mit einer Waffe bedroht und im darauffolgenden Gespräch haben sie mich überredet, mit ihnen zusammenzuarbeiten."

„Und das erfahre ich erst jetzt!", entfuhr es Anna.

„Du weißt nicht, was mir die Ägypter gesagt haben. Sie sind Teil der Organisation TOTH, zu der ich seit damals auch gehöre. Daher die Geheimhaltung."

„Mein Vater Mitglied in einer Geheimorganisation, ich pack es nicht."

„Die Aufgabe von TOTH ist, die Menschheit vor sich selbst zu beschützen. Nicht mehr und nicht weniger. TOTH hat Jahrtausende lang erfolgreich verhindert, dass die Bunkeranlage beziehungsweise die Kammer des Wissens von der Menschheit entdeckt wurde. Bis ich gekommen bin und das verdammte Papyrus mit dem Testament der ISIS gekauft habe.

Dabei wollten die TOTH-Leute nur, dass ich das Papyrus außer Landes schmuggle und ihnen dann wieder zurückgebe. Sie wussten nicht, dass ich in Berlin Ägyptologie-Professor bin und Papyri lesen kann. Hätte ich ihnen die Blätter doch bloß zurückgegeben, wie sie es verlangt hatten. Doch nein, ich wollte unbedingt wissen, was da drin stand. Mein Ehrgeiz war geweckt und es war dann auch die größte Entdeckung meines Lebens."

„Ja, weil Fabian Kuntner am KIT die Übersetzung hinbekommen hat und wir die Kammer des Wissens ohne dein Einverständnis und ohne dein Beisein wirklich gefunden haben", warf Anna ein.

„Als ihr gerade nach Ägypten aufgebrochen wart, du, Fabian und Julia, da hattet ihr keine Ahnung, dass meine Villa hier gerade in die Luft gesprengt worden ist und ich von Unbekannten mit Maschinenpistolen quer durch Berlin gejagt worden bin.

Wenn Hans Bäumlers Security Leute mich nicht gerettet und nach Dresden verfrachtet hätten, wäre ich längst tot. Das war der Grund, warum ich damals die Aktion abbrechen wollte."

„Paps, die Geschichte kenne ich längst. Dein Vorgänger als Grabungsleiter von Gizeh ging über Leichen, weil er nicht wollte, dass die Geschichte Ägyptens umgeschrieben wird. Aber der Typ ist doch längst tot. Wo ist das Problem?"

„Der Typ hat bei seinen eigenen illegalen Grabungen die Papyri mit dem Testament der ISIS gefunden und die TOTH-Leute haben es ihm abgenommen und mich benutzt, die Blätter außer Landes zu bringen, damit er keinen Zugriff darauf hat. Denn sie fürchteten, dass auf den Blättern echtes Geheimwissen enthalten sein könnte."

„Das hat doch gestimmt, es war der Zugang zur geheimen Kammer des Wissens auf den Blättern enthalten", unterbrach Anna.

„Ja, aber der verdammte Mist ist, dass wir jetzt zehntausende Papyri in unserem Besitz haben, die zwischen luftdicht verschlossenen Glasplatten bestens erhalten sind. Wir haben erst einen Bruchteil übersetzt und mein TOTH-Job besteht darin, sicherzustellen, dass das echte Geheimwissen nicht gefunden wird, da es uns alle vernichten würde. Denn dieses Wissen hat damals vor mehr als zehntauend Jahren Atlantis von der Erdoberfläche verschwinden lassen.

Die Menschen waren damals nicht reif genug, mit diesem Wissen umzugehen, und sie sind es auch heute nicht."

„Du sprichst in Rätseln, heute haben wir Atomwaffen und können damit umgehen. Wenn das Testament der ISIS stimmt, dann hatten sie damals auch schon Atomwaffen und haben sie auch eingesetzt. Aber Gizeh wurde nicht durch Atomwaffen zerstört, die Pyramiden weisen keine Strahlungsreste auf."

„Es gibt schlimmere Waffen als Atomwaffen", fuhr Frank fort.

„Die TOTH-Leute sprachen von Antigravitation und Antimateriewaffen. Damit kannst du alles auslöschen, was aus Materie besteht und das darf nie in die falschen Hände gelangen. Deshalb bin ich auf den Deal mit TOTH eingegangen."

„Aber keine der bisherigen Übersetzungen hat doch einen Hinweis darauf ergeben", widersprach Anna. „Da war es doch immer nur um Landwirtschaft, Medizin und Astronomie gegangen. Nach dem bisherigen Stand der Übersetzungen waren diese Atlantiden entwicklungsgeschichtlich irgendwo zwischen europäischem Mittelalter und der Gegenwart angesiedelt. Maschinenpistolen und Elektrizität gibt es bei uns auch erst seit knapp mehr als hundert Jahren. Mehr an High Tech wurde doch nicht gefunden.

Kann es nicht sein, dass das ganze nur eine Erfindung ist, um allzu Neugierige von der Erforschung von Atlantis abzuhalten."

„Schön wäre es, aber warum gibt es dann Leute, die unsere Ergebnisse stehlen und unsere Datenbanken löschen."

„Wir sind jetzt ausgeschaltet, was die Forschung betrifft. Wenn es keine weiteren Finanzmittel geben wird, und davon gehe ich nach den jüngsten Ereignissen aus, kommen die nicht übersetzten Papyri wieder in einen Tresor für die nächsten zehntausend Jahre und sind niemandem zugänglich", erklärte Frank.

„Paps, hast du von Technik wirklich keine Ahnung? Wir haben doch in den Datenbanken auch alle Bilder der noch nicht übersetzten Papyri drin. Die hat jetzt jemand, der sie zwar nicht lesen kann, der aber alles daransetzen wird, sie mit Hilfe von künstlicher Intelligenz zu entziffern.

Wenn den Leuten das gelingt, können sie womöglich eine solche Waffe nachbauen und die Weltherrschaft an sich reißen."

Frank wurde blass. „Du hast recht, die Daten sind in den falschen Händen, was sollen wir bloß machen, die Gefahr für die Menschheit ist riesig und ich bin schuld daran. Wir können nur hoffen, dass denen die Übersetzung nicht gelingt oder dass alles doch bloß ein Märchen war."

Kapitel 5

Annas Smartphone gab einen penetranten Ton von sich. „Fabian", dachte Anna sofort, denn sie hatte einen eigenen Klingelton für Fabian eingespeichert, den sie seit dem Ende ihrer Beziehung immer noch nicht gelöscht hatte. Denn Fabian rief eigentlich nie an. Was wollte er jetzt?

Als Anna das Gespräch annahm, sprudelte es aus einem völlig euphorischen Fabian nur so heraus. Anna verstand die Hälfte nicht, da Fabian so schnell redete.

Frank brummte: „Was will denn der jetzt noch, das Projekt ist tot, und wir vielleicht auch bald."

„Moment, Moment, langsam, ich schalte auf Lautsprecher, Paps sitzt neben mir, wir sind grad sehr deprimiert wegen unserem Projekt", unterbrach Anna den Redefluss von Fabian.

Frank warf ihr einen strengen Blick zu und legte den Finger auf seine Lippen. Anna verstand und nickte. Sie würde Fabian nichts über TOTH erzählen.

Fabian Kuntner war inzwischen zum Projektleiter am KIT, dem Karlsruhe Institut für Technologie, aufgerückt und überwachte unter anderem die KI-Übersetzungssoftware für die Hieroglyphen. Alle Übersetzungen waren am KIT erfolgt. Dummerweise hatte der Professor drauf bestanden, dass es am KIT keine Backups gab, sondern alles auf die Universitätsserver verschoben worden war. Dies hatte Frank mit dem Hintergedanken an TOTH und an die nötige Geheimhaltung veranlasst. Jetzt könnte er sich dafür ohrfeigen. Wobei die Hacker vermutlich auch das KIT gehackt hätten und auch dort die Daten gelöscht hätten, wenn es dort welche gegeben hätte.

Doch nun hatte Fabian auf Bildschirmtelefon umgeschaltet und Anna konnte sehen, dass neben ihm noch jemand saß. Eine hässliche Rothaarige mit Sommersprossen, viel zu großer Nase und einer Computerbrille. Ihre ungepflegten Haare hingen wirr über ihre Stirn.

Fabian hatte den Arm um sie gelegt und sagte: „Darf ich vorstellen, Tina Ohlsen, unsere Rettung und seit kurzem meine Freundin. Wir haben uns beim letzten Institutsfest kennen gelernt und dann ist da mehr draus geworden." Bei diesen Worten grinste er schelmisch. Anna gab es einen Stich.

Sie hatte Fabian einmal geliebt, doch dann war sie in Ägypten Julia nähergekommen. Fabian hatte sich in dem Tunnelsystem als echter Feigling und Angsthase erwiesen und Julia hatte die Heldin gegeben. So war die Beziehung zwischen ihnen zerbrochen.

Doch war das jetzt der gleiche Fabian, wie vor drei Jahren, als Anna sein Bild am Smartphone betrachtete. Groß und dünn, aber jetzt vor Selbstbewusstsein strotzend, wirkte er auf sie ganz anders als früher.

„Jetzt hat er wieder eine Freundin", musste Anna denken und verscheuchte ihre aufkommende Eifersucht und aktivierte stattdessen die Kamera des Smartphones, so dass sie und ihr Vater für Fabian und Tina sichtbar wurden.

„Ich lass das Tina erklären, denn sie hat es gemacht", rief Fabian quietschvergnügt und drückte Tina fester an sich.

Tina legte auch sogleich mit schwedischem Akzent los. Schließlich stammte sie aus Uppsala, der tiefen schwedischen Provinz.

„Als mir Fabian erzählt hat, wie euch die Ägypter damals vor drei Jahren beinahe umgebracht hätten, war mir klar, dass ihr ein Security Problem habt. Das war vor vier Monaten. Ich bin in euer Projekt nur am Rande involviert, mein Spezialgebiet ist die IT-Security und die Kryptographie. Deshalb hat mich Fabian bei ein paar besonders unlösbaren Textstellen kontaktiert und so haben wir uns kennengelernt."

Sie warf Fabian einen liebevollen Blick zu.

„Ihr wart viel zu sorglos mit dem Vermächtnis dieser alten Zivilisation, und daher dachte ich mir, ich baue euch ein weiteres Backup, das aber niemand kennt. Denn nur was niemand kennt, ist auch sicher.

Daher habe ich schon längst vor diesen Typen eure schlecht gesicherten Universitätsserver gehackt. Es war wirklich ein Kinderspiel, dort reinzukommen. Dann habe ich über ein Backdoor eine automatische Absaugung der Daten eingebaut und diese auf einen Server im Darknet umgeleitet, der normalerweise für illegale Kryptowährungen verwendet wird. Dort ein paar Terabyte Speicherplatz abzuzweigen ist niemandem aufgefallen.

Langer Rede kurzer Sinn, alle eure Daten sind sicher vorhanden. Ihr könnt sie wieder haben, mit Datenstand von vorgestern."

Dem Professor stand der Mund offen, er wusste nicht, was er sagen sollte, als Tina fortfuhr: „Aber an eurer Stelle würde ich das nicht laut verkünden, denn dann sind die Daten bald wieder weg, wenn ihr eure Sicherheitslecks nicht stopfen könnt. Ihr wisst nicht, wer eure Gegner sind."

Anna hatte sich wieder gefangen: „Wir wissen gar nicht, wie wir euch danken sollen, dir Tina ganz im Besonderen. Aber wenn wir jetzt weiterarbeiten, dann fällt das doch auf. Dann wissen doch alle, dass die Daten wieder da sind."

Da schaltete sich Fabian ein: „Es sind auch alle Fotos wieder da, ihr könnt herausfinden, was in Hamburg gestohlen worden ist, dann haben wir eine Idee, worum es den Gangstern wirklich geht."

„Gute Idee," meinte Tina, „denn ich vermute, ihr habt ein Virus in eurem System, mit dessen Hilfe die Typen genau mitverfolgen können, was ihr gerade macht. Sie haben euch drei Jahre lang in Ruhe arbeiten lassen, und jetzt plötzlich schlagen sie zu. Denkt doch einmal nach, was ihr in der letzten Zeit an neuen Erkenntnissen gewonnen habt. Vielleicht gibt es da einen Hinweis."

Der Professor erklärte resigniert: „Wie sollen wir das am Universitätsserver hinbekommen, wenn der Feind schon im System ist und unsere IT-Security keine Ahnung hat, wie sie das Problem lösen soll. Die Gegenseite weiß dann doch alles, was wir unternehmen."

„Ist der Darknet Server wirklich sicher?", wollte Anna von Tina wissen.

„Absolut, denn etliche Leute vom KIT verwenden ihn für nicht ganz offizielle Aktivitäten, sozusagen für kleine Nebenjobs, die oft sehr gut bezahlt werden.

Wir sind daher gezwungen, die Security auf Geheimdienstniveau zu halten. Einige Exagenten arbeiten für uns. Aber keine Sorge, das sind Amerikaner, die auf die USA nicht gut zu sprechen sind, da sie von den US-Diensten nur ausgenützt worden sind.

Dem Professor schauderte es: „Wo bin ich hier hin geraten, ich will mit Geheimdiensten nichts zu tun haben."

„Paps, denk an unser Gespräch von vorhin und deine Rolle im Projekt. Du steckst mittendrin und das kannst du auch nicht mehr ändern", erinnerte ihn Anna mit einem strafenden Seitenblick.

Vor dem geistigen Auge des Professors erschien sein eigenes Begräbnis, wie der Innensenator eine verlogene Grabrede hielt und ihn lobte, weil er im Dienste der Archäologie leider sein Leben lassen musste.

Tina war da praktischer veranlagt und erklärte: „Wir holen die Daten zurück auf den KIT-Server und sehen, was wir analysieren können. Dann sehen wir weiter. Ihr müsst ein paar Tage ohne eure Daten auskommen, schafft ihr das?"

„Das werden wir wohl müssen", erklärte Anna. „Schickt uns nur die Inventarliste für Hamburg, dann können wir feststellen, was eigentlich gestohlen worden ist."

Kapitel 6 – 1 Woche später

Anna lehnt sich erschöpft in ihrem Drehstuhl zurück. Es war eine harte Woche gewesen, sie hatte zusammen mit zwei vertrauenswürdigen Assistenten die von Fabian erhaltene Inventarliste abgearbeitet.

Die Assistenten hatten vorher eine Geheimhaltungserklärung unterzeichnen müssen, die ihnen untersagte, irgendjemandem mittzuteilen, dass die Daten wieder verfügbar waren.

Sie hatten sich im Papyrusarchiv drei provisorische Arbeitsplätze eingerichtet und arbeiteten dort mit Notebooks ohne WLAN und ohne Internetverbindung. Sie hatten die Inventarlisten offline auf den Geräten installiert und arbeiteten mit EXCEL Tabellen, um keine Datenbankspuren zu hinterlassen.

Dadurch ging alles entsprechend langsamer und ihre Arbeitstage hatten plötzlich sechzehn Stunden.

Doch Anna wollte nicht weitere Leute ins Vertrauen ziehen, da ihr das Risiko einer undichten Stelle zu groß geworden war.

Jetzt aber waren sie im Schnellverfahren durch und hatten herausgefunden, was die Einbrecher gestohlen hatten.

Es waren bloß drei bestimmte Blätter gewesen. Wenn sie das Backup von Tina nicht gehabt hätten, würde niemand je herausfinden können, was genau verschwunden war.

Doch nun hatte Anna die Texte der drei Blätter auf ihrem Notebookbildschirm. Sie freute sich, denn es handelte sich um zwei bereits übersetzte Texte, nur das dritte Blatt war noch ausständig.

Gleichzeitig bestätigte dies den Verdacht, dass die ganze Zeit von Dritten im System der Universität mitgelesen worden war. Die Hacker mussten von Anfang an ins System eingedrungen sein und hatten nur auf entscheidende Informationen gewartet.

Aber was sollten das für entscheidende Informationen sein, die auf den Blättern enthalten waren. Anna las sich die Texte durch und konnte nichts finden, was einen Diebstahl rechtfertigen würde. Oder übersah sie Entscheidendes.

Ihren beiden Assistenten hatte sie gedankt und ihnen eine Bonuszahlung für den nächsten Gehaltszettel versprochen. Dann hatte sie die beiden nach Hause geschickt.

Es war wieder einmal spät geworden. Ihr Smartphone zeigte zweiundzwanzig Uhr. Sie war alleine im Institut.

Doch heute hatte sie eine Glock Neunmillimeter Pistole in ihrer Handtasche, die sie ständig bei sich trug, auch wenn sie nur zum Getränkeautomaten ging.

Sie rief Fabian via WhatsApp an und baute eine verschlüsselte Videokonferenz auf, um ihm von dem Ergebnis zu berichten.

Es irritierte sie immer noch, dass auch Tina in Fabians Wohnung war, noch dazu nur in Unterwäsche.

„Ich hoffe, ich störe nicht", begann Anna das Gespräch.

„Keineswegs, was gibt es so Wichtiges, dass du mitten in der Nacht anrufst", log Fabian.

Tina seufzte sichtbar im Hintergrund.

„Wir haben die gestohlenen Texte identifiziert", flötete Anna ins Telefon.

„Hat das nicht bis Morgen Zeit?", mischte sich Tina ins Gespräch.

„Ich vermute, dass die Texte doppelt verschlüsselt sind", erklärte Anna, „da werden wir wahrscheinlich eure Hilfe brauchen. Denn wir haben bereits eine Übersetzung vom KIT, aber die gibt irgendwie keinen Sinn. Da muss mehr dahinterstecken, als auf den ersten Blick zu sehen ist."

„Das ist aber eine längere Geschichte", warf Fabian ein, „das schaffen wir heute Abend sicher nicht mehr."

„Lass gut sein Fabian, sie gibt ja doch keine Ruhe und jetzt bin ich neugierig", ließ Tina plötzlich verlauten. „Ich ziehe mir nur schnell etwas über. Dann reden wir über die Texte."

Jetzt war es an Fabian, verstimmt zu sein: „Anna, den heutigen Abend hatte ich mir eigentlich anders vorgestellt", grummelte er ins Telefon.

„Ich habe jetzt eine Woche mit meinem Team jeden Tag bis in die Nacht durchgearbeitet, da kannst du auch ein wenig auf dein Vergnügen verzichten, das ist nur fair", platzte Anna heraus, die sich ihre Eifersucht auf Tina nicht eingestehen wollte. Es ärgerte sie, dass so ein weiblicher Nerd, so eine Vogelscheuche, ihre Nachfolgerin bei Fabian sein konnte.

Fabian hatte sich in den letzten Jahren zu einem sehr gut aussehenden muskulösen Mann entwickelt, der gerade die Dreißig erreicht hatte. Als er noch mit Anna zusammen war, hatte er viel mehr verweichlicht und schwächlich gewirkt. Jetzt war er nicht wiederzuerkennen, was Anna zusätzlich ärgerte. Schließlich war sie es, die ihn verlassen hatte wegen ihrer äußerst erotischen Beziehung zu Julia, die dann nach zwei Jahren in die Brüche gegangen war.

Seither war Anna Single und kam mit ihrer Situation nicht so gut zurecht. Sie dachte immer, dass Fabian auch Single sei und es eventuell eine zweite Chance für sie gäbe. Doch jetzt war Tina aufgetaucht und die Idee einer Versöhnung mit Fabian war wie eine Seifenblase zerplatzt.

Tina erschien angezogen wieder im Bild und erklärte: „Also was steht in den Texten jetzt drin, spann uns nicht auf die Folter."

Anna wedelte mit einem Papyrusblatt herum und begann vorzulesen.

„Im Auftrag und Befolgung der Befehle von Marschall Thot ist diese Anleitung zur Nestpflege zu verstehen und zu lesen.

Die Nester sind mit allem Nötigen auszustatten und immer warm zu halten. Den Dienern der Nester ist in allen Belangen zu gehorchen und das Futter für die Donnervögel ist unter allen Umständen bereitzustellen.

Probleme bei der Futterbeschaffung sind so rechtzeitig zu melden, dass Lieferungen von anderen Nestern umgeleitet werden können.

Den Anweisungen der Dompteure der Donnervögel ist durch die Diener der Nester immer Folge zu leisten.

Kein Nest darf unbewacht bleiben und niemand ist befugt, die Orte der Nester bekannt zu geben.

Die Vogelpflege umfasst alle Gelenke, Flügel und Krallen. Diese müssen immer beweglich und stabil bleiben. Aber am wichtigsten ist die Aufrechterhaltung der Verbindung des Vogels zur göttlichen Kraft, die in seinen Kristallen gespeichert ist. Sollte diese Verbindung verloren gehen, stirbt der Donnervogel und kann nicht mehr zum Leben erweckt werden.

Zum Schluss ein Aufruf an alle Nichtswürdigen. Wollt ihr aufsteigen und nach langen Lehrjahren zu den Weihen eines Dompteurs der Donnervögel gelangen? Dann meldet euch bei einem der Stützpunkte von Marschall Thot und legt eure Fähigkeiten dar. Als Donnervogeldompteur könnt Ihr Würde und göttliches Ansehen gewinnen. Die Stützpunktkarten weisen euch den Weg. "

„Da stehen doch keinerlei neue Informationen drin", rief Fabian enttäuschst aus.

„Mit den Donnervögeln sind die alten Düsenflieger gemeint, das wissen wir doch längst, aber niemand hat irgendeine Spur von denen je gefunden. Die Nester sind vermutlich die Fliegerhorste. Komisch, dass zehntausend

Jahre später immer noch von Fliegerhorsten die Rede ist, wenn Flugplätze für Militärjets gemeint sind."

„Das soll der ganze Text sein", meinte Tina trocken. „Du hast doch noch mehr Blätter.

„Der Hinweis auf die göttliche Kraft, die in den Kristallen gespeichert ist, den hatten wir noch nirgendwo gefunden", erklärte Anna, die um die Geheimnisse von TOTH wusste, dies aber den anderen nicht sagen durfte.

„Ich wüsste nicht, wie wir hier mit einer weiteren Entschlüsselung beginnen könnten. Für mich sind das Überschriften ohne zugehörigen Text", erklärte Tina.

„Am zweiten Blatt steht auch nicht viel mehr, das spare ich euch jetzt", erklärte Anna.

„Am dritten Blatt aber sind eure Übersetzungsversuche bisher schon dreimal gescheitert. Es ist nur eines sicher, die drei Blätter gehören zusammen. Sie wurden auch gemeinsam gefunden. Alle drei haben in der rechten oberen Ecke die gleiche Hieroglyphe als Kennung. Wir haben oft solche Kennungen bei zusammengehörigen Blättern gefunden. Die Kennung dieser Blätter ist der Ibis. Dieser Vogel ist das Symbol des ägyptischen Gottes Toth.

Nach der ägyptischen Mythologie ist Toth Gott des Schreibens, der Rechenkunst und des Wissens. Er soll den Menschen die Sprache und Schrift geschenkt haben und ist Schutzgottheit von Archiven und Bibliotheken, wie dem „Haus des Lebens", wo das Wissen der Ägypter aufbewahrt wurde.

Er soll Urheber von allerlei Schriften sein, z.B. Verträgen, Gesetzen, dem Totenbuch, bestimmten Ritualen und Zaubersprüchen, die selbst andere Götter nicht wussten. Das gab ihm eine ungeheure Macht. Da die Ärzte der Ägypter gerne auf Zauber zurückgriffen, war Thoth auch der Patron der Heiler.

Durch seine große Zauberkraft sollen Thots Worte Götter, Menschen und Dinge erschaffen haben.

Aber durch das Testament der ISIS wissen wir, dass Toth kein Gott war, sondern Oberkommandierender der präägyptischen Streitkräfte im Raum Griechenland, zu dem auch die Provinz Ägypten gehörte. Sein Hauptquartier lag irgendwo in den Bergen des Olymp und konnte bisher trotz intensivster Suche nicht gefunden werden."

„Habe ich das Blatt auch schon gesehen?", wollte Tina wissen.

„Keine Ahnung", erklärte Anna und hielt das Blatt in die Kamera ihres Smartphones.

„Das ist zu klein, da kann ich doch nichts erkennen. Mach ein Foto und schick es uns, dann starte ich noch einen Versuch."

„Dann ist unser kuscheliger Abend endgültig Geschichte", ärgerte sich Fabian.

„Ich liebe dich, auch wenn du dich ärgerst." Tina sah ihn erwartungsvoll an.

„Ich lade das Bild in den KIT-Rechner und starte das Tool. Das dauert zehn Minuten und danach haben wir ganz viel Zeit für uns", flötete sie.

Fabian musste grinsen, so sah die Sache gleich anders aus.

Anna musste zusehen, wie die beiden sich verliebt ansahen, während sie das Bild des Papyrus übermittelte.

Tina klappte ihr Notebook auf und warf einen Blick auf das Blatt und die Texte der beiden anderen Blätter und meinte: „Nein, die kenne ich sicher noch nicht, bei dem Projektteil war ich nicht involviert. Aber ich habe eine Idee. Im Text ist doch von einer Stützpunktkarte die Rede. Was ist, wenn der dritte Text die Karte ist."

„Tina, ich glaub, das ist Unsinn", warf Fabian ein. „Ich habe mich mit den Hieroglyphen schon länger beschäftigt. Aus Hieroglyphen kann nie eine Landkarte werden. Die muss gezeichnet werden, sonst geht das nicht."

„Lieber Fabian, denk doch einmal so, wie eine KI denken würde, falls du das kannst", spottete Tina. „Schon mal an Koordinatensysteme gedacht. Da schau her, hier sind mir viel zu viele einzelne Striche und Punkte auf dem Blatt. Die Hieroglyphen dazwischen sind vielleicht die Namen der Koordinatenpunkte. Da braucht es jetzt nur mehr das richtige Koordinatensystem, in das die Koordinatenpunkte hineinpassen. Auf diese Idee seid ihr noch nicht gekommen."

Fabian staunte und erklärte daraufhin: „Dann laden wir die alten Landkarten, die wir haben, auch noch in die KI und erklären, wonach sie suchen soll."

„Vergesst dabei nicht, dass die Küstenlinien vor zwölftausend Jahren andere waren als heute. Der Meeresspiegel ist um mehr als hundertzwanzig Meter angestiegen, seit dem Ende der letzten Eiszeit", warf Anna jetzt ein.

„Dazu müssen wir morgen ins Institut", erklärte Tina mit einem Lächeln, „und daher haben wir heute frei."

Sie legte zärtlich ihren Arm um Fabian und beendete die Webkonferenz mit Anna.

Kapitel 7 – 2 Tage später

Universitätsprofessorin DDr. Stefanie Rubinstein war eine viel beschäftigte Person. Als Managerin und Professorin leitete sie das Institut für KI am KIT. Die Entdeckungen von Anna und Fabian hatten auch sie berühmt gemacht, da sie die Chefin von Fabian war und damit ihr Institut groß in die Presse gekommen war. „KI hilft die menschliche Geschichte neu zu schreiben", „Ohne KI keine Archäologie mehr möglich", waren einige der Schlagzeilen von vor drei Jahren gewesen.

Es war Freitagabend, fast alle hatten das Institut schon verlassen und sie hatte endlich Zeit gefunden, sich von Fabian die Ereignisse der letzten Tage berichten zu lassen.

Fabian war inzwischen zu ihrem Stellvertreter ernannt worden und konnte es sich leisten, lässig in der Sitzgarnitur zu lümmeln, die im großen Büro der Chefin an der Fensterfront stand. Rubinstein, wie immer im Top Businesskostüm und voll gestylt, saß ihm gegenüber.

Fabian musste die Sache mit dem Hacking der Universitätsserver natürlich etwas anders darstellen als es gewesen war, sonst wäre Tina als die böse Hackerin dagestanden. So aber hatte sie nur eine zusätzliche Backup Kopie der übersetzten Daten angefertigt. Sie hatte auch nichts von der Verpflichtung gewusst, dass es keine Kopien am KIT geben sollte.

Fabian konnte Rubinstein leicht überzeugen, dass niemand fragen würde, wieso es diese Kopie gab, da alle froh waren, die Daten wieder zu haben.

Doch Rubinstein erkannte sofort, dass hier etwas Illegales geschehen sein musste: „Dann erkläre mir bitte, lieber Fabian, wie es sein kann, dass auch die noch nicht übersetzten Daten wieder da sind. Denn diese haben wir noch gar nicht bekommen, da die Archäologen noch an den Vorarbeiten waren."

Als Fabian antworten wollte, ging der Alarm los. Die durchdringenden Sirenen des Feueralarms schrillten durch das Gebäude.

Beide sprangen auf und rannten zur Tür, als eine Explosion das Gebäude erschütterte.

Das Licht am Flur flackerte. Sie rannten den Flur entlang in Richtung Stiegenhaus. Da sahen sie zwei schwarzgekleidete Gestalten die Treppen herunterkommen. Schwarze Sturmhauben verdeckten die Gesichter.

Fabian erfasste die Situation sofort und rief Stefanie zu: „In Deckung, die sind gefährlich!" Dann hechtete er in eine Türnische, um nicht gesehen zu werden.

Stefanie ignorierte die Warnung und rannte weiter und schrie dabei: „Was suchen Sie in meinem Institut. Halt, stehenbleiben, ich rufe die Polizei!"

Der Lärm der Feueralarmsirenen war hier am Gang ohrenbetäubend. Fabian wusste, dass die Feuerwehr bald hier sein würde, da das Brandmeldesystem einen automatischen Feuerwehranschluss hatte.

Eine der schwarzen Gestalten blieb stehen und wandte sich Stefanie zu, die wild gestikulierend weiterrannte.

Der Feuerstoß aus der Maschinenpistole war kurz und heftig. Einige Querschläger pfiffen an Fabians Deckung vorbei.

Stefanie drehte eine Pirouette und brach leblos am Gang zusammen.

„Scheiße, die machen Ernst", dachte Fabien und drückte sich enger in die Türnische.

Doch der Angreifer wandte sich um und rannte weiter die Treppen hinab.

Fabian verließ seine Deckung und rannte zu Stefanie. Mit einem Blick erkannte er, dass hier nichts mehr zu machen war. Die Kugeln hatten ihr den Hals und den Kopf zerfetzt, so dass alles voller Blut war. Sie lag in einer seltsam verdrehten Stellung am Boden und regte sich nicht.

Fabian überwand seinen Schreck und fühlte ihren Puls. Doch den gab es nicht mehr.

Er sprang auf und rannte in Richtung seines Büros, um zu sehen, ob die Eindringlinge dort eingebrochen waren.

„Wo bleibt bloß die Feuerwehr so lange", dachte er im Laufen.

Da stieß er am Gang mit Tina zusammen, die eben um die Ecke geschossen kam und rannte sie fast um.

Sie rief ganz aufgeregt: „Wo warst du, ich suche dich die ganze Zeit. Ich habe die Übersetzung hinbekommen." Dabei hielt sie einen USB-Stick triumphierend in die Höhe.

„Welche Übersetzung?", stammelte Fabian, „Stefanie Rubinstein ist tot, sie wurde von Einbrechern erschossen. Wir müssen die Polizei verständigen. "

Tina schaltete schnell: „Diese Typen suchen genau das hier, jede Wette"; und deutete auf den Stick.

„Da ist die Übersetzung drauf, die denen noch fehlt. Wir müssen weg, aber schnell", rief sie aus.

„Wie kommst du darauf?", wollte Fabian wissen.

„Glaubst du, ich habe die Explosion nicht mitbekommen. Die war direkt beim oder im Serverraum und ich habe gerade die Daten gesichert und eins plus eins zusammengezählt. Und jetzt lauf endlich mit mir zum Notausgang."

Sie rannten ans andere Ende des Flurs zur außenliegenden Feuertreppe. Tina brach die Plombe der Tür auf, ein weiterer Alarm ging los, als die Tür geöffnet wurde. Dieser Alarm würde die Polizei alarmieren: Einbruch.

Sie rannten die verzinkte Eisentreppe hinab, so schnell sie konnten.

Kaum hatten sie die letzten Stufen zum Rasen erreicht, der das Institutsgebäude umgab, standen zwei schwarzgekleidete Typen vor ihnen und hielten ihnen die Läufe von zwei Maschinenpistolen unter die Nase.

„Wohin so eilig", sagte der eine auf Deutsch mit amerikanischem Akzent.

Fabian erfasste die Situation und hob die Hände. Es war ein gutes Zeichen, dass die Typen nicht sofort geschossen hatten.

„Tina, ganz ruhig bleiben", zischte Fabian ihr zu.

Sie hob die Hände ebenfalls, hatte aber noch die Geistesgegenwart, den Stick in die Hosentasche ihrer Jeans zu stecken bevor sie die Hände hob.

Da brauste über den Weg, der die Institutsgebäude verband, ein schwarzer Van heran und hielt vor ihnen. Die Hecktür wurde von innen durch einen dritten Mann geöffnet und Fabian und Tina wurden unsanft mit den Läufen der MPs in den Van gestoßen.

„Mitkommen und ruhig bleiben", knurrte einer der schwarzgekleideten Gestalten, bevor alle in den Van stiegen und dieser mit Vollgas und quietschenden Reifen davonbrauste. Im Hintergrund waren die Sirenen von Feuerwehr und Polizei zu hören, als der Van in halsbrecherischem Tempo die Kurve bei der Ausfahrt aus dem Institutsgelände nahm. Der Van schleuderte, streifte einige parkende Autos und fing sich dann wieder.

Tina war bei diesem Manöver über ihren Bewacher gestürzt und bildete ein Knäuel aus Armen und Beinen am Boden des Laderaums. Sie wollte nach der MP greifen, doch dann spürte sie den Lauf der MP des anderen Bewachers in ihrem Nacken.

„Keine Dummheiten, sonst seid ihr tot", knurrte dieser.

„Noch brauchen wir euch, also tut, was wir euch sagen, keinen Mucks mehr."

Fabian konnte sich nicht erklären, warum der Van so ein derartiges Tempo vorlegte und immer wieder mit quietschenden Reifen um enge Kurven fuhr. Bei jeder Kurve wurden sie im Laderaum herumgeschleudert, da man sich nirgends festhalten konnte.

Die Straßen in Karlsruhe waren lang und gerade. Fabian kannte sich gut aus, doch er hatte keine Ahnung, in welche Richtung der Van fuhr.

Anscheinend wechselte der Fahrer ständig die Richtung und bog immer wieder mit vollem Tempo in eine Quergasse ein.

Auch ihre drei Bewacher hatten Probleme, nicht zu Boden zu gehen. Fabian und Tina kauerten inzwischen am Boden und die Bewacher hatten sich in den Ecken des Laderaums mit Armen und Beinen verspreizt, um bei der nächsten Kurve nicht wieder die Kontrolle zu verlieren.

So ging das eine ganze Weile. Fabian hatte keine Ahnung, wie lange sie schon in dem Van gefangen waren.

Plötzlich waren von draußen Schüsse zu hören. Der Van kam ins Schlingern und schleuderte wild hin und her. Weitere Schüsse ertönten und ein Reifen des Vans platze mit lautem Knall. Der Fahrer verlor völlig die Kontrolle über das Fahrzeug. Der Van schlitterte über die Fahrbahn und wurde von einer Bordsteinkante gebremst, woraufhin er umkippte und sich mehrmals überschlug und eine Böschung hinabrollte. Tina und Fabian hatten sich jeweils zu einer Kugel zusammengerollt und überstanden den Überschlag sehr gut. Ihre Bewacher hatten weniger Glück, sie krachten ungebremst gegen die Wände und die Decke des Vans.

Als der Van zum Stillstand kam, herrschte plötzlich Stille, nur der Motor surrte noch leise. Dichte Finsternis umgab sie, da die Innenbeleuchtung ausgefallen war.

Tina wagte kaum zu Atmen, wo waren die Bewacher, wo war Fabian.

Da wurde die Hecktür aufgebrochen und der Strahl einer Taschenlampe blendete sie. Sie hielt die Hand vor die Augen und rief: „Wir sind entführt worden, helfen Sie uns."

Von den Bewachern war nichts zu hören.

Die Tür wurde ganz aufgerissen und eine hilfreiche Hand zog sie aus dem Van. Plötzlich war auch Fabian neben ihr und wollte wissen, wie es ihr geht.

„Weg von hier, schnell", rief der Mann, der sie aus dem Van gezogen hatte.

Fabian erkannte jetzt, wo sie waren. Sie waren an der Autobahnauffahrt zur A5 bei der Durlacher Allee und ihr Van war die Böschung zu einer Kleingartensiedlung hinabgerollt.

Fabian kannte die Siedlung, da ein Arbeitskollege hier einen Kleingarten besaß und er schon öfters hier zu Gast gewesen war.

Oben dröhnte der Verkehr der A5, während sie hier herunten im Grünen standen.

Erst jetzt sah er im Lichte der Straßenbeleuchtung, dass seine Befreier dunkle Anzüge trugen und ebenfalls Maschinenpistole umgehängt hatten.

Es waren mehrere Leute, die anscheinend genau wussten, was sie zu tun hatten. Oben auf der Rampe der Autobahnauffahrt standen zwei weitere Vans mit eingeschalteter Warnblinkanlage und Blaulicht. Fabian konnte erkennen, wie der Verkehr mittels beleuchteter Handkelle umgeleitet wurde. Die Auffahrt auf die A5 war von diesen Typen gesperrt worden. Polizei war keine zu sehen.

Der Mann im dunklen Anzug drängte sie rasch weiterzugehen. „Ihr seid in Sicherheit, euch passiert nichts mehr, aber stellt keine Fragen", warnte er sie eindringlich.

Tina wandte sich um und blickte in Richtung des umgestürzten Vans. Sie sah, wie drei Männer in Anzügen zur Hecktür gingen und hörte eine kurze Salve aus den Maschinenpistolen. Dann sah sie, wie einer etwas in den Van warf.

„Umdrehen, hier gibt es nichts zu sehen", fuhr sie der Mann an.

Im nächsten Moment gab es eine dumpfe Explosion und der Van ging in Flammen auf.

Tina musste schlucken, das war ein anderer Geheimdienst, der sie gerettet hatte. Aber waren sie jetzt frei, oder wurden sie von denen auch entführt?

„Seid ihr verletzt oder ist alles OK?", wollte der Mann plötzlich wissen.

Fabian meinte, „Nur ein paar blaue Flecke, nichts gebrochen." Auch Tina konnte alle Gelenke bewegen und hatte keine Probleme.

„Geht in ein Spital und lasst euch auf innere Blutungen checken", riet ihnen der Mann. „Ihr habt einen Fahrradunfall gehabt, falls wer fragen sollte. Zu schnell gefahren und gestürzt.

Und dann vergesst ganz schnell, was ihr hier heute erlebt habt und erzählt es niemandem. Sonst könntet ihr Probleme bekommen. Das wollt ihr doch nicht", erklärte er ihnen mit eindeutig norddeutschem Zungenschlag.

Fabian antwortet: „Wir haben verstanden, wir wollen keine Probleme, wir gehen von hier zum Bus und fahren ins Krankenhaus, ich kenne den Weg."

„Bis die Einsatzkräfte hier sind, solltet ihr weg sein", rief ihnen der Mann zu, als er bereits die Böschung zu den Vans hinaufsprintete.

Er sprang in einen der Wagen und alle Vans brausten mit quietschenden Reifen auf die A5 in Fahrtrichtung Süden.

Fabian packte Tina bei der Hand, die erst jetzt merkte, dass sie unter Schock stand und zog sie in die erste Gasse der Kleingartensiedlung Mastweide hinein. Da erschollen schon die Sirenen der Feuerwehr, die kam, um den Van zu löschen. Die Agenten mussten sie verständigt haben, sonst hätten sie nicht so schnell hier sein können.

Tina griff in ihre Hosentasche und fühlte den Stick, der die neusten Übersetzungen enthielt. Sie wusste, dass diese nur am Stick waren und es keine zweite Stelle gab, wo sie gespeichert worden waren.

Sie musste ihr Wissen dringend mit Fabian teilen und eine Sicherungskopie anlegen, die sie in einem Banksafe hinterlegen würde.

Denn ihnen war klar geworden, dass sich hier eben zwei Geheimdienste ein Match geliefert hatte, bei dem es einige Tote gegeben hatte und über das die Zeitungen nie die Wahrheit berichten würden. Alles würde für die

Öffentlichkeit wie ein Unfall aussehen, nur sie beide wussten es besser.

Sie gingen händchenhaltend zur nächsten S-Bahn Haltestelle in der Durlacher Allee. Das Krankenhaus ließen sie aus, denn sie fühlten sich fit und gesund. Die paar blauen Flecken würden bald vergehen und es war besser, dass sie so wenig wie möglich auffielen.

Stattdessen fuhren sie direkt in Fabians Wohnung. Dort fielen sie einander um den Hals und beglückwünschten sich gegenseitig, dass sie das Abenteuer einigermaßen unverletzt überlebt hatten.

„Ich hatte ja keine Ahnung, dass die Geheimdienste so brutal vorgehen, es tut mir so leid, dass ich dich mit hineingezogen habe", entschuldigte sich Fabian. „Ich hätte dich nie mit der Übersetzung beauftragen dürfen, nachdem was wir schon damals in Ägypten erlebt hatten. Ich hätte wissen müssen, dass diese Leute über Leichen gehen."

„Da kannst aber du jetzt nichts dafür, ich kannte schließlich dein Ägyptenabenteuer. Ich dachte nur, hier in Deutschland könnten solche Dinge nicht passieren. Hier gäbe es eine Polizei, auf die Verlass sei. In Schweden können wir der Polizei vertrauen, hier anscheinend nicht."

Fabian drückte Tina zärtlich an sich: „Ich will nicht, dass unsere Beziehung darunter leidet, nur weil das heute passiert ist."

„Das will ich doch auch nicht", flüsterte Tina und küsste ihn spontan und intensiv.

„Aber aus der Welt schaffen können wir die Fakten auch nicht und es wird unsere Beziehung belasten", erklärte sie einige Minuten später, als der Kuss beendet war. „Wir dürfen doch nicht glauben, dass der heutige Tag keine Fortsetzung hat. Vergiss nicht, deine Chefin ist ermordet worden und die Polizei wird deine Aussage brauchen."

„Verdammt, das hatte ich doch glatt verdrängt", ärgerte sich Fabian, dem es gar nicht recht war, dass Tina nach diesem herrlich erotischen Kuss plötzlich wieder so sachlich sein konnte.

„Wir sollten für die Polizei möglichst wenig mit der ganzen Sache zu tun haben", erklärte Fabian, „wir haben nicht viel gesehen und sind in Panik davongelaufen und wissen von nichts. Das muss für die Polizisten reichen."

Kapitel 8 – Nächster Tag

Hauptkommissar Kopetzky lief rot an und brüllte: „Das könnt ihr eurer Großmutter erzählen, aber mir nicht. Hier stimmt doch etwas nicht. Rückt endlich mit der Wahrheit heraus, sonst lasse ich euch wegen Behinderung der Polizeiarbeit festnehmen."

Kopetzky war extra aus Berlin nach Karlsruhe gekommen, als er vom Mord an Rubinstein erfahren hatte.

Sehr zum Missfallen der Kollegen aus Karlsruhe hatte er sich als Leiter der länderübergreifenden SOKO Archägypt vorgestellt. Der Sonderkommission zur Aufklärung der Fälle im Zusammenhang mit ägyptischer Archäologie.

Kommissar Franz Rückbauer, der in Karlsruhe zuständige Morddezernatsleiter, konnte seine Wut auf Berlin nur ganz schlecht verbergen.

„Warum mischt sich Berlin hier überhaupt ein? Dieser SOKO-Heini leitet meine Ermittlungen ganz sicher nicht", dachte er. Doch ein Anruf aus dem Innenministerium in Stuttgart bewies ihm das Gegenteil. Zähneknirschend musste er nachgaben und Kopetzky die Leitung der Ermittlungen überlassen.

Mittlerweile war es früher Abend geworden. Seit drei Stunden saßen die beiden Kommissare mit Tina und Fabian im Verhörzimmer im Zentralkommissariat Karlsruhe und hörten sich deren Story an.

Das fensterlose Verhörzimmer umfasste keinerlei Einrichtungsgegenstände außer einem kahlen Besprechungstisch und vier unbequeme Sessel. An einer Seitenwand war die obligatorische undurchsichtige Glasscheibe angebracht, die Fabian aus vielen Kriminalfilmen kannte. Dahinter konnten weitere Ermittler sitzen, die alles beobachten konnten. Fabian fühlte sich unwohl und schwitzte. Sie waren hier bloß als Zeugen vorgeladen, doch Fabian fühlte sich mehr als Angeklagter. Die Raumtemperatur war viel zu hoch, aber das war sicher Absicht.

Tina hingegen blieb ruhig und gelassen, sie schien nicht die Spur nervös. Dabei hatten sie sich eben erst eine glaubhafte Geschichte für die Polizei ausdenken müssen, als diese unsanft an Fabians Wohnungstür geklingelt hatte, um Fabian und Tina gleich aufs Kommissariat mitzunehmen. Sie sollten nur ein paar Fragen beantworten, hatten die Polizisten gemeint.

Jetzt waren sich die Kommissare einig: „Die beiden sagen sicher nicht die Wahrheit!"

Nicht einig waren sie sich über den Weg, wie sie die Wahrheit aus den beiden herausbekommen konnten.

Dass Fabian beim Mord an Rubinstein dabei war, war nach Auswertung der Überwachungskameras am KIT offensichtlich geworden.

Aber warum waren sie danach nicht zur Polizei gegangen? Warum hatten die Beamten sie erst am Nachmittag in der Wohnung von Fabian aufgestöbert.

Die Geschichte, wonach sie in Panik geflohen waren, sich in Karlsruhe die halbe Nacht herumgetrieben hatten und dann den ganzen Vormittag in Fabians Wohnung versteckt hatten, war zu unglaubwürdig. Das waren zwei ausgebildete Akademiker, die konnten logisch denken und mussten wissen, dass die Polizei ihre Zeugenaussagen brauchen würde. Was verschwiegen die beiden?

Als sich Kopetzky wieder etwas beruhigt hatte, seufzte er und meinte: „Gut, wie ihr wollt. Ich fasse jetzt einmal alles zusammen. In Hamburg wurde auf der Universität eingebrochen, Frau Anna Steiner wurde dabei beinahe erschossen. Wir wissen immer noch nicht, was bei dem Einbruch an Artefakten gestohlen wurde.

Kurz danach wurden die Server von drei Universitäten in Hamburg, Berlin und Kairo gehackt und alle Daten von diesem präägyptischen Archäologieprojekt gelöscht und die Sicherungskopien vernichtet.

Deshalb wurde die SOKO Archägypt gegründet, deren Leiter ich bin, da es hier um einen länderübergreifenden Fall geht.

Und jetzt wird die Institutsleiterin am KIT, die für die Übersetzungen der Hieroglyphentexte verantwortlich war, von Einbrechern erschossen. Diese Einbrecher haben am KIT einen ganzen Serverraum gezielt gesprengt und sind mit einem schwarzen Van geflohen. Das zeigen die Überwachungskameras.

Die Kamera beim Serverraum am Gang zeigt, wie Frau Rubinstein erschossen wird und wie kurz danach Herr Kuntner sich über die Tote beugt und den Puls sucht. Dann laufen Sie weiter, Herr Kuntner, ohne die Polizei zu verständigen.

Stattdessen zeigen die Kameras Sie und Frau Ohlsen auf der Flucht über die Brandschutztreppe.

Leider waren einige Kameras im Außenbereich defekt, so dass wir nicht wissen, was sie danach gemacht haben.

Sie haben bis heute Mittag daher kein Alibi und ihre Geschichte, die sie uns auftischen ist absolut unglaubwürdig.

Erzählen Sie uns endlich, was wirklich passiert ist.

Ihr Schweigen schützt die Täter, denn es ist sicher, dass alle drei Fälle aus Hamburg, Berlin und Karlsruhe zusammenhängen. Wir haben es hier mit organisierter Kriminalität im Bereich archäologischer Artefakte zu tun. Sammler zahlen jeden Preis, wenn sie ein Stückchen dieser zehntausend Jahre alten Sammlung illegal erwerben können. Ich habe mich schlau gemacht. Der illegale Antiquitätenmarkt ist riesig.

Wenn sie weiter schweigen, muss ich annehmen, dass sie mit diesen Leuten unter einer Decke stecken und selbst daran mitschneiden. Ist es nicht so?"

„Das muss ich mir nicht gefallen lassen", begehrte Tina auf. „Sie haben keinerlei Beweise gegen uns, also lassen Sie diese grundlosen Anschuldigungen, nur weil Sie den Fall nicht lösen können."

Jetzt schaltete sich Franz Rückbauer ein, der bisher fast durchgehend geschwiegen hatte. Zu groß war sein Groll gegen Kopetzky.

„Wir wollen hier nur den Mord an Frau Rubinstein aufklären, die anderen Dinge gehen uns hier nichts an. Und da brauchen wir eine genaue Täterbeschreibung und wollen wissen, was Sie nach ihrer Flucht über die Feuertreppe wirklich gemacht haben. Sonst kriegen wir Sie wegen Beihilfe dran, oder wegen unterlassener Hilfeleistung."

„Wir haben Ihnen schon alles erzählt", erklärte Fabian. „Mehr gibt es nicht zu sagen. Wir waren beide geschockt und sind durch die Innenstadt geirrt. Wir wollten nur rasch weg. Wir sind Informatik Wissenschaftler und haben keine Ahnung vom Schwarzmarkt für antike Artefakte. Versucht nicht jeder, sich in Sicherheit zu bringen, wenn vor seinen Augen jemand erschossen wird und schwarzgekleidete Typen mit Maschinenpistolen durch die Gänge laufen. Das macht einfach Angst."

Plötzlich wurde Franz Rückbauer angerufen und verließ augenblicklich das Verhörzimmer.

Kurze Zeit später kam er mit einem zufriedenen Grinsen wieder zurück.

„Zufälligerweise haben wir Sie beide auf noch einem Video gefunden. Sie wollen mir sicher nicht erklären, dass die S-Bahnstation in der Durlacher Allee in der Innenstadt von Karlsruhe liegt, in der Sie angeblich gewesen sind. Die Stationskamera hat Sie aufgezeichnet und unsere KI-Gesichtserkennung hat Sie eindeutig identifizieren können. Um dreiundzwanzig Uhr dreißig sind Sie in die S-Bahn Richtung Zentrum eingestiegen. Was sagen Sie nun?"

Die Dinge entwickelten sich nicht so, wie Fabian und Tina es ausgemacht hatten. Sie wollten unter allen Umständen ihre Entführung und den Kontakt zu den Geheimdiensten nicht der Polizei preisgeben. Sie dachten, das würde ihre Lage nur weiter verschlimmern. War dieser SOKO-Leiter schon nervig, aber der einheimische Kommissar verstand sein Handwerk wirklich."

Tina ergriff die Initiative: „Wir waren in Panik, möglich, dass wir bis dort hinaus gelaufen sind. Ich kanns nicht genau sagen. Aber vielleicht verwechselt uns die KI mit jemandem anders, schließlich bin ich KI-Expertin und kenne die Grenzen solcher Tools."

„Chinesischer Import", grinste Franz Rückbauer. „Die verstehen ihr Handwerk und schnappen alle Dissidenten damit, wenn sie unangenehm auffallen. Das wart schon ihr an der S-Bahn Haltestelle.

Und übrigens wisst ihr sicher auch, dass ganz in der Nähe zur gleichen Zeit bei der Auffahrt zur A5 ein kleiner Unfall passiert ist. Ein schwarzer Van war darin verwickelt. Es könnte dasselbe Fahrzeug gewesen sein, mit dem die Mörder von Frau Rubinstein geflohen sind. Was fällt euch dazu ein?"

Jetzt wurde Fabian etwas blass. Die Polizei konnte eins und eins zusammenzählen.

„Gar nichts, wir waren nicht bei der A5, woher sollen wir wissen, was dort passiert ist?", log er tapfer weiter.

„Seltsam, in dem Van wurden fünf verkohlte Leichen gefunden und dutzende Patronenhülsen waren ums Fahrzeug verstreut. Das muss ein ziemlicher Kampf gewesen sein, der dort getobt hat. Und Sie waren zur selben Zeit ganz in der Nähe."

„Wir sagen nichts mehr ohne unseren Anwalt", versteifte Fabian sich daraufhin. „Es ist schließlich nicht strafbar, in Panik in eine S-Bahn eingestiegen zu sein, nach allem, was wir am Institut erlebt haben."

Denn er hatte erkannt, dass ihm die Polizei jetzt auch nicht mehr glauben würde, wenn er mit der Wahrheit von der Entführung herausrückte. Damit wäre er erst recht verdächtig, mit den Gangstern unter einer Decke zu stecken.

„Beenden wir das Trauerspiel", rief Kopetzky sichtlich verärgert.

„Wenn Ihnen doch noch etwas einfallen sollte, dann rufen Sie mich an. Aber eines garantiere ich Ihnen, wenn Sie in der Sache mit drinstecken, dann finden wir das heraus und Ihre akademische Karriere ist zu Ende, wenn Sie für ein paar Jahre einsitzen."

Danach saßen Kopetzky und Rückbauer in Rückbauers Büro und beratschlagten die nächsten Schritte. Rückbauer war jetzt umgänglicher, da seine Leute auf seinen Befehl hin das belastende Video von der S-Bahnstation gefunden hatten.

Er hatte angeordnet, die KI über alle öffentlichen Kameras in ganz Karlsruhe nach Bildern von den beiden suchen zu lassen.

„Die beiden sind sicher nicht alleine darin involviert", sinnierte Kopetzky. „Der Berliner Professor und seine Tochter hängen da sicher auch mit drin. Ist doch ein netter Zuverdienst, wenn ein paar der Stücke am Schwarzmarkt verhökert werden können. Nur muss irgendetwas passiert sein, was die gedeihliche Zusammenarbeit mit den Einbrechern und Hehlern empfindlich gestört hat. Sonst hätten nicht alle zur Waffe gegriffen. Bei fünffachem Mord muss es schon um eine ordentliche Summe gehen."

„Sechsfacher Mord", korrigierte Rückbauer, „Rubinstein müssen wir zu den fünf Toten im Van dazurechnen."

„Dann kommen die Schüsse auf Frau Steiner auch noch dazu, versuchter siebenter Mord, auch wenn es in der Tatreihenfolge der erste war."

„Wir müssen den illegalen Antikenmarkt von innen aufrollen, wenn wir Erfolg haben wollen. Die gestohlenen Stücke müssen doch irgendwo angeboten werden", erklärte Kopetzky.

„Hier wurde nichts gestohlen", entgegnete Rückbauer, „ihr wisst gar nicht, was gestohlen worden ist, wie wollt ihr das denn finden."

Sie kamen zu keiner Übereinkunft. Kopetzky erkannte, dass Rückbauer ihm nicht helfen würde.

Da meldete sich das Smartphone von Kopetzky mit einem durchdringenden Heulton.

„Alarmstufe Rot", wusste Kopetzky, wenn dieser Klingelton ertönte.

„Hier ist das Büro von Innensenator Dr. Kohlendorfer, spreche ich mit SOKO-Leiter Helmut Kopetzky?", meldete sich eine Stimme aus dem fernen Berlin.

Als Kopetzky bejahte, hörte er nur ein: „Moment, ich verbinde", dann war die Leitung für einen Moment still.

„Hallo Herr Kopetzky, hier Innensenator Kohlendorfer, ich störe doch hoffentlich nicht", war die tönende Bassstimme des Innensenators in voller Lautstärke zu vernehmen. Rückbauer konnte auch ohne Lautsprecherschaltung jedes Wort mithören.

„Bestimmt nicht, Herr Senator, womit kann ich dienen", erwiderte Kopetzky dienstbeflissen.

„Sie ermitteln doch in dieser Archäologieangelegenheit", begann der Innensenator das Gespräch.

„Gewiss, Herr Senator, die Sache spitzt sich zu, wir halten im Augenblick bereits bei sechs Morden", erklärte er, um den Innensenator zu beeindrucken und um seine eigene Wichtigkeit herauszustreichen.

„Ich weiß", entgegnete dieser knapp zur Überraschung des Kommissars.

„Darum rufe ich ja an, ermitteln Sie ruhig weiter, aber Sie können den Fall nicht lösen. Ich muss Sie warnen, hier sind andere Dienste involviert. Mehr will und kann ich dazu nicht sagen, nur das eine: Halten Sie sich mit Ihren Ermittlungen zurück, der Fall übersteigt Ihre Zuständigkeit bei weitem. Ihre SOKO-Archägypt gibt es nur wegen der Öffentlichkeitsarbeit. Erzählen Sie den Medien, was Sie wollen und was diese hören wollen. Aber kommen Sie dem BND nicht in die Quere. Die regeln den Fall auf ihre Weise und das sehr effizient. Ich danke für das Gespräch."

Im nächsten Augenblick war die Leitung tot und die beiden Kommissare sahen sich verdutzt an.

„Was bilden sich diese Heinis in Berlin eigentlich ein", ärgerte sich Rückbauer, „hier sind sechs Morde passiert und wir sollen die Hände in den Schoss legen, das kommt doch gar nicht in Frage."

„Von Hände in den Schoss legen hat der Senator aber nichts gesagt", erklärte Kopetzky. Ihn ärgerte viel mehr, dass nicht seine kriminaltechnischen Fähigkeiten gefragt waren, sondern er nur als eine Art Presseoffizier den Kopf gegenüber den Medien hinhalten sollte und gleichzeitig kein Ergebnis liefern durfte.

Für ihn war es jetzt völlig klar, die Dienste selbst hatten die Morde begangen und das durfte die Polizei nicht herausfinden. Er fragte sich nur, wer waren die Täter und wer waren die Opfer?

Kapitel 9

Es war spät am Abend desselben Tages. Die Webkonferenz stand und Fabian und Tina berichteten über die Ereignisse der letzten Nacht. Anna und ihr Vater lauschten entsetzt den Dingen, die sie zu berichten hatten.

Das Gemetzel an der A5 war mit keinem Wort in den Medien erwähnt worden. Nicht einmal über einen Unfall war berichtet worden.

Nur der Mord an der Institutsleiterin war in den Medien als Randnotiz erwähnt worden.

Zu dieser Konferenz hatte Frank auch Hans Bäumler hinzugezogen, der die Familie schon einmal in Ägypten gerettet hatte. Damals waren sie im unterirdischen Tunnelsystem der Präägypter verschüttet gewesen und Hans Bäumler hatte sie persönlich außer Landes in Sicherheit gebracht.

Hans Bäumler war dreiundsechzig Jahre alt, aber noch voll fit, schlank und kampferfahren. Er besaß ein gut gehendes Security Unternehmen mit inzwischen zweihundert Mitarbeitern. Er war ein Freund der Familie. Seine Frau war mit Elisabeth, der Frau von Frank eng befreundet. Die beiden Ladies zogen von einer Charity-Veranstaltung zur nächsten.

„Seid ihr mal wieder in Schwierigkeiten", ließ sich Hans vernehmen. „Die Polizei glaubt euch nicht und kann euch auch nicht helfen. Zumindest zwei Geheimdienste sind in die Sache involviert. Wobei ein Dienst euch nicht schlecht gesonnen sein kann, sonst hätten sie euch nicht laufen lassen, nachdem sie die Konkurrenz brutal ausgeschaltet hatten.

Ihr werdet sicher beobachtet und eure Telefone abgehört. Deshalb bin ja ich dabei, denn diese Webkonferenzschaltung geht über meine Server und die sind sicher, da kommen auch der BND und die CIA nicht ran.

Aber jetzt erklärt mir mal, was wollen die Geheimdiensttypen eigentlich von Euch?"

Frank konnte nicht länger gar nichts erzählen und gab zu, dass es Hinweise gäbe, die Präägypter hätten Techniken besessen, die besser waren als alles, was die heutige Industrie liefern könne.

„Bis jetzt haben wir nur verrostete Maschinenpistolen gefunden, aber vielleicht gibt es noch intakte Antimateriewaffen oder Ähnliches. Das wollen natürlich alle Mächte gerne besitzen und daher unsere Probleme."

„Und da ist die Antwort darauf", rief Tina dazwischen und hielt triumphierend den Stick hoch, den sie aus dem KIT gerettet hatte.

„Wer weiß noch von dem Stick", wollte Hans wissen.

„Niemand", erklärte Tina, „ich habe den Stick gezogen, als die Übersetzung der dritten gestohlenen Papyrustafel erfolgreich fertig war. Hier ist die Übersetzung drauf. Die Daten wollte ich damit wegsichern und habe sie am Server gelöscht. Es gibt keine weitere Sicherung und kurz danach wurde der Server von den Agenten gesprengt. Das bedeutet, dass der gesamte Übersetzungsalgorithmus verloren und zerstört ist, da die Inputdaten in der Konfiguration, die zum Erfolg führte, nicht mehr wieder hergestellt werden können.

Niemand außer mir weiß, welchen Input ich für die KI verwendet habe."

„Das heißt, die Agenten haben zwar die gestohlenen Papyrusblätter, können diese aber nicht übersetzen. Und diese Übersetzung am Stick kennen sie nicht. Das verschafft uns einen Vorsprung", erklärte Anna mit einem Lächeln im Gesicht.

„Und was ist der Inhalt vom dritten Blatt?", wollte der Professor wissen.

Tina wurde sehr ernst und erklärte: „Das sage ich sicher nicht in dieser Webkonferenz, weil ich nicht weiß, wie sicher die Systeme von Hans wirklich sind. Und übrigens ist der Stick nur eine Kopie. Das Original liegt inzwischen im Schließfach einer Bank und dort bleibt es auch.

Mir ist mein Leben lieb und ich bin nicht bereit, an euren Abenteuerspielen mit ausländischen Agenten mitzuspielen. Das waren mir gestern eindeutig zu viele Tote. Ich will nicht auch im Leichenschauhaus enden."

Fabian versuchte zu beschwichtigen: „Tina meint das nicht so, mir ist es auch einmal ähnlich gegangen, ich wollte nicht in das Tunnelsystem einsteigen. Aber dann waren wir die großen Entdecker und haben die Beweise für die präägyptische High Tech Zivilisation gefunden. Das vergesse ich mein ganzes Leben nicht. Tina ist noch nicht so weit."

„Was soll das heißen, ich bin noch nicht so weit. Ich bin nicht bereit, mich abknallen oder in der Wüste verschütten zu lassen. Ist das klar!

Den Stick übergebe ich nur persönlich und macht eure Forschung ohne mich, ich bin raus."

„Das glaub ich jetzt nicht, Tina, weißt du überhaupt, was du da redest?", versuchte Fabian die Situation zu retten.

Anna fiel ihm ins Wort: „Fabian, lass sie doch, wenn sie nicht will, dann ist das so. Du musst das akzeptieren."

Fabian war irritiert: „Muss ich nicht, ich kann auch offiziell werden."

Tina sah Fabian gross an. Sie saßen eng nebeneinander vor dem Monitor seines Laptops und Fabian scrollte in seinem Smartphone.

„Hier hab ich es. Dieses Mail kam vor einer Stunde vom Präsidium des KIT. Ich wurde zum provisorischen Institutsleiter für KI ernannt, als Nachfolger von Stefanie. Die offizielle Ausschreibung läuft noch, bei der ich mich natürlich bewerben werde. Aber bis die entschieden ist, bin ich der Chef des KI-Departments und sozusagen dein Chef Tina, wenn ich so sagen darf."

„Und was willst du mir damit sagen", meinte Tina spitz und rückte für alle sichtbar ein Stück von Fabian weg.

„Dass du nicht so einfach von Bord gehen kannst. Du bist im Team und kennst die Lage. Du weißt, in welcher Gefahr wir uns befinden. Du kannst nicht einfach sagen, ich geh jetzt. Das gefährdet auch unsere Sicherheit, denn die Dienste wissen sicher längst, wo sie dich finden. Ein Verhör durch die Dienste ist nicht so harmlos, wie bei der Polizei, die wenden andere Methoden an."

„Du meinst wohl Waterboarding und andere Foltermethoden", unterbrach Tina Fabians Redefluss.

„Ich will euch ja nicht schaden, aber mir wird das etwas zu stressig. Nehmt den Stick und macht damit, was ihr wollt."

Mit diesen Worten gab sie Fabian den Stick in die Hand und wollte aufstehen, um die Konferenz zu verlassen.

„Tina, bleib da, ich bin zwar jetzt auch dein Chef, aber nicht freiwillig, das weißt du genau. Ich bin in Wahrheit dein Freund und dein Liebster. Vergiss das nicht, ich brauche dich und das Team braucht dich. Lass uns nicht streiten, wir finden eine Rolle für dich im Team, wo du nicht in Gefahr kommst."

„Ich glaube, ich muss mal wieder mit Personenschutz einspringen", schaltete sich Hans in die Diskussion ein, nachdem er lange geschwiegen hatte.

„Das wäre gut," kam der Professor zu Hilfe. Mir hat er schon zweimal das Leben gerettet.

Kapitel 10

„Was soll das heißen?", schnaubte Dr. Paul Simon in sein Smartphone. Simons Kopf lief rot an und gleich würde er vollends explodieren. Der Kragen seines weißen Hemdes würgte ihn und die Krawatte war zu eng. Simon war klein gewachsen und war ein Perfektionist. Er machte keine Fehler, nur alle anderen waren unfähig.

Er saß in seinem kleinen Büro im dritten Stock an seinem seiner Meinung nach viel zu kleinen Schreibtisch in der Zentrale und nahm eben den Bericht der süddeutschen Außenstelle aus Stuttgart entgegen. Dort hatte er einen jungen Agent in der Leitung, der nur herumstotterte und nicht wusste, was er sagen sollte.

„Alle tot, das ganze Team, sagen Sie mir, dass das nicht wahr ist", tobte Simon los.

„Ich weiß auch nicht, wie das passieren konnte", stammelte der junge Agent, „die letzte Meldung vom Team war, alle Zielpersonen sicher an Bord und wir wissen, dass die weibliche Zielperson die fehlenden Daten haben muss."

„Wo sind diese verdammten Daten dann?", schrie Simon ins Mikrofon.

„Verschwunden mitsamt beiden Zielpersonen", musste der Agent zugeben.

Simon musste an seine eigene Karriere denken, er hatte sich einen megaschwarzen Punkt eingehandelt, wenn er ein ganzes Team verlor, das direkt ihm unterstellt war. Da kannte die Agency keinen Spaß.

Die Leute waren ihm egal, er kannte keinen von den Toten persönlich, sondern hatte die ganze Organisation des Einsatzes von der Zentrale aus geleitet. Schließlich war er kein Außendienst Agent, sondern Bereichsleiter für spezielle Fälle, wozu auch diese verdammte prähistorische Technologie gehörte.

Die Feinarbeit hatten die Leute aus Stuttgart übernommen und dabei gepatzt. Er hätte zumindest virtuell vor Ort sein müssen, aber wegen des Zeitunterschiedes von sechs Stunden hatte er vorgezogen, nach Hause zu fahren und sich das Footballmatch anzusehen, bei dem sein Lieblingsteam dann noch verloren hatte.

Simon fluchte, aber das half nichts. Er brauchte Fakten.

„Habt ihr wenigstens eine Idee, wer unser Team ausgeschaltet hat?"

„Nicht wirklich, es könnten die Russen gewesen sein, aber auch der BND ist ein heißer Kandidat, denn die mögen es inzwischen gar nicht mehr, wenn wir auf ihrem Staatsgebiet aktiv werden. Mit den Deutschen haben wir es uns verscherzt."

„Sparen Sie sich Ihre stümperhafte geopolitische Beurteilung, das geht Sie gar nichts an, wer für uns ist und wer gegen uns ist. Sie haben den Job vermasselt und tragen die Verantwortung."

„Ich habe getan, was im Auftrag stand, mir können Sie kein Versagen vorwerfen. Im Auftrag wurde nicht erwähnt, dass es feindliche Teams geben könnte", protestierte der junge Agent mit aufflackerndem Selbstbewusstsein.

„Wir sollten das Team nur ins KIT lotsen und den Fluchtwagen ohne Fahrer bereitstellen und die Server am KIT hacken. Das alles haben wir gemacht. Doch die Zielperson hat kurz vor unserem Zugriff die Daten auf einen externen Datenträger kopiert und dann am Server gelöscht. Wenn Sie uns mehr verraten hätten, worum es geht, hätten wir vielleicht helfen können. Aber ohne Information ging das nicht."

Simon wusste, dass der Agent recht hatte, sein eigener Kopf steckte in der Schlinge. Die verdammte Geheimhaltung war schuld. Niemand durfte wissen, wonach sie wirklich suchten. Die Worte „Antimaterie" oder „Aufhebung der Schwerkraft" durfte er nicht einmal laut denken, geschweige denn aussprechen. Wie sollte er da erfolgreich sein, ärgerte sich Simon.

„Dann macht diese beiden Zielpersonen ausfindig und schnappt sie mit einem neuen Team", befahl Simon genervt.

„Wir brauchen diesen Datenträger, koste es, was es wolle. Die Zielpersonen können sich doch nicht in Luft aufgelöst haben, klinkt euch in die Telekom Vermittlungen, dann findet ihr sie bestimmt."

„Wir kennen unseren Job und brauchen keine Anweisung. Diese Tina Ohlsen und den Fabian Kuntner werden wir sicher bald gefunden haben und dann werden uns die beiden die Daten geben, die Sie so dringend brauchen."

Kapitel 11

Frank streckte sich in der bequemen Polsterung des Mercedes Taxis durch und dehnte Arme und Beine. Das Taxi fuhr eben durch die Hoteleinfahrt des Pyramids Park Ressorts, eines der besseren Fünfsternhotels Kairos.

Der Wagen kurvte durch den palmenbestandenen Park zur Rezeption und Frank stieg aus und bezahlte den Fahrer, während ein Hotelpage sein Gepäck zum Empfang brachte.

Es war zehn Uhr Abend Ortszeit, der Flug von Berlin und dann der chaotische Verkehr über die Stadtautobahnen Kairos hatten Frank müde gemacht. Er wollte nur noch einen Drink und dann ins Bett. Doch er wusste, dass es so nicht kommen würde.

Elisabeth, seine Frau, war bereits vor drei Tagen angereist und erwartete ihn im Restaurant. Sie liebte Ägypten und freute sich auf einen angenehmen Aufenthalt.

Frank liebte Ägypten auch, doch sein Aufenthalt war dienstlicher Natur. Anwar Abdelwahab, der Minister für Altertümer, wolle ihn morgen sprechen. Das Thema konnten wohl nur die gelöschten Daten sein, vermutete Frank.

Doch jetzt gab es ein spätes Dinner mit Elisabeth, die sich für ihn extra herausgeputzt hatte. In ihrem rosa Abendkleid sah sie bezaubernd aus. So hatte er seine Frau schon lange nicht mehr gesehen. Denn vor ihren Berliner Charity Events versuchte er sich möglichst oft zu drücken, da ihn das

Geschwätz der Leute aus der sogenannten besseren Gesellschaft gehörig auf den Geist ging.

Seine Müdigkeit war mit einem Mal wie weggeblasen und er beschloss spontan, sich mit seiner Frau einen schönen Abend zu machen. Wer weiß, was die Nacht noch alles bringen würde.

Nach dem obligatorischen Glas französischen Champagners folgten die Vorspeisen. Elisabeth hatte das Menü bereits vorab zusammenstellen lassen. Frank war angenehm überrascht, als er die libanesische Küche erkannte, die ihm mit ihren Gewürzen weit besser behagte als die ägyptische Küche.

Dazu eine Flasche französischen Rotweines und er konnte Elisabeth tief in die Augen sehen und dachte, was sie für den Abend wohl noch geplant hatte.

Er wollte seinen Job für heute vergessen, doch Elisabeth erzählte ihm von ihrem heutigen Besuch im Ägyptischen Museum. Sie hatte sich die Teile, die in der Kammer des Wissens von ihrer Tochter gefunden worden waren, ansehen wollen. Sie war aber nicht fündig geworden und hatte kein einziges Stück der präägyptischen Artefakte entdecken können. Auf ihre Nachfrage bei einem der Aufseher war ihr unwirsch mitgeteilt worden, dass es hier keine präägyptischen Artefakte gebe. Das sei doch sehr verwunderlich, da das Museum doch die meisten Artefakte erhalten habe, wunderte sich Elisabeth.

Aber Frank beschwichtigte sie: „Das ist schon OK, ein normaler Wächter hat keine Ahnung. Der kennt nur die bisher bekannte ägyptische Geschichte, wie sie vor zehn Jahren von den Archäologen erklärt worden ist.

Unsere Stücke sind sicher verwahrt, aber noch nicht in den Vitrinen zu sehen. Der Minister möchte ein eigenes Museum dafür bauen lassen, denn all unsere Funde haben nichts mit den Pharaonen zu tun. Das ist die präägyptische Zivilisation, auf deren Ruinen die ägyptische Zivilisation entstanden ist."

„Warum sagst du nicht gleich, dass die Dinger aus Atlantis stammen", unterbrach ihn Elisabeth.

„Weil wir dafür noch immer keinen Beweis haben", erklärte Frank ungehalten. Er wolle jetzt nicht über Dienstliches sprechen müssen.

„Aber Schatz, ich will doch nur die Dinge mit eigenen Augen sehen, die Anna damals unter Lebensgefahr geborgen hat", lenkte Elisabeth mit großem Augenaufschlag ein.

„Kannst du das für mich nicht arrangieren, du bist doch der Grabungsleiter für Gizeh, schon vergessen", stupste sie ihn an.

Es stimmte zwar, Frank war der offizielle Grabungsleiter für Gizeh. Denn der vorige Leiter der Grabungen war auf mysteriöse Weise verschwunden, nachdem Anna und ihr Team mit den wichtigsten präägyptischen Artefakten nach Berlin hatten flüchten können.

Aber es gab zurzeit keine neuen Grabungen. Nur das entdeckte Gangsystem war erforscht und weiter ausgegraben worden. Doch außer in der Halle der Aufzeichnungen, in der die letzten Überlebenden damals erstickt waren, war nichts gefunden worden. Nur einige Steintore mit Elektroantrieb hatten sie entdeckt und untersuchen können. Die Antriebe waren in Hamburg technisch und metallurgisch untersucht worden, denn sie waren von völlig anderer Bauart als heute gebräuchliche Elektromotore.

Frank hatte eine Reihe von Grabungsanträgen an anderen erfolgversprechenden Stellen eingereicht, doch diese lagen alle noch im Ministerium und warteten auf Genehmigung.

Nachdem Anna und ihr Team vor drei Jahren durch einen Tunnel von Gizeh bis zum Serapeum of Saqqara mehr als zehn Kilometer unter der Wüste gegangen waren, war die Wahrscheinlichkeit groß, dass es dort unten weitere zu erforschende Tunnelanlagen gab.

Da könnte auch ein Hinweis auf die mysteriösen Donnervögel gefunden werden. Frank konnte sich nicht vorstellen, dass sie tatsächlich die Überreste eines solchen Vogels finden würden. Aber ein Triebwerksteil hätte ihm schon gereicht, um nachweisen zu können, dass es damals wirklich High Tech gegeben hatte. Doch zehntausend Jahre waren eine lange Zeit. Wie leicht konnte es sein, dass spätere Völker die Dinger gefunden und das Metall längst eingeschmolzen hatten. Dann würden sie gar nichts mehr finden. Frank wäre auch schon mit einer Wandmalerei zufrieden gewesen, die einen Donnervogel unmissverständlich darstellte. Doch bisher hatten sie nichts gefunden.

Elisabeth riss ihn aus seinen Gedanken: „Komm, vergiss die Ausgrabungen, gehen wir noch auf einen romantischen Rundgang durch den Park des Hotels."

Das Dinner hatten sie beendet und Frank wusste, wenn Elisabeth so fragte, dann würde die Nacht unweigerlich in ihrem Bett enden. Er fand, sie war eben immer noch eine begehrenswerte Frau, auch wenn sie die Fünfzig bereits erreicht hatte.

Draußen im Park legte er zärtlich den Arm um ihre Taille und ließ die Hand langsam abwärts gleiten.

Kapitel 12

Die Stimmung im Ministerbüro war angespannt. Der düstere Raum mit den geschlossenen Jalousien an den Fenstern und den dunklen pompösen Büromöbeln verströmte eine bedrückende Atmosphäre. Durch die geschlossenen Fenster hörte man den Kairoer Verkehrslärm nur gedämpft.

Anwar Abdelwahab, Minister für Altertümer war sichtlich schlechter Laune. Er saß an der Stirnseite des großen Besprechungstisches. An der linken Seite hatte er zwei Beamte seines Ministeriums platziert. Wozu die gut waren, wusste Frank nicht. Rechter Hand saß Frank und erklärte die Situation mit den fehlenden Daten.

Er hatte beschlossen, auch dem Minister vorerst nicht zu sagen, dass sie alle Daten wieder im Zugriff hatten. Denn nach den Vorfällen der letzten Wochen konnte er niemandem mehr voll vertrauen.

Die Ägypter waren alle in dunkle Anzüge mit streng sitzender Krawatte gekleidet. Die Hitze im Raum schien ihnen nichts auszumachen. Eine Klimaanlage gab es zwar, doch diese war offensichtlich ausgeschaltet oder defekt.

Frank trug nur ein dünnes Polohemd unter seinem hellen Sommerjackett und schwitze fürchterlich.

„Wenn wir weitere Ausgrabungsgenehmigungen hätten, dann könnten wir sicher noch mehr Artefakte aus dieser Zeit finden, darum geht es doch. Die bisher gefundenen Artefakte sind nicht verloren, nur drei Papyri wurden gestohlen. Wir brauchen daher dringend weitere Artefakte, um die große Geschichte Ägyptens neu erzählen zu können", beendete Frank seine Ausführungen.

„Bevor wir weitere Artefakte suchen, sollten die gefundenen Dinge besser bewacht werden. Wie kann es sein, dass ein paar Einbrecher zu Ihnen kommen und ganz gezielt ein paar Papyri stehlen, von denen niemand weiß, was drauf steht."

Frank widersprach: „Zwei der Papyri hatten wir schon übersetzt, nur das dritte fehlt noch."

„Aber die Übersetzungen der beiden anderen sind gelöscht worden", unterbrach der Minister.

Frank biss sich auf die Zunge, fast hätte er zugegeben, dass sie wieder alle Daten hatten.

Er überlegte fieberhaft: „Auf Dauer können wir nicht verheimlichen, dass die Daten wieder da sind, denn sonst dürfen wir nicht weiterforschen. Wie erkläre ich das dem Minister. Ich muss mir etwas einfallen lassen."

Doch dann erklärte der Minister mit einem maliziösen Lächeln im Gesicht: „Sie haben die Daten nicht mehr, wir haben Freunde und diese Freunde haben ganze Arbeit geleistet. Kairo hat die Daten wieder beschaffen können. Geben Sie es zu, unsere Beziehungen sind besser als Ihre."

Damit hatte Frank nicht gerechnet.

„Wo ist dann das Problem, lassen Sie meinen Leuten eine Kopie zukommen und wir können augenblicklich weiterarbeiten", schlug er vor. „Ich bin Archäologe, für die Datensicherheit sind andere zuständig und diese Leute werden wir austauschen, damit es künftig keine solchen Vorfälle mehr geben wird."

„Vergessen Sie das, Herr Professor. Sie und Ihr Team haben hervorragende Arbeit geleistet. Die wichtigen Dinge sind entdeckt worden, Sie haben die gute Technik der alten Ägypter und ihrer Vorfahren entdeckt und vieles entschlüsselt. Mehr gibt es nicht zu finden, das garantiere ich Ihnen.

Ihr Beitrag zur Wissenschaft und zur Rolle Ägyptens als nachweislich zehntausend Jahre alter Zivilisation ist bereits in die Geschichte eingegangen. Sie sind berühmt, was wollen Sie mehr. Schreiben Sie ein Buch darüber.

Auf dem Boden Ägyptens wurde die älteste Zivilisation der Menschheit gefunden. Ägypten als der Ursprung aller Zivilisationen, das macht uns Ägypter stolz.

Sie brauchen nicht weiter zu graben und zu forschen, es ist alles entdeckt worden."

Frank war vor den Kopf gestoßen.

„Aber mein Vertrag läuft doch noch zwei Jahre", versuchte er zu erwidern.

„Den Vertrag lassen wir weiterlaufen, es soll Ihr Schaden nicht sein. Sie bekommen das vereinbarte Geld und machen kein Aufsehen. Sie werden nur eben keine neuen Entdeckungen mehr machen. Forschen Sie pro Forma weiter, bis Ihr Vertrag ausgelaufen ist, und dann machen Sie den Abschlussbericht, wo drin steht, dass alle Rätsel gelöst sind und die Forschung zum Thema Präägypten abgeschlossen ist.

Glauben Sie mir, es ist zu Ihrem Besten und auch für uns das Beste, was passieren kann."

„Die Öffentlichkeit in Europa wird das so nicht glauben wollen. Alle warten darauf, dass wir weitere High Tech Artefakte finden. Ich weiß, dass da draußen in der Wüste noch mehr liegen muss."

„Sie wissen gar nichts, Sie vermuten nur und die Geschichte mit dem Donnervogel entspringt einer falschen Übersetzung, glauben Sie mir das. Es hat nie einen Donnervogel gegeben."

„Genau das wollen wir eben beweisen oder widerlegen", gab Frank noch nicht auf. „Wir sind Wissenschaftler und wollen die Beweise finden. Stellen Sie sich vor, wir finden ein Wrackteil eines prähistorischen Düsenjets, das wäre doch die Sensation für Ägypten und für die Geschichte Ihres Landes."

„Da würde ich mir Sorgen machen um Ihre Gesundheit und um die Gesundheit Ihrer Familie", drohte der Minister ganz unverhohlen.

Nun war Frank klar, dass der Minister mehr wusste, als er zugeben wollte. Irgendwelche Leute wollten, dass hier nicht mehr geforscht wurde. Und er kannte immer noch nicht den Inhalt des dritten Papyri. Fabian wollte ihm den Stick nur persönlich geben und dafür war vor seiner Abreise nach Ägypten keine Zeit mehr gewesen.

Also entgegnete er diplomatisch: „Ich bin nicht mehr der Jüngste und vielleicht haben Sie Recht, ich sollte ein Buch schreiben über die bisherigen Forschungsergebnisse. In meinem Alter sollte man auf seine Gesundheit achten."

„Ich sehe, wir verstehen uns", grinste der Minister und beendete die Audienz.

Kapitel 13

Draußen vor dem Ministerium traf Frank die Hitze mit voller Wucht. Der Gestank der Abgase der tausenden LKWs und PKWs mit schlecht eingestelltem Vergaser drohte ihm den Atem zu nehmen. Frank meinte, die bläulichen Schwaden der Abgase auch sehen zu können, so schlecht war die Luft an diesem Tag in der Innenstadt von Kairo.

Er winkte ein Taxi heran und ließ sich in den Fond des heruntergekommenen Toyotas fallen. Er nannte dem Fahrer die Adresse. Es war nicht die Adresse seines Hotels bei den Pyramiden.

Sondern es war ein Café ganz in der Nähe des Ägyptischen Museums beim Tahir Platz, auf dem der arabische Frühling für Ägypten so verheißungsvoll begonnen hatte, bevor das Militär ihn auf seine Weise wieder beendet hatte.

Frank ging durch das düstere altmodisch eingerichtete Café bis ganz nach hinten. Jetzt am späteren Nachmittag war das Café gut gefüllt und Frank suchte vergebens einen freien Tisch.

An den kleinen Tischchen saßen ausschließlich einheimische Männer und zogen an ihren Wasserpfeifen oder hatten ein Tässchen türkischen Kaffes vor sich stehen.

Frank war nicht zum Kaffeetrinken hergekommen, seine Augen streifen durch das Lokal. Er konnte seinen Gesprächspartner nicht finden, als ihm plötzlich jemand von hinten anstreifte und auf Deutsch flüsterte: „Hier ist unser Tisch." Mit diesen Worten zog er Frank am Arm zu einem Tischchen, an dem er gerade vorbei gegangen war, ohne jemanden erkannt zu haben.

Frank wollte sich schon losreißen, als er erkannte, dass es sich um Saddam el Huareq handelte, seinem Verbindungsmann zu TOTH in Kairo.

Normalerweise trug Saddam el Huareq einen dunklen Anzug und hatte einen buschigen Schnurrbart. Doch heute war er in eine braune Dschellaba, das traditionelle Beduinengewand gehüllt. Um seinen Kopf hatte er eine Kufiya gewickelt und zu allem Überfluss trug er einen Vollbart. Frank musste zweimal hinsehen, bis er ihn erkannte. Dabei hatte er ihn bloß drei Monate nicht gesehen.

„Wie sehen Sie bloß aus, was ist passiert, ich hätte Sie fast nicht erkannt."

„Keine Sorge, alles OK", flüsterte Saddam el Huareq. „Setzen Sie sich, dann erkläre ich es Ihnen."

Erst als beide einen frischen türkischen Kaffee vor sich stehen hatten, begann Saddam el Huareq mit seiner Erklärung. Er sprach immer noch so leise, dass Frank ihn kaum verstehen konnte.

„Wir haben ein Problem, Sie müssen uns helfen. Zwei angebliche Schmuckstücke sind im Ägyptischen Museum ausgestellt. Diese beiden Stücke müssen unbedingt entfernt werden, denn sie könnten unser Geheimnis gefährden.

Denken Sie daran, dass Sie TOTH-Mitglied sind und dafür sorgen, dass die Menschheit nicht in Gefahr gerät durch die missbräuchliche Anwendung von Ancient Technologie. Das muss unter allen Umständen verhindert werden.

Sie sind der Grabungsleiter von Gizeh, Sie können sich die Stücke ausleihen. Wir könnten sie nur stehlen und das ist zu gefährlich."

Frank dachte an sein Gespräch mit dem Minister, der wollte, dass nichts Neues mehr gefunden wird.

„Sind die Schmuckstücke aus der Kammer des Wissens oder waren die schon vorher im Museum", wollte er wissen.

„Das ist ja das Problem, die Stücke stammen aus dem Grab von Tutanchamun und sind in seiner Sammlung ausgestellt."

„Mit den ägyptischen Königen habe ich nichts zu tun. Tutanchamun ist ein König der achtzehnten Dynastie und starb dreizehndreiundzwanzig vor unserer Zeitrechnung. Das sind rund sechstausendneunhundert Jahre nach den Ereignissen in der Kammer des Wissens."

„Denken Sie nicht, dass einige Artefakte von Generation zu Generation weitergegeben worden sind und für die präägyptische Geschichte von Bedeutung sein können", blieb Saddam el Huareq hartnäckig.

„Erst wenn Sie die Schmuckstücke untersucht haben, werden wir mehr wissen. Wenn aber andere die Geheimnisse herausfinden, dann könnten Dinge gefunden werden, die besser nicht gefunden werden sollten."

„Ist eigentlich Minister Abdelwahab auch Mitglied bei TOTH", fragte Frank das Thema wechselnd.

„Nein, ganz sicher nicht", erklärte Saddam el Huareq mit Überzeugung. „Das würde ich wissen, der Minister hat von TOTH keine Ahnung."

„Warum will er dann ebenfalls weitere Grabungen verhindern?"

„Weil schon genug gefunden worden ist und irgendwelche Geheimdienste bereits auf der richtigen Spur sind", flüsterte Saddam el Huareq mit Entsetzen in der Stimme.

„Wenn es wirklich noch eine alte Waffe gibt, oder wenn die Pläne dafür entschlüsselt werden, dann Gnade uns Allah, dann ist die Menschheit verloren.

Sie müssen die Waffe oder die Pläne vor den anderen finden und zerstören, das ist der Auftrag von TOTH."

„Ich habe das aber anders in Erinnerung. Mein Job ist es, die Dinge zu verbergen, nicht sie zu zerstören. Als Forscher und Wissenschaftler will ich Dinge erforschen und nicht zerstören."

„Wenn Sie das schaffen, während alle Geheimdienste dieser Welt hinter ihnen her sind, dann gratuliere ich Ihnen. Aber Sie werden vermutlich nicht sehr alt werden bei ihrem Versuch."

„Ich habe eine spezielle Security", gab sich Frank selbstbewusst. Er wollte sich nicht so leicht schrecken lassen, denn er war zu neugierig, ob an den Mythen über die alten Waffen etwas dran war oder nicht.

Dann schob ihm Saddam el Huareq einige Fotos über den Tisch. „Das sind die beiden Stücke, äußerlich ganz normaler Schmuck des Pharaos."

Das eine war ein Ankh Anhänger ohne Kette und das andere war ein Skarabäus Anhänger ohne Kette.

„Das ist doch Dutzendware", meinte Frank enttäuscht, was soll daran Besonderes sein?

„Das Ankh oder Henkelkreuz ist bekanntermaßen die Hieroglyphe für das Leben und dieser Skarabäus, der heilige Mistkäfer der alten Ägypter, trägt das Sigel von Tutanchamun, dem jung verstorbenen Pharao. Es wurde tausendfach nachgemacht, doch diese beiden Stücke sollen die Vorlage für alle anderen Stücke gewesen sein. Deshalb sind sie so besonders."

„Das würde die Sache allerdings erleichtern, denn in der Kammer des Wissens wurden ähnliche Anhänger bei den Leichen gefunden. Ein kurzer Vergleich der verschiedenen Schmuckstücke würde sich gut im Abschlussbericht machen und würde beweisen, dass die ägyptische Kultur direkt aus der präägyptischen Kultur hervorgegangen ist", sinnierte Frank.

„Endlich verstehen wir uns", feixte Saddam el Huareq.

„Hier sind die Artefakt-Nummern und die genaue Lage der Vitrine im Museum."

Kapitel 14

Das Museum hatte bereits geschlossen, als Frank und Saddam el Huareq am Tahrir Platz, wo sich das Ägyptische Museum befand, kurz nach achtzehn Uhr eintrafen.

Frank hatte darauf bestanden, dass Saddam el Huareq mitkam. Alleine wollte er die Sache nicht durchziehen und sein Ägyptisch war nicht so gut, da brauchte er einen Übersetzer, wenn es ums Feilschen mit irgendwelchen ägyptischen Beamten ging, die des Englischen nicht mächtig waren.

Doch Franks Ausweis, der ihn als Grabungsleiter von Gizeh auswies, öffnete ihnen die Türen des Museums. Der Nachtwächter ließ beide ohne Probleme passieren.

Frank wusste, dass in den Büros bis zwanzig Uhr jemand anwesend sein musste. Er war schon oft hier gewesen und kannte sich aus.

Als Grabungsleiter hatte er hier besondere Rechte. Ob er diese aber jetzt noch hatte, war nach dem Gespräch mit dem Minister von heute Vormittag nicht mehr sicher. Eile war geboten, wenn er noch etwas erreichen wollte.

In den düsteren und staubigen Büros der Museumsverwaltung fanden sie nur leere Schreibtische. Erst ganz im letzten Eck fanden sie einen verschwitzen Beamten, der eben seinen Schreibtisch abschloss und nach Hause gehen wollte. Dieser war gar nicht begeistert, als zu so später Stunde Klienten auftauchten, die sicher etwas von ihm wollten. Und es war niemand da, an den er sie hätte weiterreichen können.

Saddam el Huareq brachte auf Ägyptisch ihr Anliegen vor. Frank hoffte, dass er sich an den Plot hielt, den sie sich vorher ausgedacht hatten.

Als der Beamte erfuhr, dass Professor Frank Steiner, Grabungsleiter von Gizeh, persönlich vor ihm stand, war er plötzlich viel dienstbeflissener und kam hinter seinem vollgeräumten Schreibtisch hervor. Frank nickte wohlwollend und begrüßte ihn auf Ägyptisch. Einige Floskeln konnte er fließend und mit richtiger Betonung aussprechen.

Saddam el Huareq erklärte dann umständlich, dass morgen ein wichtiger Termin für eine Untersuchung an der Universität stattfände. Es ginge um vergleichende Archäologie. Leider sei verabsäumt worden, die Stücke rechtzeitig anzufordern, so dass sich jetzt der Grabungsleiter persönlich habe herbemühen müssen. Sie bräuchten daher die beiden genannten Stücke ganz dringend für drei Tage ausgeliehen. Denn wenn die Untersuchung das richtige Ergebnis brächte, dann wäre die ruhmreiche ägyptische Geschichte noch um ein Stückchen ruhmreicher. Er, der einfache Museumsbeamte könne beitragen, hier Geschichte zu schreiben.

In Wahrheit wich Saddam el Huareq von seinem Part kräftig ab, indem er erklärte, er selbst sei für die Schlamperei der nicht ausgeliehenen Stücke verantwortlich und wenn er sie nicht jetzt gleich mitnehmen könne, dann sei er seinen Job an der Universität los.

Der Museumsbeamte war beindruckt und schluckte die Lügen anstandslos.

Doch dann erklärte er, er sei für Leihgaben nicht zuständig und könne das nicht selbst machen. Das sei eine ganz andere Abteilung, die für das Verleihen von Artefakten verantwortlich sei. Leider sind die Kollegen schon alle in Feierabend gegangen.

„Es sind doch alle Abteilungen bis zwanzig Uhr besetzt zu halten", erklärte Frank streng.

Der Beamte begann zu schwitzen und stammelte: „Das wird von manchen Kollegen etwas zu locker gehandhabt. Es ist kaum Bedarf für die Anwesenheit und es gäbe auch nichts zu tun."

„Dafür habt ihr ertragreiche Nebenjobs", warf Saddam el Huareq trocken ein.

„Das ist nicht wahr", rief erschrocken der Beamte.

„Ich kenne die nötigen Formulare", unterbrach Frank, dem die Wendung nicht gefiel. „Wir füllen sie aus und Sie geben die Papiere morgen an die richtige Abteilung. Sagen Sie ihnen, es sei ein Notfall gewesen. In drei Tagen haben Sie die Stücke zurück."

Mit gutem Zureden in Form eines gefüllten Kuverts schaffte es Saddam el Huareq schließlich, dass sie ins Nachbarbüro gingen. Dort fanden sie nach einigem Suchen tatsächlich einen Packen dieser Formulare unter einem Stapel alter Zeitungen.

„Saustall", dachte Frank, „bei mir auf der Uni sieht es ganz anders aus."

Sie füllten rasch die Formulare aus und wollten sich auf den Weg zu den Vitrinen machen.

„Stopp", rief der Beamte, „das geht nicht, die Alarmanlage ist schon scharf. Überall Bewegungsmelder, da lösen wir sofort Alarm aus."

Daran hatten sie nicht gedacht, das könnte ein Problem werden. Sie hatten zwar ein Formular mit der Unterschrift des Beamten. Wenn aber herauskam, dass der Beamte gar keine Berechtigung für die Unterschrift hatte, dann gäbe es ein noch größeres Problem.

„Wir müssen den Sicherheitsdienst informieren, sie sollen die Anlage für dreißig Minuten abschalten", erklärte der Beamte plötzlich und hielt unverschämt die Hand auf.

„Für die Mehrarbeit der Kollegen vom Sicherheitsdienst", meinte er grinsend.

Frank griff in seine Brieftasche und holte etliche große Scheine hervor, die er dem Beamten in die Hand drückte.

Dieser grinste und griff zum Telefon, um den Sicherheitsdienst zu informieren. Das Palaver, das in einem ägyptischen Dialekt geführt wurde, von dem Frank kein Wort verstand, dauerte eine ganze Weile. Denn legte der Beamte das altmodische Wählscheibentelefon auf und erklärte: „Alles klar, wir können in die Ausstellungsräume gehen. Ich komme mit."

Sie gingen zuerst durch die Halle mit den Sarkophagen. Die Beleuchtung war abgeschaltet, doch durch die Dachfenster drang noch genügend Licht hindurch, um sich orientieren zu können. Sie wussten schließlich, wo sie hinwollten.

Die Mumien und die Sarkophage wirkten in diesem Dämmerlicht bedrohlich und unheimlich. Frank war Realist,

doch er musste an den Hollywood Blockbuster „Die Mumie"
denken, wo diese auf einmal lebendig wurden.

Plötzlich war vor ihnen eine Bewegung. Frank erschrak,
als eine Mumie auf ihn zuzukommen schien.

Doch es war keine Mumie, es war ein Mann in der
Uniform der Security mit umgehängter Maschinenpistole und
einem grünen Barett auf dem Kopf.

Der Beamte war genauso erschrocken und war entsetzt
stehengeblieben.

Frank rettete die Situation, indem er laut seinen Namen
rief und sich als Grabungsleiter von Gizeh vorstellte.

Der Wachmann wollte unwirsch den Ausweis sehen, den
Frank ihm unter die Nase hielt. Mit seiner Taschenlampe
leuchtete er ihm ins Gesicht und dann in den Ausweis.

Den Beamten schnauzte er an: „Das nächste Mal machst
du zuerst Licht, bevor ihr hier herumschleicht. Wie leicht
hätte ich euch für Einbrecher halten können." Dabei klopfte
er mit den Fingern auf seine Waffe.

Frank wusste, dass der Wachmann recht hatte. Im Zuge
des arabischen Frühlings war das Museum vom Mob
gestürmt worden und es hatte umfangreiche Plünderungen
gegeben. Viele Stücke waren bis heute verschollen, manches
war am Schwarzmarkt wieder aufgetaucht.

Frank war unbehaglich zu Mute. Er wollte das Museum
möglichst schnell verlassen. Doch der Wächter ließ sich nicht
abwimmeln. „Ich leuchte den Weg, dann geht es schneller",
erklärte er.

„Dann hat er uns immer im Auge", dachte Frank, dem die Maschinenpistole gar nicht gefiel.

„Wir müssen in die Tutanchamun Abteilung, etwas bestimmen", erklärte der Beamte und gab dem Wachmann einen Schein in die Hand, worauf sich dessen Gesicht aufhellte.

Vorbei an Vitrinen mit Holzgerätschaften, Steinbeilen und Knochenwerkzeugen kamen sie schließlich in die Tutanchamun Abteilung. Inzwischen war es fast völlig dunkel geworden, nur die Taschenlampe des Wachmanns durchschnitt die Finsternis.

Dieser ging zu einem Wandschrank und öffnete diesen. Daraufhin ging das Licht an und die Prunkstücke aus dem Grab von Tutanchamun erstrahlten in hellem Licht. Sein vergoldeter hölzerner Thronsessel stand in der Mitte, Statuen von Göttern und Göttinnen rahmten den Raum. An den Seiten waren Vitrinen mit silbernen und goldenen Schmuckstücken aufgestellt.

Saddam el Huareq hatte den genauen Lageplan der Vitrine und konnte direkt darauf zusteuern.

Siedend heiß durchzuckte es Frank: „Was ist, wenn die Vitrinen abgeschlossen sind? Wir haben keine Schlüssel und der Beamte hat sicher auch keine."

Sie standen vor der Vitrine und Saddam el Huareq zeigte auf die ausgestellten Schmuckstücke. Er erklärte dem Wachmann, dass sie diese beiden Stücke ausleihen wollten.

Dieser verstand nichts, sondern hielt das für einen Scherz.

Erst als Frank sein Exemplar des Leihdokuments aus seiner Tasche holte und der Wachmann die Unterschrift sah, lenkte dieser ein. Er wusste nicht, dass die Unterschrift nicht gültig war, da sie von einem Unzuständigen stammte.

Die Vitrinen waren verschraubt. Doch der Wachmann hatte einen Leatherman dabei und konnte die Schrauben damit lösen.

„Wie hätten wir das ohne Wachmann schaffen sollen", wunderte sich Frank, dem die Sache immer mysteriöser vorkam.

Frank zog sich Handschuhe über, ganz so wie es sich gehört und fischte zwei Plastikdosen aus seinem Rucksack. Diese waren mit Luftpolsterfolie ausgekleidet, um den Inhalt sicher transportieren zu können. Darin verstaute er die Pretiosen vorsichtig, indem er sie zusätzlich in Seidenpapier einwickelte.

Der Wachmann beobachtete ihn dabei mit Argusaugen. Dann verschraubte er die Vitrine wieder sorgfältig und meinte, „Ich bringe Sie jetzt zum Ausgang, damit Sie sich nicht verlaufen."

Frank setzte sich freudig in Bewegung, je schneller sie hier weg kamen, desto besser.

Unterdessen sprach der Wachmann in sein Funkgerät. Die krächzende Antwort konnte Frank nicht verstehen. Er verstand auch nicht, was der Wachmann gesagt hatte.

Beim Ausgang angelangt erklärte der Wachmann plötzlich: „Warten Sie hier, es gibt noch ein paar Formalitäten zu erledigen."

Er ging ins Wachlokal neben dem Haupteingang, das durch eine Glaswand vom Eingangsbereich getrennt war.

Draußen, nur wenige Meter hinter den Glastüren, toste der Verkehr über den Tahrir Platz.

„Mich brauchen Sie jetzt nicht mehr" erklärte der Beamte und verließ das Gebäude durch das Hauptportal. Er musste dazu seinen Schlüssel benutzen, da alle Türen bereits verschlossen waren. Der Nachtportier, der Frank und Saddam el Huareq hereingelassen hatte, war auch nirgendwo zu sehen. Er schloss daher eine Tür auf und ging hinaus.

Frank sah, wie der Wachmann im Hintergrund des Wachlokals hektisch telefonierte.

„Wir sollten nicht warten", meinte Frank, „ich habe kein gutes Gefühl."

Der Beamte war eben dabei, die Tür von außen wieder zu verschließen, als Frank sah, dass weitere bewaffnete Wachleute aus einem Raum hinter der Portierloge in diese stürmten.

Es war keine Zeit mehr zu verlieren. Auch Saddam el Huareq hatte verstanden, dass die Lage gleich eskalieren würde.

Gemeinsam stießen sie die Innere der Doppeltüren auf, die sie vom Tahrir Platz trennten. Der Beamte wollte eben den Schlüssel im Schloss umdrehen, um die Außentür zu versperren, als sich Frank mit Wucht dagegen warf und die Tür aufdrückte. Der Beamte verlor das Gleichgewicht und taumelte zur Seite, als Frank und Saddam el Huareq an ihm vorüber stürmten. Schrecken war in sein Gesicht geschrieben.

Sie rannten über den Platz, denn die Wächter würden jeden Moment am Ausgang erscheinen. Panik stieg in Frank auf, als er sah, wie die Wächter aus dem Museum drängten und dabei ihre Gewehre von der Schulter rissen.

Doch die Wächter konnten nicht alle zugleich durch die eine offene Tür, was sie etwas aufhielt und den beiden Flüchtenden einen kleinen Vorsprung verschaffte.

Saddam el Huareq zog Frank an der Hand in Richtung einer der mächtigen Betonsäulen, welche die riesige Stadtautobahn trugen, deren Traversen den ganzen Platz überspannten.

Die Wächter aber zögerten nicht lange und die ersten Schüsse peitschten ungezielten über den Platz.

Frank musste erkennen, dass sein Status als Grabungsleiter hier nichts mehr wert war. Sein Leben könnte schnell zu Ende gehen.

Doch da schoss ein Toyota Taxi hinter der Betonsäule hervor und schleuderte sich mit quietschenden Reifen genau in die Schusslinie der Wachleute und hielt neben ihnen an.

Saddam el Huareq riss die Hintertür auf und zerrte Frank in den Wagen, der sofort im Fußraum des alten Toyotas nach Deckung suchte. Saddam el Huareq hechtete ebenfalls an Bord und schloss die Türe, als der Fahrer voll aufs Gaspedal trat und davon brauste. Einige Kugeln durchschlugen das Heckfenster. Ein Splitterregen ergoss sich über die Flüchtigen. Zum Glück wurde der Fahrer nicht getroffen. So waren sie wenige Augenblicke später auf der Brücke der Stadtautobahn, die hier den Nil überquerte, in Sicherheit.

Saddam el Huareq grinste: „Ich dachte mir, wir könnten ein Fluchtfahrzeug brauchen, da habe ich Ali angerufen. Jetzt ist alles in Ordnung."

„Gar nichts ist in Ordnung", erklärte Frank, der sich erst langsam von seinem Schreck erholte. „Ich habe wegen dir halblegale Dinge getan und kann jetzt jede Menge Probleme bekommen. Die Wächter wissen doch, wer ich bin. Heute Morgen hat mir schon der Minister angedeutet, dass ich hier nichts mehr zu sagen habe, und jetzt diese Aktion. Wir müssen sofort aus Ägypten raus. Elisabeth will ich da nicht mit hineinziehen."

„Keine Panik, Ali bringt dich ins Hotel zu deiner Frau. Dort kannst du einen Flug nach Berlin buchen und sofort ausreisen. Aber jetzt gib mir die beiden Schmuckstücke, ich lasse sie verschwinden."

„Sicher nicht, das kommt gar nicht in Frage", brauste Frank auf. „Wenn dein Verdacht stimmt, dann sind die Stücke präägyptisch und das will ich in Berlin herausfinden lassen. Danach müssen wir die Stücke wieder ans Museum zurückgeben. Sonst machen wir uns wirklich strafbar."

„Wie willst du die Dinger durch den Zoll bringen?", feixte Saddam el Huareq.

„Das lass nur meine Sache sein", erwiderte Frank verärgert.

„Sie werden dich schnappen und wegen verbotener Ausfuhr von Antiquitäten einsperren", erklärte Saddam el Huareq mit ernster Miene.

„Gib sie mir, ich lasse sie versschwinden, denn wenn sie wirklich präägyptisch sind, dann kannst du sie nicht ins

Museum zurückbringen. Schon vergessen, dass es da ein Geheimnis zu wahren gibt."

Doch da waren sie schon beim Hotel angekommen und Frank stieg mit den Artefakten im Rucksack aus. Saddam el Huareq rief ihm noch nach: „Ich habe dich gewarnt, die Sache kann für euch böse ausgehen."

Kapitel 15

Im Appartement traf Frank auf eine verärgerte Elisabeth: „Weißt du, wie spät es ist, ich dachte schon, du kommst gar nicht mehr."

Frank sah auf die Uhr und erkannte erst jetzt, dass es schon nach zehn Uhr abends war.

„Entschuldige bitte, ich bin aufgehalten worden und es gibt Probleme. Wir müssen sofort abreisen."

Als ihn seine Frau mit großen Augen verständnislos ansah, beschloss Frank, sie einzuweihen und ihr alles zu erzählen. Denn er würde sie brauchen, um seinen Plan umsetzen zu können.

Elisabeth reagierte ganz anders, als Frank es befürchtet hatte: „Oh, endlich bin ich auch bei einem echten Abenteuer dabei und muss nicht immer zu Hause sitzen, wenn ihr euch in Gefahr begebt. Oh, wie aufregend."

Frank hätte auf die Aufregung gerne verzichtet, doch er musste im Internet den Flug für morgen buchen.

Da läutete plötzlich sein Smartphone und der Minister persönlich war in der Leitung: „Ich habe Sie gewarnt, beenden Sie die Untersuchungen und schreiben Sie Ihren Abschlussbericht."

Frank versuchte tapfer zu erklären, dass er dazu genau deswegen im Museum gewesen sei, denn ähnliche Schmuckstücke seien in den alten Bunkern gefunden worden. Anhand der Ähnlichkeit wolle er beweisen, dass die ägyptische Zivilisation direkt aus der präägyptischen Zivilisation hervorgegangen sein musste. Das müsse doch im Sinne des Ministers sein.

Doch der Minister ließ sich nicht umstimmen: „Warum kommen Sie dann spät abends ins dunkle Museum und leihen sich die Stücke von einem unzuständigen Beamten aus, den die gerechte Strafe für seine Verfehlung noch treffen wird, statt am nächsten Tag offiziell ein Ansuchen zu stellen? Das können Sie mir nicht erklären! Das sieht verdammt noch mal nach Diebstahl aus. Sollten wir Sie damit beim Zoll erwischen, dann sieht es schlecht für Sie aus."

Mit diesen Worten legte der Minister auf. Elisabeth, die alles mitgehört hatte, meinte: „Wie willst du die Dinger ausschmuggeln. Ich hätte da eine Idee."

*

„Passkontrolle" stand auf dem Schild. Vor Frank und Elisabeth hatte sich eine lange Schlange gebildet. Frank war nervös. Was war, wenn der Plan nicht klappte.

Die Klimaanlage des Flughafens war entweder defekt oder es gab gar keine. Schweiß stand auf seiner Stirn.

Endlich waren sie an der Reihe. Der Beamte in der Glaskabine blätterte endlos lang in ihren Pässen. Frank hatte schon viele Ein- und Ausreisestempel von Ägypten gesammelt. Dann tippte der Beamte etwas in seinen Computer.

Plötzlich waren zwei Security Beamte bei ihnen und einer der beiden erklärte auf Englisch: „Mister Steiner, mit Ihrem Gepäck stimmt etwas nicht, wenn Sie bitte mit uns mitkommen."

Frank warf Elisabeth einen wissenden Blick zu und sie mussten beide den Security Leuten folgen.

Sie wurden von der Halle mit der Passkontrolle weggebracht und tauchten in ein Labyrinth von Gängen ein, die normalerweise von Flugpassagieren nicht betreten werden.

Ein fensterloser Raum mit flackernden Neonröhren war das Ziel. In dem Raum stand nur ein großer Tisch, auf dem ihre Koffer lagen, die sie schon vor der Passkontrolle eingecheckt hatten.

Eine Beamtin in der Uniform der Zollbehörde betrat den Raum. Die beiden bewaffneten Securities nahmen an der Wand Aufstellung.

„Haben Sie nicht vergessen, etwas für die Ausfuhr zu deklarieren?", wollte die Beamtin wissen.

Als Frank und Elisabeth verneinten, kamen drei weitere Zollbeamte hinzu und begannen das Gepäck zu öffnen und jedes Wäschestück zu durchsuchen.

Sie waren dabei sehr gründlich. Jede Deo- oder Duschgel-Flasche wurde getestet, ob sie einen Inhalt hatte, oder ob es einen doppelten Boden gab.

Frank wollte wissen, warum sie das Gepäck nicht einfach durch die Röntgenstraße geschickt haben.

„Das haben wir", entgegnete die Beamtin eisig, „aber die Teile, die wir suchen, die sind zu klein. Das geht nur händisch."

„Wir wollen unseren Flug nicht versäumen", versuchte Elisabeth die Prozedur abzukürzen."

„Ob Sie Ihren Flug erreichen, das steht in den Sternen. Wenn wir das finden, wonach wir suchen, dann bleiben Sie sowieso auf unbestimmte Zeit bei uns im Land."

Doch nachdem das gesamte Gepäck einschließlich des Handgepäcks gründlichst gefilzt worden war, hatten die Zollbeamten nichts Verdächtiges gefunden. Sie hatten auch keinen doppelten Boden in den Koffern gefunden.

Frank hatte schon Sorge gehabt, dass die Leute vom Zoll etwas in sein Gepäck getan hätten, um ihn festnehmen zu können. Doch das war nicht der Fall gewesen.

„Können wir jetzt gehen?", fragte Frank, nachdem er und Elisabeth alle Sachen wieder in ihre Rollkoffer gestopft hatten.

„Nein, jetzt kommt die Leibesvisitation. Ausziehen ist angesagt.

„Ich protestiere", rief Elisabeth, „Es sind Männer im Raum, da ziehe ich mich nicht aus."

„Müssen Sie auch nicht, wir Frauen gehen in den Nebenraum, da werden Sie alles ablegen müssen."

Elisabeth sah Frank gequält an, doch dieser zuckte nur resignierend mit den Schultern und meinte: „Da müssen wir durch, es nützt nichts."

Als Elisabeth mit zwei Zollbeamtinnen in einem Nebenraum verschwunden war, begann Frank sich vor den Augen der Security auszuziehen.

Als er in Unterhose vor ihnen stand, meinte einer der beiden Zollbeamten, er solle auch die Unterhose ausziehen.

Frank biss die Zähne zusammen, weil ihm eine böse Bemerkung auf der Zunge lag und kam der Aufforderung nach.

Die Zollbeamten durchsuchten jeden Zentimeter seiner Kleidung und konnten nichts finden. Schließlich durfte Frank sich wieder anziehen.

Als auch Elisabeth wieder in bekleidetem Zustand aus dem Nebenraum kam, erklärte die leitende Zollbeamtin: „Tut mir leid, das muss eine Verwechslung gewesen sein, Sie können zu Ihrem Flug gehen. Die Security bringt Sie zum Gate, dann erreichen Sie ihn noch. Ihr Gepäck wird auch noch in die Maschine geladen. Entschuldigen Sie die Unannehmlichkeiten, aber wir hatten die Information, dass wertvolle Kulturgüter heute ausgeschmuggelt werden sollten."

*

Erleichtert sah Frank Elisabeth in die Augen und beide lächelten, während sie mit dem Glas Sekt auf das gelungene Abenteuer anstießen. Sie saßen in der Lufthansamaschine in der First Class, denn billigere Tickets hatte Frank so kurzfristig nicht mehr bekommen.

„Wenn du Hans nicht hättest, dann hättest du jetzt ein Problem", erklärte Elisabeth und Frank musste lächeln.

„Deine Idee war genial, aber hoffentlich filzen sie das Paket mit dem Porzellanservice aus dem Hotelshop nicht auch so gründlich."

„Kaum, denn ich habe mich als Ilse Bäumler ausgegeben. Sie hat mir sogar eine ihrer Kreditkarten geborgt, damit ich das Service bezahlen konnte. Die Zieladresse ist die Adresse unserer Freunde in Berlin. Sie weiß noch nichts von ihrem Glück, dass sie ein Paket mit besonderem Inhalt empfangen wird, denn ich rufe sie erst an, wenn wir in Berlin sicher gelandet sind. Wer weiß, ob wir in Ägypten nicht abgehört worden sind.

Und in den Teetassen sind deine zwei Fundstücke sicher verpackt und genial versteckt, das kontrolliert niemand, da das Hotel der Absender des Paketes ist."

„An dir ist eine Agentin verloren gegangen", musste Frank anerkennend feststellen.

Elisabeth lächelte und erwiderte: „Ich habe an die Papyri gedacht, die du damals versehentlich ausgeschmuggelt hast und als ich mit Ilse vorigen Monat beim Tee saß, haben wir diesen Plan ausgedacht, für den Fall, dass wir wieder etwas ausschmuggeln müssen."

„Du hast es faustdick hinter den Ohren", anerkannte Frank.

„Der Boy im Hotelshop hat es gar nicht fassen können, dass ich ihm beim Einwickeln der Porzellanstücke unbedingt helfen wollte", grinste sie Frank an. „Da war das Erweitern des Sortiments um zwei nichtssagende Schmuckstücke eine Kleinigkeit. Sind doch nur wertlose Replikate, oder?"

Kapitel 16 – 3 Tage später

Jetzt war Frank wieder im sicheren Berlin in seinem Arbeitszimmer an der Universität und konnte sich Zeit nehmen für genauere Untersuchungen.

Das Paket mit dem Porzellanservice und den Artefakten war problemlos bis Berlin gelangt und Ilse hatte es eigenhändig an Elisabeth übergeben.

Frank betrachtete die beiden Artefakte beinahe liebevoll. Das Ankh oder Henkelkreuz war nur acht Zentimeter groß und aus massivem Silber. Dieses Kreuz mit der Schleife anstelle des oberen Längsbalkens gab es auf Erden millionenfach. Es war ein Symbol des Lebens und in der Esoterikszene stark verbreitet. Alle möglichen Sekten und Gruppierungen verwendeten dieses Symbol für ihre Riten.

Konnte es sein, dass Frank das Erste aller Ankh Symbole in der Hand hielt und dieses Stück in seiner Hand mehr als zehntausend Jahre alt war.

Das Medaillon schien jünger. Es schien ebenfalls aus massivem Silber und hatte auf der Vorderseite das Relief eines Skarabäus eingeschnitten.

Frank betrachtete das Relief mit der Lupe. Täuschte er sich, oder waren das tatsächlich Drahtspitzen, die aus dem Relief hervorstachen. Mit freiem Auge nicht zu sehen, aber unter der Lupe waren Strukturen zu sehen, die eindeutig technischer Natur waren.

Er wog den Skarabäus in seiner Hand. Es war ihm zuerst nicht aufgefallen, aber der Skarabäus war viel zu leicht, um aus massivem Silber zu sein.

Frank packte die Artefakte und ging hinüber in das Techniklabor der Universität, wo es die entsprechenden Mikroskope gab.

Ursprünglich hatte er eine metallurgische Untersuchung machen wollen, doch dazu hätten sie eine Probe des Materials herausschneiden müssen. Er wollte aber die Objekte nicht beschädigen, denn wer weiß, welche Spuren er damit vernichtet hätte.

Ein normales Lichtmikroskop mit hundertfacher Vergrößerung brachte die Gewissheit. Der Skarabäus war in Wahrheit ein elektronischer Bauteil, der aus einem undefinierten Material bestand und mit einer dünnen Silberschicht überzogen war. Die haarfeinen Reste der Anschlussdrähte waren mit freiem Auge nicht zu erkennen. Doch unter dem Mikroskop konnte er Leiterbahnen erkennen. Das Ding war eindeutig technischer Natur.

Auf der Rückseite waren mikroskopisch kleine Hieroglyphen eingeätzt. Frank mache einige Fotos, um diese an Fabian zum Übersetzen zu schicken.

Auch das Ankh bot eine Überraschung. Am unteren Ende schien ein Mikrochip eingebaut zu sein. Frank konnte das unter dem Mikroskop deutlich erkennen.

Es wurde höchste Zeit, die Informationen zwischen allen Beteiligten auszutauschen. Das Sicherste war, wenn alle Beteiligten nach Berlin kämen. Sie mussten in der Sache langsam weiterkommen und erkennen, ob an dem Mythos mit den Vernichtungswaffen etwas dran war oder nicht. Schließlich konnten sie nicht ewig vor den Geheimdiensten davonlaufen. Es brauchte eine für alle zufriedenstellende Lösung.

Hans Bäumler hatte inzwischen drei Security-Teams im Einsatz, deren Leute alle vierundzwanzig Stunden ausgetauscht wurden. Das ging allmählich ins Geld, auch wenn er ihnen einen guten Preis gemacht hatte.

Ein Team bewachte Anna in Hamburg, ein zweites Team war in Karlsruhe aktiv, um Fabian und Tina zu schützen. Das dritte Team brauchte er selbst hier in Berlin.

Beim letzten Mal war seine Villa abgefackelt worden. Das wollte Frank nicht nochmals erleben. Jetzt stand seine neue Villa wieder schöner da, als die alte je gewesen war.

Frank beschloss, alle nach Berlin ins Institut einzuladen, da würden sie sicher und ungestört die nächsten Schritte planen können. Denn er kannte immer noch nicht den Inhalt des Sticks, den Tina an Fabian übergeben hatte. Elektronischer Datentransfer war zu unsicher. Fabian musste das persönlich übermitteln.

Kapitel 17 – 2 Tage später

Frank hatte einen Sitzungssaal in der Universität reserviert. Fabian und Tina waren aus Karlsruhe mit der Lufthansa angereist. Seine Tochter Anna war zusammen mit Julia Thorwald mit der Bahn aus Hamburg gekommen. Hans Bäumler wusste schon viel zu viel, so dass auch er bei der Besprechung dabei sein durfte.

Tina hatte zuerst nicht mitkommen wollen, sich aber dann doch dafür entschieden, da sie nicht alleine in Karlsruhe bleiben wollte, wo die Geheimdienste sie vielleicht finden würden, wenn sie nach dem Stick suchten.

Seit der vereitelten Entführung von Tina und Fabian hatte es keine weiteren Vorfälle mehr gegeben. Das hieß aber nichts, denn die Dienste konnten jederzeit wieder zuschlagen. Dabei wussten sie immer noch nicht, welche Dienste es auf die Daten abgesehen hatten. Waren es Amerikaner, Russen oder Briten, die sie verfolgten? Chinesen schieden eher aus, denn die hätten sie als mit Sicherheit als solche erkannt.

Der Saal wurde abgedunkelt und Tina warf ihr Notebook an, das sie vorher sorgfältig vom Internet getrennt hatte. Dann startete die Präsentation über einen altmodischen Video-Beamer, der an der Decke des Saales befestigt war. Tina steckte den Stick in den USB-Ausgang und öffnete die Datei, so dass alle im Saal die Übersetzung des dritten Papyrustextes mitlesen konnten.

Zuerst kamen allgemein gehaltene Lobeshymnen auf irgendeinen Baumeister mit Namen Aslan. War das gar eine Festschrift für irgendein Jubiläum? Doch dann ging es ans Eingemachte:

... in den Schluchten der roten Felsen hast du oh edler Aslan mit Hilfe Toths, unseres allmächtigen Führers, die Nester verborgen, die von unseren Feinden niemals gefunden werden können. Darin sind die Donnervögel sicher aufgehoben und werden im Einsatz für unser Volk unseren Feinden Tod und Verderben bringen.

Unsichtbar sind sie, doch wenn sie zuschlagen, bleibt kein Stein auf dem anderen und festgefügte Mauern und Festungen lösen sich in Luft auf, wenn der feurige Atem des Donnervogels sie berührt.

Möge unser großer Führer lange leben und oftmals wiedergeboren werden, um unser Volk in eine lichtvolle Zukunft zu führen ...

Der restliche Text waren wieder nur Lobpreisungen an den lichtvollen Führer.

Fabian meinte: „Also doch keine Landkarte, wie du damals gemeint hast, als du mir von den Strichen und Punkten erzählt hast."

„Stimmt nicht ganz"; konterte Tina grinsend, „die Striche und Punkte wurden von der KI als Koordinaten erkannt und als Zahlen ausgegeben, doch konnte keine passende Karte dazu gefunden werden, auf der wir die Koordinaten hätten eintragen können. Die Karten mit den alten Küstenlinien waren offenbar zu ungenau und brachten kein Ergebnis. Was nützen uns daher die Koordinaten, wenn es kein Bezugssystem gibt oder wir es noch nicht gefunden haben."

„Wo gibt es heute noch zugängliche Schluchten von roten Felsen, die eine alte Zivilisation beherbergen?", warf Frank die Frage in die Runde, um gleich die Antwort vorwegzunehmen.

„Es gibt nur eine einzige Stelle, die in Frage kommt. Petra in Jordanien."

„Ist aber nicht von mehreren Schluchten die Rede", warf Anna ein. „Nester ist in der Mehrzahl, das kann auch woanders sein."

„Petra besteht aus vielen Schluchten, wir müssen uns dort umsehen", beharrte Frank.

Fabian war gleich Feuer und Flamme: „Wir finden vielleicht einen Donnervogel. Jetzt wissen wir, dass es diese Dinger wirklich gegeben hat."

Anna erwiderte: „Du glaubst doch nicht, dass nach zehntausend Jahren von den Dingern noch irgendetwas übrig ist. Die wurden doch längst verschrottet und in Kleinteile zerlegt. Wenn wir ein Wrackteil finden, können wir froh sein."

Tina konterte: „Ich verstehe ja, dass ihr die alte Technik finden wollt, aber ist das nicht gefährlich. Es ist die Rede von Waffen, die ganze Festungen auflösen können. Wenn das keine Antimateriewaffen sind, dann weiß ich nicht. Mit einer normalen Bombe kannst du keine Festung auflösen. Du kannst sie nur zerstören und in Trümmer legen, aber die Trümmer bleiben übrig."

„Vielleicht geht es dabei um Nuklearwaffen", warf Fabian ein. „Die sind zwar gefährlich, aber die interessieren die Geheimdienste weniger, da sie Atombomben schon zur Genüge kennen."

„Und wenn es doch Antimateriewaffen sind und wir die Pläne dafür finden, dann sind wir auf diesem Planeten nirgendwo mehr sicher", erklärte Julia, die sich plötzlich gar nicht mehr wohl fühlte.

„Dann ist es unser Job, diese Pläne zu vernichten", konterte Frank. „Denn irgendwelchen durchgeknallten Militärs überlasse ich sicher nicht eine allesvernichtende Waffe mit der ganze Städte aufgelöst werden können."

Frank musste an sein Versprechen an Toth denken. In diesem Fall ging die Menschheit vor. Da musste sein Forscherdrang zurück stehen. Waren Atomwaffen schon schlimm genug. Jetzt noch mit Antimateriewaffen herumzuspielen, ging entschieden zu weit.

„Ich bleibe in Berlin und leiste Hintergrundarbeit", erklärte Tina entschieden.

Fabian war enttäuscht, er hätte Tina gerne dabei gehabt. „Du wirst bei bahnbrechenden Entdeckungen nicht dabei sein, das wird dir noch leidtun", meinte er traurig.

„Ich komme mit", erklärte dagegen Hans Bäumler. „Ich muss doch auf euch aufpassen und kann euch nicht jedes Mal erst in letzter Sekunde retten. Diesmal bin ich von Anfang an mit dabei. Meine Leute bleiben in Berlin, denn wir fahren ohne Waffen. Die illegale Organisation der Waffen vor Ort ist zu aufwändig, wir machen das diesmal mit Schnelligkeit. Ihr könnt euch auf mich verlassen."

„Was soll uns schon passieren, Petra ist doch eine Touristenhochburg. Wir gehen als Touristen rein und sehen uns um. Ich sehe da keine Gefahr", gab sich Fabian mutig und sah dabei Tina in die Augen.

„Schon vergessen, du brauchst nur über den Gang vor deinem Büro gehen und die Leute werden erschossen", konterte Tina mit verkniffenem Gesicht. „Die Dienste werden euch in Jordanien finden, denn ihr müsst aus dem Schengenraum raus und in Jordanien rein. Das kriegen die Dienste garantiert mit."

„Aber sie kennen mich nicht, wenn ich die Mietwagen organisiere, kriegen sie nicht mit, wo wir sind und was wir vorhaben", warf Hans ein.

„Wir fliegen morgen, je schneller wir sind, desto eher können wir die Dienste abhängen", entschied Hans plötzlich resolut. „Ich habe unsere Ausrüstung in wenigen Stunden beisammen, mein Büro kümmert sich um die Tickets. Wir werden schließlich nicht lange dort bleiben. Entweder wir finden bald eine Spur, oder es war der falsche Ort."

„So geht Archäologie aber wirklich nicht", dachte Anna, traute es sich aber nicht, ihre Bedenken laut auszusprechen.

Kapitel 18 – zur selben Zeit

Dr. Paul Simon nahm den Anruf aus Berlin gelangweilt entgegen. Eine Hitzewelle lastete über Washington und die Klimaanlagen liefen auf Hochtouren.

„Was will die Außenstelle aus Berlin schon wieder. Ich will endlich Ergebnisse aus Stuttgart, nicht aus Berlin."

Aber seit die Zielobjekte unter Personenschutz standen und schwer bewaffnete Typen jeden Zugang überwachten, wie ihm seine Leute genervt mitgeteilt hatten, waren sie keinen Schritt weitergekommen. Es gab keinen Hinweis auf besondere Aktivitäten und sonst auch nichts.

Ein Timothy Garland meldete sich und meinte, er habe interessantes Material für ihn.

„Was soll es denn diesmal sein", fragte Simon betont gelangweilt. Beim letzten Mal war das Material aus Berlin völlig unbrauchbar gewesen. Und die Abhöraffäre mit dem

Handy von Angela Merkel, der Kanzlerin, welches sie illegalerweise abgehört hatten, trug auch nicht zur Verbesserung der Lage bei.

„Die Guys aus Stuttgart haben mich um Hilfe gebeten. Sie müssen wissen, mein Spezialgebiet sind Abhörsysteme.

Sie haben mich gebeten, diesen Archäologieprofessor, wie war doch gleich der Name, ah ich hab´s, Professor Frank Steiner, zu überwachen.

Das war gar nicht einfach, dieser Mann wird rund um die Uhr von einer privaten Sicherheitsfirma bewacht. In seine Villa unbemerkt eindringen war nicht möglich."

Beim Namen Steiner erwachte Simons Interesse.

„Was haben Sie herausgefunden, das Wie interessiert mich nicht", schnauzte er durch die Leitung.

„Wie gesagt, eine direkte Überwachung war nicht möglich, doch auf der Universität sind die Sicherheitsvorkehrungen so lax, da konnte ich mich einhacken und auf das Notebook von Steiner zugreifen, wenn er im System war. Das war aber unbefriedigend, da dieser Steiner selten im System war. Da dachte ich mir, ich probiere etwas anderes aus. Diese Leute haben doch immer Besprechungen und dazu verwenden sie immer noch Videobeamer, die im LAN der Universität hängen."

„Sie machen mich wahnsinnig, ich will die Fakten, die Sie mir liefern wollen und nicht die technischen Details"; tobte Simons los.

„Ich kann Ihnen auch einen schriftlichen Bericht schicken, wenn Ihnen das lieber ist", schmollte Tim, „das würde allerdings circa sechs Wochen dauern. Ich dachte, ich mache Ihnen einen Gefallen, wenn ich Sie direkt kontaktiere und über eine sichere Leitung anrufe. Sie sind doch für diese Sondersachen zuständig. Und Sie müssen unbedingt wissen, wie ich zu der Information gekommen bin, sonst können Sie damit nichts anfangen."

Simon knirschte mit den Zähnen und schluckte seinen Ärger hinunter: „Dann erzählen Sie fertig!"

„Wir haben alle Videobeamer der Universität überwacht. Das war einfach, da alle im selben Netz hängen. Den Rest hat die KI erledigt. Und dann hatten wir plötzlich die Übersetzung eines präägyptischen Papyrus am Beamer und es war der Laptop von Steiner auf dem die Präsentation lief.

Jetzt war Simon aus dem Häuschen: „Treffer, wir haben den fehlenden Text. Sehr gute Arbeit, wie heißen Sie, haben Sie gesagt."

Tim blieb lässig und erwiderte: „Das ist noch nicht alles, die KI hat danach automatisch die Mikrofonfunktion des Beamers aktiviert und die ganze Sitzung aufgezeichnet. Den kompletten File erhalten Sie per Mail. Die Leute in Stuttgart natürlich auch.

Aber ich will Sie jetzt wirklich nicht auf die Folter spannen, denn der Professor will mit seinem Team morgen nach Petra in Jordanien aufbrechen, denn dort soll ein Horst von diesem sagenhaften Donnervogel sein. Ich dachte, das sage ich Ihnen persönlich, weil die Zeit knapp ist."

„De Zeit ist viel zu knapp", rief Simon aus. „Wie soll ich in vierundzwanzig Stunden ein Team zusammenstellen und an den Einsatzort bringen? Das geht sich doch nicht aus."

„Da kann ich Ihnen auch nicht helfen, aber meine Information ist brandaktuell von vor zwanzig Minuten. Wie wäre es, wenn Sie Danke sagen, weil ich Sie so rasch angerufen habe."

„Entschuldigung, natürlich, vielen Dank für Ihre hervorragende Arbeit, Sie haben alles richtig gemacht, aber ich muss mich jetzt schleunigst um den Einsatz kümmern, sonst gehen uns diese Leute in Petra wieder durch die Lappen und wir erfahren nie, ob an dieser Donnervogelgeschichte etwas Wahres dran ist."

Kapitel 19 – Übernächster Tag

Die Felswände türmten sich zu beiden Seiten des Weges immer höher auf und der Weg wurde immer enger. Im Morgenlicht schimmerten die Felsen rötlich und Anna meinte zu wissen, dass sie am richtigen Weg zum Donnervogel waren.

Vor ihnen verengte sich der Weg noch mehr und zwei Soldaten in originaler nabatäischer Uniform mit Brustpanzer und Sandalen hielten dort Wache und reckten ihre langen Speere in den Himmel.

Es gab ein mächtiges Gedränge, da alle Touristen diese beiden Wächter fotografieren wollten und deshalb stehenblieben.

Auch unserer Gruppe blieb nichts anderes übrig, als sich in der Menge langsam vorwärts schieben zu lassen.

Petra, im Süden Jordaniens im Felsengebirge gelegen, war touristisch vollständig erschlossen. Der riesige Parkplatz des Besucherzentrums hatte auch heute wieder hunderte Touristenbusse aufgenommen. Von dort waren sie zusammen mit vielen anderen Touristengruppen über den langen Zugangsweg marschiert und standen nun vor senkrechten Felswänden, die scheinbar keinen Zugang gestatteten. Nur ein wenige Meter breiter und siebzig Meter hoher Riss in der Wand erlaubte den Zugang zu den antiken Stätten von Petra.

Vor Jahren waren hier viele Touristen durch plötzlich einsetzenden Starkregen ertrunken, da dieser Riss bei Regen wie ein Kanal wirkte und es zu einer reißenden Flutwelle gekommen war, die alle weggespült hatte.

Anna musste daran denken, als sie die Auswaschungen seitlich in der Felswand entlang des Weges sah. Dieser Riss, auf dessen Grund der Weg verlief, war nicht durch Menschenhand geschaffen worden, sondern das Wasser hatte sich seinen Weg gebahnt.

Düsternis umfing sie. Das Licht der Sonne konnte nie bis auf den Grund dieses schmalen Canyons fallen. Tausende schoben sich durch den engen Weg, der hier nur wenige Meter breit war. Bei einer Massenpanik würden sich die Leute hier zu Tode trampeln, auch ganz ohne Wasser.

Anna hatte hier kein gutes Gefühl, eine unsichtbare Gefahr schien zu drohen. Doch sie konnten hier nicht aus und mussten sich von den Touristenmassen weiterschieben lassen.

Eines musste sie Hans zugestehen, organisieren konnte er. Sie waren gestern mit einer normalen Linienmaschine von Berlin nach Amman geflogen. Hans hatte schon von Berlin aus einen Geländewagen am Flughafen reservieren lassen, mit dem sie ohne Zwischenstopp bis Petra durchfahren konnten. Die Zimmer im Petra Marriot, einem der besten Häuser am Platz, waren auf den Namen von Hans reserviert worden, um die Geheimdienste abzulenken.

Der Morgen war recht kühl gewesen, da das Luxushotel auf dreizehnhundert Meter Seehöhe mitten in den Felsenbergen stand.

Anna verblüffe es immer wieder, wie es solchen Luxus hier mitten im Nirgendwo geben konnte. Alle Zimmer waren mit üppigen Bädern ausgestattet und es gab ein Frühstücksbuffet von dreißig Metern Länge, das alle Speisen des Orients zu bieten hatte. Von ihrem Zimmer aus bot sich ein herrlicher Blick über die wilde Gebirgslandschaft, in die Petra eingebettet lag. Der riesige Hotelswimmingpool im Vordergrund verstörte sie etwas. Warum wurde hier mitten in der Wüste so viel Wasser verschwendet.

Gestern fuhren sie durch Dörfer, wo nur windschiefe Lehmhütten standen, die nicht einmal Stromanschluss hatten und wo die Leute zum nächsten Brunnen zu Fuß laufen mussten, um ihre Wasserkanister zu füllen. Diese wurden dann auf den Rücken von Maultieren zu den ärmlichen Hütten transportiert.

Aber heute waren sie endlich auf den Weg zur sagenumwobenen Hauptstadt der Nabatäer, die vor rund zweitausend Jahren in einem Felsenlabyrinth errichtet worden war. Es gab nur zwei schmale Zugänge zur Stadt. Durch ein ausgeklügeltes Kanalsystem leiteten die Nabatäer schon zur Zeit Jesu das Wasser zu ihrer Stadt, die ohne genaue Ortskenntnis von keinem Feind gefunden werden konnte. Die Stadt war auch eine Oase inmitten der Felswüste und ein wichtiger Handelsknoten für die Karawanen des antiken Fernhandels, die hier ihre Kamele tränken konnten. Die Reste einer solchen Wasserleitung, die direkt in den Felsen geschlagen war, konnte Anna neben dem schmalen Weg noch klar erkennen.

Links und rechts des Weges gab es viele künstlich geschlagene Höhlen und Öffnungen. Manche hatten Abmessungen so groß wie ein Einfamilienhaus. Anna wusste, dass bis ins zwanzigste Jahrhundert hinein manche der Höhlen noch bewohnt gewesen waren und die Regierung erst per Zwangsräumung die Leute dazu bringen konnte, in moderne Dörfer umzuziehen.

Denn um Petra touristisch besser nutzen zu können, siedelte die jordanische Regierung in den siebziger Jahren des vorigen Jahrhunderts die Beduinen vom Stamm der B'doul, zu deren Gebiet Petra gehört, zwangsweise um. Sie hatten die kühlen, schattenspendenden Grabbauten bis dahin als Wohnungen genutzt. Heute wohnen die B'doul in den umliegenden Dörfern, vor allem in Wadi Musa. Ein Großteil von ihnen lebt vom Petra-Tourismus als Fremdenführer oder Souvenirverkäufer. Einige der ehemaligen Felswohnungen nutzen sie jetzt als Souvenirläden.

Bei manchen Felsen konnte man nicht unterscheiden, waren das verwitterte Skulpturen, die jemand einst aus dem Felsen geschlagen hatte, oder waren das natürliche Verwitterungen. Eine sah aus wie ein kniender Elefant mit Rüssel. Eine andere schien wie ein riesiger Totenkopf eines Aliens hoch über ihnen in der Felswand zu schweben.

Doch dann öffnete sich plötzlich der schmale Spalt und mündete in einen breiten Canyon und sie standen vor dem so genannten Schatzhaus des Pharaos, einem gewaltigen über dreißig Meter hohen Tempel, der direkt aus dem Felsen heraus geschlagen worden war.

Da es noch früher Vormittag war, wurde der Tempel von der Morgensonne hell angestrahlt und leuchtete in den wunderbaren rötlichen Farben.

Julia rief begeistert aus: „Den Tempel kenn ich, hier hat Indiana Jones im Film den Heiligen Gral gefunden."

„Ich fühl mich eh´ schon wie Indiana Jones", warf Fabian ein, „wenn ich daran denke, wonach wir suchen, da war der Heilige Gral eine Kleinigkeit."

„Leise, Leute, das braucht niemand zu wissen", zischte Frank zu Fabian und Julia. „Wir wissen nicht, ob wir beschattet werden."

In dem Moment galoppierten zwei berittene Wächter knapp an ihnen vorbei und wirbelten eine Menge Sand auf.

„Brrr", rief Julia entsetzt auf, als sie den Sand ins Gesicht bekam, doch die Reiter kümmerten sich nicht um sie und waren schon um die nächste Wegbiegung verschwunden.

Sie gingen dem Touristenpfad folgend weiter und kamen bald danach ins Haupttal. Dieses weitete sich auf eine Breite von fast einem Kilometer. Sie sahen Tempelruinen und das römische Theater, dessen Sitzreihen direkt in die Felsen geschlagen waren. Überall gab es Höhlen und Ausnehmungen in den Felswänden.

„Wie sollen wir in diesem Labyrinth bloß einen Hinweis finden. Hier sind doch lauter rote Felsen und dutzende schmale Canyons und überall Ruinen. Das ist doch aussichtslos", begann Julia mutlos zu werden.

„Dann sollten wir unseren Verstand einschalten", kommentierte Frank streng. Schließlich war er der Archäologieprofessor.

„Wonach suchen wir? Wir suchen nach Spuren von Artefakten, die weit älter sind als diese Ruinen. Wenn die Nabatäer vor zweitausend Jahren hier ihre Stadt in den Felsen geschlagen haben, dann müssen sie schon ältere Ruinen vorgefunden haben, wenn hier wirklich ein Versteck des Donnervogels vor zehntausend Jahren angelegt worden war."

„Stimmt", unterbrach Hans, der auch den Pilotenschein für alles Mögliche, was fliegen konnte, hatte.

„Ein Hangar für einen Düsenjäger kann aus der Luft nicht gesehen werden, aber wenn Nomaden am Boden die Gegend durchstreifen, dann werden sie Spuren finden. Wir müssen nach den ältesten Höhlen Ausschau halten."

„Falsch", widersprach Frank, „die Höhlen haben keine Jahreszahl eingeritzt. Bei nacktem Fels ist eine Altersbestimmung, die uns sagt, wann die Steine behauen worden sind, unmöglich."

„Dann haben wir doch keine Chance, hier etwas zu finden?", maulte Julia. „Das würde Monate dauern, bis wir jede Höhle durchsucht haben und was ist, wenn die betreffende Höhle eingestürzt ist oder bereits von der Regierung gesperrt worden ist, weil dort verdächtige Dinge gefunden worden sind. Denkt an Ägypten, dort wollten sie doch auch nicht, dass wir Sachen finden, die nicht in ihr Geschichtsbild passen."

„Keine Panik", beruhigte Frank, „ich habe eine Idee. Vor den Nabatäern gab es hier schon eine Besiedelung, die seit der Jungsteinzeit von vor neuntausend Jahren durchgängig bis heute gewesen sein soll.

Das heißt, die ältesten Plätze sind zu den Heiligtümern der nachfolgenden Generationen geworden. Und zufälligerweise gibt es hier einen seltsamen Opferplatz, der immer wieder überbaut worden ist. Es ist dies der hohe Opferplatz, von dem aus man eine gute Sicht über das ganze Tal hat. Wir werden unsere Suche dort oben beginnen."

Dafür mussten sie hunderte Stufen erklimmen. Endlich waren sie oben und genossen die Aussicht über das weite Tal von Petra.

Sie standen auf dem Gipfel des Jebel Attuf. Der Fels war dort zu einem rechteckigen Hof geebnet worden. Dieser war von flachen Bänken umgeben. In der Mitte erhob sich eine kleine rechteckige Opferplattform. Zwei stark verwitterte Obelisken ragten in den Himmel. Sonst war nichts Auffälliges zu sehen. Sie standen auf festem gewachsenen Felsboden. Keine Möglichkeit, dass hier einmal eine Höhle oder ein Hangar oder irgendetwas Ähnliches gestanden haben könnte.

Fabian meinte enttäuscht: „Hier können bestenfalls Hubschrauber landen, dafür ist dieser Platz geeignet, so flach, wie sie hier den Felsen abgetragen haben."

„Das wäre doch eine Möglichkeit", entfuhr es Julia. „Die Donnervögel sind in Wahrheit Hubschrauber mit Turbinenantrieb, die machen auch schauerlich Krach."

Plötzlich erfüllte ohrenbetäubendes Knattern die Luft. Alle schraken zusammen, da sie bisher nur das leise Säuseln des Windes gehört hatten.

Ein großer schwarzer Hubschrauber war hinter einer Felsennase hervorgekommen und schien direkt auf sie zu zufliegen. Die Gruppe wollte eben auseinanderstieben, als Hans schrie: „Stopp, stehenbleiben, sie können uns nicht erkennen und sie können uns nichts tun, hier sind viel zu viele Touristen unterwegs. Verhaltet euch unauffällig, macht Fotos von dem Hubschrauber und winkt."

Der Hubschrauber hatte getönte Scheiben und keinerlei Hoheitsabzeichen. Er schwebte rund fünfzig Meter ober ihnen.

Auch die anderen Touristen hier am Gipfel hatten ihn verwundert bemerkt und dutzende Kameras waren auf ihn gerichtet. Wollte der Hubschrauber hier gar landen. Doch nichts geschah und plötzlich drehte er ab und flog hinaus ins Tal von Petra.

Kapitel 20

Da schellte das Smartphone von Fabian. Hans rief zornig: „Kein Wunder, dass sie uns entdecken, wenn du dein Smartphone dabei hast. Ich habe gesagt, alle Smartphones bleiben im Hotel, damit wissen sie nicht genau, wo wir uns aufhalten. Ist das so schwer zu verstehen, Fabian!"

Dieser lief rot an und meinte: „Tschuldigung, ich hab vergessen, es aus der Tasche zu geben. Tut mir echt leid."

„Davon haben wir jetzt nichts", schrie Julia hysterisch, „wenn die uns entdeckt haben."

„Leise Leute, soll hier jeder mithören, was wir besprechen", rief Frank die Gruppe zur Ordnung.

„Jetzt heb endlich ab, Fabian."

„Es ist Tina aus Berlin", rief Fabian, als er ihre Kennung sah.

„Hallo Fabian, wo steckt ihr gerade?", flötete Tina fröhlich durchs Telefon.

„Wir haben gerade einen Hubschrauberangriff abgewehrt", übertrieb Fabian. „Ein schwarzer Hubschrauber ohne Kennung wollte uns auslöschen."

„Fabian, flunkere nicht so, das war sicher nur ein Touristenrundflug", rief Frank dazwischen.

„Stimmt nicht, seit wann haben Touristenhubschrauber seitlich Waffenträgerarme für Lenkwaffen montiert"; rief jetzt Julia dazwischen, die den Hubschrauber mit ihrer Kamera fotografiert hatte und Frank das Bild unter die Nase hielt.

„Da sind doch gar keine Lenkwaffen drauf", konterte Frank konsterniert, da er die Waffenarme vorhin gar nicht gesehen hatte.

„Das ist doch egal, ich bin Journalistin und kenne mich mit Militärgeräten ein bisschen aus. Diese Dinger, die da seitlich aus dem Hubschrauber hervorstehen, sind eindeutig Waffenträgerarme und damit Basta."

„Na toll, und wir stehen hier wie auf dem Silbertablett auf der Gipfelfläche und warten auf den Angriff", erklärte

Hans sarkastisch. „Es wird Zeit, dass ich die Führung der Gruppe übernehme, wenn wir hier noch lebend rauskommen wollen."

„Jetzt hört doch endlich zu, was Tina zu sagen hat," mischte sich Fabian ein, der inzwischen mit Tina geredet hatte.

„Wir sind am falschen Gipfel. Wir müssen zum Ad Deir, sagt Tina. Sie hat im Internet recherchiert und dort etwas gefunden, das wie ein Hangar aussieht. Dort müssen wir hin."

Fabian hatte sein Smartphone auf Lautsprecher gestellt, damit alle Tina hören konnten.

„Dort oben gibt es große Hohlräume, die ihr euch ansehen müsst. Ich habe Bilder gefunden, die sehr mysteriös aussehen. Direkt neben dem Ad Deir gelegen.

Und sag ihnen noch, ich habe eben die Meldung über verdeckte Kanäle bekommen, der Luftraum über Petra ist kurzfristig für zivile Flüge gesperrt worden, ihr solltet aufpassen." Dann hatte sie auch schon aufgelegt.

„Feldstecher", rief Hans und kramte in seinem Rucksack. Endlich hatte er ihn gefunden. Es war ein riesiges Ding mit extremer Vergrößerung von 32:1.

„Ich kann den Hubschrauber unten im Tal sehen. Er ist gelandet, da steigen welche aus. Ganz genau kann ich es nicht sehen, aber die sehen aus, wie von der Spezialeinheit, Seals oder solche Typen. Ich fürchte, das gilt uns."

„Das darf doch nicht wahr sein", entfuhr es Frank, „wie haben uns die gefunden."

„Das war klar, dass uns die irgendwie finden. Wir sind schließlich legal durch die Passkontrolle in Amann gegangen. Würde sagen, das sind Amerikaner. Aber sie wissen nicht genau, wo wir sind. Petra ist groß, unsere Chancen sind gut, dass sie uns in diesem riesigen Touristenhaufen nicht finden.

Aber der Ad Deir, das sogenannte Kloster, liegt genau am anderen Ende von Petra und wir müssen durchs Zentrum der Ausgrabungen durch. Dort wo diese Typen auf uns warten."

„Das ist doch kein Problem", erklärte Anna und setzte dabei ein schelmisches Grinsen auf. „Ich habe eine Idee, und die erkläre ich euch jetzt."

Fünfundvierzig Minuten später keuchten die Fünf die Stufen des steilen Weges empor, der direkt zum Ad dir führte.

Annas Idee war genial gewesen. Sie hatten sich im Tal getrennt und jeder der Fünf hatte sich unauffällig einer Reisegruppe angeschlossen, die es hier zu Dutzenden gab.

Sie hatten mit diesen Gruppen das Zentrum von Petra mit den Ruinen des großen Tempels besichtigen müssen. Von diesem Tempel standen nur mehr ein paar Säulenstümpfe. Dann hatten sie kleinen Triumphbogen aus der Römerzeit durchschritten und waren dabei an den Leuten der Kommandoeinheit in nächster Nähe vorbeigegangen. Diese hatten sie nicht erkannt. Die Soldaten waren nur planlos herumgestanden.

Doch in ihren schwarzen Uniformen ohne Abzeichen und mit Stahlhelm am Kopf, Kampfgepäck am Rücken und Sturmgewehr lässig untergehängt, sahen diese Typen nicht wirklich vertrauenserweckend aus. Die meisten Touristen hielten sie aber für den örtlichen Sicherheitsdienst und dachten, solche Soldaten seien wegen der ständigen Terrorgefahr hier in der Region eben notwendig. Damit man sich als Tourist sicher fühlen kann.

Das gilt allerdings nicht, wenn man nach zehntausend Jahre alten Artefakten sucht und weiß, dass diese Typen hinter einem her sind.

Würden sie entdeckt werden, dann hätte es nach offizieller Lesart einen Terrorüberfall durch als Touristen getarnte Terroristen gegeben, die glücklicherweise von den Sicherheitskräften ausgeschaltet werden konnten, bevor sie Schaden anrichten konnten. Alle würden dieses Märchen glauben.

Kapitel 21

In Langley sah Dr. Paul Simon auf dem Bildschirm seines Laptops das Gesicht von Sergeant Will Foster von den Marines. Dieser sprach eben in sein Headset und hielt eine Minikamera vor sein Gesicht.

„Hier ist alles ruhig, wir können keine verdächtigen Personen ausmachen. Meine Leute sichern das Zentrum. Aber die ganze Anlage ist viel zu groß und wir sind viel zu wenig Leute, um alles absichern zu können. Wenn wir eine Person sehen, auf welche die Beschreibung der Terroristen passt, dann melde ich mich wieder."

„Wenn Sie sie nicht finden, dann ziehen sie sich zum Ausgang zurück und warten einfach, denn ich bin sicher, sie kommen dort wieder zum Vorschein, da ihr Wagen beim

Ausgang parken muss. Dann haben Sie die Erlaubnis zum Zugriff", erklärte Dr. Paul Simon mit unterdrückter Wut.

Es war so ärgerlich, dass er binnen vierundzwanzig Stunden kein CIA-Einsatzteam hatte bekommen können, welches es rechtzeitig nach Petra geschafft hätte. Dieser Professor war ihm zuvorgekommen.

Er hatte daher seine Kontakte zur Marine spielen lassen müssen. Aber auch dort hatten sie nicht auf ihn gewartet und der eine Hubschrauber mit den Marines war alles, was sie für ihn auf die Schnelle hatten auftreiben können oder wollen.

Die Jordanier hatte er bestechen müssen, damit der Hubschrauber auf ihr Hoheitsgebiet hatte fliegen dürfen.

Zum Glück war die Nimitz, ein Flugzeugträger der US-Mittelmeerflotte, im östlichen Mittelmeer stationiert und der Anflugweg war nicht zu weit gewesen.

Er brauchte den Professor und sein Team lebend, aber erst, wenn diese etwas Brauchbares gefunden hatten.

Kapitel 22

Der Anstieg war mühsam gewesen. Sie hatten durch ein enges sonnenbeschienenes Tal aufwärtssteigen müssen. Der Weg hatte sich über viele Stufen und Serpentinen hingezogen, bis sie endlich oben waren.

„Das ist ja überwältigend", rief Julia aus, die Petra nicht kannte. „Noch ein größerer Tempel als unten im Tal."

Für die säulenverzierte Fassade hatten sie fast einen halben Berg abgetragen, als sie den Bau aus dem Felsen gemeißelt hatten. Fünf große Nischen in der Fassade mussten einmal Götterstandbilder enthalten haben.

„Das sieht aber keinem Hangar ähnlich, was hat uns Tina da erzählt", wollte Anna wissen.

Fabian hatte ein Foto aufs Smartphone bekommen und hielt es hoch: „So muss das aussehen, was wir suchen."

Sie gingen weiter und erklommen den Hügel gegenüber des Tempels über einen kleinen schmalen Steig mit einigen Kletterstellen, von denen man leicht in die Tiefe stürzen konnte.

„Und das ohne Kletterausrüstung", schimpfte Frank, dem das Klettern nicht leicht fiel. Mühsam hangelte er sich nach oben, immer mit einer Hand am Felsen und vorsichtig einen Fuß vor den anderen setzend. Der Boden bestand aus losem Geröll. Jederzeit konnte man ausrutschen und in die Tiefe stürzen. Frank sah sich schon mit zerschmettertem Schädel am Fuße der Geröllhalde liegen.

Aber als sie endlich oben angekommen waren, wurden sie durch einen fantastischen Blick auf das Ad Deir entschädigt. Sie wandten sich um und sahen in der anderen Richtung die angebliche Hangaröffnung unterhalb des Gipfels eines kleinen Berges in den Felsen geschlagen.

Frank erkannte sofort, dass dies kein normaler Berg sein konnte. Denn dieser Berg sah sehr seltsam aus, wie wenn er künstlich angelegt worden wäre oder wie die Reste eines einst viel größeren Bauwerkes, das hier auf dem Felsen gestanden haben mochte. Eine Wand unmittelbar neben der Hangaröffnung war noch erkennbar, der Rest des Baues war zu einem riesigen Kegel zusammengestürzt. Überall lagen noch große Gesteinsbrocken herum, wie wenn hier erst vor kurzem gesprengt worden wäre. Reste von Mauerwerk waren noch erkennbar.

Die Hangaröffnung selbst war exakt rechteckig und mindestens zehn Meter hoch und sechs Meter breit.

„Das ist zu schmal für einen Düsenjet", dachte Fabian, bis ihm einfiel, dass die Jets auf Flugzeugträgern ihre Flügel aufklappen konnten.

Oben auf dem Gipfel des Berges standen Zelte und die jordanische Fahne wehte im Wind. Eine Touristengruppe war hinaufgeklettert und ließ sich oben von Beduinen Tee servieren.

„Wir müssen unauffällig diesen Hangar erkunden", stellte Frank fest.

Dazu mussten sie den Klettersteig wieder nach unten klettern, was noch gefährlicher war als der Aufstieg.

Frank bekam leicht die Panik, als er an die rutschigen Tritte dachte. Hans bemerkte dies und zog aus seinem Rucksack ein kurzes Seil: „Halt dich am Seil fest, ich sichere dich, dann kann dir nichts passieren."

Frank nahm die Hilfe dankbar in Anspruch, ärgerte sich aber gleichzeitig, dass die anderen keine Probleme hatten, über diesen halsbrecherischen Steig rauf und runter zu klettern.

Unten angekommen hatten sie rasch den Weg zu diesem anderen Berg zurückgelegt. Dort bemerkten sie, dass der Anstieg auf den Gipfel unschwieriger breiter Weg war, der spiralförmig um den Berg herum verlief.

„Seltsam, wieso ist hier so ein breiter Weg ganz bequem zu gehen und drüben direkt neben dem Ad Deir ein so schmaler Steig", dachte Anna.

Hier waren auch viel weniger Touristen zu sehen. Diese scheuten offenbar die Mühe, in der Nachmittagshitze diesen Gipfel auch noch zu erklimmen. Denn die Zeit war wie im Flug vergangen und die Mittagsstunde war bereits vorüber. Anna brach der Schweiß aus, als sie über die sonnendurchglühten Steine nach oben stiegen.

Doch die positive Überraschung war, dass die Höhle, die wie ein Hangar aussah, direkt neben dem Weg lag.

„Was sollen wir da drin finden, wenn es direkt am Weg liegt", moserte Julia. „Da können doch keine zehntausend Jahre alten Artefakte herumliegen, da müssten wir doch zumindest graben. Das würde aber doch zu sehr auffallen."

„Gehen wir vielleicht hinein und sehen drinnen weiter, dort ist es zumindest schattig", unterbrach Anna die negativen Gedanken von Julia.

Die Höhle musste einst viel größer gewesen sein. Alle konnten sehen, dass dort, wo der Weg verlief, einst der vordere Teil der Höhle gewesen sein musste, der nun nicht mehr da war, seit der Berg teilweise eingestürzt war.

Für Fabian sah das immer mehr nach einer gezielten Sprengung aus. „So stürzen keine Berge aus festen Felsen ein, denn Felsbrocken rollen nach unten und bilden einen Schuttkegel. Aber hier liegen die Felsbrocken oberhalb der Einsturzstelle, wie wenn sie durch eine Sprengung dorthin geschleudert worden wären", erklärte er den anderen.

In der Höhle war es erstaunlich kühl und sie ging tiefer in den Berg hinein, als sie vermutet hatten. Der Boden bestand aus festem Fels und machte einen aufgeräumten Eindruck. Keine Felsbrocken lagen herum.

„Hier ist nichts," erklärte Julia. Leider hatte sie recht, die Höhle war völlig leer und es gab nichts zu sehen, außer kahle Wände.

Anna studierte die Wände und die scharfen rechtwinkeligen Kanten, die sich dort befanden, wo die Wände mit der Decke oder dem Boden zusammenstießen. Diese Kanten erinnerten sie an Ägypten, an das Serapeum von Saqqara mit den riesigen Sarkophagen, die angeblich für Stiere gedacht waren, aber in Wahrheit völlig leer gewesen waren. Auch dort gab es solche exakten rechten Winkel, allerdings in härtesten Granit geschnitten.

Hier war alles aus Disi-Sandstein oder aus Umm-Ishrin-Sandstein. Beide Arten waren leicht zu bearbeiten und verwitterten rasch, doch hier in der Höhle waren die rechten Winkel erhalten geblieben. Anna erinnerte sich, dass die Höhlen unten im Tal alle keine exakten rechten Winkel aufwiesen. Diese hier war etwas Besonderes, das spürte sie.

Sie suchten die Wände ab, um irgendwelche Spuren von Ritzzeichnungen oder Wandmalereien zu entdecken, doch sie konnten nicht das Geringste finden. Doch dann entdeckte Anna, dass die glatten Höhlenwände mit einer Art Verputz überzogen waren, der an etlichen Stellen abgeplatzt war. Dahinter war nicht der Felsen zu sehen, sondern riesige künstlich geschaffene Felsblöcke, die gegeneinander verzahnt waren, ganz so, wie man es auch in Peru sehen konnte. Ein eindeutiger Beweis, dass diese Höhle nicht von denselben Erbauern stammen konnte, wie alle anderen Höhlen hier in der Gegend.

Anna schritt den Rand der Höhle ab, dort wo die Wände senkrecht vom Boden aus aufragten. In anderen Höhlen waren an den Wänden Sitzbänke aus dem Felsen gemeißelt worden, was auf Versammlungsräume oder Wohnräume hindeutete. Hier gab es keinerlei Sitzbänke, die Wand wuchs exakt im rechten Winkel aus dem Fußboden heraus. Der Boden war einst exakt bearbeitet worden. Im Laufe der Jahrtausende waren einzelne Stücke herausgebrochen worden. Solche Vertiefungen konnten interessant sein, wer weiß, was sich darin verbarg, was noch niemand entdeckt hatte.

Anna war nun ganz hinten in der Höhle angelangt und sah auf den Boden, den hier eine dünne Sandschicht bedeckte.

„Komisch, wo kommt hier der Sand her, im vorderen Teil der Höhle gab es keinen Sand. Sollte den Sand der Wind hereingeweht haben?", dachte Anna und stieß mit dem Fuß in die Sandschicht. Diese war nur ganz dünn und darunter war kein Fels. Das war Holz, wie Anna erkannte, als sie mit der Taschenlampe auf den Boden leuchtete.

„Kommt alle her, ich habe etwas gefunden", rief sie freudig.

Alle kamen herbei und Anna schob mit dem Fuß mehr Sand zur Seite und ein Holzboden wurde sichtbar, in den ein Ring eingelassen war.

„Das ist eine Falltür", erklärte Hans.

„Wenn es nur keine Falle ist", meinte Julia besorgt.

„Wenn uns wer sieht, können wir Probleme bekommen", meinte Hans, „ich gehe zurück zum Eingang und halte Wache. Ich rufe, wenn wer kommen sollte und ihr versucht inzwischen die Falltür zu öffnen."

Anna musste an die Soldaten aus dem Hubschrauber denken, die unten im Tal nach ihnen suchten.

Fabian und Frank hatten inzwischen den restlichen Sand von der Tür gewischt und hoben sie gemeinsam an.

Eine Treppe wurde sichtbar, die in den Untergrund führte.

„Dieser Gang muss den Betreibern von Petra bekannt sein", erklärte Frank, „denn die Holztür ist garantiert keine zehntausend Jahre alt. Die ist modernen Ursprungs. Es wird nur nicht gewünscht, dass hier jemand hinunterklettert."

„Aber wir gehen hinunter", erklärte Anna resolut, da sie sich vor Neugier kaum noch zügeln konnte.

„Moment, zuerst Taschenlampen aktivieren, leichten Atemschutz anlegen und Helm aufsetzen. Wozu schleppen wir das ganze Zeug mit, wenn wir es dann nicht verwenden", ermahnte Frank die Gruppe.

Schließlich stiegen sie vorsichtig die Treppe hinunter. Fabian ging voraus, dann folgten Anna, Frank und zum Schluss Julia.

Die Treppe führte steil nach unten und endete in einem schmalen Gang. Sie mussten die Köpfe einziehen, um nicht gegen die Gangdecke zu stoßen. Erinnerungen an Ägypten wurden wach.

Sie waren nun rund fünf Meter unter dem Niveau der Höhle und gingen vorsichtig den Gang entlang. Nach wenigen Metern gelangten sie in einen großen Raum, der so ganz anders aussah als die vorige Höhle. An den glatten Wänden waren die Reste von Befestigungen erkennbar, die einst Leitungen gehalten haben mussten. Mit etwas Fantasie konnte man sich vorstellen, dass an den Wänden einmal Steuerungspulte für irgendetwas gewesen waren. Reste davon ragten noch aus der Wand. Sie ließen das Licht ihrer Taschenlampen durch den Raum gleiten und sahen an der Decke eindeutig Spuren von jetzt nicht mehr vorhandenen Beleuchtungskörpern.

Das war eine Sensation, sie hatten ein Artefakt der alten High Tech Zivilisation gefunden und das mitten in Petra in Jordanien.

„Das ist unglaublich", staunte Julia, „das ist sensationell. Wenn wir das in die Öffentlichkeit bringen, dann sind wir wieder berühmt."

„Du spinnst wohl", erklärte Anna, „dieser Raum ist den Behörden hier längst bekannt, denk doch an die hölzerne Falltür oben beim Eingang. Alle echten Beweise sind längst weggeschafft und wir haben hier nur die leere Hülle eines alten Vogelnestes für Donnervögel ohne Beweis, dass hier je ein Donnervogel gestanden hatte."

Plötzlich färbte sich das Licht bläulich und Anna erschrak. „Fabian, was ist das, bist du das, oder was passiert hier plötzlich?"

„Keine Angst, das bin ich", erklärte Fabian. „Ich habe einfach auf UV-Licht umgeschaltet. Wollte nur sehen, ob man damit mehr sieht."

„Seht euch das an", kreischte Julia plötzlich auf und wies auf die Rückwand des Raumes.

Dann sahen es alle. Es war auf den ersten Blick erkennbar. Eine Karte des gesamten Mittelmeerraumes war hier auf die Wand aufgemalt worden. Erst im Licht der UV-Lampe von Fabian war sie sichtbar geworden.

Sie studierten die Karte genauer und sahen, wie detailgetreu sie war, aber trotzdem anders als heutige Karten.

„Da, seht, das muss Malta sein und das ist Sizilien", rief Anna aus. Aber die Größen stimmen nicht. Malta ist viel zu groß und hängt im Norden an Sizilien dran. Sizilien ist wiederum mit Italien verbunden. Im Süden ist nur ein ganz schmaler Streifen Meer zwischen Europa und Afrika.

Auch die Adria fängt erst auf der Höhe von Rom an.

Das ist eine Karte mit den Küstenlinien in der letzten Eiszeit, als vor zwölftausend Jahren der Meeresspiegel noch um hundertzwanzig Meter niedriger war als heute. Das ist absolut fantastisch."

Die Karte bedeckte die ganze Querwand und war mehr als fünf Quadratmeter groß. Wegen dieser Größe konnte sie von Archäologen leicht übersehen werden, da sie in der dunklen Höhle von keiner Taschenlampe komplett ausgeleuchtet wurde und nur mittels UV-Licht überhaupt zu sehen war.

Nun untersuchten sie die Wand mit der Lampe von Fabian aus der Nähe. Es waren unzählige Symbole und Schriftzeichen eingetragen.

„Wir müssen das fotografieren, denn mitnehmen können wir die Wand nicht", entschied Frank. „Wir haben nicht so viel Zeit, um das hier jetzt studieren zu können. Wir sollten rasch von hier verschwinden."

Doch Julia hatte sich schon mit ihrer Kamera an die Arbeit gemacht und fotografierte die Karte mit höchster Auflösung Abschnitt für Abschnitt.

Den Atemschutz hatten sie inzwischen abgenommen, da die Luft in diesem Raum zwar abgestanden, aber durchaus atembar war.

Anna machte mit ihrem Smartphone ebenfalls Unmengen an Aufnahmen. Frank suchte den Boden ab, um eventuell doch noch ein brauchbares Artefakt zu finden, doch die Höhle war völlig leer.

Kapitel 23

Als Julia alle Aufnahmen in der Kamera hatte, schaltete Fabian instinktiv das UV-Licht sofort weg und die Landkarte verblasste an der Wand und war nicht mehr zu sehen.

„Alle nehmen jetzt ganz langsam die Hände über den Kopf und leisten keinen Widerstand", war plötzlich eine Stimme mit ostdeutschen Akzent zu vernehmen.

Sie fuhren herum und sahen einen Mann in typischem Touristenoutfit mit kurzer Khakihose, Bergschuhen und

Hawaiihemd, das ihm über die Hose hing, am Eingang des Raumes stehen.

In der einen Hand hielt er eine Taschenlampe, deren Strahl auf den Boden gerichtet war, damit sie sehen konnten, was er in der anderen Hand hielt. Es war dies eine Beretta mit aufgesetztem Schalldämpfer.

„Tut was er sagt", rief Frank und hob die Hände langsam gegen die Decke.

„Lampen aus", schrie Julia stattdessen und dann geschah alles so schnell, dass sich Anna nicht mehr auskannte.

Es wurde finster und der Typ mit der Beretta schrie auf. Julias Lampe hatte ihn an der Stirn getroffen. Seine Taschenlampe flog in hohem Bogen durch die Luft und erlosch beim Aufprall, so dass jetzt völlig Dunkelheit herrschte. Alle waren inzwischen zur Seite gehechtet, um ihren Standort zu wechseln. Ein Schuss peitschte durch den Raum und surrte als Querschläger von einer Wand zur anderen.

Fabian brüllte: „Ich hab ihn."

Es war ein Handgemenge zu hören. Zwei Kämpfer rangelten am Boden und Fabian stöhnte auf, als ein rechter Schwinger des Fremden sein Kinn streifte.

Anna spürte, wie ihr jemand die Taschenlampe aus der Hand riss und losstürmte. Dann gab es einen Krach und ein Körper sackte hörbar zusammen.

Plötzlich war wieder das Licht einer einzelnen Taschenlampe zu sehen. Diese hielt Frank in der Hand und meinte trocken: „Leben noch alle, oder was ist passiert."

Anna hatte die Situation blitzschnell analysiert und rief: „Danke Julia, dass du uns gerettet hast, aber wie hast du etwas sehen können?"

„Meine Kamera hat einen zusätzlichen Infrarotsucher eingebaut, fast so gut, wie ein Nachtsichtgerät. Zuerst habe ich den Typen mit der Taschenlampe beworfen und aus dem Konzept gebracht, dann hat Fabian einen Angriff versucht."

Fabian rappelte sich eben wieder hoch und erklärte mit schmerzverzerrtem Gesicht: „Zum Glück hat er mich nicht voll am Kinn erwischt, weil er mich nicht hat sehen können."

„Dann habe ich mir die Taschenlampe von Anna geborgt und ihm damit eine über den Schädel gezogen, da ich ihn durch meine Kamera sehen konnte."

Da stöhnte der Typ auf und wollte sich aufrichten und nach seiner Waffe greifen, die ihm bei dem Schlag von Julia aus der Hand gefallen war. Julia beförderte die Waffen mit einem Fußtritt aus der Reichweite des Agenten. Denn um einen solchen dürfte es sich zweifelsfrei handeln.

Frank nutzte die Gelegenheit und griff sich die Waffe und richtete sie auf den Agenten: „Was wollen Sie von uns und was haben sie mit Hans Bäumler oben in der Höhle gemacht? Los, reden Sie endlich."

Der Agent rappelte sich langsam auf und kam wieder auf die Beine.

„Ich sage gar nichts zu Leuten, die illegalerweise in archäologische Stätten eindringen und Leute niederschlagen. Ihr seid verhaftet, und zwar alle. Geben Sie mir meine Waffe zurück, Sie haben keine Chance auf ein Entkommen."

„Ich denke nicht daran", erklärte Professor Steiner. „Jetzt haben wir das Sagen und Sie werden reden. Wer sind Sie, wer schickt Sie und was wollen Sie von uns?"

Der Fremde schwieg.

Julia erklärte: „Ich sehe nach oben, ob die Luft rein ist und was mit Hans passiert ist. Er hätte uns warnen müssen, wenn er gekonnt hätte."

„Julia, sei vorsichtig", rief ihr der Professor zu. Er konnte aber den Job nicht selbst übernehmen, denn dann würde der Agent rasch wieder die Oberhand gewinnen, da Fabian angeschlagen und Julia und Anna zu schwach für diesen Kerl waren. Erst jetzt bemerkten sie, dass der Typ mindestens einen Meter fünfundachtzig groß war und sehr muskulös aussah. Gegen den hätte Fabian keine Chance gehabt. Nur die Dunkelheit hatte ihn gerettet. Und die Beretta, die Frank jetzt auf ihn gerichtet hatte, zeigte Wirkung.

Julia schlich leise nach oben und kam bis zur Treppe. Von unten konnte sie nichts sehen. Aber sie konnte etwas hören.

Hans sprach mit lauter Stimme: „Ihre Waffe wird Ihnen nichts nützen, Sie werden das nicht bekommen, was Sie wollen. Denn wir haben es nicht. Wir sind harmlose Touristen, die hier zufällig den alten Gang entdeckt haben. Der war nicht einmal versperrt. Das ist eine Schlamperei der Verwaltung von Petra."

„Unsinn, wir beschatten euch schon länger, Sie haben ja keine Ahnung, was auf dem Spiel steht. Mein Kollege wird deinen Leuten unten im Keller schon die richtigen Worte entlocken, da bin ich mir sicher", ließ sich eine eisige Stimme vernehmen.

Julia wusste nun, was sie wissen musste. Oben war nur ein weiterer bewaffneter Agent und Hans ging es noch gut.

Sie schlich zurück in den Keller, wo die Situation etwas verändert war. Der Agent lag am Boden und schien zu schlafen. Anna kniete neben ihm und drückte ihm ein Tuch ins Gesicht.

„Ist doch gut, wenn Frau immer ein Fläschchen Äther dabei hat", erklärte sie lächelnd. „Ist eigentlich zum Reinigen von Fundstücken gedacht gewesen, kann aber auch lästige Agenten ausschalten."

Julia erklärte die Situation, die sie oben im Hangar vorgefunden hatte.

Sie durchsuchten die Tasche des Agenten und fanden einige Ersatzmagazine, die Frank einsteckte. Ein Reisepass war auf den Namen Thaddäus Przewalsky ausgestellt, sagte aber nichts aus, da der Agent von überall her kommen konnte und vermutlich eine polnische Tarnung hatte. Sein Akzent war jedenfalls Ostdeutsch gewesen, was auf den BND hinwies. Aber sicher war das alles nicht.

„Gib mir die Waffe, ich kann besser schießen", erklärte Julia. Widerstrebend gab ihr Frank die Waffe mit den erbeuteten Magazinen. Eine so eiskalte Julia kannte er gar nicht. Sie war bis jetzt immer nur die lästige Journalistin gewesen, die zu viele Fragen stellte und Dinge wissen wollte, die er nicht sagen durfte.

„Ihr bleibt hier herunten, ich erledige das", erklärte sie mit Bestimmtheit und schlich in den Gang. Dann stieg sie lautlos die Treppe hoch und hielt einen kleinen Kosmetikspiegel vorsichtig über die Kante der Treppe. So konnte sie beobachten, ohne dass ihr Kopf in das Schussfeld des Agenten geriet. Sie sah, dass der Agent Hans mit der Waffe bedrohte. Hans stand an der Rückwand der Höhle und der Agent achtete nicht auf den Abgang zum Keller.

Julia nutzte ihre Chance und schoss mit einem gezielten Schuss dem Agenten die Waffe aus der Hand. Diese flog in hohem Bogen davon, der Agent wirbelte herum und sah, wie Julia, die sich aus dem Schacht katapultiert hatte, ihn mit der Waffe bedrohte.

Kurze Zeit später waren sie alle wieder vereint und Anna hatte auch den zweiten Agenten ins Reich der Träume geschickt. Ihre Ätherflasche war jetzt halb leer.

Hans entschuldigte sich, dass er nicht besser aufgepasst hatte, aber die beiden mussten ihnen schon länger gefolgt sein, denn sie hatten sich bis zum Höhleneingang als normale Touristen verhalten und dann blitzschnell ihre Waffen gezogen.

„Machen wir, dass wir wegkommen", rief Frank besorgt, wer weiß, wie viele von diesen Typen hier noch herumlaufen.

Sie ließen den beiden Schläfern ihre Ausrüstung samt den Smartphones, nur die Waffen und die Munition nahmen sie mit.

Kapitel 24

Beim Abstieg achteten sie auf Männer in kurzen Khakihosen und Hawaiihemden. Zu ihrem Entsetzen standen drei solche Typen direkt am Platz vor dem Ad Deir und musterten unauffällig auffällig die vorbeikommenden Touristen.

Gleichzeitig sammelte ein italienischer Reiseführer seine Gruppe direkt vor den drei Typen ein, um den Abstieg ins Tal zu beginnen und um niemanden hier heroben zurückzulassen.

Die Gruppe war groß genug, so dass sie sich hinter den Italienern an den verdächtigen Khakihosenträgern vorbei drücken konnten.

Selbst wenn diese sie sahen, konnten sie im Moment nichts tun, da die Italiener im Weg standen.

Anna überlegte, dass diese Agenten noch nichts vom Schicksal der Kollegen wissen konnten. Diese hatten keinen Kontakt mit den anderen gesucht, das war ihr Fehler gewesen. „Selber schuld", dachte Anna.

Sie eilten die vielen Stufen so rasch wie möglich hinab, um Petra verlassen zu können.

An der Kollonadenstraße im Zentrum von Petra waren keine Soldaten mehr zu sehen, trotzdem war Vorsicht geboten. Der Nachmittag war vorangeschritten und die Masse der Touristen war schon wieder zurück bei den Bussen. Je weniger Leute hier waren, desto eher würden sie auffallen.

Leute in Khakihosen waren allerdings auch nicht zu sehen.

Erschöpft machten sie Pause bei einem dieser kleinen Imbissstände, die Getränke und Falafel verkauften.

„Ich sterbe für ein kühles Cola", rief Julia ermattet aus.

„Dann müssen wir dich als Mumie hierlassen", scherzte Anna.

Fabian wurde ernst: „Wenn die Soldaten logisch denken können, dann warten sie am Ausgang auf uns. Wir müssen den gleichen Weg wieder retour kommen, werden sie annehmen."

„Es gibt nur einen Weg, da müssen wir durch", erklärte Frank in professoralem Ernst.

„Stimmt nicht", flüsterte Fabian mit Verschwörermiene.

„Der Weg, den ich meine, ist sogar in Google-Street-View eingezeichnet. Dort habe ich ihn gefunden. Es gibt einen weiteren Weg hinauf zur Siedlung Uum Sayhoun oberhalb von Petra. Der Weg ist eine Straße und dort werden ebenfalls Soldaten stehen, wenn sie ein Hirn haben.

Es gibt aber einen anderen Weg, der führt an den Königsgräbern vorbei und umgeht die ganze Anlage in einem schmalen Canyon und führt direkt hinter das Besucherzentrum. Ich habe mir den Weg angesehen, wir müssen nur ein bisschen klettern, aber er ist begehbar."

„Muss das sein", stöhnte Frank, „ich habe schon genug vom Klettern."

„Ja, das muss sein", erklärte seine Tochter kategorisch, „oder willst du dich von den Soldaten abknallen lassen."

Sie machten sich sofort auf den Weg und gingen an den prächtigen Fassaden der Königsgräber vorbei. „Wann schließen sie hier eigentlich?", wollte Julia wissen.

„Soviel ich weiß, um achtzehn Uhr", erklärte Anna.

„Es ist jetzt knapp siebzehn Uhr, wenn wir um achtzehn Uhr noch in Sichtweite von Wächtern sind, machen wir uns verdächtig, ist euch das klar", warnte Frank.

„Also lauft etwas schneller, wir müssen zum geheimen Pfad kommen", drängte Fabian zur Eile. „Wir müssen das Tal der Königsgräber fast eineinhalb Kilometer faktisch ohne Deckung passieren. Beeilt euch bitte, ich habe ein so komisches Gefühl."

„Fabian, jetzt fängst du auch schon an, Hellsehen zu wollen. Bitte mach uns nicht noch mehr Stress, aber schneller geht es nicht", keuchte Anna, da die Gruppe inzwischen leichten Laufschritt eingelegt hatte.

„Ich höre etwas", schrie plötzlich Julia. Dann hörten alle das dumpfe Knattern von entfernten Rotorblättern.

Sie standen völlig ohne Deckung da und suchten das Tal nach dem Hubschrauber ab.

„Hier hinein", schrie Fabian und sprintete auf ein paar alte Felsenwohnungen zu, die es hier in der Felswand gab.

„Die Tür- und Fensteröffnungen sehen aus, wie aus der Zeichentrickserie ‚Die Feuersteins'", musste Julia denken.

Keine Sekunde zu früh waren sie in der ersten Höhlenwohnung verschwunden, als der schwarze Helikopter in Sichtweite kam.

Im Tiefflug suchte er langsam das Tal ab.

„Sie wissen, dass wir noch hier herinnen sind, aber sie wissen nicht, wo", erklärte Fabian. „Zum Glück können wir das Ding rechtzeitig hören."

Fabian checkte den Plan von Google-Street-View, den er auf seinem Smartphone offline gespeichert hatte und meinte: „Nur mehr dreihundert Meter, dann biegen wir in die Berge ab."

Als der Hubschrauber nicht mehr zu hören war, wagten sie sich zurück auf den Weg und setzten ihren Marsch fort.

Endlich ging es den Hang hinauf, doch die Deckung ließ hier sehr zu wünschen übrig. Sie mussten einen kahlen Hang hinauflaufen, dessen wenige Büsche kaum Deckung boten.

Sie präsentierten sich wieder wie auf dem Serviertablett.

Das Knattern wurde lauter und sie schafften es gerade noch bis in eine Felsspalte, als der Hubschrauber in geringer Entfernung vorüberflog.

„Haben uns die etwa schon gesehen und geben nur die Daten weiter", befürchtete Hans. „Der Hubschrauber ist unbewaffnet. Aber er kann die Soldaten auf unsere Spur bringen."

„Egal, wir müssen weiter", erklärte Fabian und setzte den Aufstieg im immer steiler werdenden Gelände fort.

Der Professor mit seinen fünfundfünfzig Jahren keuchte und bekam kaum Luft. Er musste Hans, der schon dreiundsechzig Jahre zählte, für seine Kondition bewundern. Hans stieg locker den Hang hinauf und schien keine Probleme zu haben. Der Abstand zwischen Fabian, Julia und Anna auf der einen Seite und Frank auf der anderen Seite wurde immer größer. Hans befand sich knapp hinter der jungen Dreiergruppe und konnte mit dieser mithalten.

Dann endlich begann der eigentliche Canyon. Es war dies ein Einschnitt in den Felsen, der hier aber nur vielleicht zehn

Meter tief war und den Talgrund eines engen gewundenen Hochtals bildete.

Sollten sie hier auf die Soldaten stoßen, waren ihre Überlebenschancen gering.

Dafür war der Weg nun nicht mehr so steil. Stattdessen gab es die ersten Kletterstellen, an denen sie Geländestufen von vier bis fünf Metern Höhe erklimmen mussten.

Hans bildete nun das Schlusslicht, um Frank beim Klettern zu helfen und ihn von hinten zu stützen.

So kamen sie nur schleppend voran und die Dämmerung war hereingebrochen. Es war bereits nach neunzehn Uhr und sie würden in die Nacht hinein kommen.

Doch das Gelände war unwegsam, es gab keinen eigentlichen Weg, sie mussten sich Schritt für Schritt vorarbeiten, als sie plötzlich wieder die Rotorblätter des Hubschraubers hörten. Dieser hatte zwei mächtige Suchscheinwerfer aktiviert und leuchtete den Boden des Tales aus.

Es war noch nicht ganz finster, so dass sie sich hinter einem Felsblock verstecken konnten, als der Hubschrauber über sie drüber brauste.

„Wenn sie den Schweinwerfer verwenden, dann sind sie geblendet und sehen nicht, was im Schatten vor sich geht", erklärte Frank.

„Wenn das ein Militärhubschrauber ist, dann hat er Infrarotsucheinrichtungen an Bord.", erklärte Hans.

„Die nützen ihm hier wenig", erklärte Anna und legte die Hand auf den Felsen. „Das Gestein ist von der Sonne aufgeheizt und strahlt genauso Wärme ab, wie wir."

„Aber wir dürfen unsere Taschenlampen nicht verwenden, sonst sehen sie uns", erklärte Fabian.

Doch sie hatten Glück, bald gab es einen wolkenlosen Sternenhimmel, der genug Licht spendete. Sie konnten daher im Dunkeln marschieren, nachdem sich ihre Augen an die Nacht gewöhnt hatten.

Vom Hubschrauber blieben sie auch verschont.

Es war schon nach Mitternacht, als sie die dunkle Silhouette des Besucherzentrums in Sicht bekamen. Alle Lichter waren abgeschaltet worden. Alles schien zu schlafen.

Dann waren sie am Stacheldrahtzaun als letztem Hindernis, der die gesamte Anlage von Petra umgab.

Hans hatte einen Seitenschneider in seinem Rucksack und so konnten sie auch dieses Hindernis elegant durchklettern.

Der Parkplatz für die Autobusse lag schließlich leer vor ihnen. Doch in seiner Mitte parkte der schwarze Helikopter und einige Zelte waren daneben errichtet worden.

Sie konnten drei Soldaten sehen, die neben dem Gerät standen. Im Dunkeln sahen sie das Aufglühen von Zigarettenspitzen.

„Auch das noch", entfuhr es Frank, „ich kann nicht mehr laufen."

„Damit mussten wir rechnen", erklärte Hans schonungslos. „Wir müssen das Zentrum umgehen und aufpassen, dass wir keinen Wachen in die Arme laufen. Ein Schuss und alle sind alarmiert. Sie wissen, dass wir kommen, aber sie wissen nicht, wann wir kommen.

Es ist jetzt zwei Uhr früh, da ist die Aufmerksamkeit jeder Wache am geringsten, das weiß ich aus Erfahrung."

Sie bogen nach links ab und quälten sich in einem großen Bogen am Besucherzentrun vorbei. Immer weiter durch unwegsames Felsengelände und vorsichtig nach allfälligen Wachsoldaten Ausschau haltend.

Zum Glück hatten sie in weiser Voraussicht ihren Wagen nicht am PKW-Parkplatz für die Besucher von Petra geparkt, sondern am Parkplatz des Petra Moon Luxury Hotels, wo auch in der Nacht die Autos parkten und ihr Wagen nicht weiter auffiel. Denn auf einem der Petra Besucherparkplätze wäre ein einsamer Geländewagen sehr auffällig gewesen, da es in der Nacht keine Besucher gab.

„Kinder, das war ein Abenteuer", seufzte Frank, als er seine müden Knochen endlich in die weiche Polsterung des Luxusgeländewagens fallen lassen durfte, den Hans organisiert hatte.

Hans steuerte den Wagen zurück zu ihrem Hotel und erklärte: „Wir müssen heute zum frühesten Termin auschecken, denn wir wissen nicht, ob sie nicht schon unser Hotel erfolgreich recherchiert haben."

Sie waren alle erschöpft, konnten sich aber auch über ihren Fund nicht richtig freuen. Sie wussten noch nicht, ob die Karte ein Geheimnis barg und ob sie dieses je würden entschlüsseln können. Dazu hätten sie die Felswand im Keller länger und genauer untersuchen müssen. Doch leider hatte dazu die Zeit gefehlt.

Kapitel 25

Hauptkommissar Helmut Kopetzky war wieder nach Berlin zurückgekehrt und war schlechter Laune. Diese konnte er an niemandem auslassen, was seine Laune weiter verschlechterte. Das Gespräch mit dem Innensenator hatte ihm auf den Magen geschlagen.

Er war mindestens genauso gut, wie diese Heinis vom BND, wenn er deren Ausrüstung gehabt hätte und über deren Kenntnisstand des Falles verfügt hätte.

Doch beides war nicht der Fall und so war er zur Untätigkeit verdammt. Eine SOKO Archägypt nur für die Beantwortung von lästigen Journalistenanfragen, das hatte er noch nie erlebt. Er war doch nicht der Hans Wurst für die Presse.

Aber was sollte er tun? Die paar Jahre, die er noch bis zur Pensionierung hatte, wollte er sich nicht durch eine negative Beurteilung oder womöglich gar eine Strafversetzung vermasseln lassen. Er liebte Berlin und wollte von hier nicht weg.

Da klopfte es an der Tür. Noch bevor der Kommissar „herein" sagen konnte, wurde diese auch schon geöffnet und ein junger Mann trat ins Zimmer.

„Was machen Sie hier?", fuhr ihn der Kommissar unwirsch an, „haben Sie kein Benehmen, warten Sie gefälligst, ob ich Sie überhaupt in mein Büro lasse. Und überhaupt, wer sind Sie eigentlich, dass Sie einen Hauptkommissar der Berliner Polizei bei der Arbeit stören dürfen?"

Der junge Mann lächelte freundlich, trat aber ganz ungeniert ins Zimmer und schloss hinter sich die Tür.

„Wer hat Sie überhaupt hereingelassen", fauchte Kopetzky verärgert. „Bei mir sind Sie sicher falsch."

„Gestatten Sie, dass ich mich vorstelle", flötete der junge Mann mit eindeutig amerikanischem Akzent. „Timothy Garland ist mein Name und ich will Ihnen einen Deal vorschlagen."

„Ich mache keine Deals und schon gar nicht mit fremden Amerikanern, Sie sind hier bei der Berliner Polizei und nicht bei der New Yorker Mafia. Gehen Sie besser, bevor ich Sie festnehmen lasse."

„Das glaube ich nicht, denn den Deal, den ich Ihnen anbiete, können Sie nicht ablehnen. Glauben Sie mir das", erklärte Garland immer noch lächelnd.

Dann setzte er sich ungefragt auf den Besucherstuhl bei Kopetzkys Schreibtisch und meinte: „Hören Sie mir einfach zu, was ich zu sagen habe und wir werden schnell handelseins sein."

„Was erlauben Sie sich!", wollte der Hauptkommissar aufbrausen.

„Gut, wie Sie meinen, dann fange ich eben von hinten an. Der Fall Julienburg war doch Ihrer und muss ich noch mehr sagen, oder wissen Sie schon, worauf ich hinauswill."

„Scheiße", dachte der Hauptkommissar, „Julienburg, was weiß der Typ und was will er von mir." Schweißtropfen standen auf seiner Stirn.

„Ich sehe, Sie beginnen zu verstehen, also kann ich jetzt erklären, was ich von Ihnen brauche.

Sie sind doch Leiter der SOKO Archägypt und dürfen nichts tun, wenn ich es einmal so ausdrücken darf. Dabei wissen Sie, dass dieser Fabian Kuntner und seine kleine Freundin Tina Ohlsen Dreck am Stecken haben. Nur weil Ihnen der böse Innensenator verboten hat, den Fall wirklich aufzuklären, sitzen Sie jetzt da und blasen Trübsal."

„Und was soll ich da jetzt machen, den Fall ohne Datenunterstützung aufklären und entlassen werden oder wie stellen Sie sich das vor?"

„Anna Steiner hängt auch mit drin, die ist am leichtesten zu knacken. Sie verhören Anna Steiner alleine und sagen ihr auf den Kopf zu, dass sie in Jordanien Artefakte ausgeschmuggelt hat und Sie die Beweise dafür haben."

„Warum verhören Sie sie nicht selbst. Ihr Dienst ist doch sonst nicht so zimperlich."

„Offiziell dürfen wir keine Deutschen Staatsbürger verhören, die nichts verbrochen haben", erklärte Garland und dachte dabei an die fünf Toten, die es das letzte Mal gegeben hatte, als sie versucht hatten, Tina und Fabian zum speziellen Verhör zu bringen. Dr. Simon hatte ihn inzwischen ins Projektteam aufgenommen, so dass er sich in den Fall hatte einlesen können.

„Ich dachte, Steiner hat Artefakte ausgeschmuggelt und jetzt sagen Sie mir, sie sei unschuldig, das verstehe ich nicht."

„Sagen wir es andersherum, Steiner muss Informationen haben, die wir brauchen, aber wir können sie nicht direkt fragen, aber Sie können das."

„Welche Informationen sollen das sein und warum sollte sie mir diese freiwillig geben?"

„Wir müssen wissen, was die Gruppe um Professor Steiner in Jordanien wirklich gemacht hat und was sie dort in Petra gefunden haben."

„Das ist mir egal, warum sollte ich Ihnen überhaupt helfen wollen?"

„Denken Sie nicht, wir wissen nicht, wie Sie im Fall Julienburg ein Kilogramm Koks auf die Seite geschafft haben und auf eigene Rechnung verkauft haben. Wir haben die Beweise, denn Sie wurden beim Verkauf heimlich gefilmt, da Sie so dumm waren, die Ware an einen CIA-Mittelsmann zu verkaufen."

Schweißtropfen rannen in Bächen über die Stirn des Hauptkommissars. Er war erledigt, seine hübsche Pension konnte er sich an die Wand malen, wenn das aufflog.

„Das ist doch Jahre her, das muss längst verjährt sein", stammelte er.

„Ist es eben nicht, Ihr Gedächtnis ist schlecht, der Fall liegt achtzehn Jahre zurück, die Verjährungsfrist ist aber zwanzig Jahre."

„Warum kommt das dann erst jetzt zur Sprache?", wollte der Hauptkommissar wissen. Er war nun etwas beruhigt, denn wenn der andere ihn hätte auffliegen lassen wollen, dann hätte er es längst getan.

„Weil wir einen verlässlichen Informanten bei der Berliner Polizei brauchen, deshalb müssen Sie sich Ihrer Vergangenheit stellen und wieder gut machen, was Sie damals verbrochen hatten."

„Da war ich doch noch jung und hatte extrem hohe Schulden."

„Das interessiert uns nicht, uns interessiert Ihre Mitarbeit beim Fall Steiner. Wenn das klappt, dann vergessen wir wieder, was im Fall Julienburg passiert ist. Aber die nächsten beiden Jahre werden Sie brav die Informationen an den CIA liefern, die wir von Ihnen brauchen. Ist das klar!"

„Völlig klar", stöhnte der Hauptkommissar. „In zwei Jahren bin ich euch los, und kann in Pension gehen."

„Siehe an, der Herr Kommissar kann logisch denken. Freue mich auf die gute Zusammenarbeit."

Danach weihte Garland Kopetzky in die Dinge ein, die er unbedingt wissen musste, um Anna Steiner erfolgreich in die Verhörmangel nehmen zu können. Von Antimateriewaffen war dabei natürlich nicht die Rede, denn davon wusste auch Garland nichts. Kopetzky solle alle Details der Jordanienreise aus Anna Steiner herausquetschen. Wie er das anstellen würde, sei seine Sache.

Der Kommissar musste ja nicht wissen, dass die Marines in Petra schmählich versagt hatten und die Gruppe Steiner, wie sie inzwischen von der CIA intern genannt wurde, unerkannt entkommen konnte. Die CIA hatte auch noch keine Ahnung, ob sie in Petra etwas gefunden hatten.

Kapitel 26

„Wieso haben uns die Dienste in Petra so rasch gefunden?", wollte Frank von Hans wissen. Sie saßen in Berlin in einem Caféhaus am Savignyplatz im Freien und beratschlagten sich.

Sie waren am nächsten Morgen nach ihrer nächtlichen Flucht aus Petra ungehindert abgereist und danach ohne Zwischenstopp bis zum Flughafen von Amman gefahren.

Das Büro von Frank hatte ihnen die Tickets organisiert und bei der Ausreise gab es keinerlei Probleme.

Anna und Julia waren mit dem ICE nach Hamburg weitergereist, Fabian war nach Karlsruhe zu Tina gefahren. Frank und Hans beratschlagten in Berlin die weitere Vorgangsweise.

Die Securities von Hans nahmen wieder ihre Arbeit auf, denn den Diensten konnte man nicht trauen. Zwei Tische weiter saß einer von Hans Leuten im hellgrauen Businessanzug und las unauffällig Zeitung. Es war wie in einem schlechten Agentenfilm. Bald würden die Bösewichte kommen.

„Das ist einfach erklärt", meinte Hans, „die Dienste haben Zugriff auf die Grenzkontrollcomputer und wir sind ganz legal aus Deutschland aus und in Jordanien eingereist.

Meine Idee war unsere Schnelligkeit, denn die Amis hatten nur ein paar Soldaten, vermutlich Marines von einem nahen Flugzeugträger, aufbieten können. So rasch bekamen sie kein vollständiges Team nach Petra. Es liegt zu entlegen und der südliche Teil von Jordanien ist für die Dienste normalerweise nicht interessant. Aber jetzt wissen wir zumindest, dass der eine Dienst die CIA ist."

„Und wer waren dann die beiden Agenten mit dem ostdeutschen Akzent", wollte Frank wissen.

„Das würde ich auch gerne wissen, könnte der BND gewesen sein, aber das der schneller als die CIA ist, kann ich mir nicht vorstellen. Keine Ahnung, wer die wirklich waren. Sie könnten auch für die Russen arbeiten. Aber wir haben sie entsprechend behandelt. Die Waffen habe ich unterwegs aus dem Auto geworfen."

„Die beiden machen mir doch Sorgen, ich habe das Gefühl, in Berlin bin ich nicht sicher", meinte Frank mit einem besorgten Rundumblick. „Sie können uns über die Smartphones jederzeit orten und ausschalten."

„Aber wir haben nichts verbrochen. Ich möchte gerne wissen, was die Dienste eigentlich von euch wollen", erwiderte Hans.

„Sie wollen, dass wir sie zu den Plänen für die Antigraph- und Antimateriewaffen führen, damit sie diese für die Weltherrschaft nachbauen können. Uns würden sie natürlich vorher beseitigen. Dabei wissen wir gar nicht sicher, ob es solche Waffen überhaupt jemals gegeben hat. Und genau das will ich herausfinden, daher der ganze Stress. Wenn ich nachweise, dass es die Dinger nie gegeben hat, dann stellen die Dienste die Verfolgung ein und wir können in Frieden weiter leben.

Wenn wir wirklich einen Donnervogel oder die Reste eines solchen finden können und es stellt sich heraus, es war ein normaler Düsenjäger, so wie wir ihn kennen, dann ist die

Sache gegessen. Dann gab es eine High Tech Zivilisation, die unsere Technik schon gekannt hatte, aber mehr nicht."

„Wenn es aber kein Düsenjäger ist, was ist dann?", wollte Hans wissen.

„Was soll es denn sonst gewesen sein. Donnervogel sagt doch schon der Name, dass das laut gewesen sein muss und daher muss das ein Düsenjäger sein", beharrte Frank auf seiner Meinung.

„Immerhin haben wir schon die Geschichte umgeschrieben mit dem Fund des alten Maschinengewehrs von vor zehntausend Jahren. Das war in der Technik des frühen zwanzigsten Jahrhunderts konstruiert und ist ein eindeutiger Beweis für diese präägyptische Zivilisation, die aus unbekannten Gründen untergegangen ist.

Die Sache mit den Atombomben von Mohenjo Darho ist noch immer nicht bewiesen, da es dort zwar schwache Reststrahlung gibt und verglastes Gestein. Das könnte aber alles auch von einem Vulkanausbruch stammen. Die Faktenlage ist unsicher."

Zwei Herren mit Stoppelglatze in enggeschnittenen braunen Businessanzügen kamen zielstrebig über den Gehweg direkt auf ihren Tisch zu.

Hans bemerkte sie als erstes. „Verdammt, die haben Schulterhalfter", flüsterte er Frank zu, „wir sollten verschwinden."

Sie standen rasch auf und Frank warf einen Zehneuroschein auf den Tisch. Ihr Leibwächter erhob sich ebenfalls und folgte ihnen.

Sie überquerten die Straße, um in den kleinen Park in der Mitte des Savignyplatzes zu gelangen. Dabei konnten sie sehen, wie die beiden Anzugträger ihre Schritte merklich beschleunigten.

Der Van von Hans parkte einige Wagen entfernt am Parkstreifen. Sie sprinteten los und Frank sah, wie die beiden Typen in ihre Jacken zu den Schulterhalftern griffen.

„Das ist nicht der CIA, die tragen keine dunklen Anzüge", rief Hans nun doch ein wenig hektisch. Mit der Fernbedienung öffneten sie die Türen des Vans und Hans konnte mit der Fernbedienung sogar den Motor starten. Sie sprangen in den Wagen. Ihr Leibwächter, der ebenfalls seine Waffe gezogen hatte, zielte auf die Angreifer. Diese legten eben ihre Waffen auf sie an, doch der Leibwächter war schneller und gab zwei Warnschüsse ab, die knapp über die Köpfe der Angreifer pfiffen.

Diese sahen sich genötigt, hinter einem geparkten Wagen in Deckung zu gehen.

Diesen Vorteil nutze Hans aus. Er schob den Van aus der Parklücke, der Leibwächter hechtete auf die Rückbank und Hans stieg aufs Gaspedal.

Er schleuderte den Wagen unter Missachtung des Vorrangs auf die vierspurige Kantstraße und beschleunigte voll.

Ein weißer Lieferwagen scherte aus einer anderen Parklücke aus und nahm die Verfolgung auf. Die beiden Anzugträger blieben einsam zurück.

Sie brausten die neue Kantstraße stadtauswärts entlang und schlängelten sich durch den dichten Vormittagsverkehr.

Hans überholte rechts und links alle Fahrzeuge und bemerkte im Rückspiegel, dass ein weißer Lieferwagen es ihnen gleichtat.

„Ok, wir werden verfolgt, aber den hänge ich ab", murmelte Hans.

An der Kreuzung zum Messedamm zeigte die Ampel auf Rot. Hans ließ sich dadurch nicht irritieren, sondern fuhr, ohne das Tempo zu reduzieren, in die Kreuzung ein und schleuderte den Wagen um die Kurve, damit er sich in den Querverkehr des Messedamms zwischen zwei Wagen einzuschleusen konnte. Dass er dabei niemanden gerammt hatte, war als kleines Wunder zu bezeichnen.

Der Lieferwagen hinter ihnen hatte weniger Glück, er rammte einen Achtunddreißigtonner, der eben in die Kreuzung einfuhr und setzte sich damit selbst außer Gefecht.

Bremsen kreischten, Glas splitterte und das dumpfe Krachen weiterer Fahrzeuge war zu hören, die es nicht mehr geschafft hatten, dem Chaos auszuweichen.

Hans sah das Chaos im Rückspiegel und nahm zielstrebig die Auffahrt zur A100, der Stadtautobahn, und brauste auf dieser in Richtung Südwest davon.

„Wo willst du hin, in Berlin bist du wieder einmal nicht sicher", erklärte Hans während er den Van mit hohem Tempo über die A100 steuerte.

„Anna macht die Auswertungen der Fotos in Hamburg. Ich könnte sie für ein paar Tage besuchen fahren, das würde nicht auffallen", überlegte Frank.

„Gute Idee, ich bring dich direkt hin", schlug Hans vor.

„Ich habe doch keine Sachen für eine Übernachtung dabei."

„Die kaufen wir unterwegs, glaub mir, das ist die sicherste Lösung. Denn woher konnten diese Typen wissen, dass wir uns heute am Savignyplatz treffen würden. In Jordanien gab es die Passkontrolle, die ans internationale System digital angeschlossen ist. Da können die Dienste mitlesen, Aber für Berlin bleibt nur mehr dein Smartphone, da wir den Termin heute per WhatsApp ausgemacht haben", erklärte Hans.

„Aber ohne Smartphone kann ich doch nicht arbeiten und ich habe es nie aus der Hand gegeben."

„Das brauchst du auch nicht, die haben dir einen Link oder ein verseuchtes E-Mail geschickt und du hast die Schadsoftware schon drauf. Diese installiert sich selbst und der Feind kann alles mithören und mitlesen, was du von dir gibst."

„Das ist ja schrecklich, ich schalte das Ding gleich ab", entsetzte sich Frank.

Er nahm den Chip heraus und meinte: „So, jetzt kann das Ding nicht senden."

„Ganz schlechte Idee, denn dann wissen sie, dass du erkannt hast, womit sie dich überwachen. Gib den Chip wieder rein und wir schweigen jetzt. Ich weiß, was zu tun ist."

Frank tat, wie Hans ihm gesagt hatte und die Fahrt über die Autobahn wurde schweigend fortgesetzt.

Hans lenkte den Wagen nach Alt Glienicke, einen Berliner Randbezirk im Südosten der Stadt. Dort hielt er vor einem Postverteilzentrum und deutete Frank, er solle ihm das

Smartphone geben. Dann stieg er aus und verschwand im Gebäude.

Nach wenigen Minuten kam er ohne Smartphone wieder heraus und meinte: „Alles erledigt, jetzt bist du sicher, den Rest erledigen meine Leute."

„Was hast du gemacht?", wollte Frank wissen, als der Wagen schon wieder auf der Autobahn war.

„Ganz einfach, da drin ist eine Paketabholstation und dort habe ich dein Smartphone deponiert und einen meiner IT-Spezialisten angewiesen, es morgen von dort abzuholen. Da bist du schon längst sicher in Hamburg und die Dienste glauben, du bist in Berlin. Sie werden jetzt das Paketzentrum ansteuern und dich nicht finden. Das wird lustig.

Wir fahren jetzt über den Außenring auf die A24 direkt nach Hamburg. Unsere Smartphones sind sicher, die haben die nötige Antitracking und Antispionagesoftware installiert, die du nicht hattest.

Aber in drei Tagen ist dein Smartphone auch wieder sauber und du bekommst es zurück."

„Dann sollten wir alle unsere Smartphones mit deiner Software ausrüsten lassen", erkannte Frank.

„Gute Idee, vielleicht sind mehrere verseucht. Anna, Fabian und Tina müssen nachgerüstet werden", befand Hans.

„Zum Glück geht das auch online. Ich sage meinen Leuten Bescheid, sie sollen sich darum kümmern."

Kapitel 27

Anna, Julia und Frank hatten sich in einem kleinen Besprechungsraum des Institutes der Universität Hamburg versammelt. Dieser Raum wurde normalerweise gar nicht genutzt und etliche alte Gerätschaften standen an den Wänden. Doch dafür konnten sie hier nicht so leicht gefunden und abgehört werden.

Anna hatte einen PC mit großem Bildschirm auf einem der Tische aufgebaut, der nicht mit dem Internet verbunden war.

Fabian hatte sich entschuldigt, da er in seiner neuen Leiterfunktion am KIT keine Zeit gefunden hatte, nach Hamburg zu kommen und Webkonferenzen waren allen Beteiligten inzwischen zu unsicher.

Anna rief die Fotos aus dem Keller des Hangars auf den Bildschirm. Für alle war es inzwischen eine noch nicht bewiesene Tatsache, dass diese frei zugängliche Höhle viel älter als der Rest von Petra sein musste. Die genaue Analyse der Fotos, die sie von der ganzen Anlage gemacht hatten, ergab, dass dort einmal ein großes Gebäude mit hohen Mauern gestanden haben musste, welches irgendwann einmal gesprengt worden war. Die große Höhle war vermutlich wirklich ein Hangar für irgendeine Art von Fluggerät gewesen. Der Keller darunter, Frank nannte ihn den Wartungsbunker, war am geheimnisvollsten, da es dort an der Wand die Karte gab.

Doch die finalen Beweise fehlten. Sie hatten keinerlei Artefakte in der Hand, die das beweisen könnten. Die Karte konnte leicht vor Ort von den Diensten zerstört werden, falls sie damit an die Öffentlichkeit gingen. Die Fotos der Karte galten nicht als Beweis, da solche Fotos heutzutage jeder im Photoshop selbst herstellen konnte.

Die Karte zeigte das ganze Mittelmehr und große Teile Nordafrikas, so wie die Küstenlinien am Ende der letzten Eiszeit vor zwölftausend Jahren ausgesehen hatten. Damals war der Meeresspiegel um hundertzwanzig Meter tiefer gelegen als heute. Gewaltige Eisschilde von mehreren tausend Metern Dicke hatten Nordeuropa und Nordamerika bedeckt. Die Wissenschaft war sich immer noch nicht ganz sicher, was die Eiszeit dann so rasch beendet hatte.

Doch auf der ganzen Welt gibt es Sagen und Mythen, die von einer großen Flutkatastrophe berichten. Die Geschichte von Noah und seiner Arche in der Bibel ist nur die bekannteste davon. Sie dürfte vom Gilgamesch Epos aus Indien inspiriert worden sein, wo der Held Utnapischtim ebenfalls eine Arche baut und die Menschen vor dem Aussterben rettet.

„Meine Theorie ist, dass irgendein großes Ereignis das Ende der Eiszeit herbeigeführt hat", dozierte Anna.

„Das könnte doch der Atomkrieg gewesen sein, auf den im Testament der Isis hingewiesen wird", warf Julia ein. „Mit Atombomben bringt man das Eis zum Schmelzen."

„Das ist Unsinn", widersprach Professor Frank, „warum sollten die Leute ihre Atombomben auf die Eisschilde werfen, wo doch niemand dort gelebt hat. Wir wissen nur von einem vermuteten Abwurf, der bei Mohenjo Daro im Indus Tal passiert sein soll.

In den indischen Veden wird übrigens auch sehr viel von Vimanas, prähistorischen Fluggeräten der Götter, berichtet. Diese sollen totbringende Massenvernichtungswaffen an Bord gehabt haben. Es wird von tödlichen Luftschlachten der Götter in ihren Flugobjekten berichtet."

„Das hilft uns hier aber nicht weiter", unterbrach Anna, „wir müssen uns mit den Ägyptern beschäftigen und nicht mit den Indern. Ich denke, es war ein Meteorit oder ein Asteroid, der in das Nordamerikanische Eisschild gekracht ist und eine explosionsartige Gletscherschmelze ausgelöst hat", erklärte Anna.

„Es gibt in Nordamerika geologische Hinweise auf eine riesige überdimensionale Flutwelle, die über den halben Kontinent geschwappt sein muss. Ein Asteroid hätte genügend Energie, das Eisfeld zu sprengen und zum Schmelzen zu bringen. Das hätte dann eine globale Flutkatastrophe ausgelöst."

„Willst du uns nicht die Karte erklären. Was hast du bis jetzt herausgefunden?", unterbrach Frank ihre Ausführungen.

„Entschuldigung, aber das passte gerade so zum Thema. Aber jetzt zoome ich hier hinein und wir können etliche Symbole erkennen. Das könnten die Vogelnester sein, von denen im Testament der Isis die Rede ist.

Ein Nest liegt genau an der Position von Petra, das habe ich überprüft. Und dann seht, wie viele Nester es einst gegeben hat."

Anna hatte alle mit Farbe markiert und ein Schwarm von roten Punkten überzog das ganze Mittelmeergebiet.

„Da muss doch heute noch etwas zu finden sein", jubelte Julia.

„Freu dich nicht zu früh", erklärte Anna und legte einen digitalen Layer über die Karte, welcher die heutige Küstenlinie zeigte. Fast alle Nester waren nun unter Wasser.

Anna erklärte: „Diese Zivilisation hatte dieselbe schlechte Angewohnheit, wie unsere heutige Zivilisation. Alle Siedlungen und wichtigen Anlagen wurden an der damaligen Küstenlinie errichtet. Wenn sich der Meeresspiegel dann in kurzer Zeit drastisch ändert, wird alles überflutet und geht verloren.

Uns würden heute schon fünf Meter Meeresspiegelanstieg überfordern und ganze Städte unbewohnbar machen. Jetzt stell dir vor, was bei hundertzwanzig Meter Anstieg passiert sein muss. Diese Orte finden wir am Meeresgrund nie wieder.

Und wenn wir sie lokalisieren könnten, dann gibt es nichts mehr zu finden, was als Artefakt interpretiert werden könnte, da tonnenweise Schlick, Sand und Sedimente darüber gelagert sind. Archäologie in solchen Meerestiefen ist viel zu teuer und aufwändig. Diese Mittel kann niemand auftreiben, um eine Theorie zu beweisen, die ohnehin von so vielen Wissenschaftlern angezweifelt wird."

„Das heißt, du schlägst vor, wir sollten aufgeben und alles war umsonst", entfuhr es Julia.

„Das habe ich nicht gesagt, aber die meisten Nester sind eben im Meer versunken. Das ist eine Tatsache und das Nest in Petra war leer.

Dass die Nachkommen dieser Zivilisation alles ausgeschlachtet haben was sie brauchen konnten, ist wohl logisch. Würden die Menschen heute auch so machen, wenn sie den Atomkrieg überleben sollten und dann mit den Resten der Technik von heute auf Mittelalterniveau dahinvegetieren müssen.

Aber lasst mich weiter präsentieren, ich bin noch nicht fertig." Anna legte einen weiteren Layer über die Karte. Diesmal erschien eine Reihe grüner Flecken.

„Ich konnte diese Hieroglyphen leicht übersetzen, denn das sind alles Ortsnamen, die neben den grünen Flecken stehen. Leider sind die meisten Orte auch an der Küstenlinie, aber hier habe ich Überraschendes gefunden."

Da in der gezeigten Vergrößerung nicht die ganze Karte am Schirm zu sehen war, scrollte Anna das Bild entlang der afrikanischen Mittelmehrküste von Ost nach West.

Von Gibraltar, das damals eine noch kleinere Meerenge war als heute, schwenkte sie nach Süden. Alle konnten erkennen, dass die damalige Küstenlinie des Atlantiks auch ganz anders ausgesehen hatte.

Sie zoomte immer weiter nach Süden und dann sah die Küstenlinie plötzlich noch viel mehr verändert aus.

„Was ist das, so sieht doch Afrika nicht aus, das kann doch nicht stimmen, die Karte hat hier einen Fehler", rief Frank aus.

„Das dachte ich zuerst auch", erklärte Anna, „doch dann konnte ich die Hieroglyphen entziffern. Sie waren auf diesem Teil der Wand nur ganz schwach zu sehen, wie wenn es hier Auswaschungen gegeben hätte. Wasser hat die Farbe gelöst und es sind nur mehr wenige Pigmente vorhanden. Aber diese konnten mit den Daten, die wir von Fabian erhalten haben, zu ganzen Zeichen zusammengesetzt werden."

Jetzt nahmen alle die Details in Augenschein. Hier war eine große Stadt eingezeichnet, die direkt am Meer liegen musste. Aber wieso war hier eine Küstenlinie? Die heutige Küstenlinie lag viel weiter westlich. Da konnte doch etwas nicht stimmen.

Anna legte einen weiteren Layer über die Karte. Diesmal war es eine Satellitenaufnahme des Gebiets.

Dann begann sie mit ihrer Erklärung: „Ich habe mich auch erst bei den Geologen schlau machen müssen, aber diese Entdeckung könnte echt sensationell sein.

Hat schon jemand von euch vom Eye of Sahara gehört, der sogenannten Richat Struktur im Norden von Mauretanien. Diese besteht aus zwei kreisförmigen Ringen in einem kreisförmigen Becken, hat einen Durchmesser von vierundvierzig Kilometern und kann nur vom Weltraum aus mittels Satelliten komplett gesehen werden. In der Mitte liegt eine kreisförmige flache Erhebung.

Geologen vermuteten erst einen Einschlagskrater eines Meteoriten, dann einen erloschenen Vulkan. Doch beides scheint nicht zutreffend zu sein. Ein Meteorit kann keine drei Ringwulste erzeugen und beim Vulkan fehlt der Kegel komplett. Nichts deutete auf vulkanische Aktivität hin. Und als reiner Schlammvulkan aus dem Untergrund ist die Struktur schlichtweg viel zu groß.

Die Richat Struktur entspricht vielmehr ziemlich exakt der von Platon sehr genau beschriebenen Ringstruktur der

Insel von Atlantis. Wir haben hier einen hohen Grad an Übereinstimmung.

Platon schreibt in seinem Dialog Kritias von einer Insel des Poseidons, die von zwei ringförmigen Inseln umgeben ist, die mit Brücken miteinander verbunden sind. Das Ganze liegt in einem See, der über einen Kanal mit dem offenen Meer verbunden ist.

Das große Problem ist nur, dass die Richat Struktur heute fast vierhundert Meter über dem Meeresspiegel liegt und fünfhundert Kilometer im Landesinneren.

Doch diese Karte zeigt ein Bild von Afrika, wie es ganz anders ausgesehen hat. Hier ist Westafrika abgesunken und das Meer reicht tatsächlich bis fast an das Eye of Sahara heran. Im Osten ist ein breiter Fluss, der im Hohen Atlas entspringt und südlich von der Stadt Atlantis ins Meer fließt.

Sedimente eines solchen Flusses sind tatsächlich bereits von Geologen nachgewiesen worden. Es sind dies Spuren des Tamanrasett Rivers. Diese Sedimente hatten ein Alter zwischen fünfzehntausend und siebentausend Jahren. Das wäre genau die Zeit, in der wir suchen müssen.

Damit wäre das Reich von Atlantis eine riesige Halbinsel gewesen, die von Marokko bis Mauretanien reicht und im Westen vom Atlantik, im Osten vom Tamanrasett River und im Norden vom Atlasgebirge begrenzt wird.

Danach ist die Sahara ausgetrocknet, Atlantis wurde zur Wüste oder ist anderwärtig zerstört worden und die Überlebenden sind nach Ägypten ausgewandert, da es dort noch Wasser gab, und haben die heute sagenhafte Nullte

Dynastie gegründet, die den Ursprung des Ägyptischen Reiches darstellt."

„Alles schön und gut", erklärte Julia, „aber ich als kritische Journalistin muss dich jetzt fragen, wieso liegt dieses Eye of Sahara heute vierhundert Meter über dem Meeresspiegel, wenn doch der Meeresspiegel um hundertzwanzig Meter gestiegen ist und die City of Atlantis damals auf Meeresniveau gelegen hat. Das geht sich doch nicht aus."

Anna lächelte und meinte: „Das habe ich auch gedacht, doch dann habe ich einen alten Bekannten, der Geologe ist, angerufen und der konnte es mir erklären.

Die Erde ist kein starrer Körper, auch wenn es sich für uns auf der Erdoberfläche so anfühlt. Du kannst dir die Erde wie eine plastische Kugel vorstellen, die an den Polen leicht abgeplattet ist und durch die Fliehkraft der Erdrotation am Äquator etwas dicker ist. Kommen nun an der Oberfläche zusätzliche Kräfte ins Spiel, so verformt sich die Oberfläche plastisch.

Die Zunahme des Meeresspiegels bewirkte eine gewaltige Gewichtszunahme des Wassers, das auf dem Ozeanboden lastet und diesen nach unten drückt. Wenn der Ozeanboden nach unten gedrückt wird, dann steigen dazu die Kontinente im Verhältnis nach oben, da die Erdkruste elastisch ist und das hydrostatische Gleichgewicht auf der Erde sich immer entsprechend anpasst. Vierhundert Meter Höhenänderung sind bloß nullkommadrei Promille des Erddurchmessers. Das ist so gut wie gar nichts.

Norwegen zum Beispiel hebt sich seit der letzten Eiszeit noch immer, weil die Gletscher dort erst etwas später geschmolzen sind. Das sind alles bestätigte wissenschaftliche Erkenntnisse der neuesten Zeit. Während hier fehlt uns noch die Bestätigung, dass das wirklich die City of Atlantis ist. Wir sollten dort nachsehen und prüfen, ob man etwas finden kann."

„Mauretanien, ob das mein Chef erlaubt? Ist das nicht sehr gefährlich dort unten?", wollte Julia wissen.

„Schlimmer als hier kann es auch nicht werden", erklärte Frank. „Hier werden wir auch dauernd von irgendwelchen Geheimdiensten oder sonstigen Leuten gejagt. Vielleicht finden wir dort die Ultima Ratio und können diese veröffentlichen. Dann kann uns niemand mehr an den Kragen."

„Aber eines verstehe ich noch immer nicht", warf Julia ein.

„Wenn die Kontinente nach oben steigen weil der Meeresboden nach unten gedrückt wird, wieso sind dann im Mittelmeer die Städte alle im Meer versunken, statt ebenfalls angehoben zu werden? Das ist doch unlogisch."

Anna seufzte: „Also ich bin jetzt nicht die Spezialistin in Geologie und für die Kontinentalverschiebung, aber Gerhard, mein Bekannter, hat mir das so erklärt. Die Kontinente und die Ozeanböden sind keine starren Platten, sondern sie sind biegsam. Stell dir eine Yogamatte vor. Die kannst du am glatten Boden ohne Probleme verschieben. Stößt du auf ein Hindernis, wellt sich die Matte auf und wirft Falten."

„Aber Marokko kannst du doch nicht mit Norwegen vergleichen. In Marokko waren doch keine Gletscher", unterbrach Julia.

„Der Hohe Atlas ist über viertausend Meter hoch, sicher waren während der Eiszeit dort auch viele Gletscher. Reste davon gibt es ja noch heute", erklärte Anna.

„Vergiss das hydrostatische Gleichgewicht nicht. Wenn am Mittelmeer der Kontinent nach unten gedrückt wird, kann es durchaus sein, dass er am Atlantik nach oben gedrückt wird. Afrika entfernt sich von Südamerika pro Jahr um fünf Zentimeter, das ist eine geologisch erwiesene Tatsache. Alle Kontinente sind in Bewegung. Wenn unsere Theorie über den Asteroideneinschlag, der das Ende der Eiszeit ausgelöst haben soll, stimmt, dann hat dieses Ereignis in kürzester Zeit zu gewaltigen tektonischen Verschiebungen geführt, die auch das alte Atlantis um vierhundert Meter angehoben haben können. Da bin ich mir sicher", schloss Anna ihren Vortrag.

„Wir müssen über sichere Kanäle Hans, Fabian und Tina einweihen. Diese Expedition muss sorgfältig geplant werden", erklärte Frank. „Nicht so eine Hau Ruck Aktion, wie in Petra, wo wir ständig flüchten mussten."

„Aber du musst zugeben, dass wir in Petra erfolgreich waren", meinte Julia lächelnd, „auch wenn es etwas hektisch zuging."

„Du bist gut, ich habe eigenhändig zwei bewaffnete Agenten mit Äther betäubt. Du hast einem Agenten die Waffe aus der Hand geschossen. Das Militär hat Hubschraubereinsätze gegen uns geflogen und wir sind nur knapp entkommen", erklärte Anna entrüstet.

„Ich bin sicher, dass es in Mauretanien so ähnlich weitergehen wird", erklärte Julia, „aber that´s live, damit werden wir wohl leben müssen."

„Und damit wir das auch überleben, werden wir diesmal mehr Leute von Hans mitnehmen. Wir brauchen Ausrüstung und Waffen vor Ort. Mauretanien ist ein anderes Pflaster als die Touristenhochburg Petra", erklärte Frank mit Bestimmtheit.

Leider hatte Frank noch kein sauberes Telefon, da dieses noch von den Technikern von Hans bearbeitet wurde, so dass Anna Hans von ihren neuesten Plänen informieren musste. Ihr Gerät war bereits mit der neuesten Antispionagesoftware ausgestattet worden.

Als sie die Besprechung dann abgeschlossen hatten, wollte Anna wieder in ihr Labor gehen, doch Julia schlug vor, gemeinsam irgendwo einen Kaffee trinken zu gehen.

Anna wollte zuerst nicht, doch dann dachte sie: „Ich glaube, sie will mir etwas Persönliches sagen". Sie beschloss mitzukommen.

Sie gingen nur in die Cafeteria des Institutes, da Anna die Sicherheitslage immer noch als bedrohlich einschätzte. Einer von Hansens Security Leuten saß einige Tische weiter.

„Jetzt haben wir schon wieder ein Abenteuer hinter uns und sind die ganze Zeit nicht zum Reden gekommen", begann Julia, nachdem sie ihren Kaffee Latte am Tischchen stehen hatten.

„Stimmt, du bist mir immer ausgewichen und warst auf Abstand bedacht."

„Vermutlich bin ich das auch gewesen, denn du hast mir doch damals gesagt, dass du unsere Beziehung nicht mehr aushältst und du für dich klären willst, ob du jetzt Lesbe, hetero oder Bi sein willst."

„Ich weiß, das habe ich gesagt", gestand Anna ein, „aber es war nicht leicht für mich, wir hatten eine schöne Zeit, aber ich habe irgendwie keine Zukunft für uns gesehen. Wir waren so unterschiedlich. Du, die spritzige Journalistin und ich die ruhige und verbissene Anthropologin, wie du mich einmal genannt hast. Ich wollte Zeit zum Nachdenken haben."

„Und hast du nachgedacht?", bohrte Julia nach. „Mir ist erst nach der Trennung klar geworden, dass ich dich vermisse, aber da hatte ich dich schon ziehen lassen."

„Das höre ich jetzt zum ersten Mal, ich dachte, du wärest froh, mich los zu sein."

„So kann Frau sich irren. Ich rede zwar viel, aber immer trage ich mein Herz auch nicht auf der Zunge. Du hättest es auch so erkennen können, wenn es dir wichtig gewesen wäre", schmollte Julia.

„Es wäre mir wichtig gewesen, aber ich hatte keine Ahnung, immer kann ich nicht Gedanken lesen."

Anna war hin und her gerissen, war das jetzt ein Angebot von Julia, ihre Beziehung wieder aufleben zu lassen? Sie dachte an Fabian, der nun seine Tina hatte. Fabian hatte sich so positiv verändert, war daran womöglich diese Tina schuld? Aber diese Tür war für Julia nun verschlossen, zumindest solange Tina Fabian in Beschlag genommen hatte.

In ihrem Innersten war sie eben konservativ eingestellt und hätte einer stinknormalen Heterobeziehung mit Fabian den Vorzug gegeben. Die Affaire mit Julia war zwar wunderschön und aufregend gewesen, doch für Anna irgendwie unpassend. Dabei hätten ihre Eltern gar nichts dagegen gehabt. Sie war schließlich mit Julia eine Zeit lang ganz offiziell liiert gewesen und ihre Eltern hatten ihr alles Gute für ihre Entscheidung gewunschen.

Julia sah Anna groß und erwartungsvoll an: „Ist es dir immer noch wichtig?"

„Du bist mir wichtig, aber irgendwo in mir drin ist mir Fabian auch wichtig, auch wenn er jetzt mit Tina zusammen ist."

„Das sind ja ganz neue Töne", zuckte Julia zurück.

„Jetzt weißt du es, ich bin eifersüchtig auf Tina, diesen hässlichen Nerd, von der ich nicht weiß, was Fabian an ihr findet. Gleichzeitig finde ich es schön, dass wir zwei wieder zusammenarbeiten und das nächste Projekt am Programm steht."

„Du bist ganz schön unlogisch", konterte Julia, „dabei bist du die Wissenschaftlerin und nicht ich."

Anna ergriff die Hand von Julia und erklärte: „Lass uns das Projekt abschließen. Ich glaube es ist besser, wenn wir beide als Single nach Mauretanien gehen, sonst wird alles noch komplizierter, als es schon ist. Und ich könnte mir vorstellen, dass wir uns danach wieder um den Hals fallen und es so richtig krachen lassen. Aber gib uns beiden noch ein wenig Zeit."

„Ich gebe die Hoffnung auf dich noch nicht auf", erklärte Julia und drückte die Hand von Anna ganz fest.

„Aber du hast recht, erst die Arbeit, dann das Vergnügen", grinste sie schelmisch.

Dann musste Julia zum nächsten Termin aufbrechen und verabschiedete sich von Anna mit einer kurzen, aber kräftigen Umarmung.

Kapitel 28 - einige Tage später

Anna war empört. Sie hatte eine Vorladung von der Polizei in Hamburg erhalten. Es gehe um ihre Zeugenaussage wegen des Einbruchs am Institut, wo die drei Papyri gestohlen wurden, stand in der Vorladung.

Sie hatte gehofft, dass die Polizei endlich ihre Arbeit gemacht und es nun erste Festnahmen gegeben hatte.

Stattdessen saß sie selbst in einem fensterlosen Verhörzimmer der Polizei und ihr gegenüber saß dieser Widerling von Hauptkommissar aus Berlin. Was machte der hier eigentlich. Die sogenannte SOKO Archägypt, die er angeblich leitete, hatte doch bisher genau gar nichts herausgefunden. Was wollte der fette Kerl von ihr?

Die Klimaanlage war ausgeschaltet und in dem Verhörraum war es drückend heiß. Kopetzky selbst hatte es angeordnet, litt aber jetzt mehr unter der Hitze als Anna, die sportlich und braun gebrannt ihm gegenüber saß und eine eisige Miene aufgelegt hatte. Kopetzky schwitzte aus allen Poren und das nicht nur wegen der Hitze, sondern weil er an seinen Auftraggeber von der CIA dachte, dem er hier einen Gefallen tun musste.

Er versuchte es zuerst mit der freundlichen Tour: „Sie waren doch kürzlich in Jordanien, hatte das etwas mit Ihrer Arbeit zu tun, oder war das nur ein Kurzurlaub?"

„Ich wüsste nicht, was Sie das angeht, mit dem Einbruch in unserem Institut kann das ja wohl nicht zusammenhängen. Sagen Sie mir lieber, wann der Einbruch von der Polizei aufgeklärt werden wird.", erwiderte Anna kurz und prägnant das Thema wechselnd.

Kopetzky lief rot an und brüllte: „Ich stelle hier die Fragen, ist das klar. Sie werden verdächtigt, zusammen mit ihrem Vater in krumme Antikengeschäfte verwickelt zu sein. Ihr Vater hat zwei wertvolle Stücke aus dem ägyptischen Museum in Kairo entwendet und illegal ausgeführt. Darauf stehen hohe Haftstrafen. Haben Sie diese Stücke von ihm übernommen?"

„Mein Vater hat nichts aus Ägypten illegal ausgeführt. Er wurde vom Zoll schikanös gefilzt, aber sie haben nichts gefunden", verteidigte Anna ihren Vater.

„Aber er hat zwei Stücke aus dem Museum entwendet", blieb Kopetzky hartnäckig.

„Das stimmt nicht, er hatte einen offiziellen Leihvertrag abgeschlossen", rief Anna.

„Also hat er doch aus dem Museum etwas mitgenommen, unter welchem Vorwand ist jetzt egal. Sie haben gerade eben zugegeben, dass er Dinge mitgenommen hat", triumphierte Kopetzky.

„Gar nichts habe ich", erboste sich Anna, „und warum fragen Sie nicht meinen Vater, der weiß sicher mehr."

„Weil Ihr Vater seit einigen Tagen nicht auffindbar ist. Wenn Sie nicht kooperieren, dann stelle ich einen Haftbefehl für Ihren Vater und für Sie aus. In U-Haft spricht es sich vielleicht leichter."

„Gegen mich haben Sie keinerlei Beweise wegen irgendetwas", konterte Anna.

Kopetzky wusste, dass sie recht hatte. Mit seinen Anschuldigungen würde er bei keinem Haftrichter durchkommen, da ihm die Beweise fehlten. Die Artefakte waren vermutlich in Ägypten geblieben, denn wie hätte Frank Steiner sie außer Landes schaffen sollen?

Und wie sollte er nachweisen, dass Frank Steiner sie dort unten gewinnbringend verkauft hatte, wenn die Ägypter ebenfalls die Mauer machten und nicht mit ihm kooperierten.

„Ich lege die Beweise zuerst dem Haftrichter vor, damit der entscheiden kann", bluffte Kopetzky. „Sie werden noch früh genug alles erfahren, aber nicht jetzt, denn sonst vernichten Sie noch alle Unterlagen. Aber jetzt habe ich Sie hier am Präsidium und der Haftrichter sitzt nur eine Etage höher. Sie sollten besser kooperieren."

„Was wollen Sie eigentlich wissen, ich habe nichts zu verbergen", erklärte Anna, die nicht wusste, ob Kopetzky bluffte.

„Dann sagen Sie mir, was Sie in Jordanien wirklich wollten. Ihr Team ist so schnell rein und dann wieder raus, das kann doch kein Urlaub gewesen sein. Erzählen Sie mir einfach, was dort unten passiert ist, und was Sie gefunden haben. Dann kann ich Sie nach Hause gehen lassen", erklärte Kopetzky plötzlich wieder ganz freundlich.

Anna überlegte fieberhaft, was sie dem Hauptkommissar sagen konnte, ohne ihr Projekt zu gefährden.

Eine Eingebung kam ihr zu Hilfe: „Gut, wir waren in dienstlicher Sache unterwegs. Wir wollten einer Spur nachgehen, die sich aus unserer Forschung ergeben hat. Leider nicht sehr erfolgreich, deshalb haben wir die Suche so rasch beenden können."

„Was wollten Sie finden?", blieb Kopetzky hartnäckig.

„Ganz einfach, Petra ist sehr alt", erklärte Anna und dachte, „du hast von Archäologie keine Ahnung, dir kann ich alles erzählen."

„Wir wollten herausfinden, ob es architektonische Übereinstimmungen zwischen Petra und den präägyptischen Bunkern gibt, die wir bei den Pyramiden gefunden haben. Auch in Petra gibt es viele Höhlen und künstlich geschaffene Kavernen. Das ist alles."

„Das kann nicht alles sein, denn so viel wir wissen, haben sie ganz oben am Ad Deir ziemlich viel Zeit in einer Höhle verbracht. Was haben Sie dort gemacht oder gefunden?", spielte Kopetzky seinen letzten Trumpf aus, den ihm der Amerikaner gegeben hatte.

„Wie kann er davon wissen, ohne dass ihm der Geheimdienst das verraten hätte", dachte Anna. Sie musste auch an die beiden Agenten mit ostdeutschem Akzent denken, die sie ausgeschaltet hatte.

„Aber diese Agenten hatten sie zuerst angegriffen, das war Notwehr gewesen. Außerdem macht die Polizei normalerweise nicht die Arbeit der Geheimdienste. Oder spielt dieser Kopetzky eine Doppelrolle und ist Mitglied des Geheimdienstes. Das würde einiges erklären."

„Woher glauben Sie das zu wissen", konterte Anna.

„Ich stelle hier die Fragen, und übrigens, Sie sind dort gesehen worden. Sie werden wissen, von wem genau."

„Ja, da war ein schwarzer Hubschrauber, der hat gefilmt, ich kann mich erinnern", lenkte Anna ab.

„Was für Hubschrauber?", dachte Kopetzky der diese Information nicht hatte und erkannte, dass ihm der CIA-Agent längst nicht alles gesagt hatte.

„Was also war in der Höhle? Wenn Sie nichts gefunden hätten, hätten Sie wo anders weitergesucht, also haben Sie etwas gefunden und konnten daher so rasch abreisen. Stimmt das oder habe ich Recht."

Anna sah sich in die Ecke gedrängt. Der Kerl konnte kombinieren.

„Gut, wir haben etwas entdeckt, das noch immer dort ist, da es niemand mitnehmen kann", erklärte Sie mit einem plötzlichen Grinsen.

„Sie können gerne hinfahren und es sich anschauen, es waren ein paar alte Höhlenmalereien, die uns bewiesen haben, dass Petra und die präägyptische Zivilisation nichts miteinander zu tun haben können. Wir sind schließlich Archäologen."

„Wenn ich Ihnen das glauben soll, dann geben Sie mir die Fotos, die Sie gemacht haben. Denn Archäologen müssen doch dokumentieren. Ich weiß daher, dass es Fotos geben muss und die hätte ich gerne."

„Was haben diese Fotos mit dem Einbruch im Institut zu tun?", wich Anna aus.

„Alles, denn ich habe Leute, die mit diesen Fotos etwas anfangen können und dann werden wir sehen, ob Sie die Wahrheit sagen, oder ob in der Sache mit der illegalen Ausfuhr von Artefakten weiter ermittelt werden muss."

Anna schaltete schnell, da Kopetzky eben zugegeben hatte, in der Ausfuhrsache nicht genug Beweise zu haben.

„Gut, Sie können die Fotos haben, ich schicke Sie ihnen, denn ich habe sie natürlich nicht dabei. Geben Sie mir Ihre Mailadresse, dann richte ich Ihnen einen Download ein. Aber ich glaube nicht, das mit den Bildern irgendjemand etwas anfangen kann, das sage ich gleich dazu."

Kopetzky seufzte innerlich: „Warum nicht gleich, ist mir doch egal, was da drauf ist, Hauptsache der CIA hat die Daten."

Dann war das Verhör sehr rasch beendet und es gab nicht einmal ein Protokoll, das Anna hätte unterzeichnen sollen. So rasch wie möglich verließ sie das Präsidium.

Wieder am Institut an ihrem Schreibtisch begann sie, ihren Plan umzusetzen. Sie nahm die Originalfotos, die sie von Julia bekommen hatte und wandelte diese in Schwarzweiß Bilder um und schwächte gleichzeitig die Kontraste. So waren die Zeichnungen fast nicht mehr zu erkennen. Dann löschte sie noch die Küstenlinie, die sie sich vorher markiert hatte und ersetzte sie durch Gesteinspixel. Danach ließ sie die Bilder mit einer Spezialsoftware entrauschen, so dass die Manipulationen nicht mehr erkennbar waren.

Die so bearbeiteten Bilder schickte sie an Kopetzky. Sollte dieser sie doch weiterleiten, die Geheimdienste würden nichts damit anfangen können, dachte Anna.

Kapitel 29 – 1 Monat später

Julia saß neben Alwin Henschel im von Hans Bäumler gecharterten Transporthubschrauber. Unter ihnen breitete sich eine endlose Steinwüste aus.

Alwin war ein großer dünner Deutscher, Anfang Vierzig, der auf sein Aussehen nicht sehr viel Wert legte. Er hatte nur eine alte Jeans und ein verwaschenes T-Shirt an. Sein Dreitagesbart war mittlerweile eine Woche alt und die Lederjacke, die er wegen der Kälte im Hubschrauber trug, hatte auch schon bessere Tage gesehen.

Doch Julia war froh, Alwin dabei zu haben, denn er war zwar ein unsteter Abenteurer, aber in Ägypten hatte die Gruppe vor dem sicheren Tod gerettet. Er war der Guide gewesen, der sich auskannte.

Julia kannte ihn seit einigen Jahren, doch in der letzten Zeit hatten sie sich aus den Augen verloren. Umso überraschender war es, dass Alwin am Flughafen in Berlin im letzten Moment zur Gruppe gestoßen war, als sie gerade nach Nouakschott, der Hauptstadt von Mauretanien, eincheckten.

Hans Bäumler hatte ihn angeheuert, da seine Afrikaerfahrung nützlich sein könnte. Am Flug von Berlin nach Paris hatte ihr Alwin erzählt, wie er sich nach ihrem Ägyptenabenteuer in Deutschland über Wasser gehalten hatte. Nach Ägypten konnte er nicht zurück, da er dort als unerwünschte Person galt und Einreiseverbot hatte. Früher hatte er von Kairo aus spezielle Tripps für Touristen, die das Außergewöhnliche suchten, organisiert. Er war mit ihnen in die Wüste zu Ausgrabungen gefahren, die normalerweise nicht öffentlich zugänglich waren. In dieser Zeit hatte er schon viele Merkwürdigkeiten entdeckt, die ins offizielle Geschichtsbild der ägyptischen Archäologie nicht hineinpassten. Die Touristen bezahlten ihn immer sehr gut, damit sie diese verbotenen Dinge sehen konnten. Alwin hatte geheime Kontakte zur Behörde, damit er diese Dinge zeigen konnte. Eine Hand schmierte die andere. Aber damit war es nach der Flucht aus Ägypten vorbei.

In Deutschland konnte er nicht so recht Fuß fassen. Er war zwar auch berühmt wegen der Entdeckung der präägyptischen Zivilisation. Aber den eigentlichen Ruhm steckten Professor Steiner, die Journalistin Julia und die Anthropologin Anna ein, wie er Julia etwas verbittert erklärte. Ihm blieb damals nichts, woraus er einen Job hätte generieren können, denn regelmäßige Arbeit war nicht so seine Sache. Er war das unstete Abenteuerleben gewohnt und hielt sich mit Gelegenheitsjobs über Wasser, die nicht immer ganz im Bereich des Legalen angesiedelt waren.

Deshalb hatte er sofort begeistert zugesagt, als ihn Hans Bäumler für diesen Trip engagiert hatte.

Im Flughafen Charles de Gaulle mussten sie in den Flieger umsteigen, der direkt nach Nouakschott ging. So verließen sie den Boden der Europäischen Union diesmal über Frankreich. Das bot ihnen einen zusätzlichen Sicherheitsabstand zu den Geheimdiensten.

Mit von der Partie waren noch Anna, Fabian, Frank und Hans, der es sich nicht nehmen lassen wollte, auch diesmal wieder mit dabei zu sein. Tina war zu Hause in Karlsruhe geblieben und wollte Fernunterstützung leisten.

Diesmal hatte niemand Tina gedrängt unbedingt mitzufahren. Denn der entscheidende Hinweis auf den Hangar von Petra war von ihr im genau richtigen Moment gekommen. Ihre Hintergrundarbeit war für die Gruppe wertvoll geworden. Auch Fabian hatte sich scheinbar damit abgefunden, dass seine Tina keine Abenteurerin war.

Diesmal setzten sie mehr auf Tarnung. Hans hatte es geschafft, dass sie als Vorhut einer Gruppe von Prospektoren eines großen internationalen Bergbaukonzerns beim Ministerium in Nouakschott registriert waren. Sie wollten per Lufterkundung prüfen, ob es in der Region um das Eye of Sahara verwertbare Bodenschätze gäbe. Sie hatten eine Genehmigung für Hubschrauberflüge und für die Einfuhr eines Bodenradargerätes erhalten.

Dass das Bodenradar aus den Beständen der Universität nur für archäologische Forschungen geeignet und für geologische Untersuchungen völlig unbrauchbar war, mussten die Behörden der islamischen Republik Mauretanien nicht wissen.

Es gab nur die Auflage, das Gebiet von Westsahara nicht zu überfliegen, da es dort zu unsicher sei.

Sie hatten diesmal eine volle Grabungsausrüstung und auch Ausrüstung für Höhlenforscher dabei, denn es war wahrscheinlich, dass sie wieder in unterirdische Anlagen vorstoßen mussten.

Den Hubschrauber, eine Agusta Bell 212, die bis zu vierzehn Personen transportieren konnte, hatten sie samt zwei Piloten in Nouakschott gechartert. Mit den beiden Piloten waren sie zu Acht, der Rest der Zuladung wurde aber für das Gepäck und die Ausrüstung der Expedition benötigt.

Die Maschine war von der mauretanischen Armee ausgemustert worden und hatte schon viele Flugkilometer hinter sich, was man ihr auch ansah. Jetzt wurde sie von einer kleinen lokalen Charterfluggesellschaft betrieben, die hauptsächlich mit Aufträgen von Bergbauunternehmen ihr Geld verdiente. Deshalb hatte Hans diese Gesellschaft auch ausgewählt.

Die Kosten für die gesamte Expedition teilten sich Frank und Hans, da die beiden über das nötige Kapital verfügten. Die anderen Teilnehmer steuerten nur geringe Beträge bei. Nur Julia erhielt Unterstützung von ihrem Verlag.

Fabian hatte unbedingt dabei sein wollen und hatte es geschafft, einen längeren Urlaub am KIT zu erhalten, obwohl er jetzt Leiter des KI-Bereiches war. Er rechnete damit, dass die Expedition nicht länger als drei Wochen dauern würde. Dann müsse er wieder zurück in Karlsruhe sein.

Die Universitäten in Berlin und Hamburg hatten keinerlei Information darüber, was Frank und Anna vorhatten. Sie waren auf einem längeren Urlaub. Somit war zu hoffen, dass auch der ägyptische Minister nicht Bescheid wusste und sie in Ruhe in Mauretanien suchen konnten. Hoffentlich galt das auch für die diversen Geheimdienste, die sich auf ihre Fersen geheftet hatten. Doch seit dem Vorfall am Savignyplatz hatte es keine weiteren Zwischenfälle gegeben. Vielleicht waren die Aktionen eingestellt worden, da die Dienste keine neuen Erkenntnisse hatten.

Inmitten einer riesigen Sandwüste gab es einen zweihundertfünfzig Kilometer langen und fünfundsechzig Kilometer breiten Einschub einer Steinwüste. Sie flogen inmitten dieser Steinwüste von Südwesten her kommend nach Nordosten. Am Horizont konnte man die Ränder der Sandwüste erkennen, welche die Steinwüste umschloss.

Julia blickte aus dem Kabinenfenster und konnte ihr Staunen nicht verbergen. Unter ihnen wurde eben das Eye of Sahara sichtbar.

In dieser Steinwüste taten sich riesige Ringstrukturen auf. Julia wusste, dass diese nur aus der Luft oder aus dem Weltraum erkennbar waren. Erst 1965 waren sie von einer Gemini-Raukapsel aus erstmals fotografiert worden.

Es waren zwei mächtige Ringe innerhalb eines Ringgebirges. In der Mitte war eine zerklüftete Hochfläche zu sehen. Im Süden schob sich die Sandwüste bis knapp an die Ringstruktur heran.

„Wo sollen wir zu suchen anfangen?", ließ sich Hans über den Bordfunk vernehmen.

„Beginnen wir in der Mitte, dort wo der Tempel des Poseidon gestanden haben soll", schlug Frank vor. „Dort können wir unser Lager für die nächsten Tage aufschlagen.

Die Agusta Bell 212 drehte langsam, um einen Landeplatz nach den Anweisungen von Frank zu finden.

Dies war gar nicht so einfach, da die Hochfläche in der Mitte der Richat Struktur, wie das Eye of Sahara auch genannt wurde, aus unwegsamen zerklüfteten Felsenschluchten bestand.

Der Grund der Felsenschluchten war von feinem Sand bedeckt, soweit man das vom Helikopter aus beurteilen konnte.

Da sahen sie im sandigen Untergrund Reifenspuren von Geländewagen. Das hieß, es gab auch andere, die hier herumkurvten.

Die Piloten wählten einen Kreuzungspunkt von solchen Reifenspuren als Landeplatz aus, da dort der sandige Boden entsprechend fest schien und der Hubschrauber nicht gleich in einer Düne umkippen würde.

„Wie sollen wir in diesem Chaos irgendetwas finden?", zweifelte Anna an der Sinnhaftigkeit der ganzen Expedition.

Doch es war nun einmal so, die alte Karte im Hangar von Petra hatte hier an dieser Stelle eine Stadt eingezeichnet. Unter der maximalen Vergrößerung hatten sie mit viel Interpretation ein Symbol gefunden, das drei konzentrische Kreise darstellen hätte können, aber nur teilweise erhalten war. Die Verbindung zum Eye of Sahara wäre damit gegeben. Doch so, wie es hier in der Gegen aussah, konnte hier nie eine Stadt gestanden haben. Das war für Julia unvorstellbar.

Stunden später hatten sie das Zeltlager aufgebaut und Alwin startete eine Aufklärungsdrohne, um die Umgebung von oben zu erkunden. Doch es wurde bald dunkel. Die Dämmerung war hier auf 21° nördlicher Breite schon recht kurz, so dass er sich mit der Drohne auf einen kurzen Erkundungsflug in der Nähe des Lagers beschränken musste.

Sie hatten vier Zweierzelte aufgestellt und ein großes Gemeinschaftszelt für Kochen und Essen. Julia und Anna teilten sich ein Zelt. Fabian und Alwin, sowie Frank und Hans die anderen Zelte. Die beiden Piloten hatten ihr eigenes Zelt.

Der Helikopter hatte einen großen Wassertank, der für alle reichen musste, Wassersparen war somit angesagt. Duschen war nicht drinnen, denn sie waren hier mitten in der Wüste. Sanitärzelt gab es auch keines.

Die nächste Oase war Ouadane. Sie war rund zweiunddreißig Kilometer entfernt. Es gab keine Piste dorthin. Nur unbefestigte Fahrspuren führten durch den Wüstensand.

Frank und Hans hatten den Aufenthalt direkt beim Eye of Sahara mit maximal zehn Tagen geplant.

Das Abendessen bestand aus Armeekonserven, deren Geschmack zu wünschen übrig ließ. Sie aßen alle gemeinsam im Küchenzelt. Nur die beiden Piloten hatten sich absentiert und aßen im Hubschrauber ihre eigenen Rationen.

Am ersten Abend gingen alle zeitig schlafen, da schon die Anreise anstrengend gewesen war und auch die nächsten Tage herausfordernd sein würden. Wie sehr herausfordernd ahnten sie alle noch nicht.

Hätten sie es geahnt, wären sie sofort wieder abgeflogen.

Kapitel 30

Am Morgen waren sie voll Enthusiasmus an die Arbeit gegangen. Alwin hatte mit der Drohne in der Nähe nach Resten von künstlichen Strukturen gesucht.

Die anderen hatten das Bodenradar aktiviert. Sie waren mit dem Hubschrauber zu vielversprechend erscheinenden Stellen geflogen und dort gelandet, um das Bodenradar einzusetzen.

Alle Daten landeten danach am Notebook von Fabian, der sich am Abend daran machte, die Daten auszuwerten. Anna stand dabei und sah ihm über die Schulter.

„Ohne großen IT-Einsatz ist Archäologie heutzutage gar nicht mehr möglich", bemerkte sie beiläufig und sah scheinbar interessiert auf den Bildschirm.

Eigentlich sah sie Fabian an, und das was sie sah, gefiel ihr. Sie bereute längst, dass sie ihn damals wegen Julia verlassen hatte, aber das ließ sich nun einmal nicht ungeschehen machen.

Fabian war immer nett und freundlich zu ihr, aber es gab nicht die Idee einer Annäherung von seiner Seite.

„Ja, das stimmt", entgegnete er ebenso beiläufig. „Tina hat das Auswertungsprogramm entscheidend verbessert, jetzt läuft es wirklich rund und wir bekommen die graphische Darstellung der Bodenschichten und der Artefakte viel schneller."

„Immer erwähnt er diese Tina, wenn ich einmal nur mit ihm reden möchte", dachte Anna ärgerlich. „Dabei ist diese Tina gar nicht hier. Für ein echtes Abenteuer ist die doch zu feig, da bin ich als draufgängerische Anthropologin schon ganz anders. Aber was nützt mir das, ich bin Single und Tina ist mit Fabian zusammen. Aber wer weiß, was die nächsten Wochen noch bringen werden. Fabian hat sich verändert, vielleicht verändert er sich weiter und vergisst diese Tina wieder", machte sich Anna in Gedanken selbst Hoffnung.

Sie wusste nicht, dass Fabian am Abend im Zelt eine lange Chat Session mit Tina haben würde. Denn sie hatten hier Satellitentelefon, das über eine verschlüsselte Software lief, die Hans hatte installieren lassen. Die CIA sollte nicht so rasch auf sie aufmerksam werden.

„Also der erste Tag hat einmal nichts ergeben", fasste Fabian seine Auswertungen zusammen. „Alles Gestein ist natürlichen Ursprungs, am Radar sind keine Artefakte zu sehen. Gehen wir Abendessen."

Julia hatte eine Menge an Fotos gemacht, doch auch sie konnte sich schwer vorstellen, dass hier in diesem steinernen Chaos jemals eine Stadt gestanden haben könnte. Es wies absolut nichts darauf hin.

Am Abend im gemeinsamen Zelt hätte sie gerne Anna an sich gedrückt und ein wenig gekuschelt. Aber das ging ja nicht, da Anna immer noch Fabian nachtrauerte.

„Anna weiß nicht, was sie will", dachte Julia, „erst verlässt sie wegen mir Fabian und dann lässt sie die Beziehung zu mir einschlafen, obwohl wir inzwischen in derselben Stadt leben.

Sie ist anscheinend doch eine Hetero, der Ausflug zu mir war nur eine Verirrung, weil sich Fabian in Ägypten so derartig dämlich und feig angestellt hat."

Doch bevor sie sich in ihre Schlafsäcke verkrochen, meinte Anna: „Ich brauch jetzt einen Schluck" und zog eine kleine Flasche Korn aus ihrem Gepäck hervor. „Trinkst du auch einen mit?"

Da konnte Julia natürlich nicht nein sagen und Anna schenkte zwei Stamperl ein, die sie aus ihrem Gepäck hervorgezaubert hatte.

„Was wird das jetzt?", fragte sich Julia einige Stamperl später, als sie und Anna sich in den Armen lagen.

„Verzeih mir", erklärte eine leicht beschwipste Anna, „ich glaub, ich weiß im Moment wirklich nicht, was ich will. Aber mir geht's im Moment seelisch nicht so gut."

„Bin ich jetzt ihr seelischer Mistkübel, oder was", dachte Julia, genoss aber gleichzeitig die Umarmung und die Nähe von Julia.

„Vergiss diesen Fabian", flüsterte sie Anna ins Ohr.

„Versuch ich ja, aber es geht nicht, ich bin anscheinend ein hoffnungsloser Fall, denn du bist mir auch nicht egal. Aber im Moment vertraue ich meinen eigenen Gefühlen nicht und kenne mich mit mir selbst nicht aus. Sei mir bitte nicht böse, ich weiß nicht, ob es richtig ist, wenn wir zwei wieder zusammen kommen."

Julia seufzte hörbar: „Mit der Aussage kann ich jetzt gar nichts anfangen." Dann fing sie sich, drückte Anna ganz fest an sich und küsste sie auf den Mund.

Es fühle sich für beide beinahe so an, wie in der Zeit, als sie zusammen waren. Doch als sich ihre Lippen wieder getrennt hatte, meine Anna: „Das ging mir jetzt zu schnell, wir sollten das lassen und entscheiden, wenn wir wieder in Hamburg sind, wie es mit uns weitergeht.

Diese Ausgrabungsexpeditionen sind doch Ausnahmesituationen. Da reagieren wir doch emotional völlig anders als daheim in Deutschland. Ich habe mich dir in

Ägypten in Todesangst an den Hals geworfen und wir haben uns ineinander verliebt. Aber das war nicht von Dauer gewesen. Halten wir uns alle Optionen offen und schauen wir, wie wir füreinander empfinden, wenn wir wieder in Hamburg sind."

Seufzend ließ Julia Anna wieder los und meinte: „Na schön, dann lass uns schlafen gehen, aber jede in den eigenen Schlafsack." Dann schickte sie noch einen Grinser nach. „So ganz egal bin ich dir ja doch nicht, das habe ich genau gespürt."+

Kapitel 31 – 1 Woche später

Es war wieder einmal Abend und die Nacht senkte sich herein. Sie saßen in mieser Stimmung im Küchenzelt und unterhielten sich. Die Hitze der Wüste war noch deutlich zu spüren.

Frank seufzte resigniert: „Jetzt haben wir hier tagelang alles abgesucht, und kein einziges Artefakt gefunden, das darauf hindeutet, dass diese Gegend je besiedelt war."

Anna meinte: „Wir sind doch erst eine Woche hier, wir müssen länger Geduld haben."

Julia fand dagegen: „Was ich jetzt brauche, ist eine Dusche, riecht ihr das denn nicht mehr, ich halte das nicht mehr aus. Wessen Idee war das bloß, so wenig Wasser mitzunehmen. Ich will hier weg!"

„Langsam geht die Sache ins Geld, und wenn wir nichts finden, dann sollten wir nicht noch mehr Geld verbrennen.

Der Charter für die Agusta Bell 212 ist nicht gerade billig, auch wenn der Vogel alt und gebraucht ist", erklärte Hans.

Fabian und Alwin, die das Bodenradar bedient hatten, und nun über den Auswertungen am Notebook von Fabian brüteten, saßen schweigend daneben.

„Was sagt ihr eigentlich dazu", wandte sich Anna an die beiden.

„Die Auswertungen des Bodenradars sind nicht eindeutig. Es sieht so aus, wie wenn große Strukturen wild durcheinandergewürfelt worden sind. Ich spreche dabei von großen rechtwinkelig behauenen Felsblöcken. Solche, die auch in Peru verbaut worden sind. Aber sie sind alle so tief in den Sedimentmassen vergraben, dass wir nicht an sie herankommen. Es könnte sich auch um natürliche Felsformationen handeln. Das kann man mit dem Radar alleine nicht genau feststellen, da die Blöcke so durcheinandergeworfen sind.

Anna ergänzte: „Hier sind Unmengen von Sedimentablagerungen. Es muss einmal eine riesige Flutwelle über alles geschwappt sein. Überlegt doch einmal, falls die Sintflutlegenden wahr sind, dann haben wir hier einen Beweis dafür. Diese Flut muss gigantisch gewesen sein, als das Eis plötzlich womöglich innerhalb weniger Tage oder Wochen geschmolzen ist und hier alles mitgerissen hat.

Um die Blöcke auszugraben, braucht es mehr Ressourcen, als wir haben und je haben werden. Diese Blöcke bringen uns bei der Suche nach High Tech Artefakten nicht einen Millimeter weiter.

Schaut euch doch um, hier ist von der Topografie von vor zwölftausend Jahren nichts mehr übrig, außer der Ringstruktur. Alles, was jemals darauf gestanden hat, wurde längst weggeschwemmt oder ist von einer dutzende Meter dicken Sedimentschicht verschüttet. Da können wir nichts finden. Langsam bin ich auch der Meinung, wir sollten aufgeben."

„Dann sind wir uns ja einig", fasste Hans die Diskussion zusammen, „wir brechen ab und machen uns morgen auf die Heimreise."

Da kam einer der Piloten ins Zelt und erklärte in schlechtem Französisch: „Wir haben zu viel Sprit verbraucht, mit euren Rundflügen über die Wüste. Wir kommen nicht mehr zurück bis Nouakschott, wir müssen unterwegs irgendwo tanken."

„Warum sagt ihr uns das nicht rechtzeitig", ärgerte sich Frank, „wo kann man hier in der Wüste tanken?"

„Reg dich nicht auf, in jeder Oase gibt es Sprit, und die nächste Oase ist nur gut dreißig Kilometer von hier entfernt, das werden wir doch noch schaffen", rief Alwin an die Piloten gewandt.

„Dreißig Kilometer, kein Problem", grinste der Pilot.

Doch was war das. Sie hörten das laute Motorengeräusch von rasch fahrenden Geländewagen. Wer kam sie hier besuchen.

Sie rannten aus dem Küchenzelt und da brausten hinter der nächsten Felsklippe drei nicht gerade vertrauenserweckend aussehende Geländewagen und zwei Toyota Pickups heran. Die Geländewagen waren stark verbeult, hatten einen abblätternden Tarnanstrich und zerbrochene Fensterscheiben. Auf den Ladeflächen der Pickups waren jeweils ein Maschinengewehr aufgeständert. Dahinter standen etliche Gestalten mit blauen Turbanen und wallenden Gewändern, die sich am Gestänge festhielten, um bei dem schlingernden Kurs der Fahrzeuge nicht herunterzufallen.

Kaum hielten die fünf Fahrzeuge beim Zeltlager, schwärmten zwei Dutzend mit Kalaschnikows und alten Flinten Bewaffnete aus und bildeten einen Halbkreis um das Lager.

„Wer ist hier der Anführer?", rief einer der Turbanträger und kam langsam auf die Gruppe der Forscher zu, während die anderen ihre Waffen gesenkt in der Hand hielten, bereit beim geringsten Widerstand sofort das Feuer zu eröffnen.

Frank sah Hans groß an, doch auch dieser hatte keine Wüstenerfahrung und Erfahrung im Umgang mit Tuareg schon gar nicht. Denn allen war klar, dass die blauen Turbane auf den Stamm der Tuareg hinwiesen.

Da rettete Alwin die Situation indem er furchtlos auf den Anführer zuging und auf Französisch antwortete: „Alwin Henschel ist mein Name, mit wem habe ich die Ehre zu sprechen." Dabei verneigte er sich ein wenig und ergänzte: „Wir sind in friedlicher Absicht gekommen und haben die Erlaubnis Eurer Regierung."

„Ich bin Mano Faraoun und heiße euch nicht willkommen. Wir haben uns über euch erkundigt, wir wissen, was ihr wollt.

Ihr habt das Land der Tuareg eigenmächtig betreten und forscht im Namen von Leuten, die unser Land ausbeuten und zerstören wollen. Alles was hier in der Erde liegt, gehört uns und wir wollen, dass es in der Erde bleibt.

Eure Erlaubnis gilt nicht, denn sie ist von der Regierung von Mauretanien und das ist nicht unsere Regierung, denn wir sind ein unabhängiges Volk. Wir haben unsere eigene Regierung. Verlasst sofort unser Gebiet!

Wenn wir wiederkommen und euch hier noch vorfinden, dann werden die Waffen sprechen, das schwöre ich", rief Mano Faraoun aus und begleitete seine Worte mit einer schwungvollen Geste, mit der er sich den Umhang um seine Schultern warf."

Alwin behielt die Fassung und erwiderte: „Wir werden Euren Wünschen nachkommen, doch können wir erst morgen bei Sonnenaufgang starten, denn es wird Nacht und da kann unsere Maschine nicht fliegen."

Das stimmte zwar nicht, aber so einfach rannten sie auch nicht davon, sie mussten schließlich erst packen und hatten doch vorhin ohnedies beschlossen, den Aufenthalt abzubrechen.

„Gut, das ist genehmigt", erklärte Mano Faraoun jetzt deutlich friedlicher gestimmt. Wir kommen morgen wieder, wenn die Sonne am höchsten am Himmel steht. Wer dann noch hier ist, wird unsere Waffen spüren müssen."

Dann drehte er sich um und alle Tuareg stiegen wieder in ihre Fahrzeuge. Und so schnell der Spuk begonnen hatte, war er auch wieder vorbei, als das Motorengeräusch zwischen den steinernen Klippen verebbt war.

„Wer waren diese Typen?", wollte Julia wissen.

„Irgendein Tuareg Stamm, der meint, das Land gehöre ihnen. Das sind hier alles Berberstämme, die mit den Arabern seit Jahrhunderten im Clinch um das Land liegen", erklärte Alwin. „Seien wir froh, dass sie nicht von der Polisario waren, denn das ist die kommunistische radikale Befreiungsbewegung, welche aus der Westsahara einen eigenen Staat machen wollte. Wenn du als Europäer in deren Hände fällst, nehmen sie dich als Geisel und verlangen horrende Lösegeldsummen."

„Da haben wir ja noch einmal Glück gehabt", seufzte Frank. „Es hätte schlimmer kommen können, denn die Grenze zur Westsahara ist nicht so weit weg."

„Wir sollten jetzt schon alles zusammenpacken und den Hubschrauber beladen, damit wir morgen bei Sonnenaufgang starten können", erklärte Alwin, „die Tuareg verstehen keinen Spaß."

Doch Fabian hatte noch immer sein Notebook aufgeklappt und studierte irgendwelche Daten. „Moment, stör mich nicht, ich bin da auf einer Spur", murmelte er, als ihn Alwin vom Tisch scheuchen wollte.

Die anderen begannen bereits mit den Packarbeiten. Es war schließlich eine Menge an Geräten zu verstauen. Sie hatten die Scheinwerfer des Hubschraubers eingeschaltet, um Licht zu haben, da es rasch dunkel zu werden begann.

Bald war es draußen ganz finster geworden, alle hatten fertig gepackt. Nur mehr die Schlafsäcke waren für die letzte Nacht im Camp bereit.

Fabian war immer noch mit seinem Notebook beschäftigt.

„Fabian, wann packst du dein Zeug zusammen", wollte Anna wissen, „wir gehen jetzt alle schlafen, aber vorher muss noch das Küchenzelt zusammengelegt werden, du kannst hier nicht drin bleiben, mach endlich Schluss. Die restliche Analyse kannst du in Berlin machen. Nachdem wir hier eine Niete gezogen haben, läuft uns die Zeit nicht mehr davon."

„Gleich, ich hab's gleich, gib mir noch zehn Minuten", murmelte Fabian und machte keine Anstalten, das Küchenzelt zu verlassen.

Plötzlich schrie er auf: „Ja, das ist es, jetzt habe ich den Beweis. Ich hab ja immer schon gesagt, wir sind hier falsch."

„Was redest du für einen Unsinn, du hast gar nicht gesagt, dass wir hier falsch sind, sondern du hast gedrängt, dass du mitfahren kannst", erboste sich Anna.

„Egal, ich habe die Lösung"; rief er euphorisch. „Ich weiß jetzt, wo wir suchen müssen. Kommt alle her, ich erklär es euch."

Da Fabian so laut geredet hatte, dass alle mithören mussten, waren sie auch schon im Küchenzelt um Fabians Laptop versammelt, als er gerade auf den Schirm zeigte.

Er vergrößerte die Karte und erklärte: „Seht her, das ist die Karte, die Julia in der Höhle im UV-Licht fotografiert hat. Hier ist der Bereich des Eye of Sahara, hier sind keine Vogelnester eingezeichnet, es sind nur das Symbol der konzentrischen Ringe und die Hieroglyphen von Atlantis zu sehen. Kein Vogelnest in der ganzen Gegend, aber wir haben uns von den Ringen auf die Spur vom Atlantis bringen lassen und gedacht, wir könnten hier Spuren finden. Schauen wir uns stattdessen das Vogelnest in Petra an."

Fabian wechselte den Kartenausschnitt und zoomte hinein.

„Ich habe heute die einzelnen Symbole der Vogelnester noch einmal genau verglichen und analysiert. Wir haben etwas übersehen. Schaut genau hin, die Nester werden aus einzelnen Strichen gebildet, die wohl Halme symbolisieren sollen. Das hat zumindest Anna als Anthropologin herausgefunden."

„Das wissen wir doch längst, was ist daran neu", unterbrach ihn Anna.

„Schaut genau hin, hier läuft ein einzelner Strich von links oben nach rechts unten durch das Nest. Dieser Strich ist anders als die anderen Striche, die das Nest bilden. Die anderen Striche bilden eine halbrunde Nestform, so ähnlich wie eine Suppenschüssel, doch dieser Strich ist länger und er ist steiler. Er ragt auf beiden Seiten deutlich über das Nest hinaus. Das ist uns entgangen, da er nur unwesentlich länger und steiler ist. Bei einfachem Hinschauen fällt das nicht gleich auf. Doch mir ist es aufgefallen und ich habe alle Nestsymbole überprüft und habe erkennen können, dass dieser Strich immer später eingefügt worden ist, da er in der maximalen Vergrößerung über den anderen Linien liegt. Das heißt, dieser Strich war immer der letzte Strich des Symbols. Er ist auch kräftiger ausgefallen als die übrigen Striche."

Jetzt fiel bei Anna der Groschen: „Verdammt, du meinst, das Nest-Symbol ist einfach mit diesem Strich durchgestrichen worden. Das heißt, diese Nester sind leer oder es gibt sie nicht mehr.

Das ist ja schrecklich, da kommen wir längst zu spät, wenn sogar die Präägypter wussten, dass ihre Flugbasen nicht mehr existieren."

„Wer sagt, dass das überhaupt je Flugbasen waren", warf Alwin ein. „Das waren irgendwelche Stützpunkte, von denen wir rein gar nichts wissen."

„Alwin, du warst in Petra nicht dabei, an der Geschichte mit den Donnervögeln ist etwas dran, wir haben es mit eigenen Augen gesehen", rief Julia aufgeregt dazwischen.

„Sind alle Symbole auf diese Art durchgestrichen?", wollte Frank wissen.

Fabian setzte ein Lächeln auf und erwiderte: „Genau das habe ich die letzten drei Stunden überprüft. Es gibt eine Reihe nicht durchgestrichener Symbole, doch diese Basen liegen alle außerhalb der heutigen Küstenlinien und sind daher im Meer versunken.

Doch eine einzige habe ich gefunden, die nicht im Meer versunken ist, und die nicht durchgestrichen ist. Ich habe das jetzt drei Mal gecheckt."

„Mach es nicht so spannend, wo ist diese Basis", rief Anna aus.

„Im Atlas Gebirge in Marokko, also gar nicht so weit von hier", erklärte Fabian.

„Da fliegen wir morgen direkt hin, dann war der Ausflug doch nicht umsonst", erklärte Frank mit Nachdruck. „Wir lassen uns mit dem Hubschrauber hinbringen und schicken die Piloten dann zurück. Denn in Marokko gibt es gute Straßen, da brauchen wir keinen Hubschrauber."

„Wir müssen aber vorher noch tanken", warf Alwin ein, „und wo genau in Marokko soll das sein? Wenn das im Norden ist, reicht der Sprit von der Agusta Bell wieder nicht. Die hat nur etwas mehr als vierhundertfünfzig Kilometer Reichweite."

„Dann machen wir eben noch einen Zwischenstopp. Wir fliegen den kürzesten Weg, dann sparen wir Sprit."

„Da müssen wir aber über die Westsahara fliegen, nicht dass wir dort von dieser Polisario abgeschossen werden."

„Blödsinn, die vegetieren nur noch vor sich hin und haben keine Raketen", erklärte Alwin.

Fabian erklärte: „Wir müssen in die Dades Schlucht, auch dort gibt es rote Felsen, das habe ich schon gecheckt. Von hier sind das elfhundert Kilometer Luftlinie, wir müssen also zweimal tanken, dann sind wir in Boumalne du Dades, dem Hauptort des Gebietes. Von dort geht es dann mit Geländewagen weiter, ist mein Vorschlag."

„Der Junge macht sich, die Jugend hat Ideen. Ja, das machen wir so", grinste Hans.

Kapitel 32

Die Sonne stieg eben über den Horizont und tauchte die Steinwüste in orangefarbenes weiches Licht. Anna genoss den Anblick dieser unwirklichen Farbenpracht. Man könnte meinen, man wäre am Mars und nicht auf der Erde.

Doch dann wurde sie durch das immer lauter werdende Knattern der Rotorblätter der Agusta Bell aus ihren Gedanken gerissen.

Alle waren schon an Bord und Fabian verstaute gerade als Letzter seinen Rucksack.

Er winkte zu Anna und schrie: „Einsteigen, wir fliegen, oder willst du hierbleiben?"

Anna verstand nicht, was er sagte und lief geduckt auf den Helikopter zu. Sie war die Letzte an Bord und kaum war sie eingestiegen, schloss die Tür. Die Agusta Bell hob ab und drehte eine Schleife über dem Eye of Sahara, das ihnen sein Geheimnis nicht preisgegeben hatte.

Die Maschine gewann rasch an Höhe und sie konnten einen letzten Blick auf die geheimnisvolle Ringstruktur werfen. Dann waren sie schon über der Sandwüste und Anna bewunderte die endlose gerippte orange Fläche, die sich bis zum Horizont hin ausdehnte.

Bis zur Oase von Ouadane waren es nur gut dreißig Kilometer. Dort würden sie auftanken können.

Plötzlich kippte der Hubschrauber steil nach links unten und verlor rasch an Höhe. Der Wüstenboden raste auf sie zu, als die Maschine in den Sturzflug übergegangen war.

„Seid ihr wahnsinnig geworden", schrie Hans ins Bordmikro zu den Piloten, „was soll dieses Manöver?"

„Ist zu unserer Sicherheit, wir haben Ortung von zwei Militärmaschinen auf zwölf Uhr."

„Ich kann nichts sehen", schrie Hans zurück.

„Wir haben Bordradar, das war einmal eine Militärmaschine, das Radar hat niemand ausgebaut. Zwei Helikopter kommen direkt auf uns zu. Jetzt kannst du sie schon mit freiem Auge erkennen"; rief der Copilot ins Mikro.

Der Pilot hatte den Hubschrauber inzwischen wieder in eine waagreche Position gebracht und sie donnerten mit hundertsechzig Stundenkilometern knapp über dem Wüstenboden dahin.

Alwin hatte als einziger einen Feldstecher griffbereit und rief: „Ich kann sie sehen, es sind zwei schwarze Kampfhubschrauber mit seitlichen Waffenträgern. Und wenn mich nicht alles täuscht, schleppen sie jede Menge Raketen mit sich."

„Wir sind in wenigen Minuten in Ouadane, da sind wir sicher. Denn man soll nie die Flugbahn von Militärmaschinen stören", erklärte der Copilot.

„Wir tanken dort und lassen die Militärs vorbei. Dann setzen wir unseren Flug nach Norden fort."

Ouadane kam in Sicht. Die Oase war wesentlich größer als sie dachten. Es handelte sich um eine kleine Stadt mitten in der Wüste. Am Ende einer langen Zunge aus schwarzen Steinen, die sich in die Sanddünen geschoben hatte, lag die Siedlung, welche aus einer erklecklichen Anzahl flacher Gebäude bestand. Es waren dies die für diese Gegend typischen ebenerdigen Bauten ohne Fenster nach außen. Alle hatten in der Mitte einen kleinen Innenhof, auf den die Fenster gingen. Nach außen hatte jedes Gebäude nur eine fensterlose Tür.

Rund um die Siedlung erstreckten sich die Gärten der Oase mit tausenden Bäumen und Büschen. Unmittelbar dahinter begannen die Dünen der endlosen Sandwüste. Anna wusste, dass ganze Oasen vom Sand verschlungen werden konnten, wenn die Sanddünen einmal in Bewegung gerieten.

Anna checkte, es gab hier Internetempfang. So erfuhr sie, die Siedlung beherbergte fast dreitausend Einwohner und die alte Handelsniederlassung aus dem Mittelalter, deren Ruinen noch erhalten waren, gehörte zum UNESCO-Weltkulturerbe. Im Mittelalter war die Stadt ein bedeutender Handelsposten gewesen, an dem Gold aus dem Sudan gegen Datteln und Salz aus der nördlichen Wüste getauscht worden waren. Doch nach der Verlegung der Karawanenrouten nach Osten hatte die Stadt jede Bedeutung verloren.

In zwanzig Meter Höhe flogen sie über den Ort. Die Piloten wussten, wo die Tankstelle zu finden war.

Diese war an einem großen freien Platz in der Mitte der Ansiedlung neben einigen Lagerhallen, wo sie den Helikopter sicher am Boden aufsetzten und den Rotor auslaufen ließen.

Sie kletterten alle aus der Agusta Bell und Anna erzählte von der alten Karawanserei. Diese war am Platz gleich gegenüber.

„Werfen wir einen Blick hinein, vielleicht erfahren wir dort etwas, was mit der Geschichte des Eye of Sahara zusammenhängt", ermunterte sie die Gruppe.

„Glaube nicht, dass wir dort etwas finden, aber zum Beine vertreten ist es OK", meinte Frank.

Jeder nimmt seinen Rucksack mit dem Nötigsten mit", riet Alwin.

„Wozu, wir gehen doch nur dort hinüber", beschwerte sich Julia.

„Du bist hier nicht in Hamburg, sondern mitten in der Wüste, da kann es immer wichtig sein, Ausrüstung dabei zu haben", belehrte sie Alwin. „Ich spreche aus Erfahrung."

Anna, Fabian, Frank und Hans folgten dem Beispiel von Alwin und holten ihr Rückengepäck aus dem Helikopter, nur Julia weigere sich trotzig und meinte: „Was soll hier schon passieren, mitten in der Oase."

Dann setzte sich die ganze Gruppe in Bewegung. Die Piloten feilschten gerade mit dem Besitzer der Tankstelle um den Preis, dies würde sicher noch dauern.

Ein Haufen Jugendlicher und eine Menge Kinder hatten sich um den Hubschrauber versammelt. Anscheinend war es nicht alltäglich, dass hier am Platz ein Helikopter landete.

Bei den Ruinen der Handelsstation musste Eintritt bezahlt werden. Plötzlich waren sie wieder als Touristen unterwegs.

Sie stapften durch staubige Gässchen zwischen verfallenen Steinmauern hindurch und Anna bereute, dass sie den Besuch der alten Karawanserei überhaupt vorgeschlagen hatte. Das Museum mit Artefakten aus dem Mittelalter war am anderen Ende der Stadt. Dazu fehlte die Zeit, denn solange wollten sie den Tankstopp nicht ausdehnen.

Plötzlich erfüllte ein wohlbekanntes Knattern die Luft. Über einem Hügel außerhalb der Stadt waren zwei schwarze Kampfhubschrauber ganz nahe zu sehen. Sie standen in der Luft still.

„Das sind Mi-35 von MIL, dem russischen Kampfhubschrauberhersteller", rief Alwin, „das gefällt mir gar nicht, die mauretanische Armee hat keine Mi-35 im Einsatz. Aber in Libyen sind welche stationiert. Das könnten russische Söldner sein."

„Und sie haben kein Hoheitszeichen", rief Hans, der nun auch einen Feldstecher ans Auge hielt.

Im nächsten Moment ertönte ein Zischen und ein Feuerstrahl schoss von einem der Mi-35 nach vorne.

Sie konnten sehen, wie eine Luft-Boden-Rakete abgefeuert wurde.

Als nächstes sahen sie den Feuerball, der über den Häusern der Siedlung aufstieg, genau dort, wo ihr Hubschrauber stehen musste.

Dann beschleunigten die Mi-35 und rasten auf den Hauptplatz zu. Das Knattern ihrer Maschinenkanonen, die im Bug eingebaut waren, übertönte sogar noch den Lärm der Rotoren und der Turbinen.

Die ganze Gruppe hatte sich automatisch hinter einer Mauer in Deckung geworfen.

„Ich glaube, das gilt uns", schrie Frank verzweifelt.

Alwin, der vorsichtig über eine Mauer spähte, um sehen zu können, was die Mi-35 als nächstes vor hatten, rief „Unten bleiben, sie drehen ab und kommen auf uns zu."

Alle duckten sich in den Schatten der Mauer eng an diese an, als die Hubschrauber mit Getöse dicht über ihren Köpfen hinweg flogen. Der Wind der Rotorblätter peitschte den Sand in den Gassen auf.

Dann waren die Mi-35 auch schon hinter dem nächsten Hügel verschwunden und nicht mehr zu hören.

Sie sprinteten zum Ausgang des Museums und sahen die brennende Fackel, die einst ihr Hubschrauber gewesen war. Die Lagerhalle daneben, wo Benzin gelagert war, stand in hellen Flammen.

Über den Platz verstreut lagen etliche Tote. Von den beiden Piloten war nichts mehr zu sehen.

Der Wächter, bei dem sie Eintritt bezahlt hatte, stand schreckstarr neben ihnen und rief immerfort: „Das ist Krieg, das ist Krieg, …"

„Weg hier, das Tanklager wird gleich hochgehen", schrie Alwin.

Dies riss den Wächter aus der Starre und er rief: „Kommt mit, ich bringe euch in Sicherheit."

Er rannte in eine kleine Seitengasse und alle hinter ihm nach.

Sie waren noch nicht weit gekommen, als eine gewaltige Explosion den Ort erschütterte und eine Druckwelle über sie hinwegbrauste. Steine und Blechteile sausten schnell wie Projektile durch die Luft.

Sie hörten, wie Mauern einstürzten, als sie der Druckwelle nachgaben.

„Hoffentlich halten die Mauern in dieser Gasse", hoffte Anna inständig.

Doch die Mauern hielten und an der nächsten Ecke konnten sie sehen, wie eine hundert Meter hohe Feuersäule über der Stadt loderte, da das ganze Treibstofflager hochgegangen war.

„Sie glauben jetzt, wir sind sicher alle tot", erklärte Anna, die sich als erste wieder gefangen hatte, währen Julia, die sonst immer so mutig war, am ganzen Körper zitterte wie Espenlaub.

„Wir dürfen jetzt nicht in Panik ausbrechen", erklärte Hans, „wir müssen einen Geländewagen auftreiben und von hier verschwinden, bevor bekannt wird, wer hier aller gestorben ist."

„Die armen Kinder, die waren nur neugierig und sind jetzt tot", erklärte Fabian wütend. „Das ist das erste Mal, dass sie Unbeteiligte sterben lassen, bisher hatten sie es nur auf uns abgesehen."

„Vielleicht waren wir gar nicht gemeint und hier tobt ein regionaler Konflikt, von dem wir in Europa gar nichts wissen, weil darüber nicht berichtet wird", brachte Frank seine Meinung ein.

„Egal, fragen wir den Museumsführer, ob wir hier einen Wagen chartern können", rief Alwin dazwischen.

„Charterfirma war bei der Tankstelle, die gibt es nicht mehr", erklärte der Guide.

„Scheiße, wie kommen wir hier weg", wurde Hans nervös.

„Mein Schwager hat einen Pickup, aber der ist schon sehr alt", meinte der Guide. „Hoffentlich ist die Garage nicht eingestürzt bei der Druckwelle."

„Sehen wir ihn uns einmal an", schlug Alwin vor.

„Meine Sachen", schrie Julia auf, die erst jetzt realisierte, dass alle ihre Sachen im Hubschrauber verbrannt waren.

„Ich hab dich gewarnt, aber du hast nicht gehört", meinte Alwin kühl. „Jetzt müssen wir für dich mitsorgen, weil du nichts mehr hast, außer der Kleidung, die du gerade am Leib trägst."

Alle anderen hatten den sogenannten Survival-Rucksack, in dem Ausweise, Geld, Kreditkarten, etwas warme Kleidung, Wasser und Verpflegung sowie Medikamente gegen Durchfall und andere Tropenkrankheiten enthalten waren.

Alwin hatte eben die meiste Afrikaerfahrung von allen.

Erst jetzt waren in der Ferne Sirenen zu hören und erste Einsatzfahrzeuge tauchten aus dem Nichts auf, um zur Katastrophenstelle vorzudringen.

Der Guide führte sie durch enge menschenleere Gassen zu einer Autowerkstatt. Der rostige Rollbalken, der die Werkstatt gegen jede Art von Dieben sichern sollte, war heruntergelassen. Der Guide hämmerte mit der Faust einige Male dagegen. Eine Stimme ertönte aus dem Ladeninneren.

Der Guide schickte einen arabischen Wortschwall gegen den Rollbalken. Schließlich wurde dieser von innen vorsichtig um einen Meter hochgezogen und der Besitzer lugte hervor.

„Diese Leute wollen deinen alten Dodge RAM chartern", erklärte der Guide verschmitzt lächelnd. „Willst du ihn herzeigen?"

Der Besitzer zog daraufhin den Rollbalken ganz hoch und hieß die Fremden mit einem Wink einzutreten.

Sie gingen durch die Werkstatt und kamen in einen kleinen Hof, in dem der Pickup stand.

„Das ist jetzt nicht wahr", entfuhr es Julia, als sie den Wagen sah.

„Ein original Dodge aus 1981", erklärte Alwin, „das Auto ist heute eine Rarität, wie ist das hier in die Wüste gekommen?"

„Aber der ist doch völlig durchgerostet, verbeult und vergammelt. Fährt der überhaupt noch?", wollte Fabian wissen.

„Fährt wunderbar, macht keine Probleme, ist echte amerikanische Qualität", erklärte der Werkstattbesitzer in gebrochenem Französisch.

„Das Fahrzeug ist über vierzig Jahre alt, damit sollen wir mehr als tausend Kilometer durch die Wüste kommen?", entsetzte sich Julia. „Nur über meine Leiche steige ich da ein."

„Die Leiche kannst du haben, wenn du hier bleibst und die Einheimischen nach einem Schuldigen für dieses Desaster suchen, das die Landung unseres Hubschraubers angerichtet hat. Die verbrennen dich bei lebendigem Leibe", erklärte Alwin trocken.

Danach verhandelte Alwin über den Preis und zahlte nach einer Stunde feilschen in Dollar, die er aus einem Geheimfach seines Survival-Rucksackes hervorholte.

„Damit habe ich auch gleich den Sprit, die Verpflegung und das Wasser, das wir brauchen werden, mitbezahlt", erklärte er der wartenden Gruppe.

Denn er hatte die Verhandlungen auf Arabisch geführt, welches außer ihm niemand in der Gruppe konnte.

„Wusste doch, dass du unverzichtbar bist", flirtete ihn Julia an, als er das Ergebnis seiner Verhandlungen vorstellte.

Hans musste im Stillen zugeben, dass ihm Alwin hier in der Wüste überlegen war. Aber schließlich war es seine Idee gewesen, Alwin mit zunehmen und darauf durfte er schon ein wenig stolz sein. Ohne Alwin wären sie jetzt verloren gewesen.

Sie mussten bis zum Einbruch der Nacht warten, um losfahren zu können. Denn mittlerweile herrschte reges Treiben an der Unglücksstelle. Endlich waren auch Hubschrauber mit Rettungsmannschaften aus anderen Orten eingeflogen worden. Das Militär war jetzt auch vor Ort. Allerdings diesmal die echte mauretanische Armee mit zwei großen Transporthubschraubern und Sanitätspersonal.

Alle in der Gruppe hielten es für besser, sich nicht zu zeigen, denn sie würden viele Fragen beantworten müssen und wären auf alle Fälle verdächtig, hier in irgendeine kriminelle Aktion verwickelt zu sein.

Diejenigen, welche die Mi-35 entsandt hatten, würden bald erfahren, dass sie noch am Leben waren, wenn man sie hier vor Ort sähe.

Die Flammen waren mangels Brennstoff in sich zusammengefallen und erloschen. Dunkelheit senkte sich über die Oase. Nur die Lichter der Rettungsmannschaften beleuchteten noch gespenstisch die Szene.

Ein Dodge Pickup ohne eingeschaltete Scheinwerfer setzte sich langsam in Bewegung und verließ die Oase in nördlicher Richtung.

Alwin hatte das Steuer für die erste Teilstrecke übernommen. Neben ihm saßen Anna und Julia. Die Herren mussten es sich auf der Ladefläche inmitten der Wasserbehälter, den Rucksäcken, der Verpflegung und der Treibstoffkanister bequem machen. Es ging nicht anders, da der Dodge keine zweite Sitzreihe in der Kabine hatte.

Kapitel 33

Außerhalb der Sichtweite von Oudane hatte Alwin die Scheinwerfer eingeschaltet. Es gab keine richtige Piste, nur Fahrspuren im Sand. Kamen sie über Geröll, war es schwierig, den Weg zu finden.

Doch Alwin hatte irgendwie den sechsten Sinn für das Finden des richtigen Weges. Bei Tagesanbruch hatten sie die Hochfläche der Richat Struktur verlassen und sie waren immer noch auf einer Fahrspur. Sie fuhren hinunter in die Sandwüste, die sich in Form endloser Dünen vor ihnen erstreckte. Die Reifenspuren wanden sich zwischen den Dünen durch. Alle hofften, dass sie nicht plötzlich enden würden.

Jetzt bei Tageslicht hatten sie gewechselt. Fabian saß am Steuer und Alwin konnte sich ausruhen. Sie hatten eine Plane über die Ladefläche des Pickups gespannt, um vor der Sonne Schutz zu finden, die nun mit voller Wucht auf sie niederbrannte.

In dieser hügeligen Dünenlandschaft war es unmöglich, zu erkennen, was einige Kilometer voraus lag. Die Sicht reichte immer nur bis zur nächsten Biegung.

Alwin hatte erklärt, sie sollten versuchen, die Staatsstraße N1 zu erreichen. Doch diese führte hundertzwanzig Kilometer weiter westlich in nördliche Richtung. Die Wüstenpiste, der sie gerade folgten, führte sie aber direkt nach Norden und nicht direkt zur Staatsstraße.

Der klapprige Dodge hielt erstaunlich gut durch. Doch mehr als dreißig Stundenkilometer konnten sie auf dieser Piste nicht erreichen. Alwin hatte auch ein Satellitentelefon dabei, das er bisher nicht aktiviert hatte. Damit konnte er ihren genauen Standort feststellen und die nötigen Karten herunterladen.

Er stellte fest, dass sie in rund zweihundertzwanzig Kilometern auf die N1 stoßen würden, da diese dort eine große Biegung nach Osten machte, um dem Gebiet der Westsahara auszuweichen: „Auf der N1 kommen wir wesentlich schneller voran."

Dann meinte Alwin: „Ich muss euch noch ein paar Details zur politischen Lage hier in der Gegend erklären. Marokko hält fast die ganze Westsahara militärisch besetzt und niemand im Westen regt das auf. Nur hier im Osten an der Grenze zu Mauretanien und zu Algerien haben noch immer Reste der kommunistischen Polisario das Sagen.

Marokko beutet längst die Bodenschätze der Westsahara aus und der Westen profitiert davon. Die EU hat ihre Verträge für die Lieferung von Phosphaten und anderen Rohstoffen schon längst in der Tasche.

Doch die Grenze zwischen Marokko und Mauretanien ist alles andere als frei und offen. Dort würden wir gefilzt werden und es gibt nur einen einzigen Übergang ganz an der Küste.

Ich schlage daher vor, wir fahren durch die Wüste nach Norden zur N1 und schlagen uns dann weiter nördlich an einer unbewachten Stelle über die Grenze nach Westsahara durch. Damit kommen wir ungehindert ins marokkanische Straßennetz und Marokko liegt offen vor uns."

Die Idee klang riskant, aber da niemand eine andere Idee hatte und Alwin der beste Afrikakenner der Gruppe war, meinten alle, dass sie es versuchen sollten. Immer noch besser, als von unbekannten Kampfhubschraubern unter Feuer genommen zu werden.

Anna musste immer noch an die toten Kinder in der Oase denken. Was konnten diese dafür, dass irgendwelche Geheimdienste auf der Welt einen brutalen Krieg führten. Für diese Leute waren das keine unschuldigen Kinder, sondern einfach Kollateralschäden. Aber wenn die Dienste schon so brutal versuchten, sie auszuschalten, dann waren sie auf einer heißen Spur. Des Rätsels Lösung könnte in Marokko liegen.

Es war Abend geworden, als sie die N1 endlich erreichten. Die Fahrt auf dem asphaltierten Band durch die Wüste war eine Wohltat nach der Rumpelstrecke durch die Sanddünen.

Jetzt saß Hans am Steuer und drückte kräftig aufs Gaspedal.

Es waren nur schwere LKWs auf dieser Strecke unterwegs, die sie aber immer leicht überholen konnten, da diese mit wenigen Kilometern pro Stunde dahinschlichen.

Bis Bir Moghrein waren es nur mehr knapp zweihundert Kilometer, stellte Alwin mit Blick auf sein Satellitentelefon fest. Von dort wollten sie dann illegal über die Grenze nach Guelta Zemur durchstoßen, das bereits in Westsahara und in der von Marokko kontrollierten Zone lag.

Doch dann wurde die Straße löchriger und der Asphalt war über weite Strecken nicht mehr vorhanden, was ihr Tempo kräftig reduzierte.

Nur mehr wenige Scheinwerfer von verspäteten LKWs waren zu sehen. Die Nacht war hereingebrochen.

Anna und Julia hatten sich auf der Ladefläche unter der Plane ausgestreckt und versuchten ein wenig zu schlafen. Hans und Frank taten es ihnen gleich.

Alwin war wieder am Steuer dran und Fabian leistete ihm in der Fahrerkabine Gesellschaft.

Die Stunden strichen ereignislos dahin. Fabian checkte mit Alwins Satellitentelefon die Position des Wagens.

Es war knapp nach Mitternacht, als einige Lichter am Horizont die kleine Siedlung Bir Moghrein ankündigten.

Der Nachthimmel hatte inzwischen aufgeklart, der Dunst des Tages war verschwunden und ein prächtiger Sternenhimmel war zu sehen. Die Wüste reflektierte genügend Licht, so dass ein Fahren fast auch ohne Scheinwerfer möglich gewesen wäre.

„Wollen wir wirklich durch Bir Moghrein durchfahren?", fragte Fabian. „Ist es nicht sicherer, den Ort zu umfahren. Wir wollen doch nicht gesehen werden und wer weiß, wer dann Fragen stellt?"

„Hm, du könntest Recht haben", meinte Alwin. „Die Sicht ist gut, wir wissen, dass im Westen die Straße liegt, die über die Grenze führt. Wir könnten den Weg abschneiden. Die Mädels wird es ein wenig durchschütteln, aber das macht nichts", grinste er.

Mit diesen Worten lenkte er den Pickup nach links in die Wüste hinein. Diese war hier völlig flach und eben. Nur kleineren Felsbrocken musste ausgewichen werden.

„Pass auf, da ist ein Graben", rief Fabian erschrocken.

Alwin trat die Bremsen voll durch, doch es war zu spät und die Vorderräder stießen plötzlich ins Leere und der Wagen saß in der Mitte auf.

Alwin tat instinktiv das einzig Richtige und stieg aufs Gas. Der Hinterradantrieb schob den Pickup komplett über die Kante und der Wagen rutschte als Ganzes in den Graben.

„Das muss ein alter Panzergraben sein, noch aus der Zeit der Polisario-Kriege aus den siebziger Jahren", rief Alwin.

Die Passagiere auf der Ladeflächen fuhren erschrocken auf und schrien wild durcheinander. Doch Alwin lenkte den Wagen in Längsrichtung des Grabens und fand rasch eine Stelle auf der anderen Seite, wo der Graben schon so weit eingesunken war, dass sie mit Schwung die andere Kante erreichen konnten.

„Das ist noch einmal gut gegangen", meinte er grinsend und setzte die Fahrt fort.

Bald hatten sie die andere Straße erreicht, die nach Westen führte. Diese war allerdings keine Straße, sondern bestand aus einer Reihe nebeneinander laufenden Fahrspuren.

An manchen Stellen konnten sie im Sternenlicht unzählige Granattrichter ausmachen. Hier hatten die Kämpfe zwischen der marokkanischen Armee und der Polisario Befreiungsfront stattgefunden. Alwin hielt sich immer genau an eine Fahrspur, denn das Gelände war womöglich noch immer vermint.

Es gab in dieser Gegend keine Grenzposten und es war zu vermuten, dass die Fahrspuren alle von Schmugglern stammten, die auch illegal über die Grenze fuhren.

Die eigentliche Grenze war nicht erkennbar. Doch Fabian konnte mit dem Satellitentelefon feststellen, dass sie bereits auf dem Gebiet der Westsahara waren.

„Jetzt sollten wir nicht stehenbleiben, denn dieser Teil wird noch immer von der Polisario kontrolliert", erklärte Alwin, „auch wenn die nur noch ein Schatten ihrer Selbst ist."

Genau in diesem Moment starb der Motor ab und der Wagen lief langsam aus und kam zum Stillstand.

„Scheiße", rief Alwin, „was ist jetzt wieder los.

„Der Sprit ist alle", rief Fabian, der auf die Tankanzeige geschaut hatte.

„Das gibt es doch nicht, wir haben doch erst vor fünfzig Kilometern nachgefüllt. Der kann doch nicht schon aus sein", erklärte Alwin.

Doch es half nicht, sie mussten aussteigen und den letzten Reservekanister verwenden.

Die Passagiere auf der Ladefläche nutzten den Stopp, um sich ein wenig die Beine zu vertreten.

Die Nacht war bereits der Dämmerung gewichen, bald würde die Sonne aufgehen und ein weiterer heißer Tag stünde ihnen bevor.

„Stopp, nicht einfüllen", rief Alwin, als Fabian den Kanister eben zum Einfüllstutzen heben wollte.

„Ich muss das überprüfen, da kann etwas nicht stimmen. Wir haben doch sonst nicht so viel Sprit verbraucht."

Alwin kletterte unter den Wagen und alle hörten ihn fluchen.

Als er wieder hervorkam, erklärte er: „Der Tank hat einen Riss. Das muss passiert sein, als wir in den Graben gekracht sind. Wir müssen den Tank provisorisch abdichten, sonst rinnt der Sprit gleich wieder aus."

„Womit sollen wir das machen?", fragte Fabian in die Runde, „wir haben nichts dabei, um den Tank dichten zu können."

„Dann suchen wir eben etwas und improvisieren", erklärte Hans. „Das werden wir doch reparieren können."

Zwei Stunden später, die Sonne war längst aufgegangen, war die Laune aller Beteiligten am Nullpunkt. Sie hatten nichts dabei, mit dem man den kaputten Tank abdichten hätte können. Der Riss war nicht sehr groß, aber an einer dummen Stelle schräg unten am Tank. Sie hätten eine große Rolle Isolierband gebraucht, aber genau diese hatten sie nicht.

„Wir müssen um Hilfe rufen", erklärte Julia schließlich genervt. „Ich habe keine Lust hier in der Wüste umzukommen. Schließlich haben wir ein Satellitentelefon, das können wir doch verwenden und unseren Standort durchgeben."

„Und dann kommt gleich der ADAC", erklärte Alwin sarkastisch. „Du vergisst, wo wir hier sind. An der dümmsten Stelle, an der uns eine Panne passieren könnte, ist sie passiert. Wir sind illegal in Marokko eingedrungen und sind noch nicht mal richtig drin, denn in diesem schmalen Streifen hat noch immer die Polisario das Sagen. Die Marokkaner haben es nicht der Mühe wert gefunden, diese unwirtliche Ecke ohne Bodenschätze auch noch zu erobern. Da gibt es keinen Pannendienst."

„Bis Guelta Zemmur sind es knapp dreißig Kilometer. Das ist auch zu Fuß zu schaffen", erklärte Alwin.

„Das ist aber nicht dein Ernst", schrie Julia auf. „Das kannst du von uns nicht verlangen.

„Es soll doch nur einer gehen und ein Klebeband besorgen", erklärte Alwin. „Ich gehe, und hole das Klebeband. Ich kenne mich in der Wüste von uns allen am besten aus. Ich komme mit Hilfe zurück, dann können wir weiterfahren."

„Ich komme mit", erklärte plötzlich Anna, „alleine in der Wüste, das ist zu gefährlich."

„Wenn wer mit geht, dann bin ich das", meinte Hans. „Frauen sollten beim Wagen bleiben, da ist es sicherer."

„Ich bin die Fitteste", erklärte Anna, „Hans, gib es zu, du bist nicht mehr im Training."

„Willst du mich beleidigen, natürlich bin ich im Training", rief Hans erbost. Doch sein Bauch sprach eine andere Sprache.

„Stimmen wir ab, wer mitgehen soll", schlug Anna vor. „Julia scheidet aus, da sie keinerlei Gepäck mehr hat. Frank ist eindeutig nicht in der Verfassung für einen Wüstenmarsch. Bei Hans bin ich mir nicht sicher, somit bleiben Fabian und ich."

„Dann ist es klar, dass ich gehe", erklärte Fabian unerwartet. „Wenn vier beim Wagen bleiben sind sie sicherer als die beiden alleine in der Wüste. Der Marsch ist in diesem Land eine reine Männerangelegenheit, tut mir leid Anna, aber das ist hier in Marokko nun einmal so."

„Fabian hat Recht, wenn zwei gehen, dann sollten es zwei Männer sein", unterstützte ihn Alwin.

„Na gut, dann bleib ich halt da und pass auf meinen Vater auf", ärgerte sich Anna.

Drei Stunden später brannte die Sonne erbarmungslos auf die Wüste herab.

Alwin und Fabian kämpften sich entlang der Fahrspur. Dies war die einzige Möglichkeit, rasch voran zu kommen. Trotzdem sanken ihre Füße immer wieder im Sand ein und sie stolperten ständig über Steine, welche in der Fahrspur lagen.

Sie hörten das Motorengeräusch erst knapp, bevor der Wagen sichtbar wurde.

Es war ein Pickup, der auf der Ladefläche ein auf einem Ständer aufgepflanztes Maschinengewehr trug und direkt auf sie zukam. Doch auf der Ladefläche war niemand zu sehen.

„Jetzt könnte es ungemütlich werden", flüsterte Alwin Fabian zu.

Da war der Wagen schon herangekommen. Zwei Kämpfer stiegen aus. Sie trugen zerschlissene Uniformen der Polisario Befreiungsarmee und sahen sehr herunter gekommen aus. Der Beifahrer schwang ein altes AK47, die Kalaschnikow Standardbewaffnung in Afrika. Der Fahrer war unbewaffnet.

„Nur ein Krieger", flüsterte Alwin. „sehen wir einmal, was kommt."

Der Fahrer sprach Alwin auf Englisch an: „Was macht ihr hier ohne Ausrüstung und ohne Fahrzeug in unserem Gebiet. Ihr seid wahrscheinlich Spione, die sich anschleichen wollen. Wo sind die anderen. Ihr seid doch nicht alleine gekommen."

Alwin reagierte geistesgegenwärtig: „Wir sind auf der Flucht vor dem Militär. Wir haben eine Autopanne und können nur zu Fuß weiter."

„Ihr seid Europäer, seit wann müssen Europäer flüchten? Das glauben wir euch nicht."

„In der Wüste sind noch vier Leute mit wenig Wasser, wir brauchen eure Hilfe", erklärte Alwin.

„Darum kümmern wir uns später, jetzt bringen wir euch erstmals zum Kommandant. Der wird entscheiden, was mit euch passieren wird. Los umdrehen, Hände auf den Rücken und kein Widerstand."

Alwin sah ein, dass Widerstand zwecklos war, denn der Mann mit der Kalaschnikow stand zehn Meter von ihnen entfernt. Viel zu weit, als dass ein Überraschungsangriff Chancen auf Erfolg gehabt hätte.

Der Fahrer fesselte ihnen die Hände mit Kabelbindern auf den Rücken und schubste sie zum Pickup. Dort wurden sie in die zweite Sitzreihe verfrachtet und die beiden Kämpfer stiegen ein. Der Fahrer wendete und fuhr den gleichen Weg zurück, den sie gekommen waren.

Fabian behielt die Nerven und flüsterte Alwin zu: „Wie geht´s jetzt weiter?"

Dieser flüsterte kaum hörbar: „Ich hab noch ein Klappmesser in der Hosentasche, das kommt zum Einsatz, wenn die Gelegenheit günstig ist."

Da bog der Pickup im rechten Winkel von der Piste ab und fuhr geradewegs in die Wüste hinein.

Alwin begriff, dass das Lager der Polisario nicht direkt an der Piste lag.

Die Fahrt ging mit hohem Tempo über Geröll und Sand. Immer wieder mussten sie um größere Dünen herumkurven, so dass sie schon bald die Orientierung verloren hatten, in welche Richtung sie eigentlich unterwegs waren.

Schließlich kamen sie in eine kleine Siedlung. Wobei Siedlung fast schon zu viel war. Es handelte sich um eine Ansammlung von rund einem Dutzend ebenerdiger Gebäude ohne Fenster mit flachem Dach, die sich zwanglos um einen freien Platz gruppierten.

Es war niemand zu sehen, der sich im Freien aufhielt. Die Sonne stand schon hoch am Himmel und die Hitze begann drückend zu werden.

Der Pickup hielt und der Beifahrer stieg aus und ging in eine der Hütten.

Alwin versuchte inzwischen, an sein Messer zu kommen. Das war nicht so einfach. Fabian half ihm dabei und musste mit seinen am Rücken gefesselten Händen über den Oberschenkel von Alwin streifen, um das Messer aus der Hosentasche zu befördern.

Der Fahrer saß noch im Wagen und hatte den Motor abgestellt. Er sollte anscheinend die Gefangenen bewachen.

Fabian hatte das Messer noch nicht aus Alwins Hosentasche schieben können, als der Beifahrer schon wieder zurückkam und erklärte: „Der Commandante will euch sprechen, aber wenn ihr keine guten Argumente habt, dann werden wir euch die Kehle durchschneiden. Munition ist teuer hier in der Wüste. Erschießen ist längst zu kostspielig geworden. Wir müssen das Messer nehmen."

Alwin und Fabian wurden aus dem Wagen gezerrt. Der Fahrer war auch ausgestiegen.

Die beiden Kämpfer stießen ihre Gefangenen grob vorwärts auf die Hütte zu. Aus der Nähe konnten sie sehen, dass die Wand der Hütte von Einschusslöchern überseht war. Alwin überlegte, ob hier Kämpfe stattgefunden hatten, oder ob das alles Löcher von Hinrichtungen waren, als die Leute hier noch Munition gehabt hatten.

Sie mussten den Kopf einziehen, da der Eingang zur Hütte so niedrig war. Sie wurden hineingestoßen und konnten nichts sehen, da es innen so dunkel war.

Fabian meinte, seine letzte Stunde habe geschlagen. Aber er nahm sich vor, wie ein Held zu sterben, nachdem er sein bisheriges Leben als Feigling gelebt hatte. Er fand es zwar bedauerlich beim ersten echten Mutanfall seines Lebens dieses gleich beenden zu müssen. Er hoffte, sie würden ihn schnell töten, damit er nicht lange leiden musste.

Drinnen hörten sie eine laute heisere Stimme, die in schlechtem Englisch sprach: „Sagt, was ihr hier wollt, aber bleibt bei der Wahrheit, sonst Kopf ab. Das verspreche ich."

„Fernandez, bist du es", rief Alwin plötzlich aus.

„Die Stimme kenne ich doch", rief der im Finstern Unsichtbare aus und strahlte mit einer Taschenlampe Alwin ins Gesicht.

„Alwin, was machst du hier?", rief er überrascht aus.

„Das gleiche könnte ich dich fragen, Fernandez, ist das dein neuer Job hier."

„Macht ihnen die Fesseln los", rief Fernandez zu seinen Leuten, die im Hintergrund kauerten. „Das sind Freunde, da gilt das Gastrecht."

Die Typen im Hintergrund reagierten nicht gleich, so dass Fernandez sie unwirsch anfuhr: „Wird´s bald, oder muss ich euch Beine machen."

Dann waren Alwin und Fabian auch schon frei und Fernandez lud sie ein, sich zu ihm auf den Teppich zu setzen, auf dem eine Menge Sitzkissen herumlagen.

Alwin fiel auf, dass Fernandez einen alten Colt direkt neben sich liegen hatte. Anscheinend war er sich nicht immer sicher, ob seine Leute seinen Befehlen auch gehorchen würden.

„Woher kennt ihr euch", wollte Fabian wissen.

„Das ist eine lange Geschichte", antwortete Fernandez an der Stelle von Alwin. „Dein Freund war nicht immer so nett und harmlos, dass er sich kampflos gefangen nehmen lässt. Früher hättest du gekämpft, stimmts Alwin. Denn wir waren früher Kampfgenossen im Kampf gegen das Kapital. Libyen, kannst du dich noch erinnern, Alwin, das war ein Gemetzel. Und wir beide als Söldner der roten Armee mitten drinnen."

Alwin waren die Ausführungen von Fernandez etwas peinlich, aber er musste gute Miene machen. Schließlich brauchte er die Hilfe von Fernandez, der ihn vor ein paar Minuten noch hätte hinrichten lassen.

„Stimmt, ich entsinne mich, aber bitte keine Einzelheiten", erwiderte er gepresst.

„Ist das dein Freund? Ich verstehe, du standest schon damals mehr auf Männer. Er soll nicht schlecht denken von dir. Also lass uns anstoßen auf unsere alte Freundschaft. Ich habe leider nur Tee hier, da es in der Wüste nichts anderes gibt."

„Wie bist du zur Polisario gekommen?"

„In Libyen war nichts mehr zu holen. Der Sold aus Moskau ist ausgeblieben, da diese russischen Wagner Söldner alles übernommen haben. Denen wollte ich mich nicht anschließen, also habe ich mir einen neuen Job suchen müssen. Und mehr war nicht drin als dieses elende Nest hier mitten in der Wüste. Hier zahlen wenigstens die Algerier meinen Sold. Das ist alles und was machst du hier in dieser gottverlassenen Gegend?"

„Wir haben unseren Hubschrauber verloren. Den hat uns ein schwarzer Hubschrauber, vermutlich CIA, beim Tanken abgefackelt. Wir sind dann mit einem alten Dodge weitergeflüchtet, der jetzt auch liegengeblieben ist, weil der Tank einen Riss bekommen hat. Ich hoffe, du kannst uns helfen."

„Ah, ihr wart das mit dem Hubschrauber. Davon habe ich schon gehört. Diese Typen sollen ja den halben Ort abgefackelt haben. Von mindestens zweihundert Toten wird berichtet. Wenn das so ist, dann helfe ich euch natürlich."

„Wir brauchen bloß ein Klebeband oder ein Isolierband, damit können wir den Tank provisorisch abdichten."

„Das haben wir, damit werden normalerweise die Geiseln gefesselt, bevor wir ihnen die Kehle durchschneiden", grinste Fernandez.

Dann gab er Anweisungen, die Hilfsaktion einzuleiten und zwanzig Minuten später starteten sie zurück zu den anderen.

Es war bereits Nacht, als sie die Stelle erreichten, wo sie ihren Pickup verlassen hatten.

Der Pickup stand einsam und verlassen da und niemand war zu sehen.

Panik stieg in Fabian auf, was war mit den anderen geschehen? War noch eine zweite Polisariogruppe aufgetaucht und hatte sie entführt? Oder waren sie schon alle tot?

Doch Alwin schien nicht von der Panik erfasst worden zu sein. Er kletterte stattdessen aufs Wagendach und schrie in die Wüste: „Hey ich bin´s, alles OK, ihr könnt rauskommen."

Und das taten sie auch. Sie hatten sich an der nächsten Düne im Sand vergraben.

„Wir wollen doch keine Zielscheibe abgeben, wir wussten nicht, ob ihr je wiederkommt,", erklärte Frank gelassen, war aber doch froh, dass Hilfe gekommen war.

„Wenn ihr bis morgen Abend nicht gekommen wärt, dann hätten wir das Satellitentelefon aktiviert und um Hilfe gerufen. Besser in einem marokkanischen Gefängnis, als in der Wüste zu Tode zu kommen."

Der Tank war im Licht der Taschenlampen bald geklebt und sie setzten ihre Fahr im Schutz der Dunkelheit augenblicklich fort. Sie wollten nicht noch einem anderen Polisario Kommando in die Arme fahren.

„Wie viele Leute hast du damals getötet?", wolle Fabian von Alwin wissen. „Keine Angst, ich sag´s den anderen nicht."

„Du wirst es nicht glauben, aber es ist die Wahrheit, keinen einzigen. Ich war nämlich als Fahrer engagiert. Die Fahrer mussten nicht schießen, die mussten fahren."

Kapitel 34

Sie waren die ganze Nacht durchgefahren und hatten im Morgengrauen endlich das befestigte Straßennetz von Marokko erreicht.

Kein Grenzbeamter und kein Soldat hatte sie zu Gesicht bekommen. Sie hatten den Grenzwall, der das Polisariogebiet vom annektierten Gebiet der Westsahara trennt, bei völliger Dunkelheit ohne Scheinwerfer unbemerkt tief im

Landesinneren passiert. Bei Elkhalona waren sie auf eine befestigte Landesstraße gestoßen, die sie zur ausgebauten Küstenstraße N1 geführt hatte.

In Oued Chbika an der Atlantikküste hatten sie ihre Spritvorräte aufgefüllt.

Dann hatte Frank darauf bestanden, eine große Stadt anzusteuern, da sie keinerlei Ausrüstung für die weitere Expedition mehr hatten. Ihre Survival-Rucksäcke hatten ihnen in der Wüste geholfen, aber für die Suche nach dem letzten verbliebenen Vogelnest würden sie wesentlich mehr brauchen.

So hatten sie sich für Marrakesch entschieden und nahmen die Strecke über Agadir. Dies war der kürzeste Weg und doch dauerte es fast den ganzen Tag, um anzukommen.

Denn Alwin hatte strikt darauf geachtet, das Tempolimit nicht zu überschreiten. Alle paar Kilometer gab es hier Polizeiposten, die nur darauf warteten, jemanden anhalten zu können, der zu schnell fuhr.

Ihre Papiere waren alles andere als in Ordnung. Mit mauretanischem Kennzeichen und mit ausländischen Pässen ohne Einreisestempel unterwegs, sahen sie nicht nach Touristen aus. Ihr Glück war, dass der Wagen so alt aussah, dass sie ungehindert bei allen Kontrollpunkten der Polizei durchgewunken wurden.

Nun näherten sie sich in der Abenddämmerung den Vororten von Marrakesch.

„Wir sollten uns zu Hause melden", erklärte Anna. „Mutter wird sich große Sorgen machen, wenn sie von dem zerstörten Hubschrauber erfahren sollte."

„Das trifft genauso auf Ilse zu", unterbrach Frank. „Unsere Frauen wissen, dass sie sich nicht so schnell Sorgen machen müssen, wenn falsche Meldungen in den Nachrichten sind. Außerdem glaube ich nicht, dass die Nachrichten in Europa den zerstörten Hubschrauber überhaupt erwähnen.

Sorgen müssen sie sich nur machen, wenn wir uns jetzt meldeten. Denn wir wissen nicht, ob die Geheimdienste ihre Telefone in Berlin abhören.

Jetzt halten uns die Dienste mit großer Wahrscheinlichkeit für tot. Das ist unser Vorteil, den wir nicht so leicht aufgeben dürfen."

„Ich freu mich auf eine Dusche und den Luxus eines Viersternhotels", erklärte Julia, deren Survival-Rucksack in den Flammen des Hubschraubers geblieben war. Sie hatte keine Kleidung zum Wechseln und nicht mal mehr einen Reisepass.

„Das wird nichts werden, viel zu gefährlich", erklärte Frank. Wir müssen ein kleines unscheinbares Quartier finden, wo wir nicht auffallen. Aber eine Dusche wird es auch dort geben."

Sie kamen ins Zentrum von Marrakesch, wo die alte, fast siebzehn Kilometer lange Stadtmauer aus rötlichen Steinen immer noch die Medina mit ihren Souks und engen verwinkelten Gassen umschloss.

Marrakesch hatte gegenwärtig fast eine Million Einwohner. Die Stadt breitete sich im ganzen Talgrund der Palmenoase aus, in deren Zentrum sie einst von Abu Bakr ibn Umar im Jahr 1070 als Zentrum des neu entstandenen Kampfbundes der Almoraviden gegründet worden war.

Abu Bakrs Nachfolger Yusuf ibn Taschfin eroberte Nordmarokko und das spanische Andalusien und ließ Marrakesch zur Hauptstadt seines Reiches ausbauen. Sein Sohn Ali ibn Yusuf erweiterte die Stadt erheblich und ließ die bis heute erhaltene gewaltige Stadtmauer errichten.

Vor dieser Stadtmauer parkten sie ihren Pickup, der ihnen so gute Dienste geleistet hatte. Diesen Wagen würden sie nie wieder verwenden, da er für ihre Zwecke nicht geeignet war.

Frank erklärte, sie bräuchten einen geländegängigen Kleinlastwagen für ihre Ausrüstung, die dürfe nicht offen auf der Ladefläche transportiert werden.

Alwin hatte eine kleine Herberge in der Medina im Web gefunden, die sie nur zu Fuß erreichen konnten.

Sie schulterten ihre Rucksäcke und stürzten sich in das enge Gewirr von Gassen und Gässchen. Nur mit Hilfe von Google Maps konnten sie sich orientieren. Nach einer halben Stunde in diesem Labyrinth wusste keiner der Gruppe mehr, wo sie sich befanden. Nur Alwin, der die Führung hatte, ging voraus. Die Gassenbreite betrug hier weniger als einen Meter und schien immer noch enger zu werden.

Schließlich hielt Alwin an und meinte, sie seien am Ziel. Anna sah nur eine schmale Tür in einer fensterlosen Wand mit einer kleinen Inschrift, die auf die Herberge hinwies.

Alwin erklärte, er habe mit dem Besitzer telefoniert, sie könnten hinein gehen.

Hinter der Tür führten Stufen hinunter und Anna fragte, sich, in welches Kellerloch sie hier geraten waren.

Wie groß war ihre Überraschung, als sie sich plötzlich in einem geräumigen Innenhof wiederfand, dessen Wände mit Ornamenten und Schnitzereien verziert waren. Vier Stockwerke höher überspannte eine Dachkonstruktion den gesamten Innenhof und hielt die Hitze des Tages draußen. Die Gebäude, die den Innenhof umschlossen, mussten mindestens fünfhundert Jahre alt sein, erkannte Anna.

Der Besitzer der Herberge kam herbeigeeilt und begrüßte sie auf Arabisch.

Alwin übersetzte und lächelte: „Viersternhotel ist das hier nicht, da es keine Sterne hat. Aber der Komfort ist fast der gleiche, nur stellt hier niemand Fragen, da in dieser Herberge keine Touristen untergebracht werden. Hier wohnen nur Einheimische."

Dann wurden ihnen die Zimmer gezeigt.

„Was hast du dem Wirt erzählt, dass wir hier Zimmer bekommen haben?", wollte Julia wissen.

„Wir sind inkognito hier und dürfen in den großen Hotels nicht absteigen, denn wir sind auf Einladung des marokkanischen Geheimdienstes hier, alles vertraulich, da es um ein streng geheimes Projekt geht."

„Geht´s dir gut, willst du uns jetzt die Marokkaner auch noch auf den Hals hetzen?", rief Hans aufgebracht.

„Mir ist nichts anderes eingefallen", entschuldigte sich Alwin, „aber der Wirt hat das sofort verstanden und uns die Zimmer reserviert. Immerhin steht auf der Website der Herberge, dass diese nicht für Touristen zugänglich ist, da dachte ich mir, das ist das Richtige für uns."

Doch bald schwelgten alle im lang vermissten Luxus eines Badezimmers und die Dusche tat ein Übriges, den Staub der Wüste herunter zu waschen.

Die Herberge war nobel eingerichtet und jedes Zimmer hatte Holzmöbel mit Einlegearbeiten aus dem Marokko des achtzehnten Jahrhunderts. Anna kam sich vor, wie wenn sie in einem Museum nächtigte. Sie und Julia teilten sich ein Zimmer. Frank und Hans ein anderes und Fabian war mit Alwin zusammen untergebracht.

Nur die Gänge und das Treppenhaus waren so eng, dass zwei Personen nicht aneinander vorbei kamen. Doch die Zimmer waren großzügig dimensioniert und hatten Fenster in den Innenhof. Anna und Julia hatten das Fenster genau gegenüber dem Fenster von Alwin und Fabian.

Das verspätete Abendessen wurde in traditionellen Tajinen serviert. Keramikkegel, in denen das Essen gegart wurde. Hühnchen mit Gemüse und lokalen Gewürzen wurde so zum unvergesslichen Geschmackserlebnis. Nur Alkohol gab es in dieser Herberge nicht, da es hier keine Touristen gab.

Sie aßen im Innenhof der Herberge, wo das Restaurant untergebracht war. Alle anderen Gäste waren in traditionellen marokkanischen Djellabas gekleidet. Es waren nur Männer. Keine einzige Frau außer Anna und Julia befand im Raum.

Doch niemand von den Anwesenden nahm von unseren Abenteurern die geringste Notiz. Diese Herberge war wirklich anders. Anna beschloss, es gar nicht so genau wissen zu wollen, was hier anders war. Wer zu viele Fragen stellte, bekam dann oft die falschen Antworten geliefert.

Am nächsten Tag begannen sie unverzüglich ihre Ausrüstung neu zusammenzustellen. Dazu drangen sie ganz tief in die Souks von Marrakesch ein. Dorthin, wo die Gassen komplett überdacht waren und nie ein Sonnenstrahl hinfiel.

Im Souk der Schmiede und Metallbearbeiter gab es Mechaniker, Schweißer und alle Arten von Handwerksbetrieben.

Julia war entsetzt, als sie die vorsintflutlichen Werkstätten sah, die eher Höhlen glichen und mit Metallschrott bis auf den letzten Zentimeter vollgeräumt waren. In solch einer Höhle stand dann ein Schweißer mit seinem Autogengerät und baute irgendeinen Teil zusammen.

Doch Frank kaufte hier ein. Sauerstoffflaschen und Schutzbrillen, Atemmasken und vieles mehr. Julia war fasziniert, was es hier alles gab und was diese Leute in ihrem Chaos alles unter dem Gerümpel hervorziehen konnten.

Alwin und Hans kümmerten sich um ein passendes Fahrzeug und waren ganz wo anders unterwegs. Fahrzeuge gab es in der Innenstadt nicht, da die Gassen viel zu eng waren, um mit einem Geländewagen durchzukommen.

An der Ausfallstraße nach Süden gab es etliche Gebrauchtwagenhändler. Sie hatten ein Taxi gechartert, um dort hin zu kommen.

Bei einem heruntergekommenen Händler fanden sie, was sie brauchen konnten. Einen Toyota Land Cruiser Baujahr 1999 mit mehr als 500.000 km am Tacho. Ein echtes Uraltfahrzeug, aber billig zu haben und nicht mehr wirklich verkehrssicher. Doch sie wollten damit nur einmal ins

Gebirge zur Dades Schlucht fahren. Das würde der Wagen hoffentlich aushalten.

Über die Ausreise aus Marokko machten sie sich noch keine Gedanken. Sie würden sich etwas einfallen lassen müssen, da sie keine Einreisestempel im Pass hatten. Sie könnten ihre Pässe als gestohlen melden und bei der deutschen Botschaft um Ersatzdokumente ansuchen. Das wäre ein gangbarer Weg, meinte Hans.

Sie ahnten nicht im Geringsten, dass sie die fehlenden Stempel niemals mehr brauchen würden.

Das Feilschen um den Preis dauerte dann länger, als die Kaufentscheidung gedauert hatte. Den Taxifahrer hatten sie schon weggeschickt, denn das Wichtigste hatten sie gleich erkannt. Der Wagen hatte bereits ein marokkanisches Nummernschild montiert, war also angemeldet oder nie vom vorigen Besitzer abgemeldet worden. In Europa wäre eine solche Vorgangsweise unmöglich, aber hier war vieles möglich. Im schlimmsten Fall würden einige Scheine die Probleme lösen, erklärte Alwin. Leider war auch er nicht auf dem Laufenden, was die sinkende Korruptionsrate der marokkanischen Polizei betraf.

Alwins letzte Dollarreserven hatten gerade ausgereicht, den Wagen zu bezahlen. Danach konnten sie sich auf den Rückweg in die Herberge machen. Der Wagen musste allerdings vor der Stadtmauer bleiben, da es innen zu eng war.

Anna und Fabian waren währenddessen damit beauftragt, die Lebensmittel für die Expedition zusammenzustellen. Sie würden mehrere Tage in der Dades Schlucht in unwegsamem

Gelände bleiben müssen und würden keine Gelegenheit haben, dort einzukaufen.

Anna achtete auf die Haltbarkeit der Lebensmittel. Pakete mit Datteln und Trockenfrüchten waren zu großen Pyramiden aufgeschichtet. Käselaibe und Oliven gehörten bald ebenso zu ihrer Verpflegung.

Es gab hier auch lebende Hühner in unendlich kleinen Käfigen sowie gehäutete Hammelhälften, die bei den Fleischern im Freien hingen.

Als sie dies sahen, beschlossen sie auf Fleisch ganz zu verzichten und stattdessen größere Mengen an Nüssen einzukaufen. Es gab reichlich frisches Gemüse, aber das würden sie im Gebirge nirgends zubereiten können.

Als sie bepackt wie die Lastesel durch den Souk stapften, verirrten sie sich prompt und kamen zu den Metallwerkstätten, die Frank und Julia bereits wieder verlassen hatten. Hier war es besonders düster und Anna beschlich ein seltsames Gefühl, als ob sie wer beobachtete. Sie sah sich um, doch sie konnte im Dämmerlicht der Werkstätten niemanden ausmachen, der ihre Aufmerksamkeit auf sich gezogen hätte.

Überall waren Einheimische mit ihrem Handwerk beschäftigt. Es wurde geschweißt, gebohrt und gehämmert. Der Lärm war ohrenbetäubend.

Der Typ in der grauen Djellaba, der untätig in einer Ecke lehnte und in sein Smartphone starrte, fiel ihr als einziger auf, denn er schien irgendwie hier nicht dazu zu gehören. Anna hätte aber nicht sagen können, was sie an ihm gestört hätte. Sie ignorierte ihn und ging weiter.

Kapitel 35

Dr. Paul Simon saß in seinem Büro in Langley und studierte einen Bericht einer anderen Abteilung, der eben in seiner Mailbox aufgeschlagen hatte.

Als er den Bericht zu Ende gelesen hatte, verstand er die Welt nicht mehr. Der Bericht war vom vierten Commando der Spionagesatelliten, das für Nordafrika zuständig war. Im Bericht waren Bilder und Filmaufnahmen eines Satelliten zu sehen, der über Nordafrika seine Bahn zog und Teil eines Satellitennetzwerkes war, das alle militärischen Aktivitäten in der Region überwachte.

In der Vergrößerung konnte Simon die Oase Ouadane erkennen, wie eben der Hubschrauber seiner Zielpersonen in die Luft flog.

Die Wärmesignatur der angreifenden Hubschrauber wies diese eindeutig als Mi-35 aus, daran war nicht zu rütteln.

„Wer zum Teufel hat Interesse daran, meine Zielpersonen zu töten. Ich will sie lebend, damit sie mich zu den Artefakten führen. Tot machen diese Wissenschaftler doch keinen Sinn", grübelte er vor sich hin.

Die Mi-35 waren aus östlicher Richtung gekommen. Dort gab es nur Wüste bis zur Grenze von Mali und in Mali ging die Wüste weiter. Dort gab es auch keine US-Stützpunkte.

Er würde seine Vorgesetzten verständigen müssen, dass sein Projekt gescheitert war und alle seine Zielpersonen tot waren.

Denn diese Explosion hatte niemand überlebt und die Mi-35 hatten dann noch dazu mit ihren Bordkanonen ein völlig sinnloses Blutbad angerichtet.

Leider war der Satellit dann aus dem Sichtbereich hinter der Erdkrümmung verschwunden und der nächste Satellit noch nicht in Sichtweite. Als dieser dann in Sichtweite war, war von den Hubschraubern nichts mehr zu sehen gewesen.

Die Überwachung war doch nicht so lückenlos, wie er immer gedacht hatte. Das waren keine guten Nachrichten. Denn das hieß, hier war noch ein Geheimdienst hinter dem Professor her. Waren das nun die Russen oder die Chinesen oder hatten gar seine eigenen Leute die Hand im Spiel und arbeiteten zur Tarnung mit russischen Waffensystemen.

Es musste auf jeden Fall jemand gewesen sein, der genau wusste, wann der Satellit kommt und wann sich die Beobachtungslücke auftut, die er für den Anflug und sein Verschwinden nutzen musste.

Simon begann, sich vor seiner eigenen Organisation zu fürchten. Schließlich war er nur ein kleiner Bereichsleiter für Sonderangelegenheiten. Bei diesem Auftrag hatte er bisher nicht geglänzt. Aber wenn andere US-Dienste dahinter steckten, dann würden ihn die auch ausschalten wollen, weil er zu viel wusste. Hier waren Kräfte im Spiel, die eindeutig über seiner Gehaltsklasse lagen und das beunruhigte Simon.

„Hoffentlich waren es bloß die Russen", dachte er.

Plötzlich hatte er Timothy Garland in der Leitung seines Smartphones.

„Was will denn der jetzt schon wieder?", dachte Simon, „will er mir jetzt auch sagen, dass die Zielpersonen alle tot sind. Steckt vielleicht sogar jemand aus dieser Ecke hinter dem Anschlag."

Simon hasste die selbstgefällige und überhebliche Art dieses Typen, obwohl er ihm geholfen hatte, den Professor in Jordanien zu beschatten.

Doch diesmal klang Timothy Garland ganz anders, direkt eingeschüchtert: „Von der schrecklichen Explosion in Afrika haben sie sicher schon gehört, Sie wissen was ich meine, aber mehr kann ich nicht sagen, ich bin nicht sicher, ob diese Leitung sicher ist."

„Was wollen Sie dann von mir, mein Projekt ist beendet, weil alle Personen tot sind."

„Eben nicht, das will ich damit andeuten, Die Tochter des Professors ist in Marrakesch im Souk gesehen worden. Ich dürfte das gar nicht wissen, aber ich habe so meine Quellen, daher kann ich nicht sagen, von wem sie gesehen worden ist. Geht mich auch nichts an, aber ich dachte, das sollten sie wissen, denn wenn die Tochter es geschafft hat, könnten die anderen es auch irgendwie geschafft haben."

„Gibt es keine echten Beweise? Ich kann doch kein Team losschicken, ohne Bildmaterial in den Händen zu haben."

„Ein Foto kann ich Ihnen schicken, es ist von schlechter Qualität, aber die Dame ist eindeutig erkennbar. Aber ich muss mich kurz halten. Ich wünsche viele Erfolg bei Ihrem Projekt."

Schon hatte er aufgelegt und Simon überlegte was er nun tun sollte, als das Foto von Anna im Souk von Marrakesch in seinem Smartphone ohne Zusatztext aufschlug.

Er sah sich die Aufzeichnungen der Beratung von Professor Steiner in Berlin nochmals an, die er von Timothy Garland erhalten hatte.

„*... Schlucht der roten Felsen ...* " wurde dort erwähnt. „In Petra hat der Professor nichts gefunden, in Mauretanien auch nicht, dort sind keine roten Felsen in der Wüste, was wollte er dort eigentlich?", dachte Simon.

„Aber jetzt ist er in Marrakesch. Der Professor weiß auch nicht, wo er suchen soll, vielleicht hilft mir hier unsere KI."

Simon programmierte seine KI mit den entsprechenden Suchbegriffen und startete die Auswertung.

Er erhielt eine Liste mit rund fünfhundert Orten, wo es rote Felsen gab. „Verdammt, die können wir doch nicht alle untersuchen, die KI ist auch nicht so schlau, wie ich dachte."

Da erkannte er seinen Fehler: „Mist, ich habe diese Fotos vergessen, die ich von diesem Garland erhalten habe."

Er holte sich die Bilder aus einem Ordner und vergrößerte sie am Bildschirm mit maximaler Auflösung. Er konnte nicht viel erkennen, es waren Schwarzweißbilder von eigenartig mäßiger Qualität und sie zeigten nur eine Felswand einer Höhle. Deshalb hatte Simon, nachdem er die Bilder von Garland erhalten hatte, diese in einem Ordner im Netzwerk abgelegt und nicht weiter beachtet.

„Du musst systematisch vorgehen", ermahnte er sich selbst. „Die Bilder müssen eine Information enthalten, sonst gäbe es sie nicht, sie ist nur nicht gleich zu erkennen. Zuerst die Bilder in die KI laden und fragen, ob sie erkennen kann, was da drauf ist."

Es dauerte fast eine Minute, bis die KI mit einer Antwort zurückkam, die Simon sehr überraschte: „Die Bilder sind nachbearbeitet worden, es wurde ein linienförmiger Bereich mit Pixeln überschrieben. Die Bilder wurden nachträglich in S/W umgewandelt und der Kontrast wurde durch Software stark verringert. Ich präsentiere jetzt die zurückgerechneten Originalbilder."

Eines der Bilder, die ihm die KI nun auf dem Schirm präsentierte, sah nun ganz anders aus. Eine bunte Linie zog sich mäandernd über den Bildschirm und überall waren kleine Kreuzchen zu sehen. Simon erkannte eine zweite Linie, die schwächer ausgeprägt war und parallel zur ersten Linie verlief.

„Dieses Linie kenne ich doch von wo, sie kommt mir so bekannt vor. Ich frag die KI nochmals. Was ist das für eine Linie?"

Diesmal antwortete die KI sofort: „Das ist die Küstenlinie des Mittelmeeres in der heutigen Form und in der Form von vor zwölftausend Jahren am Ende der Eiszeit. Und unten links ist das Auge der Sahara mit konzentrischen Kreisen abgebildet."

„Treffer", schrie Simon jetzt auf. „Jetzt weiß ich, warum ihr in Mauretanien wart.

„Und jetzt das Ganze mit den roten Felsen kombinieren, was sagt die KI jetzt?"

Sekunden später hatte er ein Ergebnis am Schirm. Die Dades Schlucht bei Boumalne du Dades wurde ausgeworfen, dort gab es massenhaft rote Felswände, östlich von Marrakesch hinter dem Hohen Atlas.

„Logisch, die haben ihre Ausrüstung verloren und besorgen sich in Marrakesch neues Gerät.", jubilierte Simon.

„In Boumalne du Dades müssen sie durch, da werden meine Leute sie erwarten. Das kann ich unauffällig organisieren, denn jetzt bin ich diesem Professor einen Schritt voraus, denn er muss erst mit dem Auto über den hohen Atlas anreisen und ich kenne sein Ziel.

Diesmal klappt es und ich finde den Professor, wie er gerade das wesentliche Artefakt findet. Weil zu früh dürfen wir nicht zuschlagen, denn ohne das Artefakt, nach dem wir alle suchen, nützt uns der Professor nichts. Dabei habe ich immer noch keine Ahnung, wie das Ding aussehen könnte. Ein Düsenjäger kann es ja nicht sein, der ist nach zehntausend Jahren schon zu Staub und Rost zerfallen. Aber eine kleine alte Antimateriewaffe ist auch schon das Geld wert, das hier verbrannt wird.

Das Finden ist die Sache von Steiner, ich kassiere dann, was er gefunden hat. Danach kommt das alles nach Langley samt dem Professor und seinem Team. Wenn sie eine Verschwiegenheitserklärung unterzeichnen, dann können sie heimgehen, wenn nicht, verschwinden sie für immer.

Dann entschlüsseln wir den Fund und bauen ihn nach. Wenn die Waffen wirklich so mächtig sind, dann steht der neuerlichen Weltherrschaft Amerikas nichts mehr im Wege. Dann ist Amerika ´Great Again´ und zwar für immer."

Nachdem Simon das mit sich geklärt hatte, machte er sich an die Arbeit für die Umsetzung.

Kapitel 36

Die Straße war gut ausgebaut und der Toyota Land Cruiser machte eine gute Fahrt. Bald hinter Marrakesch stieg die Straße steil an und wand sich in unzähligen Serpentinen an den Flanken des Atlasgebirges immer höher hinauf.

Drei Tage hatten sie in Marrakesch noch gebraucht, die gesamte Ausrüstung zusammenzustellen. Anna hatte sich die ganze Zeit über in Marrakesch nicht wohl gefühlt. Sie dachte ständig, sie würden beschattet, aber sie konnte nie jemanden entdecken. Alwin hatte ihre Befürchtungen zu zerstreuen versucht und gemeint: „Anna, wir sind derzeit offiziell tot, da suchen die Dienste nicht nach uns."

Anna hatte nicht widersprochen, doch was war, wenn die schwarzen Hubschrauber nicht vom CIA waren, dann suchten die CIA-Leute vielleicht noch immer nach ihnen, da sie nicht wussten, dass ihr Heli abgefackelt worden war.

Doch als sie immer höher hinauf ins Gebirge kamen, ging es ihr besser. Sie hatte immer wieder nach hinten geschaut, konnte aber keinen Verfolger entdecken.

Alwin bemerkte dies und erklärte lächelnd: „Anna, alles in Ordnung, wir werden nicht verfolgt, du brauchst dir nicht dauernd den Hals verrenken, ich sehe das im Rückspiegel besser, wer hinter uns fährt. Es sind immer andere Wagen oder so wie jetzt ist gerade niemand hinter uns, da wir alle langsamen LKWs überholt haben.

Bald hatten sie den höchsten Punkt der Straße in über zweitausendeinhundert Metern Seehöhe erreicht. Sie machten nur eine kurze Pause, um die Aussicht auf die schneebedeckten Gipfel der nahen Viertausender zu genießen und um die Toiletten aufzusuchen. Dann ging es rasch weiter, denn sie wollten noch vor Anbruch der Dunkelheit die Dades Schlucht erreichen.

Bergab ging es auch rasch, da es auf der Südseite der Passstraße weniger Serpentinen gab. Dann kamen sie auf eine Hochfläche. Sie fuhren an den Atlas Filmstudios in Quarzazate vorbei, wo noch die großen Kulissen einstiger Monumentalfilme über die ägyptische Pharaonenzeit zu sehen waren. Caesar und Cleopatra war hier gedreht worden.

Die N10 war gut ausgebaut und verlief nun fast schnurgerade und eben dahin. Sie waren noch immer auf über elfhundert Meter Seehöhe. Tiefer würden sie auch nicht kommen, denn die Dades Schlucht, ihr Ziel, lag auf siebzehnhundert Meter Seehöhe.

Sie sahen ein älteres Sonnenkraftwerk, das ganz anders funktionierte als die heutigen Solarpaneele. Tausende Spiegel, an der Erdoberfläche aufgestellt, spiegelten das Sonnenlicht fokussiert an die Spitze eines zweihundert Meter hohen Turmes, wo es aufgefangen und in Wärme umgewandelt wurde, um ein kalorisches Kraftwerk anzutreiben. Die Spitze des Turmes strahlte dabei wie eine kleine Sonne. Nur in Spanien gab es ein vergleichbares Kraftwerk.

Ohne weitere Aufenthalte erreichten sie Boumalne du Dades, eine Stadt mit rund zwölftausend Einwohnern.

Der Ort konnte zügig durchfahren werden, da sie nicht durch die Altstadt mussten. Sie waren bisher nach Osten gefahren, doch hier, an einem großen Kreisverkehr mussten sie nach Norden weiterfahren.

Keiner in der Gruppe bemerkte die beiden schwarzen Vans, die seitlich neben dem Kreisverkehr in einer Hauszufahrt parkten und gute Sicht auf alle aus Richtung Marrakesch vorbeikommenden Fahrzeuge hatten.

Kaum waren sie auf der Straße nach Norden, als sich die beiden Vans in Bewegung setzten und ihnen in einem gewissen Abstand folgten.

Die Straße zog sich entlang der Dades Oase kilometerlang dahin. Unten im Tal war der Wadi Dades, der zurzeit wenig Wasser führte. Links und rechts davon waren kilometerlange Palmenhaine angelegt, zwischen denen die Einheimischen Obst und Gemüse anbauten.

Die Straße wand sich oberhalb der Palmenhaine in vielen Kurven stetig bergauf. Sie sahen entlang der Straße viele verlassene und verfallene Kasbahs. Das waren jahrhundertealte aus getrockneten Lehmziegeln errichtet Wohnfestungstürme. Jeder Clan hatte damals seine eigene Festung. Heute leben die Menschen in modernen Häusern in der Nachbarschaft der Ruinen und niemand hatte sich die Mühe gemacht, die alten Kasbahs zu erhalten oder zu restaurieren.

Dann endeten die Oasen und die Kasbahs. Die Felswände rückten immer näher zur Straße. Die Dades Schlucht wurde immer enger.

Durch die vielen Kurven und Ortschaften hatten sie viel Zeit verloren und die Dämmerung senkte sich bereits herein, als sie die eigentliche Dades Schlucht erreichten.

„Auf der Passhöhe ist ein Hotel sagt mir Google", erklärte Julia, die sich nach einer Dusche sehnte.

„Schon vergessen, unsere Pässe können wir nicht herzeigen, Hotel geht nicht", wies sie Alwin zurecht.

„Wir haben Zelte und bleiben für die Nacht hier herunten am Fluss."

Unvermittelt lenkte Alwin den Wagen in einen schmalen unbefestigten Schotterweg, der mit zwei engen Kurven steil hinunter zum Fluss führte. Alwin produzierte eine mächtige Staubwolke, als er den Wagen auf dem losen Schotter gerade noch zum Stillstand brachte.

„Willst du uns umbringen", schnaubte Frank, „noch ein Meter und du wärst in den Fluss gefahren."

„Bin ich aber nicht", konterte Alwin, „aber der Lagerplatz hier sieht verlockend aus."

Sie waren alle ausgestiegen und sahen sich um. Einen Meter vor der Kühlerhaube des Land Cruisers endete der Weg und ein steilabfallender Hang ging zum Fluss hinunter, der fünf Meter unterhalb floss und hier eine ganze Menge Waser führte.

Oben auf der Straße fuhren eben zwei schwarze Vans mit hohem Tempo vorbei.

Es gab hier auch einige Bäume unter denen Alwin den Land Cruiser verstecken konnte. Er hatte auch eine große Plane erstanden, die normalerweise für Beduinenzelte verwendet wurde. Damit deckten sie den Land Cruiser ab, damit er von der Straße aus nicht gesehen werden konnte.

Unter der Plane war auch noch Platz für zwei kleine Zweipersonenzelte, die sie bald darauf aufgebaut hatten.

Julia und Anna bekamen das eine, Frank und Hans das andere. Alwin und Fabian mussten im Wagen schlafen, da sich ein drittes Zelt unter der Plane nicht ausging.

Es war nun bereits völlig finster geworden, nur vereinzelt blinkten Sterne durch die hohe Wolkendecke. In dieser Gegend konnte es durchaus regnen. Sie hofften auf eine trockene Nacht.

Das Abendessen bestand aus Kaltverpflegung, die sie im Dunkeln zu sich nahmen, denn Feuermachen war hier in der Gegend nicht ratsam, da oben die Straße zu knapp vorbeiführte. Polizei war hier sicher auch des Nachts unterwegs. Sie durften nicht entdeckt werden, bevor sie nicht selbst etwas entdeckt hatten.

Jetzt lag Julia wieder mit Anna in einem Zelt. Julia dachte an die Nächte in Mauretanien und an ihren Kuss mit Anna. Anna hatte gesagt, sie wolle sich entscheiden, wenn sie zurück in Hamburg wären. Doch Hamburg war sehr fern und wer weiß, ob sie Hamburg je wieder sehen würden.

Heute sprach keine der beiden ein Wort. Jede hatte sich in den Schlafsack verkrümelt und versuchte zu schlafen.

Doch der Schlaf wollte sich nicht einstellen, denn sie hatten beide keine Ahnung, wie sie morgen weiter vorgehen würden. Wie sollten sie in diesem riesigen roten Felslabyrinth irgendetwas finden. Ringsum nur rote himmelhoch aufragende Felswände, die alle sehr massiv aussahen. Hier war kein Luftwaffenstützpunkt möglich. So viel wusste Anna von Militärtechnik. Jets brauchen eine Piste und hier war nirgendwo Platz für eine Piste. Allerdings in Petra auch nicht und trotzdem hatten sie dort diesen leeren Hangar mit der Karte gefunden.

Im Nebenzelt schliefen Hans und Frank bereits tief und fest. Anna konnte sie schnarchen hören.

Im Land Cruiser unterhielten sich Fabian und Alwin leise miteinander.

„Es muss hier Höhlen geben", meinte Fabian, „denn das Nest kann nur unterirdisch angelegt sein."

„Die Zugänge sind sicher verschüttet", warf Alwin ein, „das wird schwer werden sie zu finden und freizulegen. Wir haben nur leichtes Gerät mit und keine Bagger."

„Wieso hast du eigentlich diesen Weg hier gesehen und gewusst, dass es diesen Platz hier gibt", änderte Fabian das Thema.

„Ich weiß auch nicht, das habe ich manchmal. Es war eine Art Intuition. Ich wusste einfach ein paar hundert Meter vorher, dass da gleich ein Weg kommen wird, wo wir abbiegen müssen. Dann hat Julia das Hotel erwähnt und fast wäre ich an dem Weg vorbei gefahren. Im letzten Moment habe ich die Kurve bekommen. Daher waren wir viel zu schnell. Ich wusste nicht, dass es so steil nach unten geht und wäre fast in den Fluss gefahren."

„Vielleicht hilft uns deine Intuition ja weiter", sinnierte Fabian vor sich hin.

Dann drehten sie sich zur Seite, um zu schlafen.

Kapitel 37

Es war ein sonniger Morgen, die Wolken hatten sich verzogen. Alle waren aus ihren Schlafsäcken gekrochen und froren an der frischen Luft. Sie waren hier auf zweitausend Meter Seehöhe. Am Morgen konnte es daher recht kalt sein.

Die Nacht war ereignislos verlaufen. Keine Polizei und keine Agenten hatte sie gestört.

Sie frühstückten im Stehen, Kaffee gab es zum Leidwesen aller keinen. Sie würden wohl weiterfahren müssen, um ein Bistro zu finden, wo sie wirklich frühstücken konnten. Die Strecke war schließlich touristisch ausgebaut. Sie waren an etlichen großen Hotels vorbeigefahren. Dort konnten sie zwar nicht übernachten, aber ein Frühstück müsste drinnen sein.

„Lasst uns die Plane einholen und die Zelte abbauen", rief Alwin, „dann können wir zum Frühstück fahren. Vor ein paar Kilometern sind wir bei einem Hotel vorbeigekommen, das hat gut ausgesehen."

„Das glaub ich nicht", rief Fabian ganz aufgeregt, „seht einmal dort hinüber, was dort ist!"

Alle folgten seiner ausgestreckten Hand mit ihren Blicken. „Punktlandung", schrie Fabian ganz aus dem Häuschen, „Alwin und seine Intuition!"

Alle sahen über den Fluss hinüber und sahen den Eingang einer Höhle, der rund zwanzig Meter oberhalb des Flusses lag und so aussah, wie wenn er leicht zu erreichen wäre.

Und der Höhleneingang sah nicht aus, wie eine natürliche Höhle, sondern wie ein künstlich geschaffener

Tunneleingang, dessen unteres Ende ausgebrochen war. Man würde klettern müssen, wenn man die Höhle erforschen wollte.

„Wie kommen wir dort hinüber" rief Anna. „Der Fluss ist zum Durchwaten zu tief und die Strömung ist zu stark."

Das gemütliche Frühstück im Hotel war vergessen. Alle wollten dort hinüber, nachdem Alwin von seiner gestrigen Intuition berichtet hatte, genau hier stehen zu bleiben.

„Wie wäre es, wenn wir die Brücke dort vorne nehmen", rief Anna und deutete auf einen kleinen Steg, der zweihundert Meter flussabwärts das Wasser überspannte.

„Wir gehen nur zu dritt auf Erkundung ohne Gepäck", entschied Frank. „Wer weiß, ob die Höhle wirklich ein Zugang ist."

Nach kurzer Diskussion setzten sich Fabian, Alwin, Anna und Julia, die unbedingt mit wollte, in Bewegung. Frank und Hans mussten als Wachen beim Auto bleiben. Sie waren die Ältesten und im Klettern nicht so geübt.

Die Brücke erwies sich als ein windschiefer und verwitterter Holzsteg, der alles andere als vertrauenserweckend aussah. Der Steg war anscheinend früher von Hirten und ihren Herden benutzt worden, um die Grünflächen am anderen Flussufer erreichen zu können.

Jetzt fehlten schon einzelne Trittbretter und andere waren schon sehr durchgemorscht und konnten jeden Moment nachgeben.

Sie gingen vorsichtig einzeln hinüber, um den Steg nicht zu sehr zu belasten.

Drüben mussten sie über die weglose Böschung des Flussufers wieder zurück, um zur Höhle zu gelangen. Die Böschung war mit stacheligen Büschen bewachsen, die das Fortkommen noch schwieriger machten.

Endlich hatten sie die Position der Höhle erreicht, die nun direkt oberhalb von ihnen lag. Die Kletterei war dafür einfacher als gedacht. Da würden auch Frank und Hans hinauf kommen können.

Im Höhleneingang aktivierten sie ihre Stirnlampen und sahen sich um. Nach wenigen Metern ging die unebene Höhlenwand plötzlich in einen bearbeiteten Gang über, der steil anstieg. Der Boden wies plötzlich Treppenstufen auf. Die Luft im Gang war kühl und trocken.

Sie stiegen circa hundert Meter in den Berg hinein, dann war der Gang zu Ende. Eine polierte Wand sperrte den Weg ab.

„Das glaub ich jetzt nicht", rief Julia enttäuscht aus. „Hier kann es doch nicht aus sein."

„Ist es auch nicht", erklärte Anna, „schon vergessen, dass wir auch in Gizeh vor so einer Tür gestanden sind. Schauen wir sie uns mal genauer an."

Sie durchsuchten die Wand Zentimeter für Zentimeter mit ihren Stirnlampen. Aber diesmal gab es keine Kupferschienen, die irgendwo aus der Wand standen und an denen sie eine Batterie hätten anschließen können. Alles war fugenlos und glatt poliert. Sie leuchteten alle Ränder ab, auch die letzten zehn Meter der Tunnelwand und konnten nichts entdecken.

„Hier muss etwas sein", beharrte Fabian, „denn ich glaube nicht, dass der Gang hier aus ist. Wozu hätten sie sich die Mühe gemacht, den Gang so gut herzurichten, wenn sie hier plötzlich aufgehört hätten zu bohren. Da würde die glatt polierte Querwand doch keinen Sinn machen. Wenn ich mitten im bohren aufhören muss, dann ist die Stirnwand unbearbeitet und rau, voller Bohrlöcher für weitere Sprengladungen."

Die anderen mussten ihm recht geben. Hier musste es weitergehen, aber wo war der Türöffner.

„Hier!", schrie Fabian plötzlich auf und richtete seine Stirnlampe genau auf die Mitte der Querwand.

Dann sahen es alle, dort war eine kleine Vertiefung, die deutlich hervortrat, wenn man mit der Lampe schräg drauf leuchtete und die Schatten der Kanten dadurch erkennen konnte.

Die Vertiefung hatte eine ovale Form und war nur fünf Millimeter tief scharfkantig in die Wand geschnitten.

„Das Schlüsselloch", rief Alwin aus. „Aber wo ist der Schlüssel?"

„Sieht aus, wie die Form des Skarabäus, den mein Vater aus Ägypten mitgebracht hat", erklärte Anna, die rasch schaltete.

„Und wo ist der Skarabäus jetzt?", wollte Fabian wissen.

„Wahrscheinlich in Berlin im Tresor, dort wo er sicher aufgehoben ist", vermutete Anna.

Sie mussten aufgeben und stiegen betrübt den Gang wieder nach unten.

Vom Höhlenausgang konnten sie Frank und Hans zuwinken, die auf der anderen Seite im Schatten einiger Bäume saßen.

„Wer ist denn das dort oben", bemerkte Alwin. Denn vom Höhlenausgang konnten sie auch ein Stück der Straße überblicken.

Dort stand ein schwarzer Van geparkt. Es waren aber keine Leute zu sehen.

„Was will der hier?", fragte Alwin.

„Sei nicht paranoid, das können normale Touristen sein, die sich das Tal ansehen wollen", erklärte Fabian. „Schau, dort drüben fahren gerade zwei Touristenbusse vorbei. Nicht alles sind Agenten."

„Wollen wir es hoffen", blieb Alwin skeptisch.

Dann begann der mühsame Rückweg durch das stachelige Gestrüpp zu dem desolaten Steg.

Kaum wieder beim Lager berichteten sie Frank und Hans, was sie gefunden hatten und dass es kein Weiterkommen gab.

Hans meinte: „Der Gang muss doch lokal bekannt sein, denn der liegt so offensichtlich hier und ist frei zugänglich. Da müssen doch schon andere hier gewesen sein. Auch die Behörde muss ihn kennen."

Alle waren enttäuscht, dass sie so knapp vor dem Ziel nicht weiterkommen würden, denn sie hatten kein schweres Bohrgerät dabei. Es wäre auch zu auffällig gewesen, hier im Tunnel zu bohren.

Nur Frank schien nicht enttäuscht, sondern zog mit einem Grinsen ein Kästchen aus seinem Rucksack: „Könnte das der Schlüssel sein?"

„Du hast ihn mitgenommen!", schrie Anna auf.

„Ich bin doch nicht dumm, die Dinger sahen doch schon in Berlin nach Schlüssel aus. Da ist Mikroelektronik drin. Hoffentlich funktionieren sie noch, das ist meine größere Sorge. Und das Ankh habe ich natürlich auch dabei."

„Wir müssen unsere Ausrüstung hinüber schaffen", erklärte Alwin.

„Der Steg bricht doch schon zusammen, wenn nur einer drüber geht", erklärte Fabian. „Das geht nicht."

„Dann bauen wir eine Seilbrücke von hier zur Höhle, das ist einfacher. Wozu habe ich das alles eingekauft, wenn wir es nicht verwenden", meinte Alwin.

Gesagt, getan, bald verband ein Tragseil, das sie um einen Baum geschlungen hatten, ihren Lagerplatz mit dem Höhleneingang. Dort hatten Alwin und Anna mit Klemmkeilen und Seilschlingen einen Standplatz errichtet, wie er beim Klettern verwendet wird. Daran konnte das Tragseil befestigt werden.

Mit einem zweiten Seil, welches sie als Zugseil verwendeten, konnten sie die ganze Ausrüstung über den Fluss direkt zum Höhleneingang schaffen. Dazu verwendeten sie ihre Rucksäcke als Transportbehälter und hängten diese mit Kletterkarabinern in das Tragseil ein.

Von dort wuchteten sie alles in die Höhle, bis zu der Stelle, wo die Stufen begannen.

Die Sauerstoffflaschen waren dabei das schwerste Gerät. Doch diese waren wichtig, da die alten Höhlensysteme Überraschungen bieten konnten.

„Hätten wir nicht zuerst den Schlüssel testen sollen", fragte Julia, als sie alles drüben hatten.

„Das habe ich auch überlegt", erklärte Frank, „aber so ist es sicherer."

„Der Van steht noch immer an derselben Stelle. Wenn das Agenten sind, hätten sie uns längst angreifen können, wenn sie gewollt hätten.

Ich glaube, sie beobachten nur, ob wir etwas finden. Wenn innen das Tor offen ist, und wir keine Ausrüstung dabei haben, ist das dumm, wenn die Agenten dann doch einschreiten. Ihr versteht, wir müssen vorsichtig sein. Solange das Tor zu ist, haben wir nichts gefunden und niemand hat Zugang zu den Geheimnissen."

Frank musste an sein Versprechen an TOTH denken. Die geheimen Artefakte durften nicht in die Hände der Agenten fallen. Bevor das geschah, würde er sie vernichten müssen. Er hatte nur keine Ahnung, wie er das hinbekommen sollte, denn gleichzeitig wollte er die Artefakte erforschen und nicht zerstören.

Mittlerweile war es wieder Abend geworden und alle waren müde und hungrig.

Alwin, der inzwischen der inoffizielle Leiter der Expedition geworden war, entschied, alle sollten zu dem Hotel fahren, das einige Kilometer flussabwärts lag und sich ein Abendessen gönnen. Er würde die Höhle bewachen und sich darin verschanzen.

„Ist das nicht gefährlich", fragte Julia, die sich um Alwin Sorgen machte.

„Nicht wirklich, denn am Markt in Marrakesch war wirklich alles zu haben", entgegnete Alwin.

Er zog einen weiteren kleinen Rucksack aus dem Land Cruiser, den er bisher unter dem Fahrersitz versteckt hatte. Als er ihn öffnete, konnten alle die Uzzi Maschinenpistole sehen, die darin neben etlichen Magazinen steckte.

„Bist du wahnsinnig, wenn uns die Polizei aufgehalten hätte und das gefunden hätte", rief Frank entsetzt aus.

„Ich bin nicht wahnsinnig, aber die Agenten schießen mir in Afrika zu scharf", erklärte Alwin.

„Na gut, wir waren wohl nicht ganz ehrlich zueinander, das sollte nicht mehr vorkommen. Aber wenn wir schon die Karten auf den Tisch legen, dann lege ich meine beiden Glock auch dazu", erklärte Hans. „Nochmals erwischen die uns nicht wehrlos."

Frank war fassungslos: „Ihr schleppt ja ein ganzes Waffenlager mit euch und keiner sagt mir was."

„Weil du es nicht erlaubt hättest, wir kennen dich doch", meinte Anna mit vorwurfsvollem Ton. „Dabei warst du doch das häufigste Ziel von uns allen."

„Anna, nicht sag, du bist auch bewaffnet", rief Frank aus.

„Nein, ist sie nicht", fuhr Julia dazwischen, „aber ich bin es." Dann zog sie eine kleine Walther PDP Pistole aus ihrer Hosentasche. „Extra für kleine Leute entwickelt, genau das Richtige für mich."

„Habt ihr das alles in Marrakesch erstanden?", war Frank fassungslos.

„Sicher, von Paris mitnehmen ging ja nicht. Und anfangs waren wir doch ganz friedlich unterwegs. Aber das hat sich mittlerweile geändert", erklärte Julia ganz gelassen.

Diesmal waren sie besser ausgerüstet. Sie hatten auch Klettergurte, Seile und Kletterkarabiner mit. Senkrechte Schächte sollten kein unüberwindliches Hindernis darstellen.

Sie ahnten nicht im Geringsten, dass die Herausforderungen diesmal ganz andere sein würden als in Ägypten in den Bunkern der ISIS.

Dann legte Alwin einen Klettergurt an und ließ sich ins Tragseil eingehängt über den Fluss ziehen, um in der Höhle auf die anderen zu warten. Sie hatten vorher das Zugseil als Umlaufseil eingehängt, so dass der Transport über den Fluss in beide Richtungen möglich war. Der Zugmechanismus konnte nun von beiden Seiten des Flusses bedient werden.

Danach fuhren die anderen zum Hotel zum Abendessen. Die Zeltplane und die beiden Zelte darunter ließen sie vor Ort zurück.

Im letzten Abendlicht konnte Alwin von der Höhle aus sehen, dass der schwarze Van noch immer dort drüben stand. Er beschloss, wachsam zu bleiben und legte die Uzzi griffbereit neben sich.

Kapitel 38

Aus Sicherheitsgründen hatten sie sich in völliger Dunkelheit mit ihren Schlafsäcken alle über den Fluss ziehen lassen und hatten im Eingangsbereich der Höhle übernachtet. Das war zwar unbequem gewesen, da es keine ebenen Stellen gab und sie alle bergauf liegen mussten. Aber dafür hatten sie jetzt alles in der Höhle, nur der Land Cruiser stand einsam und verlassen unter der Zeltplane am anderen Flussufer.

Die Nacht war aber völlig ereignislos verlaufen. Beim ersten Morgenlicht waren sie schon wach, da ihre Schlafplätze doch sehr unbequem waren. Sie reckten und dehnten sich, um ihre verspannten Glieder wieder einzurichten. Der Tag versprach, anstrengend zu werden.

Nach einem kurzen Frühstück wurde die Ausrüstung auf die Bergsteigerrucksäcke aufgeteilt. Wasserflaschen, Trockenverpflegung, Seile, Karabiner, Sauerstoffflaschen, Atemschutz, Waffen, Taschenlampen, Akkus und etliches mehr. Als sie abmarschbereit waren, stöhnten alle unter dem Gewicht ihrer Rucksäcke.

„Beschwert euch nicht, wir wissen nicht, wie lange wir unter Tag sein werden", erklärte Hans, „diesmal kann ich euch nicht mit einem Heli zu Hilfe kommen, weil ich selber mit dabei bin. Wir sind auf uns gestellt und hoffentlich kommen die Dienste nicht auf die Idee, dass wir noch leben. Dann wird es schwierig, wenn sie hier auftauchen sollten."

Alwin war noch am Höhleneingang und spähte durch ein Fernglas zum schwarzen Van hinüber.

Was er sah, gefiel ihm gar nicht. Dort drüben waren vier Leute ausgestiegen, die sich ebenfalls streckten und dehnten. Das bedeutete, sie waren die ganze Nacht in dem Fahrzeug gesessen. Die Vier trugen schwarze militärische Kampfanzüge und sahen nicht vertrauenserweckend aus.

Alwin überlegte: „Soll ich die anderen warnen, aber was hilft das, wir wollen in die Höhle vordringen. Da erzeuge ich nur Panik bei allen. Es ist besser, ich sage nichts und bleibe auf der Hut."

Er besaß jedoch genug Verstand, das Umlenkseil wieder zu zerlegen und einzuholen. So konnte von drüben niemand das Tragseil benutzen. Am Rückweg konnten sie es leicht neu spannen, da der Höhleneingang höher lag als der Baum beim Land Cruiser.

Er schloss zu den anderen auf, die inzwischen langsam die Treppe im Gang hinaufgestapft waren.

Bald würde sich weisen, ob sie das Tor aufbekamen, oder ob alles umsonst war und sie unverrichteter Dinge umkehren mussten.

Schließlich waren sie am scheinbaren Ende des Ganges angekommen. Anna bewunderte die glatte Oberfläche der Tunnelwände. Diese konnten unmöglich mit primitiven Steinwerkzeugen hergestellt worden sein.

Die Wände sahen aus, als hätte ein Bohrer oder Fräser sie direkt aus dem Felsen geschnitten. Dann war noch jemand mit einem Polierwerkzeug drüber gegangen.

Anna sah sich die Wände genau an, nicht an allen Stellen waren sie poliert, an manchen Stellen konnte man die gleichmäßigen Riefen eines Bearbeitungswerkzeuges sehen. Diese Riefen waren völlig gleichmäßig und verliefen alle in eine Richtung. Sie sahen aus, wie Frässpuren. Das war wieder ein Beweis, dass hier High Tech zum Einsatz gekommen war.

Sie waren auf einer heißen Spur, aber kamen sie hier auch weiter?

Frank hatte den Skarabäus aus seinem Rucksack geholt und drehte ihn im Lichte seiner Stirnlampe hin und her. Es war unglaublich, die kleine, in die Wand geschnittene Öffnung hatte exakt dieselbe Größe wie der Skarabäus. Das konnte kein Zufall sein.

Vorsichtig presste Frank den Skarabäus in die Vertiefung. Nichts geschah und Frank wolle schon enttäuscht aufgeben.

Da meinte Anna: „Denk an die Handhaltung der alten ägyptischen Gottheiten, da könnte was dran sein. Mach es genauso."

Frank sah Anna verwirrt an: „Was meinst du, was soll ich machen? Ich verstehe dich nicht."

„Komm, lass los, ich zeig dir, was ich meine, weil erklären kann ich es nicht. Es ist nur so, ich habe da jetzt eine Vision bekommen, wie das Ding funktionieren könnte."

Frank trat zur Seite, der Skarabäus steckte in der Vertiefung, als wäre er schon immer dort gewesen.

Anna legte ihre linke Handfläche auf den Skarabäus und streckte den anderen Arm hoch über den Kopf und presste die Handfläche gegen den Felsen.

„Was ist das jetzt", schrie Julia auf, als ein grünliches Leuchten aus der Handfläche von Anna drang, die den Skarabäus berührte.

„Es prickelt nur ganz schwach", beruhigte Anna, „ich spüre fast nichts."

Doch Sekunden später änderte sich das und das grüne Leuchten sprang auf ihren Körper über und sie leuchtete bis zur anderen Handfläche hinauf hellgrün auf. Es fühlte sich an, wie wenn sie in den Stromkreis gekommen war.

Sie wollte loslassen, doch ihr Instinkt sagte ihr: „Durchhalten, sonst vermasselst du alles.

Der Schmerz wurde stärker und Anna schrie auf. Dann war alles plötzlich stockfinster. Auch die Stirnlampen waren erloschen. Sie konnten absolut nichts mehr sehen.

Fabian erfasste als erster die Situation und schrie in die Dunkelheit: „Schaltet eure Lampen aus und dann wieder ein, das war ein elektromagnetischer Puls, die Lampen sollten das ausgehalten haben, wenn der Überspannungsschutz nicht durchgebrannt ist."

Sie taten so, wie Fabian ihnen geheißen hatte und bald leuchteten die Stirnlampen von fast allen wieder auf. Nur die Lampe von Anna war defekt. Sie war zu nahe am Puls dran gewesen.

Sie sahen sich um und dann erst bemerkten sie es. Die Querwand war verschwunden, sie hatte sich einfach in Nichts aufgelöst.

„Das pack ich jetzt nicht", rief Hans aus, „ist das jetzt eine optische Täuschung."

„Nein", erklärte Frank, „die Materie des Tores wurde durchlässig, es gibt in den alten Texten Hinweise, dass so etwas möglich ist. Ich habe das bisher immer ins Reich der Fantasie verwiesen. Aber heute erleben wir es selbst."

Sie leuchteten in den neu sichtbar gewordenen Tunnel hinein und sahen, dass er weiter bergauf führte und dann eine Biegung machte.

„Lasst uns weiter gehen, wir wissen jetzt, dass wir auf der richtigen Spur sind", meinte Frank.

„Anna. Wie fühlst du dich, kannst du gehen", sorgte sich Fabian um Anna. „Du bist ja voll aufgeglüht, sowas habe ich noch nicht gesehen."

„Ich bin noch ein wenig schwindlig, aber sonst fühl ich mich OK. Das war nur ein kurzer heftiger Schmerz und dann wurde es finster. Länger hätte ich es sicher nicht ausgehalten. Aber intuitiv wusste ich, ich muss das aushalten. Geht nur schon vor, ich komme langsam nach."

„Kommt nicht in Frage, ich bleibe hier bei dir und sichere unsere Rückzugsmöglichkeit", erklärte Alwin plötzlich.

Er musste an die Leute vom schwarzen Van denken.

„Eine bewaffnete Nachhut ist immer gut", erklärte Hans. „Alwin hat die meiste Feuerkraft von uns allen, wir gehen weiter, denn wenn Feinde kommen, dann garantiert von hinten."

Sie schulterten ihre Rucksäcke und wollten eben losmarschieren, als Julia ein lautes: „Pssst, seid doch mal ganz still", von sich gab.

Alle hielten im Schritt inne und lauschten. Es klang nach Schritten und ganz leise waren Stimmen zu hören, die sich kurze Kommandos zuriefen.

Siedend heiß durchzuckte es Alwin: „Ich hätte die anderen doch warnen sollen."

„Rasch, geht weiter, ich sichere als Nachhut", flüsterte Alwin den anderen zu.

Die andren waren schon hinter der Biegung des Ganges verschwunden, nur Anna war noch bei Alwin.

„Anna, geh weiter, ich komme hier schon klar", meinte Alwin.

„Ich suche noch den Skarabäus, ich weiß nicht, ob der sich auch aufgelöst hat, aber das kann ich mir nicht vorstellen, denn dann wäre er nur einmal verwendbar. Vielleicht kommen noch weitere Tore, die wir auflösen müssen.

Plötzlich durchschlug ein Knall die Stille und dann noch einer und noch einer. Der Lärm brach sich an den Tunnelwänden und die Querschläger sausten zwischen ihnen herum.

Anna und Alwin hatten sich zu Boden geworfen und Anna rief: „Ich hab ihn, hier ist der Skarabäus." Sie packte ihn und steckte ihn ein.

„Lampe aus", zischte Alwin Anna zu, „so leicht kriegt ihr uns nicht."

Die Typen, die geschossen hatten, mussten mit Infrarotnachtsichtgeräten ausgestattet sein, denn es war kein Lichtschein zu sehen.

Alwin hob seine Uzzi und feuerte eine Salve in die Dunkelheit. „Das zwingt sie in Deckung zu gehen, dadurch gewinnen wir Zeit", flüsterte er. „Und jetzt rasch los."

Er zog Anna am Arm hoch und sie gingen tastend gebückt durch die Dunkelheit. Der Weg hinter dem Tor war glatt und ohne Hindernisse.

Plötzlich flammte hinter ihnen grünliches Licht auf und ein Zischen ertönte.

Als sie sich erschrocken umwandten, sahen sie, dass die Mauer wieder da war und den Gang nach außen lückenlos abschloss.

„Wie kommen wir da wieder raus?", rief Anna entsetzt.

„Mit deinem Skarabäus, wie sonst. Gut, dass du ihn gefunden und mitgenommen hast.

Aber das Wichtigste ist, jetzt sind wir in Sicherheit, denn die anderen haben keinen Skarabäus. Die werden sich wundern, wo wir abgeblieben sind", grinste Alwin als er seine Stirnlampe wieder einschaltete.

„Vielleicht hat der Skarabäus das ausgelöst. Wie ich ihn über die Schwelle genommen habe, hat sich die Wand wieder materialisiert", sinnierte Anna. „Denn vorher, als die anderen durchgegangen sind, ist sie offen geblieben."

„Das ist mir zu hoch", erklärte Alwin.

„Wir müssen weiter und die anderen einholen", erklärte Anna.

Sie setzten ihren Marsch fort und hinter der Biegung des Ganges mussten sie erkennen, dass der Gang endlos in die Dunkelheit führte. Von den anderen war nichts zu sehen.

Der Gang war völlig leer und glatt und führte immer noch leicht bergauf.

„Wo sind die anderen?", dachte Julia, „wir müssten sie doch sehen können." Doch es war kein Lichtschein in dem Gang vor ihnen auszumachen.

Sie beschleunigten ihre Schritte und gingen mindestens eine Viertelstunde schweigend nebeneinander.

Auch Alwin kam die Sache merkwürdig vor: „Sind wir hier überhaupt richtig, oder haben wir eine Abzweigung verpasst", meinte er betont lässig, seine aufkommende Unsicherheit zu verbergen.

Doch plötzlich war ihnen, als schritten sie durch einen Vorhang. Die Umgebung war völlig verändert. Sie standen in einer großen Halle und die anderen waren nur wenige Meter von ihnen entfernt.

„Na endlich, wo bleibt ihr denn so lange", wollte Hans wissen, „wir warten hier schon ewig auf euch."

Alwin erklärte mit kurzen Worten den Sachverhalt und ihre neu gewonnene Sicherheitslage.

Dann probierten sie noch ein paarmal diesen neu entdeckten Sichtschutz aus, der die Halle vom Gang trennte. Man konnte problemlos durchgehen und spürte dabei gar nichts. Doch Licht und Schallwellen drangen durch diesen Vorhang nicht durch, aber jede feste Materie schon.

Im Gang sah es so aus, wie wenn dieser noch endlos weiterging. In der Halle war vom Gang nichts zu sehen. Dort sah es so aus, als ob es nur eine glatte Hallenwand gäbe.

Die Erbauer dieser Anlage waren der heutigen Technik ein gutes Stück voraus gewesen, das war nun allen klar geworden.

Fabian kam auf die Idee, den versteckten Gang links und rechts mit Farbspray zu markieren, damit sie wieder zurückfänden.

Julia war von ihrer momentanen Lage gar nicht begeistert: „Wenn uns diese Typen jetzt hier belagern, dann müssen wir irgendwann doch wieder raus und fallen in ihre Hände."

Frank hatte aus anderen Gründen Bedenken: „Das Tor, das wir dort unten passiert haben, verwendet eine unbekannte Technologie aus der Vorzeit. Genau solche Sachen dürfen den Geheimdiensten nicht in die Hände fallen."

„Ohne Skarabäus kriegen die das Tor nicht auf und sie werden nie verstehen, wie es funktioniert hat", konterte Anna. „Es klappt nur mit dem Skarabäus als Decoder und einem Menschen, der die Energieverbindung oder den Elektronenfluss durch Handauflegen herstellen kann. Das wissen die doch nicht."

„Da wäre ich mir nicht so sicher, die Dienste forschen schon viel länger als wir an diesen Dingen", erklärte Frank, der vieles von der TOTH-Bruderschaft erfahren hatte. „Ihnen fehlten nur die Schlüssel, deshalb musste ich diese aus dem Ägyptischen Museum holen und in Sicherheit bringen."

„Aber gib zu, du hast auch nicht gewusst, wie der Schlüssel funktioniert"; erklärte Anna stolz. „Mit meiner Intuition habe ich es herausgefunden."

Dann sahen sie sich um, wo sie sich eigentlich befanden. Es war eine große Halle mit tonnenförmiger Decke. Um dies überhaupt erkennen zu können, mussten sie ihre Stirnlampen auf Maximum stellen, so groß war die Halle.

„Dort hinten liegt jemand", rief Fabian aus.

Sie gingen hin und sahen zwei mumifizierte Körper, die in einer Art Fliegerdress steckten.

„Piloten von vor zehntausend Jahren", erklärte Frank ehrfurchtsvoll.

„Die Form dieser Kleidung erinnert mich an die Fliegerjacken aus dem ersten Weltkrieg", bemerkte Anna.

„Und dann haben sie Tore, die sich dematerialisieren und dann wieder materialisieren. Das passt doch nicht zusammen", wunderte sich Frank.

Niemand baut so einen Tunnel und so eine Halle für nichts", ermahnte Alwin die Gruppe. „Unsere Vorräte reichen auch nicht ewig. Ein zweiter Ausgang wäre gut."

„Wir müssen weitere Tore finden, hier muss es doch irgendwo weiter gehen. Denkt an den Sichtschutz, wir müssen die Wände abtasten, ob irgendwo ein weiteres Tor ist.

Da bemerkten sie einige sonderbar geformte Steine an der Seitenwand der Halle. Sie sahen aus wie Steuerungskonsolen. Doch es gab weder Schalter noch Anzeigeinstrumente.

Da hatte Fabian die Idee: „Julia, deine Infrarot-Kamera, was siehst du damit?"

„Ich habe eine UV-Lampe dabei", erklärte Alwin, „damit sehen wir eher etwas, wenn es etwas zu sehen gibt. Denn die Steine sind sicher alle gleich warm. Daher würden wir im Infrarotbereich auch nicht mehr sehen können."

Sie leuchteten die Konsolen an und schwach hoben sich die Konturen von Hieroglyphen im UV-Licht ab.

„Oh Gott, nicht schon wieder übersetzen", stöhnte Anna, die noch von den letzten Übersetzungstorturen genug hatte.

„Kein Problem", erklärte Fabian, „ich habe das Übersetzungstool der KI auf meinem Notebook dabei. Das läuft mittlerweile auch ohne Internet. Solange wir nicht auf unbekannte Hieroglyphen stoßen, welche die KI noch nie gesehen hat."

Er klappte sein Notebook auf, Anna machte mit ihrer Kamera die Fotos und übertrug sie auf Fabians Notebook. Dieser warf sein Tool an und alle warteten gespannt auf die Übersetzung.

„Das glaub ich jetzt nicht, was da steht", rief Fabian nach wenigen Sekunden aus.

„Los, lies vor", drängte Anna.

„Warnung, Atemschutz anlegen bei Eintritt in die Nestschleuse. Achtung, Alterungsschutz deaktivieren vor Beginn von Wartungsarbeiten, sonst Lebensgefahr."

„Klingt spannend, aber wo ist die Nestschleuse", erklärte Alwin.

Plötzlich schien der Felsen zu vibrieren und ein fernes Geräusch ertönte, das sich rasch zu einem Jaulen auswuchs.

„Das ist ein Bohrhammer", rief Hans aus. „Die Typen bohren die untere Tür auf."

„Wenn sie ein Loch haben, dann sprengen sie das Tor weg", rief Fabian aus. „Die schrecken vor nichts zurück."

„Dann wird es Zeit, dass wir verschwinden", rief Anna und knallte den Skarabäus auf die Konsole genau in die Mitte der Hieroglyphen.

Am Ende der Halle erschien ein grün leuchtender Bogen in der Felswand. Als hätte dort jemand eine Neonbeleuchtung eingeschaltet.

„Das Ding funktioniert super, das ist die Schleuse" rief Fabian und rannte durch die Halle.

Wie er erwartet hatte, befand sich genau in der Mitte des grünleuchtenden Bogens eine Vertiefung in der Wand. Er leuchtete sie an und schrie: „Hierher, hier ist das nächste Schlüsselloch."

„Atemschutz anlegen und Sauerstoffflaschen aktivieren", schrie Alwin dazwischen. „Sonst ersticken wir noch alle."

Jeder nestelte an seinem Rucksack, um die Atemmasken hervorzukramen und um sich die Sauerstoffflasche umzuhängen.

„Hoffentlich ist da drinnen kein Giftgas, denn wir haben keine Gasmasken", durchzuckte es Alwin, als er seine Maske aufsetzte.

Ein dumpfer Knall erfüllte den Raum. Das war die Sprengladung der Verfolger. Wenn jetzt etwas schief ging, waren sie geliefert und die Agenten würden den Skarabäus bei ihnen finden und den Zugang zur gesamten Anlage durch Folter aus ihnen herauspressen. Sie packten ihre Rucksäcke, Fabian sein Notebook. Alwin brachte die Uzzi in Anschlag und zielte Richtung Tunnelmarkierung. Doch noch kam niemand daraus hervor.

„Sie müssen erst die Trümmer wegräumen und vielleicht war die Sprengladung zu klein und sie kommen nicht durch", hoffte Fabian.

„Jetzt bitte jemand anders", erklärte Anna, „nochmals muss ich den Energieschauer nicht haben."

„Ich mach das", entgegnete Julia, „wenn ihr mich verliert, bin ich am entbehrlichsten. Wenn ich sterben sollte, könnt ihr ohne mich weiter. Anna, Fabian und Alwin werden noch gebraucht, Frank und Hans genauso. Nur ich habe keine besondere Funktion."

„Deine Opferbereitschaft ehrt uns, wir unterhalten uns später drüber", erklärte Frank feierlich, „aber wir brauchen dich genauso, du bist wichtig für die Veröffentlichung unserer Funde. Aber jetzt leg bitte den Skarabäus endlich in die Öffnung und fang an."

Im nächsten Moment erschütterte eine weitere Explosion die Halle. Diesmal wesentlich heftiger als zuvor.

Julia klatschte den Skarabäus in die Öffnung und legte ihre Hände auf das Artefakt und auf die Wand, so wie sie es bei Julia gesehen hatte.

Sie glühte kurz auf, stieß einen Schrei aus und sackte ohnmächtig zu Boden. Die Wand innerhalb des Leuchtbogens war verschwunden.

Drinnen setzte sich ein neuer Gang fort, der nach wenigen Metern an einer weiteren Wand endete.

„Die Schleuse", rief Fabian, „wir müssen alle rein und die Tür schließen, dann sind wir vorerst sicher, denn in der Halle wissen die Agenten nicht, wo sie bohren sollen.

Sie trugen die bewusstlose Julia durch das Tor und schafften ihre ganze Ausrüstung durch.

„Wo ist der verdammte Skarabäus", rief Anna entsetzt. Sie konnte ihn nicht am Boden liegen sehen.

Alle waren sie schon in der Schleuse und der Skarabäus war nicht zu sehen.

Alwin begann mit Wiederbelebungsversuchen bei Julia. Mund zu Mund Beatmung und Herzmassage, denn ihr Herzschlag war nicht zu spüren.

„Sie hält nichts aus", dachte Anna, „bei mir war die Wirkung nicht so schlimm."

„Dort liegt das Ding", rief Fabian aus. Julia musste den Skarabäus weggeschleudert haben, als sie das Bewusstsein verlor. Das gute Stück war fünfzehn Meter in die Halle hinein geschleudert worden.

Da sahen sie, wie aus der scheinbar festen Hallenwand die ersten Verfolger in ihren Kampfanzügen traten. Diese waren völlig überrascht und erfassten nicht gleich, was los war.

Fabian sprintete die fünfzehn Meter zurück, packte das Artefakt und rannte in den Tunnel. Das grüne Licht flammte auf und die Wand war wieder geschlossen.

Keine Sekunde zu früh, denn die Verfolger hatten sich schon gefangen und feuerten zu ihrer eigenen Sicherheit einige Salven aus ihren Maschinenpistolen durch die Halle, um alle Gegner in Deckung zu zwingen.

*

Dann standen alle Verfolger, es waren insgesamt zehn Agenten, ratlos in der Halle und mussten erkennen, dass niemand in der Halle war. Sie hatten Fabian am anderen Ende der Halle im ersten Schreck nach dem Durchgang durch den Vorhang nicht gesehen.

Chief Agent Oliver Schultz versuchte zu verstehen, was da los war. Er verstand es nicht, denn niemand hatte ihn eingeweiht, dass hier Technik im Spiel sein könnte, die der

US-Technik um Jahrzehnte oder gar um Jahrhunderte voraus war.

„Wenn ich nicht wüsste, dass da jemand auf uns geschossen hat, würde ich glauben, in der Höhle ist niemand und wir sind einer Sinnestäuschung zum Opfer gefallen. Dann wäre diese ganze Seilkonstruktion beim Höhleneingang nur zur Ablenkung gewesen und diese illegalen Archäologen sind in Wirklichkeit ganz wo anders. Dann müssten wir umkehren. Aber es hat jemand geschossen, also müssen sie hier wo sein."

„Sucht die ganze Höhle ab", befahl er seinen Leuten. „Irgendwo muss hier ein weiteres Steintor sein, dass wir aufsprengen müssen."

„Wenn ich nur wüsste, wie diese Typen durch das erste Tor gekommen sind. Oder sind sie da gar nicht durch und unsere Suche ist sinnlos", hegte der Chief Agent zweifel.

Kapitel 39

Innen in der Schleuse war die Stimmung erwartungsvoll, aber auch ein wenig ängstlich, denn sie konnten auf der Gegenwand keinerlei Vertiefung finden. Ewig würde ihr Sauerstoffvorrat nicht reichen und wenn sie wieder zurück wollten, mussten sie hoffen, dass sich das Schleusentor in der Gegenrichtung auch öffnen ließ. Wenn nicht, würde man ihre mumifizierten Leichen hier in Jahrtausenden nicht finden. Denn außer ihnen kannte niemand den Öffnungsmechanismus. Alwin packte ein Messgerät aus seinem Rucksack aus und erklärte: „Damit kann ich die

Zusammensetzung der Atmosphäre analysieren. Damit können wir feststellen, ob die Luft atembar ist oder nicht. Hier ist die Luft atembar. Solange wir nicht wissen, wie wir die innere Tür aufkriegen, können wir die Atemmasken abnehmen. Wir sollten uns den Sauerstoff für drinnen aufheben.

Julia lag an der Schleusenwand. Alwins Wiederbelebungsversuche waren erfolgreich gewesen. Doch sie war noch schwindlig und verwirrt. Ihre Stirnlampe hatte sie vorher abgenommen, sonst wäre die auch kaputt gegangen.

„UV-Licht", stammelte sie, „schaltet auf UV um."

„Logisch, wie konnten wir das vergessen", rief Fabian aus und schlug sich auf die Stirn. „Die Anweisungen stehen an der Wand, wir müssen sie nur lesen."

Gesagt, getan, und mit der UV-Lampe sahen sie links und rechts an den Tunnelwänden die Umrisse von Handabdrücken. Diese sahen aus, wie die Wandmalereien von Steinzeitmenschen, die ihre Handflächen in den Höhlen von Altamira verewigt hatten. Doch hier waren es nur die Handumrisse, die an den Schleusenwänden sichtbar wurden.

Anna war sofort alles klar: „Wir müssen die Hände drauf legen, dann sollte etwas passieren."

„Atemmasken auf", ordnete Alwin an, „Wir wissen nicht, welche Luft uns hinter der Schleuse erwartet."

Diesmal legten Frank auf der linken Wand und Hans auf der rechten Wand ihre Handflächen auf den Felsen und nichts passierte.

„Und jetzt, hier ist jeweils nur eine Handfläche aufgemalt, was sollen wir nun machen?", wollte Hans wissen.

„Gebt euch die Hand, ihr müsst Kontakt zueinander aufnehmen", riet Anna.

„Wie soll das gehen, die Wände sind viel zu weit voneinander entfernt", erklärte Frank.

Da fiel bei Anna der Groschen: „Wir bilden eine Menschenkette, damit können wir den Energiekreis schließen."

Alwin gab Frank die Hand und Fabian gab Hans die Hand und dann gaben sich Fabian und Alwin die Hand.

In diesem Moment begann die Hinterwand der Schleuse langsam grünlich aufzuleuchten und wurde allmählich unsichtbar. Ein neuer Effekt, nicht so brutal wie bei den vorigen Toren. Gleichzeitig ertönte ein Zischen und sie spürten, wie der Luftdruck in der Schleuse langsam anstieg. Zum Glück hatten sie alle ihre Sauerstoffmasken auf.

Hinter der Schleuse musste ein Überdruck geherrscht haben, der sich nun auf die Schleuse ausdehnte.

Als das grüne Leuchten der Wand verblasste, war auch der Druckausgleich beendet und sie konnten die Hände loslassen.

Alwin sprintete zu seinem Messgerät und analysierte die Atmosphäre in der Kammer.

„Achtundneunzig Prozent Helium, ich glaub es nicht, das ist die perfekte Schutzgasatmosphäre für alles, was dort drinnen ist. Die zwei Prozent andere Gase sind vermutlich aus unserer Schleusenkammer."

Sie gingen alle gemeinsam durch das innere Schleusentor. Auch Julia war nun wieder auf den Beinen.

Dann richteten sie ihre Stirnlampen auf etwas, das sie noch nie gesehen hatten. Frank hatte bis zum Schluss gehofft, dass er so etwas nie zu Gesicht bekommen würde. Fabian blieb der Mund offen stehen, Anna war begeistert und Julia wusste nicht, was sie sagen sollte.

Das Ding war riesig. Die Halle, in der es stand, war noch größer als die Halle, aus der sie gekommen waren. Alwin war der erste, der die Fassung wieder gewonnen hatte und rief: „Das ist der Donnervogel in voller Lebensgröße."

Sie standen vor einem bronzeschimmernden Metallbug, der hoch über ihnen aufragte. „Das Ding hat die Größe eines Airbus A320", rief Fabian aus.

„Wissen wir nicht, wir können das Ende nicht sehen", erklärte Frank ganz wissenschaftlich.

„Ist das jetzt ein Flugzeug oder ein Raumschiff?", wollte Julia wissen.

„Keine Ahnung, wie sollen wir das feststellen?", erklärte Anna.

„"Ich tippe auf Flugzeug, denn seitlich sind so etwas wie Flügel zu erkennen", erklärte Hans fachmännisch.

„Es stellt sich eher die Frage, ist das ein Vogel der alten Zivilisation, von der wir den Namen nicht wissen, oder ist das Ding außerirdischen Ursprungs", mutmaßte Alwin.

Frank fluchte vor sich hin, denn jetzt war Geheimhaltung auch schon egal: „Ich habe den Leuten von der Organisation TOTH versprochen, mich darum zu kümmern, dass die echt gefährlichen Artefakte nie in die Hände der Geheimdienste fallen werden. Ich war so töricht und mein Forschertrieb hat mich dazu gebracht, die Dinge zu suchen, statt die Schlüssel zu vernichten, wie es mir Saddam el Huareq vorgeschlagen hatte. Ich war zu neugierig und jetzt haben wir die Geheimdienste direkt hierher geführt. Ich bin schuld, dass jetzt nur mehr eine Schleuse zwischen dem Donnervogel und den Agenten liegt. Wie sollen wir den Donnervogel zerstören oder dafür sorgen, dass er nicht in die Hände der Agenten fällt. Mir fällt dazu nichts ein. Wir sind erledigt. Wenn wir hier mit erhobenen Händen rausgehen, erschießen sie uns mit Sicherheit, denn sie wollen garantiert keine Zeugen."

„Jetzt sei nicht so pessimistisch", erklärte Hans, „wir werden einen Weg finden. Wie ist denn dieser Vogel hier hereingekommen. Auf diesem Weg bringen wir ihn wieder raus. Einfach gesagt glaube ich, es ist das Beste, wir fliegen den Donnervogel, der schaut ja aus, wie neu."

Alle sahen Hans an, als ob er den Verstand verloren hätte.

„Ist dein Sauerstoff zu hoch aufgedreht", erkundigte sich Alwin, „phantasierst du jetzt. Wie sollen wir das denn anstellen."

*

Chief Agent Oliver Schultz war von dem Sichtbarkeitsvorhang fasziniert. Er probierte ihn mehrmals aus und dann sah er die Zeichen, die Fabian angebracht hatte.

„Die Farbe ist noch ganz frisch, das heißt, diese Typen sind hier irgendwo!", rief er triumphierend aus.

„Tastet die Wände ab, hier muss noch ein so ein Vorhang sein, dahinter finden wir sie garantiert.

Hier haben wir ein echtes unsichtbares Tor, das müssen sich unsere Spezialisten ansehen, der Mechanismus muss hier irgendwo im Felsen versteckt sein."

Er wählte einen Mann aus und rief: „Sie gehen zurück zum Ausgang und funken einen Lagebericht, wir brauchen dringend Verstärkung, geben Sie dabei folgenden Code durch ´Hawkins Wurmloch ist real´".

Schultz hatte keine Ahnung, was der Code bedeutete, denn er war Agent und Soldat und kein Wissenschaftler. Es war ihm aber auch egal, darum sollte sich eine andere Gehaltsklasse kümmern.

„Die anderen bewachen diesen Vorhang, damit uns die Kerle nicht entkommen können", befahl er danach.

Seine Leute konnten keinen zweiten Vorhang in der Halle entdecken, nur diese seltsamen Konsolensteine, deren Bedeutung sie nicht kannten. Schultz grübelte, fand aber keine Lösung.

*

Die Schleuse befand sich an der Längswand des Hangars des Donnervogels. Sie hatten ihn nun umrundet und stellten fest, dass es im Heck eine heruntergelassene Gangway gab, über die man bequem in das Innere hoch steigen konnte. Die Gangway war in Längsrichtung des Vogels ausgerichtet und so schmal, dass sie in der Breite nur einer Person Platz bot.

Anna erinnerte diese Gangway an den alten Heckeinstieg der DC9 von McDonnell Douglas, die es im vorigen Jahrhundert gegeben hatte.

Doch innen sah alles ganz anders aus. Nach wenigen Metern zweigten links und rechts vom Gang steile Leitern ab, die in ein oberes Stockwerk führten. Dort waren Gefechtsstände für nach hinten gerichtete Abwehrwaffen zu sehen. Das erinnerte irgendwie an die B17 Bomber von Boeing aus dem zweiten Weltkrieg mit ihren Maschinengewehrkanzeln. Doch diese Gefechtsstände sahen ganz anders aus. Es gab einen Joystick mit zwei Tasten und sonst nichts. Etwas, das wie ein Monitor aussah, war vor dem Sitz angebracht. Der Sitz des Schützen wiederum sah aus, wie aus dem Mittelalter. Eine Holzkonstruktion mit Lederriemen zusammengehalten und ein Tierfell als Polsterung.

Das durfte doch nicht wahr sein, wie passte das alles zusammen. Wie die Waffe funktionierte, war nicht erkennbar.

Sie gingen den schmalen Gang weiter nach vor und sahen, dass an den Seitenwänden meterlange Schiebefächer angebracht waren, die sich auf Druck leicht öffnen ließen.

Fabian schob eine Schiebetür zur Seite, Anna leuchtete hinein und Julia filmte die ganze Zeit.

„Oh, mein Gott, nicht das auch noch", entfuhr es Frank, der sich hinter sie gedrängt hatte.

Das war ein Bombenschacht, vollgefüllt mit bizarr aussehenden Flügelbomben. Dieser eine Schacht enthielt mindestens zwanzig davon. Die Dinger waren rund zwei Meter lang und dreißig Zentimeter im Durchmesser.

Fabian hatte inzwischen auf jeder Gangseite vier Schiebefächer gesehen und meinte: „Zwei mal vier Fächer mit je zwanzig von diesen Dingern macht in Summe 160 Bomben, wenn alle Schächte voll sind.

Unter ihren Atemschutzgeräten waren alle blass geworden. Jeder musste denken, was wäre, wenn die Dinger hochgingen.

Was waren das überhaupt für Bomben? Waren das herkömmliche Sprengsätze, Atombomben oder etwas ganz anderes?

Frank stand der Schweiß auf der Stirn, als ihm der Begriff Antimateriewaffe in den Sinn kam: „Hoffentlich sind das keine Antimateriebomben, denn dagegen sind Atombomben harmlos."

Sie kamen in den vorderen Teil der Maschine. Hier im Bug waren Wohnräume für die Besatzung eingerichtet. Es gab Kojen an den Wänden und einen Tisch in der Mitte. Sogar Sanitäranlagen fanden sie. Eine seltsam geformte Toilette und Waschgelegenheiten. Es sah hier aus, wie in der Kajüte einer alten Yacht aus dem neunzehnten Jahrhundert.

„Also eines ist klar", rief Anna aus, „das Ding wurde von Menschen bedient, denn alle Abmessungen und Vorrichtungen sind auf menschliche Körper zugeschnitten.

Gleichzeitig haben sie aber eine Technologie gehabt, die wir nicht kennen und die möglicherweise von einer anderen Zivilisation stammt."

Dann kletterten sie über eine Leiter nach oben ins Cockpit des Vogels. Dieses war breit und geräumig. Vier wuchtige Pilotensessel aus Leder waren dort am Boden befestigt. Eine Glaskanzel bot nach drei Seiten Sicht, wenn die Maschine im Einsatz war.

Hier gab es auch eine Menge Schalter und Hebel, die aussahen, wie in einem altertümlichen Flugzeug auf der Erde. Alle waren mit Hieroglyphen beschriftet.

Hinter dem Cockpit gab es noch zwei weitere Sitzplätze.

„Hier sitzen der Funker und der Bordmechaniker", behauptete Frank scherzhaft.

„Vier Piloten, zwei an der Rückseite und hinten zwei Heckschützen, das macht eine Besatzung von acht Leuten", überschlug Anna rasch.

„Wozu brauchen die vier Piloten?", wunderte sich Alwin, „Fliegen kann doch nur einer und einer ist der Copilot, was machen die anderen beiden?"

„Wie lange reichen unsrer Sauerstoffvorräte?", wollte Julia wissen.

„Auf jeden Fall nicht so lange, dass wir Zeit genug haben, das Ding zu erforschen", erklärte Frank. „ich habe uns in diese Situation gebracht und jetzt müssen wir das Ding zerstören, um die Menschheit zu retten.

Wenn diese Waffe in die Hände der Großmächte fällt, werden sie darum kämpfen oder derjenige, der sie hat, wird sie einsetzen und dabei die Welt zerstören.

Das dürfen wir nicht zulassen. Wir müssen diesen Vogel unschädlich machen. Das sind wir der Welt schuldig, und wenn wir dabei sterben sollten, dann tut mir das schrecklich leid für euch alle, aber es gibt keinen anderen Weg."

„Ich will aber nicht sterben", schrie Julia empört auf.

„Wir auch nicht", stimmten die anderen in ihre Empörung ein.

„Könnt ihr alle nicht sinnerfassend lesen oder was", ließ sich da plötzlich Fabian vernehmen.

„Die Anlage ist intakt, das beweisen uns doch die funktionsfähigen Tore. Die müssen doch von irgendwoher Energie beziehen.

Und was stand auf der Konsole, *Alterungsschutz deaktivieren, sonst Lebensgefahr'*.

Was ist der Alterungsschutz, natürlich die Schutzgasatmosphäre aus Helium, das ist doch logisch.

Auf der Konsole stand, dass man das deaktivieren kann. Also sollten wir das machen. Danach sehen wir weiter."

Alle sahen ein, dass Fabian recht hatte.

„Wartungsarbeiten finden normalerweise außerhalb des Vogels statt, also sollten wir die Hangarwände absuchen", sinnierte Alwin.

Sie kletterten wieder aus dem Vogel und durchsuchten die Hangarwände, doch sie fanden nichts. Weder mit Infrarot, noch mit UV-Licht, noch mit Abtasten konnten sie irgendwelche technischen Einrichtungen sichtbar machen.

Nur die beiden Handflächen links und rechts auf der Innenseite der Schleuse schimmerten im UV-Licht.

Die Schleuse selbst hatte sich wieder automatisch geschlossen, aber mit einer Menschenkette an der Innenseite würde sie sich wieder öffnen lassen, hofften zumindest alle.

„Vielleicht sind die Typen da draußen schon weg, weil sie uns nicht finden konnten. Die können doch nicht ewig in der leeren Halle herumsitzen", erklärte Julia. „Gehen wir zurück durch die Schleuse und sehen nach. Wenn sie weg sind, können wir hier auch raus gehen", schlug sie allen Ernstes vor.

„Das ist garantiert nicht so, erklärte Fabian. „Die sind durch das unsichtbare Tor gekommen und haben bemerkt, dass diese Technik nichts mit der Antike zu tun haben kann. Die warten da draußen auf Verstärkung, weil sie das Tor erforschen wollen. Die wissen, dass wir hier drin sind, aber sie wissen nicht, wo genau."

„Verdammt, der Sichtvorhang, den habe ich ganz vergessen", stöhnte Julia auf.

„Wenn wir hier sitzen und nichts tun, verbrauchen wir nur unseren Sauerstoff", warnte Alwin. „Wir müssen handeln."

„Wir werden alle sterben, wenn wir hier nicht rauskommen!", schmiss Julia die Nerven weg.

„Wir werden alle sterben, wenn wir hier rauskommen", korrigierte Fabian trocken. „Draußen wartet die CIA und die wollen keine Zeugen, wenn sie die High Tech Artefakte von Atlantis in Besitz nehmen."

„Wer sagt, dass der Vogel aus Atlantis stammt", wollte Hans wissen, „das steht doch nirgends."

„Das ist doch egal, woher der Vogel stammt. Wichtig ist nur, dass es keine Technologie des einundzwanzigsten Jahrhunderts ist, sondern der heutigen Technik überlegen ist", erklärte Frank.

„Was nützt uns das, wenn wir alle tot sind", schluchzte Julia auf. „Wir sollten uns vorher erschießen, bevor die CIA uns in die Finger kriegt."

„Wir müssen den Vogel sprengen", erklärte Frank. Die CIA darf ihn nicht bekommen. „Wir müssen uns opfern."

„Wir haben keinen Sprengstoff", konterte Alwin.

„Dann müssen wir eine der Bomben des Vogels zünden", widersprach Frank. „Wir müssen die Menschheit vor diesem Ding schützen."

„Wie sollen wir das machen, wir kennen die Bomben nicht und was ist, wenn das eine Atombombe ist, dann fliegt der ganze Berg weg", rief Alwin jetzt sichtlich erbost.

„Wenn es eine Antimateriebombe ist, dann entsteht hier ein neuer Ozean", erklärte Frank mit ernster Miene. „Die Sage von Atlantis berichtet von so einer Katastrophe. Die Insel ist im Meer versunken und die Wellen haben sie begraben. Wenn sich hier alle Materie auflöst oder sich die Materie beim Zusammentreffen mit Antimaterie in reine Energie umwandelt, ist das Ergebnis die totale Vernichtung von Nordafrika. $E=Mc^2$ wusste schon Albert Einstein. Dann reicht der Atlantik bis nach Ägypten, weil hier im Norden einfach keine Afrikanische Platte mehr da ist. Das wäre eine weltweite Katastrophe mit einigen Milliarden Toten. Du hast daher recht, wir können die Bomben nicht zünden, ich weiß auch nicht, was wir sonst noch tun könnten."

„Vier, das Geheimnis liegt in der Vier", rief Anna plötzlich aus.

Alle sahen sie an, als ob sie den Verstand verloren hätte.

„Wie meinst du das", wollte Fabian wissen.

„Die Menschenkette, es braucht vier Leute, um von einem Handabdruck bis zum nächsten zu kommen damit das Tor aufgeht."

„Was hat das mit unserem Problem zu tun, dass wir hier sterben werden", rief Julia aus.

„Vier Leute und vier Pilotensitze in der Kanzel. Überlegt doch einmal. Vier könnte die Mindestzahl an Leuten sein, die es braucht, um den Vogel fliegen zu können.

Deshalb die Menschenkette. Sind vier Leute da, geht das Tor auf, sind es weniger, geht es nicht auf. Eine einfache Sicherheitsabfrage", erklärte Anna.

„Und was hilft uns das, wir sind sechs und finden keine Lösung", meinte Alwin.

„Wenn vier Leute reichen, das Ding zu starten, dann kann es hier heraußen keine Bedienelemente geben, dann wird alles vom Cockpit des Vogels aus gesteuert. Deshalb haben wir in Petra auch nicht mehr gefunden", erklärte Anna lächelnd.

„Heureka, das ist die Lösung, die Bedienelemente sind im Cockpit und wir müssen sie nur noch entschlüsseln", rief Fabian. „Ich fahr schon mal mein Notebook hoch."

Das klang einleuchtend und kurze Zeit später fotografierte Julia die Armaturenbeschriftungen im Cockpit und überspielte die Daten auf das Notebook von Fabian.

Alwin hatte sich währenddessen in den mittleren Pilotensitz gesetzt und betrachtete die Armaturen. Die Hieroglyphen waren immer oberhalb der Schalter und Hebel angebracht. Aber es gab nichts, womit man Energie aktivieren konnte. Die UV-Lampe brachte kein Ergebnis und das Auflegen von Handflächen half auch nicht weiter.

„Verdammt, wir haben keinen Zündschlüssel, so kommen wir hier nie weiter", rief Alwin nach einer Weile frustriert aus.

Da fiel bei Frank der Groschen: „Alwin, danke, dass du das sagst, aber ich glaube, wir haben den Schlüssel."

Er griff in seine Tasche und holte das Ankh hervor, das zweite Artefakt, welches er aus dem Ägyptischen Museum in Kairo geborgt hatte.

„OK, und wo ist das Zündschloss", fragte Alwin.

„Hier, direkt vor deiner Nase ist eine Öffnung in der Platte. Da steht eine einzelne Hieroglyphe darüber. Das ist das Zeichen für Anfang, das kenne ich auswendig", rief Frank erfreut aus. „Das wird auch bei den Pharaonen noch mit dieser Bedeutung verwendet."

Frank steckte das Ankh in den Schlitz. Zuerst geschah nichts, dann leuchtete eine rote Lampe über ihnen auf und ein schriller Ton erfüllte das Cockpit.

Erschrocken zog er das Ankh wieder aus dem Schlitz und der Ton erlosch.

„OK, der Kontakt ist richtig, aber wir haben etwas falsch gemacht", seufzte Frank.

„Könnt ihr nicht warten, bis wir mit der Übersetzung fertig sind", ärgerte sich Fabian. „Gib uns noch ein paar Minuten, dann wissen wir, was auf den Schaltern steht."

Alwin hatte sich währenddessen auf einen der beiden Sitze im Hintergrund gesetzt, die gegen die Fahrtrichtung ausgerichtet waren. Dort war eine Konsole, die aussah wie ein

Computerdisplay und einige große Hebel waren neben dem Sitz angebracht.

Alwin dachte: „Bevor wir hier alle sterben kann ich genauso gut einen Hebel ausprobieren und sehen, ob etwas passiert." Er zog wahllos einen Hebel zu sich heran. Dieser ließ sich leicht bewegen, was nach über zehntausend Jahren Stillstand unglaublich war. War dieses Ding wirklich zehntausend Jahre hier gestanden, er konnte es nicht glauben.

Nichts geschah, bis plötzlich ein leises Rumps ertönte.

„Was war das jetzt, Alwin, was hast du angestellt?", wollte Julia wissen.

„Äh, nichts, hab nur was ausprobiert."

„Da hat was gerumpst, ich will wissen, was das war."

„Keine Ahnung, ich weiß es nicht."

Julia kletterte nach unten in den Aufenthaltsraum der Piloten und ging den Gang nach hinten.

„Die Gangway ist zugefahren", schrie sie aufgeregt zurück ins Cockpit.

„Perfekt, dann wissen wir, das Ding hat noch Energie", freute sich Alwin und betätigte einen zweiten Hebel.

Ein lautes Zischen ertönte. Alwin riss den Hebel zurück. Das Zischen erstarb.

„Alwin, hör auf hier rumzuspielen", rief Fabian genervt.

„Messt lieber mal die Atmosphäre in der Kanzel", verteidigte sich Alwin.

Frank tat es und erkannte: „Kinder, wir haben fünfzehn Prozent eines Luftsauerstoffgemisches bekommen. Alwin, mach den Hebel auf."

„Ich bin nicht ganz dumm, aber ich wechsle vorher den Platz", erklärte dieser und setzte sich auf den anderen hinteren Sitz. „Die haben nicht umsonst hier zwei Leute vorgesehen."

Auf der Backbordseite waren auch einige Hebel angebracht. Alwin zog einen nach hinten und alle zuckten zusammen. Draußen ging eine grünlich leuchtende Hangarbeleuchtung an. Das Licht schien direkt aus der Decke zu kommen.

Alwin zog einen weiteren Hebel und ein Zischen ertönte viel lauter als vorhin. Aber dieses Zischen kam von außerhalb des Cockpits.

Dann öffnete er mit dem anderen Hebel wieder die Heckklappe und sie stiegen aus. Eine erste Messung ergab, das Helium war verschwunden und durch normale Luft ersetzt worden.

„Unglaublich, wie hast du das hinbekommen", jubilierte Julia, die Alwin um den Hals fiel, als sie alle ihre Atemmasken abgenommen hatten.

„Trial and Error", antwortete Alwin, bevor er ihr einen dicken Kuss verpasste.

„Wir hätten auch alle in die Luft fliegen können. Was wäre gewesen, wenn das die Hebel für den Bombenschacht gewesen wären", erklärte Hans.

„Der Bombenschütze sitzt nicht hinten im Cockpit, der braucht freie Sicht nach vorne", behauptete Alwin.

„Woher willst du das wissen, der kann auch über sein Display alles steuern, das Ding ist nicht aus dem zweiten Weltkrieg, schon vergessen", belehrte ihn Hans.

„Streitet euch nicht, steigt ein und sehen wir, was Fabian und Anna inzwischen übersetzt haben. Vielleicht hilft uns das weiter", meine Julia.

„Moment, was sehe ich da", widersprach Alwin. „Da sind Tankstutzen zu sehen."

„Wo, hier ist nichts zu sehen", rief Julia.

„Dort im Boden neben den Kufen des Donnervogels sind runde Deckel eingelassen, ganz so, wie in modernen Flughäfen."

Alwin ging hin und zog an dem Deckel. Dieser ließ sich mühelos aufklappen.

„Bitte schön, bestens geschmiert", grinste Alwin. „Helium hält frisch und rostfrei."

„Das gibt es ja nicht, da ist wirklich ein Schlauch drin", staunte Hans.

„Du hast doch alle Pilotenscheine", feixte Alwin, „und kennst dich nicht beim Betanken von Fliegern aus, also ich bin schon enttäuschst von dir."

„Spar dir deine Witze, wir müssen die Tankklappe des Vogels entriegeln."

„Das geht sicher nur von innen."

„Nein, wie soll der Pilot drinnen wissen, dass außen der Tankwart schon da ist, das muss von außen gehen."

Sie fummelten eine Weile an dem Verschluss, der sich über ihren Köpfen am Donnervogel befand und brachten ihn nicht auf.

„Shit, das Ding widersetzt sich", fluchte Alwin.

Julia leuchtet mit ihrer Lampe die Tankklappe an und meinte: „Logisch, Männer, immer nur rumfummeln, ich geh inzwischen den Schlüssel holen." Sprachs und verschwand im inneren des Vogels.

Kurz darauf kam sie wieder und hielt triumphierend das Ankh in der Hand.

Sie steckte es in den Schlitz neben der Tankklappe, den die Männer übersehen hatten, und die Klappe sprang auf.

„Ankh, aller Anfang liegt im Tank, ohne Sprit, ist der Vogel nicht fit", trällerte Julia ausgelassen.

Die Stimmung in der Gruppe hatte sich gedreht. Nach den ersten Erfolgen hofften alle, dass sie hier wieder lebend herauskämen.

Doch dann hörten sie das Geräusch von Bohrhämmern, das aus der Schleuse kam.

Kapitel 40

An der Ostküste der USA war es noch früher Morgen. Paul Simon hatte sich heute freigenommen und wollte den Tag mit seiner Frau verbringen. Sie hatten heute Hochzeitstag und da gehörte der Tag ganz der Familie. Seine beiden kleinen Töchter mussten zwar zur Schule, langes Ausschlafen war daher nicht drin. Aber der Nachmittag würde ihnen gehören und seiner Frau, die er viel zu selten sah, da sie Ärztin war und viele Nachtdienste zu bestehen hatte. Aber heute hatte sie keinen Dienst. Sie lag noch im Bett neben Paul und räkelte sich.

Paul fand sie immer noch begehrenswert, aber jetzt war keine Zeit dafür. Er musste aufstehen, um das Frühstück für die Familie zu bereiten.

Aber am Abend würde er sie ausgiebig verwöhnen können. Nach einem feudalen Candlelight Dinner gefiel ihr sowas immer ganz besonders gut.

Er ging im Bademantel hinunter in die Küche ihrer geräumigen Villa, die nur wenige Kilometer von Langley entfernt in einem der teureren Vororteviertel lag.

Er suchte eben in der Küche die Frühstücksflocken für die Kids, als sein Diensthandy klingelte.

„Verdammt, ich habe Urlaub. Ist nur ein Tag und schon kommen sie ohne mich nicht aus. Er sah, dass sein Assistent der Anrufer war. Missmutig drückte er auf Anruf annehmen und dachte: „Kommt der Kerl mal wieder nicht klar mit seinem Job. Kann das nicht bis morgen warten. Wenn es wieder etwas völlig Unwichtiges ist, muss ich mir überlegen, ob ich ihn nicht versetzen lasse." Außeneinsatz in Afghanistan kam ihm in den Sinn.

Doch dann blieb ihm vor Überraschung der Mund offen stehen: „Hat er wirklich ´Hawkins Wurmloch ist real` gesagt, dann sind wir auf der richtigen Spur und die ist heiß. Wie viele Leute haben wir dort drinnen."

„Sir, es sind zehn Leute vor Ort", entgegnete sein Assistent etwas verwundert, da Simon selbst das Team dorthin geschickt hatte und es nun nicht mehr wusste, wie groß es war.

Simon rief begeistert: „Ich fasse zusammen, sie haben einen High Tech Torbogen gefunden, der einen

Tordurchgang unsichtbar machen kann, der aber für Menschen kein Hindernis darstellt. Eine perfekte Tarnkappe, nach der wir schon so lange ergebnislos forschen. Und das alles in einer Höhle, die Jahrtausende alt sein soll."

„Sir, über das Alter der Höhle haben sie nichts gesagt, sie ist völlig leer, aber dieses Archäologenteam kann anscheinend durch Wände gehen. Unsere Leute brauchten schweres Gerät und Sprengstoff, um dorthin zu gelangen, wo die Archäologen gerade kurz vorher waren und dann plötzlich verschwunden sind. Das klingt sehr mysteriös, wenn ich mir diese Bemerkung erlauben darf."

„Dürfen Sie nicht, Sie wissen nichts über das geheime Projekt, an dem ich arbeite und das ist auch besser so."

„Sir, ich verstehe, das ist nicht meine Gehaltsklasse."

„Kapiert, und jetzt muss ich sofort ins Büro und Verstärkung organisieren. Haben Sie den Mann aus der Dades Schlucht noch in der Verbindung?"

„Sir, nein, die Verbindung wurde unterbrochen, denn alle unsere Leute sind in diesem Höhlensystem wo es keinen Funkempfang gibt."

„Wenn ich diesen Chief Agent in die Finger kriege, der den Einsatz leitet, der kann was erleben", tobte Simon jetzt los. „Wir jagen hier Aliens und er baut keine ständige Kommunikationsstrecke mit der Zentrale auf. Das darf doch nicht wahr sein."

„Sir, haben Sie eben Aliens gesagt", erschrak der Assistent.

„Nein, natürlich nicht, das bilden Sie sich ein, wir jagen Grabräuber, die sich als Archäologen getarnt haben. Diese

Leute wollen wertvolle Artefakte stehlen, wir müssen sie aufhalten und unschädlich machen. Aber ich komme jetzt ins Büro, da nehme ich die Sache selbst in die Hand", rief er und beendete das Gespräch.

Dann fiel sein Blick auf die Frühstücksflocken und ein lauter Fluch kam über seine Lippen: „So ein Scheiß, kann ich nicht einmal einen Tag mit meiner Familie verbringen, ich will nicht ins Büro, aber ich muss, sonst geht dort alles schief und meine Karriere ist komplett im Arsch. Ich muss mich um alles selbst kümmern, sonst passiert nichts."

Doch gleichzeitig wusste er, wenn er das Projekt erfolgreich abschließen konnte und sie tatsächlich prähistorische High Tech Artefakte in Händen hielten, wäre er der große Held.

Oder auch nicht, denn dann fiel ihm ein, wenn alles unter Verschluss bliebe, dann gäbe es keinen großen Helden und möglicherweise würden alle Beteiligten an dem Projekt liquidiert werden, um die Geheimhaltung der Artefakte nicht zu gefährden. Kalter Schweiß stand auf seiner Stirn.

Er würde seine Vorgesetzten doch nicht sofort informieren, wie er eigentlich vorgehabt hatte. Das musste warten. Zuerst musste er selbst mehr wissen. Doch wie sollte er unauffällig so kurzfristig Verstärkung nach Marokko bekommen?

Dann fiel ihm ein, wo er diese rasch organisieren konnte. Er kannte da einen Oberstleutnant der marokkanischen Luftwaffe, der ihm noch einen Gefallen schuldete. Damals war Simon noch ein junger Agent im Außeneinsatz gewesen und er hatte einem jungen Leutnant der marokkanischen

Streitkräfte das Leben gerettet. Seither war der Kontakt nie abgerissen. Er suchte sich sofort die Nummer heraus, um ihn anzurufen.

Aber weit schlimmer war, dass seine Frau in der Küchentür stand und ihn böse ansah: „Ich habe das Gespräch mit gehört, sag nicht, dass du auch unseren Hochzeitstag im Büro verbringen willst!"

Kapitel 41

Das Bohrgeräusch wurde lauter. Es klang, als ob jemand bereits das äußere Schleusentor aufbohrte.

Alle waren aus dem Vogel geklettert und beratschlagten, was sie tun könnten.

„Wenn wir den Kampf aufnehmen, dann könnten wir es schaffen, wir haben schließlich Waffen und Munition", erklärte Alwin mit ernsthafter Miene.

„Nur weil du mit irgendwelchen Freischärlern Kampferfahrung hast, so heißt das noch lange nicht, dass wir gegen eine Eliteeinheit eines Geheimdienstes auch nur den Funken einer Chance haben", wies ihn Fabian zurecht.

„Ergeben ist keine Option", widersprach Alwin.

„Wer spricht von Ergeben. Ich sagte doch schon, wir starten das Ding und fliegen ihn raus. Dann sehen wir weiter", erklärte Hans. „Ich hab etliche Flugscheine, wenn die Übersetzungen der Hieroglyphen im Cockpit passen, sollte das machbar sein."

„Du spinnst wohl, wir wissen, dass der Vogel seit mindestens zehntausend Jahren hier herinnen steht, der kann doch unmöglich noch fliegen und wenn du dich auf den Kopf stellst", erklärte Frank. „Ich bin Archäologe und weiß, dass so etwas unmöglich ist. Das Innenleben der Maschine kennen wir überhaupt nicht."

„Wir sollten ein Service machen", schlug Fabian vor. „Checken wir das Ding auf Funktionsfähigkeit, dann wissen wir mehr."

„Denkt doch einmal nach und überlegt euch, wieso hier Licht ist", warf nun Anna ein.

„Was hat die Hangarbeleuchtung mit der Flugfähigkeit zu tun, das verstehe ich nicht", rief Frank.

„Weil es eine Hangarbeleuchtung gar nicht geben dürfte. Wo kommt die Energie her, wenn hier zehntausend Jahre niemand gewesen ist. Da müsste jede uns bekannte Batterie durchgeschmolzen oder leer sein. Denkt doch an die Batterien, die wir gefunden haben. Die konnten zwar wieder aufgeladen werden, aber zum Fundzeitpunkt waren alle ohne Strom. Und wenn Alwin in Ägypten nicht einen Akku mitgehabt hätte, dann hätten wir dort die Tore nie aufbekommen und wären immer noch im Bunker der ISIS als Mumien gefangen."

„Wozu schlepp ich den Akku eigentlich mit, wenn hier das Licht auch so brennt", lenkte Alwin ab.

„Das meine ich nicht, vielleicht brauchen wir den Akku ja noch", erwiderte Anna unwirsch.

„Versteht ihr endlich, es muss hier eine andere Art von Energie existieren, eine Art, die wir noch nicht kennen. Denn von alleine können die Lampen oder was immer das ist, nicht leuchten. Alwin, du selbst hast sie mit einem Schalter im Vogel eingeschaltet, schon vergessen."

Es gab einen dumpfen Knall. Das nächste Tor war aufgesprengt worden. Nun trennte nur noch ein Tor die Angreifer vom Donnervogel. Die Lage wurde ernst.

„Los, wir haben keine Zeit zu verlieren, alle an Bord, wir müssen versuchen, das Ding zu starten", rief Anna mit einem Anflug von Panik in ihrer Stimme.

„Stopp, macht jetzt nicht in Panik", rief Alwin. „Hier ist ein Tankschlauch und die Tankklappe habe ich gerade mit Julias Hilfe aufbekommen.

Was ist, wenn das ein normaler Düsenjäger ist, der kann doch ruhig in die Hände der Agenten fallen, denn diese Technologie kennen sie längst, das ist doch nichts Neues. Sie werden sich schön ärgern, wenn sie nur einen alten Jet mit einer Technologie bekommen, welche die US Air Force vermutlich längst in der Wüste von Nevada endgelagert hat. Wozu also der Stress. Geben wir ihnen doch den Vogel."

„Alwin, sei vernünftig, du vergisst die Bomben, die da drin sind", unterbrach Frank den Redefluss Alwins. „Wenn das mit der Antimaterie stimmt, dann dürfen sie die Dinger nie in die Hände bekommen. Dann ist es eine unbekannte High Tech Waffe."

„Na gut, wenn ihr unbedingt wollt, dann sollten wir das Ding jetzt auftanken."

Alwin zog den Schlauch aus der Bodenöffnung und bemerkte, dass dieser in einwandfreiem Zustand war.

Eigentlich hätte das Ding längst zerbröselt sein müssen. Irgendetwas konnte hier nicht mit rechten Dingen zugehen.

„Hört mir auch einmal jemand zu", rief jetzt Fabian dazwischen. „Die KI auf meinem Notebook ist mit der Übersetzung der Hieroglyphen fertig geworden. Wir werden also nach Notebook fliegen müssen, falls das Ding wirklich flugfähig ist, denn wir haben keinen Drucker dabei, wo wir deutsche Etiketten für die Armaturen ausdrucken könnten."

„Das sagst du uns erst jetzt, bist du irr, was hat die KI herausbekommen, lies vor."

„Nichts Besonderes, da steht zum Beispiel ´Start, Schub, Leitwerk, Feuerkraftverstärker, Selbsttest, Kommunikator´ und viele solche Begriffe mehr."

„Fabian, du bist der IT-Experte, bau eine Graphik am Display, wo du alle übersetzten Begriffe dem richtigen Instrument am Foto von Julia zuordnest", rief Hans aus. „Wenn ich das habe, dann traue ich mir zu, den Vogel zu fliegen.

„Du bist gut, das sind über zweihundertfünfzig Begriffe, dazu brauche ich Stunden, um das zu machen. Keine Chance, das kann ich nicht." Dabei grinste er schelmisch.

„Aber ich kann dich beruhigen, die KI hat das schon für uns erledigt. Sie weiß ja, wo welche Hieroglyphe am Bild gestanden hat und hat längst die deutsche Übersetzung hineinkopiert."

„Es funktioniert", schrie nun Alwin auf. „Der Vogel wird betankt. Da unten ist echt noch flüssiger Treibstoff drin."

„Wir haben keine Ahnung, was wir hier tanken und ob der Treibstoff noch OK ist", erklärte Hans.

„Es kann sehr wohl sein, dass wir hier alle in die Luft fliegen, wenn ich die Zündung einschalte. Ich will euch nicht ängstigen, aber die Wahrscheinlichkeit, dass es klappt, liegt bei rund dreißig Prozent, mehr nicht."

„Hans hat keine Ahnung", dachte Anna bei sich. „Nach dem Alter der Maschine liegt unsere Überlebenswahrscheinlichkeit bei 0,3%." Sie sagte aber nichts.

„Bringt die ganze Ausrüstung an Bord, wir müssen sehen, dass wir von hier wegkommen", trieb Frank zur Eile, denn nun waren die Bohrgeräusche schon am inneren Schleusentor zu hören.

*

Oliver Schultz klopfte sich im Geist auf die Schulter und beglückwünschte sich zu seiner genialen Idee. Er war ja doch der Beste.

Als sie ratlos in der großen Halle gestanden hatten und kein Tastversuch irgendwo einen weiteren Tarnvorhang angezeigt hatte, war ihm die Idee gekommen, einen weiteren Mann zurück zu schicken, um die Dicke des unteren Tores zu messen, welches sie aufgesprengt hatten.

Das Tor war fünf Zoll dick gewesen. Es war unerklärlich, wie diese Archäologen durch eine fünf Zoll starke feste Felsbarriere hatten kommen können. Aber wenn er hier in Abständen sechs Zoll in die Wand bohrte, dann würde er jeden weiteren Hohlraum finden, wenn die Tore überall gleich dick waren, wie er vermutete.

Seine Leute taten genauso, wie er ihnen befahl. Sie begannen die Wand der Halle mit Bohrungen zu durchlöchern. Bald waren sie fündig geworden, als der Bohrer plötzlich in einen Hohlraum vorstieß. Sie hatten die Schleuse gefunden und konnten mehrere Löcher bohren, um die nächste Sprengung vorzubereiten.

Und jetzt hatten sie diese Schleuse bereits erobert und es war klar, in welche Wand die nächsten Löcher zu bohren waren.

Nun war es Oliver Schultz egal, wie es die Archäologen geschafft hatten, durch die Wand zu kommen, ohne Spuren zu hinterlassen, er würde den Weg für sein Team freisprengen. Bald würde er diese Archäologen in seine Finger bekommen und anständig verhören können. Sie würden ihm ihr Geheimnis rasch preisgeben, dessen war er sich sicher.

*

Sie hatten die ganze Ausrüstung in den Bugwohnraum gebracht. Anna fühlte sich wie in einer Yachtkabine, so sah es dort aus. Hölzerne Wandverkleidungen in einem Düsenjäger. War das der Luxusjet von TOTH, der ägyptischen Gottheit, oder was war das für ein Vogel?

Dann drängten sie sich alle oben im Cockpit zusammen und starrten auf die Armaturen und ihre Hieroglyphen.

Alwin war als einziger noch im Hangar, als er sah, wie der Bohrhammer durchbrach und ein kleines Loch in der Wand entstand, durch das der Bohrer ragte. Da kam ihm eine Idee. Er schlich leise neben das Bohrloch und konnte die anderen hinter dem Steintor reden hören. „Durch, wir sind durch, aber dahinten ist Licht, ich kann es durch das Bohrloch sehen", rief einer.

„Lass sehen, das will ich genau wissen", rief eine andere Stimme.

„Verdammt, da drinnen ist es taghell, dort müssen sie sein, wir dürfen keine Zeit verlieren, denn mit dem Krach vom Bohrhammer wissen sie längst, dass wir kommen. Wir sprengen sie gleich weg. Einige werden überleben, die können wir dann angemessen verhören."

Alwin hielt den Atem an und überprüfte seine Uzzi. Das Magazin war gefüllt.

Dann sah er, wie eine Rolle einer Plastilin ähnlichen Masse durch das Bohrloch geschoben wurde. Die Wurst war sehr lang und quoll immer länger aus dem Bohrloch.

„Was soll das, warum zünden sie nicht im Bohrloch" dachte Alwin, „Sie wollen doch das Tor aufsprengen."

Dann begriff er: „Sie wissen, dass wir hier drin sind, sie haben das Licht gesehen. Sie wollen uns zuerst ausschalten und dann das Tor sprengen. Diese Idioten haben keine Ahnung, dass sie dann den Donnervogel auch beschädigen können. Wenn sie jetzt zünden, dann geht der ganze Semtex Sprengstoff hier los und die Druckwelle soll uns vernichten. Die haben keine Ahnung.

Doch die Zündung von Semtex erfolgt nur durch Druck und Alwin hatte eine Idee.

Er packte die Sprengstoffwurst und schob sie mit Schwung zurück ins Bohrloch. Damit hatten die anderen nicht gerechnet. Drüben konnte er einen entsetzen Aufschrei hören. „Alle weg hier", schrie einer.

Als Alwin die Wurst ganz ins Bohrloch geschoben hatte, sprang er zehn Schritte zurück und schoss auf das Bohrloch mit seiner Uzzi eine Salve ab.

Der Sprengstoff ging drüben in der Schleuse hoch und das Bohrloch war plötzlich so groß, wie ein Kinderkopf.

Alwin hatte sich zu Boden geworfen und mit den Händen seinen Kopf vor herumfliegenden Gesteinsbrocken geschützt. Von drüben waren Schreie zu hören. Es dürfte einige Leute erwischt haben.

„Ihr habt nicht damit gerechnet, dass hier einer steht, der sich mit Sprengstoff auskennt", feixte er. „Aber ihr habt mit dem Töten anfangen wollen und jetzt hat es euch erwischt."

*

Die gute Laune von Oliver Schultz war verflogen. Vier seiner Leute lagen am Boden. Ob sie tot waren, wusste er noch nicht. Er wusste nur, dass er den Gegner unterschätzt hatte.

Er selbst war in der großen Halle geblieben, wo ihm nichts passiert war. Aus der Decke der Schleuse waren etliche Steinbrocken herausgebrochen. Diese bedeckten den Schleusenboden und zwei seiner Männer.

Eine kurze Untersuchung ergab, zwei Mann waren tot und zwei schwer verletzt. Die anderen waren unverletzt, da sie weiter hinten gestanden hatten.

Oliver Schultz biss sich auf die Lippe, er war zu voreilig gewesen. Er hätte nur das Tor sprengen sollen und nicht versuchen, die Leute dahinter auszuschalten. Jetzt wusste er nicht weiter und das Licht aus dem Hangar schien ihm höhnisch ins Gesicht zu leuchten, als es sich plötzlich verdunkelte und die Stimme Alwins schrie auf Englisch: „Verschwindet, lasst uns hier in Frieden."

Schultz riss seine Waffe hoch, doch dann brach die Salve aus Alwins Uzzi bereits über die angeschlagene Truppe herein. Querschläger pfiffen durch die Schleuse und die Halle. Alwin konnte nicht sehen, wohin er schoss, er wollte die Agenten nur zum vorläufigen Rückzug zwingen.

Danach packte er seine Sauerstoffflasche und stopfte sie in die Öffnung und verkeilte sie mit ein paar Steinen, die jetzt hier herumlagen. So konnten die Agenten keine Handgranaten durch die Öffnung werfen. Sie würden Zeit brauchen, um die Öffnung wieder frei zu bekommen. Dabei mussten sie vorsichtig vorgehen, da sie nicht wussten, wann er wieder schießen würde. Danach rannte er zur Gangway des Donnervogels.

Im Cockpit herrschte inzwischen Hochbetrieb. Frank hatte das Ankh wieder in den Startschlitz gesteckt. Diesmal hatte es keine Warnleuchte und kein schrilles Piepen gegeben.

Dann war es Frank gelungen, die Scheinwerfer des Vogels einzuschalten. Dadurch sahen sie, dass der Hangar in Wahrheit eine riesige Tunnelröhre war, die geradeaus weiter verlief. Doch nach geschätzten vierhundert Metern war Ende. Dort war eine scheinbar fugenlose glatte Felswand, welche die Röhre abschloss.

„Wir haben kein weiteres Schlüsselsymbol mehr. Es muss jemand mit dem Skarabäus dort nach vorne, um das Tor aufzulösen", meinte Anna.

„Das glaub ich nicht", rief Fabian. „Das muss aus dem Cockpit heraus gehen. Die Beleuchtung haben wir auch von hier innen einschalten können. Das Tor dort vorne muss eine automatische Öffnung haben."

„Ich kann die Triebwerke erst zu zünden probieren, wenn das Tor offen ist. Wir haben nur genau einen Versuch. Entweder es klappt, oder wir sind tot", meinte Hans.

„Oder es passiert gar nichts und die Agenten schnappen uns", ergänzte Alwin.

Sie studierten auf Fabians Notebook die einzelnen Übersetzungen bei den Schaltern, um herauszufinden, mit welchem Schalter man das Tor öffnen könnte. Doch sie fanden keine passende Beschriftung.

Inzwischen waren wieder Bohrgeräusche zu hören, Alwin hatte nicht alle Agenten ausschalten können. In der Schleuse wurde wieder gearbeitet. Wenn sie die Sauerstoffflasche herausbrachten, konnten sie Sprengstoff in den Hangar werfen und den Donnervogel beschädigen.

Sie würden aber vielmehr zuerst einen Durchbruch sprengen und dann in den Hangar eindringen und den Donnervogel in Besitz nehmen.

Anna war inzwischen nach unten in die Kajüte geklettert, wie sie den Raum liebevoll nannte. Sie untersuchte mit dem Blick der Anthropologin die Einrichtung. Diese bestand aus Holz. Es gab einen fest verankerten Tisch in der Mitte und an den Wänden zwischen den Kojen hölzerne Kästchen. Die Kojen waren mit Tierfellen bezogen und sahen recht gemütlich aus. Als sie allerdings mit der Hand über eines der Felle strich, lösten sich die Haare des Fells ab und zerfielen augenblicklich zu Staub. Sie zuckte zurück, das war kein gutes Zeichen. Sie musste an das Innenleben des Vogels denken. Vielleicht hatten sie noch einige Teile aktivieren können, aber wenn die Treibstoffleitungen ebenfalls zu Staub zerfielen, dann hätten sie bald ein Problem.

Anna dachte: „Wir sollten einen anderen Ausgang suchen und uns aus dem Staub machen. Der Vogel kann nicht geflogen werden, damit bringen wir uns nur um. Ich will nicht sterben, ich will hier raus."

Ein Aufschrei aus dem Cockpit ließ sie schleunigst wieder die Leiter nach oben klettern.

„Das Tor geht auf", schrie Julia ganz begeistert. Sie starrten alle durch die Frontscheibe und sahen, wie die entfernte glatt geschliffene Felswand, die ihnen den Weg versperrte, grün aufleuchtete.

„Wie habt ihr das hinbekommen?", rief sie aus.

„Ich habe wieder einmal eingreifen müssen", erklärte Alwin, der auf dem hinteren rechten Sitz Platz genommen hatte. Das ist anscheinend wirklich der Sitz des Hallentechnikers. Alle Hebel hier haben mit der Halle zu tun. Am linken Sitz werden die Bordfunktionen gesteuert, so wie die Gangway, die ich jetzt wieder geschlossen habe.

Doch was war das, das grüne Leuchten war erloschen und die feste Wand war verschwunden. Aber es drang kein Tageslicht in den Schacht, denn nun beleuchteten die Bordlichter ein Gewirr von Felsblöcken, die den Ausgang versperrten. Die Felsblöcke hatten die gleiche rötliche Farbe, wie das Gestein in der Dades Schlucht.

Es stand zweifelsfrei fest, sie waren verschüttet.

„Das darf doch nicht wahr sein, jetzt ist es aus", rief Hans konsterniert, „wir kommen hier nie raus."

„Blödsinn", widersprach Anna und setzte sich auf den linken Außensitz im Cockpit, der sich neben dem Sitz von Hans befand, aber ein Stückchen zurückgesetzt war.

„Gib mir mal das Notebook, ich will was nachsehen. „Hier vor dem Sitz sind ganz andere Armaturen als bei den Mittelsitzen. Das heißt, die beiden Außensitze haben eine andere Funktion. Innen sitzen die Piloten und außen sitzen die Krieger."

„Woher willst du das wissen?"

„Ich habe in der Kajüte in einer Lade etwas gefunden", erklärte Anna und hielt ein Stück Papyrus in die Luft.

Darauf war eine Zeichnung zu sehen, die das Cockpit des Donnervogels direkt von vorne zeigte. Aber es waren auch vier Personen zu sehen. Die beiden mittleren hielten so etwas wie einen Joystick in der Hand. Die beiden Äußeren schienen eben Blitze schleudern zu wollen.

„Stimmt doch, sie hat recht", rief Fabian als er sich die Symbole und die Texte des linken Sitzes ansah, „hier steht 'Blitz' und da steht 'Zerstörung', das deutet auf ein Waffensystem hin."

„Lass mich auf den Sitz, da kenn ich mich besser aus, erklärte Alwin.

„Nein, lass mich, du bist für den Hangar zuständig, ich kann das auch", widersprach Anna.

Julia hatte sich unaufgefordert in den Sitz rechts außen gesetzt. Frank hatte den zweiten Pilotensitz eingenommen.

Fabian stand noch herum und hielt das Notebook vor Anna hin.

„Was ist, wenn diese Tasten für den Bombenschacht sind", warf Frank ein. „Dann fallen die Bomben auf den Boden des Hangars und explodieren womöglich."

„Drück auf Blitz und nicht auf Zerstörung", erklärte Fabian. „Blitz könnte für eine Bordwaffe stehen, Zerstörung für die Bomben."

„Das Risiko ist hoch, was ist, wenn du dich irrst."

„Wir müssen das Risiko eingehen", meinte Anna und drückte die Taste Blitz und nichts geschah.

Im nächsten Moment ertönte eine kräftige Explosion draußen im Hangar und die Trümmer des Schleusentores flogen durch den Raum.

Männer in voller Kampfmontur mit Stahlhelm und Kevlarwesten stürmten in den Raum und richteten ihre Sturmgewehre auf den Donnervogel.

Dann blieben sie erstarrt stehen und betrachteten den Vogel. Julia konnte sie durch das Seitenfenster sehen.

„Jetzt wissen sie nicht, was sie tun sollen und warten auf Befehle."

„Wenn wir jetzt rausgehen, erschießen sie uns und sie haben den Donnervogel", erklärte Frank und hieb voller Wut auf einen großen Knopf, der direkt vor seiner Nase war.

„Bist du verrückt", schrie Anna auf, „lies was da steht, ′Start′ steht da drauf. Willst du uns umbringen."

„Das besorgen schon die anderen, wenn wir hier rausgehen oder wenn sie reinkommen", rief Frank und schmiss die Nerven weg.

„Es passiert doch nichts, der Vogel ist flugunfähig", erkannte Hans.

Draußen im Hangar waren die Männer inzwischen in Stellung gegangen und hatten ihre Sturmgewehre auf das Cockpit gerichtet.

„Kommt mit erhobenen Händen da raus"; schrie einer, der das Kommando zu haben schien. „Ergebt euch, ihr habt keine Chance. Wenn ihr nicht rauskommt, kommen wir rein und dann wird es ungemütlich für euch."

Julia zählte mindestens zwanzig Soldaten. „Die müssen Verstärkung bekommen haben", durchzuckte sie ein schrecklicher Gedanke. „Jetzt ist es wirklich aus."

In dem Moment hörten sie ein Geräusch, als ob etwas einrasten würde und ein lautes Knacken ertönte.

Eine Sekunde später zündeten die beiden Triebwerke mit ohrenbetäubendem Knall und spien ihre Abgase direkt in den Hangar.

Der Hangar war zwar groß, aber die Soldaten waren augenblicklich von den heißen Gasen eingehüllt. Sie ließen ihre Waffen fallen und rannten schreiend zurück zur Schleuse, da sie schon Verbrennungen davongetragen hatten. Etliche schafften es nicht mehr und brachen im Hangar zusammen.

Durch den Rückstoß der Triebwerke wurde der Donnervogel auf seinen Kufen nach vorne geschoben und wurde dabei immer schneller.

Die Geröllwand kam rasend schnell näher.

„Nimm den Schub weg, gib Gegenschub", schrie Hans verzweifelt. Doch Frank saß wie gelähmt vor seiner Konsole und tat gar nichts.

Anna war es, die begriff, was zu tun war. Denn vor ihr auf der Konsole leuchteten plötzlich alle Anzeigen in grünlichem Licht auf. Erst der Schub der Triebwerke hatte hier für die nötige Energie gesorgt.

Sie sah einen grünen Balken rasch größer werden, bis dieser die ganze Anzeige ausfüllte. Dann begann er zu blinken. Anna begriff instinktiv, die Waffe war jetzt geladen. Sie hatte keine Ahnung, was sie da auslösen würde, aber sie hieb mit aller Kraft auf den Knopf, auf dem „Blitz" stand.

Den Donnervogel trennten nur mehr wenige Meter von der Geröllbarriere, als der Blitz aus dem linken vorderen Geschütz fuhr und das Geröll rot aufflammen ließ. Es verdampfte in Sekundenbruchteilen, als der Donnervogel bereits durch den glühenden Gesteinsnebel flog.

Sie wurden vom gleißenden Licht der Sonne geblendet, als der Donnervogel sie in die Dades Schlucht hinaus katapultiert hatte.

Hinter ihnen gab es einen Bergsturz, als Unmengen an Geröll und Felsen oberhalb der verdampften Öffnung abbrachen und ins Tal donnerten.

Kapitel 42

Die gegenüberliegende Bergflanke kam rasend schnell näher. Noch immer saß Frank wie gelähmt vor seinen Instrumenten.

Im letzten Augenblick ergriff Hans die Initiative und zog an seinem Joystick. Dabei betete er zu allen Heiligen, dass die Steuerung auch reagieren würde.

Sie tat es und der Donnervogel zog eine extrem enge Rechtskurve haarscharf an einer Felswand vorbei.

Das Donnern der Triebwerke brach sich in der engen Felsenschlucht und hallte drohend das Tal entlang.

Julia konnte von ihrem Platz nach unten sehen. Dort war der Eingang zur Höhle und auf der anderen Seite ihr Campingplatz von vor zwei Tagen.

Drei große Hubschrauber waren dort gelandet und dutzende Soldaten rannten hektisch herum. Sie sahen erstaunt nach oben und wussten nicht, ob sie flüchten oder schießen sollten.

Doch schon hatten sie die Soldaten zurückgelassen. Hans zog die Maschine steil nach oben, so dass er mehr Raum zum Manövrieren hatte.

Fabian war der Einzige gewesen, der während des Startes keinen Sitzplatz hatte. Seine ganze Aufmerksamkeit hatte dem Notebook gegolten, denn an den Übersetzungen der Instrumentenhieroglyphen hing ihr Leben, wenn sie den Vogel wieder sicher landen wollten.

Er hatte das Notebook fest umklammert und war in die hinterste Ecke des Cockpits geschleudert worden. Zum Glück hatten weder er noch das Notebook Schäden davongetragen.

Jetzt saß er hinten auf dem Sitz neben Alwin und versuchte, das Notebook nach vorne zu den Piloten weiterzugeben. Das war gar nicht so einfach, da Hans erst herausfinden musste, wie feinfühlig die Steuerung reagierte.

Noch wurden sie ständig hin und hergeworfen, da der Vogel auf die Befehle von Hans überreagierte und immer wieder aus seinem Kurs ausbrach.

Hans kämpfte tapfer mit seinem Joystick, wurde aber langsam besser. Er erkannte, dass er den Stick nur ganz wenig bewegen durfte, sonst waren die Ausschläge an den Höhen und Seitenrudern viel zu stark.

Langsam gewannen sie an Höhe und überflogen das Gebirge. Da sie die Höhenanzeige in Hieroglyphen nicht lesen konnten, schätze Hans auf Grund der Größe der unter ihnen liegenden Häuser, dass sie rund tausend Meter über Grund sein mussten.

Derzeit flogen sie nach Süden. Europa lag aber im Norden.

Hans traute sich nicht, mehr Schub auf die Triebwerke zu geben. Er wusste nicht, wo deren Belastungsgrenze nach zehntausend Jahren Stillstand war.

„Wir müssen mit dem Vogel irgendwo landen, wir wissen nicht, wieviel Treibstoff in den Tanks ist und wie lange das Ding durchhält", schrie Hans gegen den Lärm der Triebwerke an.

Plötzlich herrschte Stille. Der Lärm der Triebwerke war verstummt. Alle erstarrten, war das jetzt das Ende?

*

Der Tower am Flughafen in Marrakesch funkte: „An alle in der Luft befindlichen Einheiten. Unbekanntes Flugobjekt in der Dades Region am Radar. Objekt fliegt keine bekannte Flugroute. Anweisung an alle, bleiben Sie auf Ihrem derzeitigem Kurs und warten Sie auf weitere Anweisungen."

„Alarmstart von Rotte eins ist erfolgt", bekam der wachhabende Offizier, ein Oberleutnant der marokkanischen Luftwaffe, eben als Meldung herein. „Stellt fest, wer sich da in unserem Luftraum herumtreibt und zwingt ihn zur Landung. Wenn er sich weigert, schießt ihn ab", gab er an den Rottenführer Anweisung.

Bei der Rotte eins handelte es sich um zwei Northrop F-5E Tiger II, die mit bis zu Mach 1,6 eine Flughöhe von 15.000 Metern erreichen konnten. Sie waren von der BEFRA Air Base bei Marrakesch gestartet und nahmen Kurs auf die Dades Schlucht.

*

Weit oberhalb von Marokko kreiste ein Spionagesatellit der CIA und verfolgte automatisch die Ereignisse. Seine Spezialkamera lieferte die ersten scharfen Bilder vom Donnervogel direkt nach Langley.

Paul Simon erfuhr nichts davon, denn diese Meldung ging direkt in die oberste Chefetage.

Dort schaltete man rasch und informierte das Pentagon, das seinerseits die USS Gerald Ford informierte, die gerade im Mittelmeer kreuzte. Zwei F22 Raptor

Luftüberlegenheitsjäger der fünften Generation legten am Flugdeck einen Alarmstart hin und rasten kurz darauf mit zweieinhalbfacher Schallgeschwindigkeit in siebzehntausend Metern Höhe direkt nach Süden auf den Donnervogel zu.

Der Satellit verfolgte die Bewegungen des Donnervogels ganz genau und gab die Daten direkt an die USS Gerald Ford weiter, von wo sie an die Raptoren übertragen wurden.

*

„Wir stürzen ab", schrie Julia hysterisch.

„Nein, noch nicht, der Vogel gleitet noch, vielleicht kann ich ihn sicher da unten irgendwo aufsetzen, wenn die Gleitflugeigenschaften gut genug sind", versuchte Hans zu beruhigen, obwohl er selbst nicht daran glaubte.

„Der Sprit ist wahrscheinlich alle, Alwin, du hast nicht vollgetankt", ließ sich jetzt Fabian vernehmen.

„Jetzt soll ich schuld sein", rief Alwin, „ohne mich wärt ihr längst tot, schon vergessen."

„Kinder, streitet euch nicht, Hans tut, was er kann, um uns hier sicher nach unten zu bekommen", kalmierte Anna.

Frank hatte seine Schockstarre überwunden und betastete das Armaturenbrett vor seiner Nase. Hier gab es im oberen Teil einen Bereich, der keinerlei Schalter und Hebel enthielt und auch keine Beschriftungen mit Hieroglyphen hatte. Wozu war diese Fläche gut?

„Wir sinken nicht, das ist seltsam, wir gleiten noch immer", bemerkte Hans, der den Horizont genau beobachtete und kein Sinken der Maschine feststellen konnte. Doch es schien ihm, wie wenn sie an Geschwindigkeit verloren hätten.

„Das Ding ist eine Abdeckung, die kann man hochschieben", rief Frank verwundert aus.

Vorsichtig schob er die Abdeckung nach oben. Doch bei der Berührung durch Frank zerbröselte sie komplett. „Zehntausend Jahre altes Zeug", durchfuhr es ihn, als er die Brösel beiseite wischte.

Doch was darunter war, ließ ihm den Atem anhalten. Ein großes modern anmutendes Display mit einer Reihe von Instrumentenanzeigen und Touch Screens war zu sehen. Auch eine Menge unbekannter Hieroglyphen wurden sichtbar. Das war eine ganz andere Technologie als die Triebwerkssteuerung der Düsentriebwerke.

„Was ist das?", stieß jetzt Hans hervor, der bis jetzt den Horizont beobachtet hatte und seinen Joystick krampfhaft in der Hand hielt.

„Feindliche Flieger auf drei Uhr von schräg oben", schrie Julia plötzlich auf, als sie durch das Cockpitfenster blickte.

Die beiden Northrop F-5E Tiger senkten ihre Schnauzen und kamen direkt auf sie zugeschossen.

Anna sah auf das neu erschienene Instrumentenboard. Sie wusste, dass keine Zeit für Übersetzungen war. Sie sah ganz unten auf dem Board genau in der Mitte Symbole, die sie zu verstehen glaubte.

Es war ein eiförmiges Symbol und ein Symbol, dass wohl den Donnervogel darstellen sollte. Zwischen diesen beiden Symbolen waren zwei Pfeile, von denen der eine auf den Donnervogel und der andere auf das Ei zeigten. Der Pfeil, der auf das Ei zeigte, leuchtete rot, der Pfeil, der auf den Donnervogel zeigte, leuchtete grün.

Intuitiv begriff sie: „Umschalten." Sie dachte nicht nach, sondern streckte ihre Hand aus und tippte den roten Pfeil an.

Zwei Sekunden lang geschah gar nichts, dann schoss der Donnervogel mit irrwitzigem Tempo nach vorne.

Doch es gab keinen Anpressdruck, der sie in die Sitze gepresst hätte. Sie sahen ihre Beschleunigung nur daran, dass die Landschaft unter ihnen rasend schnell vorüberzog.

Hans war völlig verwirrt und riss seinen Joystick zu sich her und der Donnervogel stieg im nächsten Moment steil nach oben direkt auf die beiden Northrop F-5E Tiger zu.

„Scheiße, das wollte ich nicht", schrie er aus, doch es war schon zu spät. Die beiden Tiger machten ein verzweifeltes Ausweichmanöver und schon schoss der Donnervogel zwischen ihnen hindurch und gewann rasch weiter an Höhe.

*

„Unbekanntes Flugzeug hat uns frontal angegriffen, wir konnten knapp ausweichen. Das sind Kamikaze Methoden des Feindes", funkte der Rottenführer nach Marrakesch.

„Abschussbefehl erteilt", kam unmittelbar darauf die Antwort des Staffelführers, der noch im Tower auf der Air Base saß. „Holt sie runter!"

*

Hans versuchte, sich mit den neuen Flugeigenschaften des Donnervogels vertraut zu machen und drehte eine enge Rechtskurve.

Da sahen sie, dass die beiden Tiger gewendet hatten und sie von unten angriffen.

„Wie werden wir die beiden los", rief Frank.

„Ich arbeite dran", schrie Anna hektisch.

„Sie schießen" schrie Julia, die auch nach hinten sehen konnte.

Zwei Sidewinder AIM-9X waren von den Tigern gestartet worden und schossen nun auf sie zu. Das waren wärmegesteuerte selbstzielsuchende Luft-Luft-Raketen, denen sie nun entkommen mussten.

Hans flog enge Kurven, doch die Raketen folgten seiner Spur. Sie waren inzwischen weit über zehntausend Meter über Grund, aber die Raketen waren nicht abzuhängen.

„Du musst engere Kurven fliegen", rief Julia.

„Ich traue mich nicht, dann fliegt der Vogel auseinander", rief Hans verzweifelt, „dann sind die Fliehkräfte zu stark."

„Mach, was sie sagt", schrie Fabian dazwischen, „es gibt keine Fliehkräfte. Mach es einfach."

Hans sah ihn verständnislos an, aber Julia griff ihm einfach in den Joystick und drückte ihn mit einem Ruck ganz zur Seite.

Gleichzeitig machte das Frank auch mit seinem Joystick und sie sahen, wie die Welt unter ihnen kippte.

Doch sie hatten übersteuert und die Maschine schoss plötzlich senkrecht nach unten. Die Erde kam in einem Tempo näher, das noch niemand von ihnen je erlebt hatte. Sie mussten mindestens Mach Vier drauf haben, schätzte Hans.

Im Cockpit waren aber keine besonderen Kräfte zu spüren gewesen.

Die beiden Sidewinder hatten dieses irre Manöver nicht mitmachen können und stiegen weiter nach oben. Sie hatten die Ortung des Donnervogels verloren. Bei achtzehntausend Metern Höhe schaltete sich die Selbstzerstörung ein und die Raketen detonierten jede in einem Feuerball.

„Koordiniert euch", schrie Anna, wir sind gleich unten.

Doch sie erkannte, die beiden älteren Herren waren mit den Flugeigenschaften des Vogels völlig überfordert und in Schockstarre gefallen.

„Julia, übernimm den Kurs, ich übernehme das Tempo", schrie Anna zu Julia auf dem anderen Außensitz hinüber.

Die beiden Frauen stießen die Finger der Herren zur Seite und jede packte einen Joystick. Julia änderte den Kurs schlagartig um neunzig Grad, so dass der Vogel tatsächlich einen rechten Winkel flog. Anna aber schob ihren Joystick zu weit in die andere Richtung und der Vogel flog plötzlich mit vollem Tempo rückwärts.

Hier waren Kräfte am Werk, die sie noch nicht verstehen konnten. Wenige hundert Meter unter ihnen rasten die Bergspitzen des Dades Massivs vorüber.

„Das Ding hat ja irre Flugeigenschaften", stammelte Hans, „da kann ich nicht mithalten, das ist mir zu steil."

Doch Anna hatte inzwischen ihren Fehler erkannt und war wieder auf Vorwärtskurs gegangen. Doch sie waren viel zu niedrig.

„Die Tiger kommen schon wieder", schrie plötzlich Alwin auf, der sich von seinem Platz entfernt hatte.

„Schnell, steht auf, wir haben keine Zeit mehr für Diskussionen", entschied Anna.

Frank und Hans gehorchten und kletterten aus ihren Pilotenstühlen. Anna und Julia übernahmen keine Sekunde zu früh.

„Sidewinder kommen", warnte Alwin.

Julia zog die Maschine jetzt fast senkrecht nach oben und Anna gab vollen Schub. Das Gebirge sackte unter ihnen zurück und bald hatten sie die Sidewinder abgehängt, da diese nicht senkrecht nach oben fliegen konnten.

„Wir sollten den Steigflug beenden", riet Alwin, „da draußen ist die Luft schon sehr dünn. Wir wissen nicht, wie druckdicht der Donnervogel ist. Wir müssen rasch wieder hinunter in dichtere Luftschichten."

„Alwin hat Recht, die Raketen sind wir los, wir müssen den Vogel möglichst rasch landen, wenn wir überleben wollen", warnte jetzt auch Hans.

Anna reduzierte den Schub und der Steigflug verlangsamte sich.

Aber dann kamen die beiden Raptoren der US Air Force in Sicht. Sie flogen in neunzehntausend Metern Höhe und hielten direkt auf den Donnervogel zu.

„Keine gute Idee, jetzt runter zu gehen", rief Anna und gab erneut vollen Schub nach oben.

Da feuerten die Raptoren insgesamt vier AIM-120 AMRAAM, advanced medium range air to air Missiles, auf sie ab. Diese Dinger waren schlimmer als Sidewinder.

Sie stiegen nun rasch immer noch höher und höher. Der blaue Himmel begann sich zu verdunkeln. Sterne funkelten zu ihnen ins Cockpit. Vor ihnen tat sich der atlantische Ozean auf. Die Erdkrümmung war schon deutlich zu erkennen.

Die Raptoren konnten nicht mehr höher fliegen und die AIM-120 waren schlichtweg zu langsam, um sie einzuholen.

„Wie schnell sind wir bitte", schaltete sich Fabian ein. „Hier ist ein Zeigerinstrument auf dem Paneel, das könnte die Tempoanzeige sein. Aber der Zeiger steht sehr weit rechts."

„Dann übersetz bitte die Hieroglyphe, du hast die KI am Notebook, wir müssen den Vogel steuern", rief Anna genervt.

„Ok, ich mach ein Foto und frag die KI. Aber könnte bitte jemand das Licht einschalten, hier ist es so finster."

„Begreift ihr eigentlich, dass wir im Weltraum sind", bemerkte Alwin ganz locker. „Schaut mal mach unten."

Sie taten es und erkannten von ihrer Position das Mittelmeer und die Küste Spaniens im Norden.

„Ich check das, wir müssen das genauer wissen, damit wir auch wieder sicher runter kommen", rief Fabian erschrocken.

Er fütterte die KI mit den neuen Daten und überraschenderweise kam sofort die Antwort.

Fabian wusste nun, was los war, nachdem er die Daten von den Konsolen abgelesen hatte und in ein kleines EXCEL Sheet geklopft hatte. Schließlich gab die Hieroglyphe nicht die Geschwindigkeit wieder, sondern nur die Einheit, in der der Zeiger abgelesen werden musste.

„Mach′s nicht so spannend, wie schnell fliegen wir und wie hoch sind wir", wollte Anna wissen.

„OK, fertig, sitzt ihr alle gut. Wir sind in ... „

Weiter kam er nicht, da Julia aufschrie und hektisch an ihrem Joystick herumfummelte.

„Scheiße, das war knapp, und nein, nicht noch einer, das darf doch nicht wahr sein. Wir müssen noch höher, hier ist zu viel Betrieb."

Sie steuerte einen Slalomkurs indem sie den Joystick ein paarmal hin und her riss.

„Anna, gibt vollen Schub, wir müssen hier weg, aber schnell."

Anna drückte ihren Joystick bis zum Anschlag durch und der Donnervogel schoss noch schneller nach oben.

Fabian meinte: „Der Zeiger steht jetzt am Anschlag, mehr geht nicht."

„Was zum Teufel war das jetzt?", wollte Frank wissen.

„Keine Panik, wir dürften in einen Satellitenschwarm geraten sein, aber wir haben ihn schon hinter uns gelassen", erklärte Julia lässig.

„Das wollte ich euch die ganze Zeit sagen, aber ihr unterbrecht mich ja ständig", erklärte Fabian mit Unschuldsmiene. Er las die Daten von seinem Notebook ab: „Wir sind derzeit fünfhundertfünfzig Kilometer hoch und fliegen mit knapp fünfundvierzigtausend Stundenkilometern durchs All. Wenn die Daten richtig sind, dann waren das gerade die Satelliten vom Starlink-Projekt von Elon Musk, die wir passiert haben."

Sie blickten nach unten und konnten erkennen, dass die Erdkrümmung kräftig zugenommen hatte.

„Wir entfernen uns auf diesem Kurs recht rasch von der Erde, wir sollten uns überlegen, wie wir wieder zurückkommen", schlussfolgerte Fabian messerscharf.

Unter ihnen waren die endlosen Weiten des Atlantiks zu sehen.

„Dort hinten taucht gerade die Küste Amerikas auf", bemerkte Fabian.

Anna erklärte: „Ich muss jetzt filmen, Fabian übernimm du, denn das sind historische Aufnahmen. Wenn wir das überleben, sind wir berühmt."

„Oder tot", konterte Fabian. „Ich übernehme, du kannst filmen und ich erklär euch, was hier läuft, soweit ich das verstanden habe. Denn vermutlich bin ich hier an Bord der Einzige, der eine Erklärung für die Vorgänge der letzten Minuten hat."

Sie tauschten die Plätze und Julia begann zu filmen.

Fabian hielt die Konsole ruhig, denn jetzt waren sie schon im Weltraum und sollten erst dann Kursänderungen vornehmen, wenn sie einen Plan hatten, wie sie wieder auf der Erde landen konnten.

Anna schob den Schubregler in die Nullstellung, doch die Geschwindigkeit reduzierte sich nicht.

Die Druckfestigkeit des Donnervogels war anscheinend gegeben, denn sonst wäre der Kabinendruck längst zusammengebrochen. Draußen herrschte längst Vakuum.

Doch bevor Fabian loslegen konnte, begann Anna: „Ich habe eine Idee, die Energie dieser Anlage war in den Felsen gespeichert, welche die Anlage umgaben. Keine Ahnung, wie sie das hinbekommen haben. Aber das Auflösen der Tore brachte mich auf die Idee. Die alte Technologie bestand darin, die Herrschaft über die Materie zu haben. Damals konnten sie Materie nach Belieben verändern oder auflösen und sie konnten auch die Massenträgheit der Materie aufheben. Und die Technik der Anlage war so gut, dass sie selbst nach mehr als zehntausend Jahren noch funktionsfähig war.

Wer die Forschungsergebnisse über das Higgs Boson kennt, weiß, dass unsere Wissenschaftler am CERN in Genf genau daran forschen. Denn das Higgs Boson soll der Materie seine Masse verleihen. Aber bis jetzt sind die Forschungen leider ohne brauchbares Ergebnis geblieben."

Da unterbrach Fabian: „Das ist nur die halbe Sache, denn woher beziehen wir jetzt im Augenblick unsere Energie. Wir fliegen mit fünfundvierzigtausend Stundenkilometern durchs All und alles ist kein Problem. Der Sprit von Alwin war nach fünf Minuten alle, wieso haben wir also noch immer Energie.

Ich kann euch sagen, warum. Dieser Vogel zapft die sogenannte Vakuumenergie an, auch Nullpunktenergie genannt. Diese Energieform ist unerschöpflich und im ganzen Universum vorhanden. Wenn es gelingt, diese Energie für die Erde und für unsere Zivilisation nutzbar zu machen, dann sind alle Energieengpässe Geschichte und wir haben Strom für ewige Zeiten.

Deshalb jagen uns die Geheimdienste so brutal, weil sie genau das verhindern wollen. Denn dann sind alle Öl- und

Gaskartelle dieser Erde Vergangenheit und Schnee von gestern.

Der Erste, der das erkannt hat, war Nikolaus Tesla, der deswegen auch verfolgt worden ist, weil seine Erfindungen viel zu weit in der Zukunft lagen und sie die Einkünfte der Erdölfirmen schon damals zunichte gemacht hätten. Deshalb wird jede Forschung an der Nullpunktenergie unterdrückt und von den Behörden im Auftrag der Kartelle verfolgt.

„Ich verstehe das nicht", erklärte Hans, „wie fliegt dieser Vogel und was treibt ihn an. Wir brauchen doch Rückstoß, um nach vorne zu kommen, wie bei jedem normalen Raketentriebwerk. Wo kommt unser Rückstoß her?"

„Das funktioniert anders", fuhr Fabian mit seinen Ausführungen fort. „Die Düsentriebwerke, die dem Donnervogel seinen Namen gegeben haben, wurden nur für den Start benötigt. Gleichzeitig müssen sie über einen Generator im Inneren des Vogels einen Kondensator, eine Batterie oder was auch immer mit Strom aufgeladen haben.

Damit wurde ein hochfrequentes elektromagnetisches Feld erzeugt, mit dessen Hilfe die eigentliche Vakuumenergie angezapft werden konnte. Diese Energie speist jetzt den Kondensator oder was auch immer und hebt für unseren Vogel die Massenträgheit auf. Ohne Massenträgheit unterliegen wir auch nicht der Erdanziehung, denn diese wirkt nur auf Dinge, die eine Masse haben. Daher können wir diese irren Manöver machen und uns im Raum in alle Richtungen so leicht bewegen. Wir sind nicht mehr mit dem Gravitationsfeld der Erde verbunden. Wir haben unser eigenes Gravitationsfeld. Hier im Vogel wirkt die

Schwerkraft ganz normal zum Kabinenboden hinunter. Aber wenn du aus dem Cockpit schaust, dann steht die Erde fast im rechten Winkel neben uns. Hier im Weltraum müssten wir eigentlich schwerelos sein. Das sind wir aber nicht."

Anna ergänzte: „Die Inneneinrichtung dieses Vogels sieht aus, wie aus dem Mittelalter, aber er hat diese wahnwitzige Technik eingebaut. Ich glaube, da waren zwei Zivilisationen am Werk. Eine Zivilisation, die vermutlich nicht von der Erde stammt, und eine andere irdische Zivilisation, die diese Technik nur nutzen durfte, sie aber nicht erfunden hatte. Diese Leute haben die Inneneinrichtung noch mit Holz und Leder gestaltet. Unten in der Kajüte, wie ich den Wohnraum nenne, sind Schaffelle über die Kojen gespannt. Das ist alles andere als High Tech."

„Stimmt, Anna hat Recht", fiel ihr Fabian ins Wort. „Das muss ein sogenannter Hybridvogel sein. Die Zivilisation, die den gebaut hat, konnte Düsenflieger bauen und dürfte mit der präägyptischen Zivilisation ident sein, die wir mit dem Arbeitstitel Atlantis bezeichnen. Denn sie können keinen Zugang zur eigentlichen Vakuumenergiegewinnung gehabt haben, weil sonst hätten sie auf die Düsentriebwerke verzichten können. Es sieht so aus, als wäre diese Technik von den anderen nur geborgt."

„Sie könnten sie auch gestohlen haben", warf Alwin ein. „Sie klauen sie, und bauen sie so ein, dass der Vogel fliegen kann und fertig."

„Dann muss aber irgendetwas aus dem Ruder gelaufen sein, denn wenn du im Testament der ISIS nachliest, haben sie sich ja selbst vernichtet. Die Toten im Bunker unter der

Cheopspyramide sollten uns ein warnendes Beispiel sein. Sie haben die Technik falsch eingesetzt oder es ist ihnen ein Fehler unterlaufen", warf Julia ein.

„Oder die Herren der Vakuumenergietechnik sind zurückgekommen und haben diese Zivilisation vernichtet", mutmaßte Frank, der an die Organisation TOTH dachte, deren Aufgabe es war, diese Technik nicht in die Hände der Menschheit fallen zu lassen.

Ein Gedanke durchzuckte ihn: „Wer stand eigentlich an der Spitze von TOTH? Waren das Menschen oder waren das Aliens?"

Frank kannte nur wenige Leute von TOTH. Da musste doch mehr dahinter stecken, wenn es diese Organisation schon zehntausend Jahre geben sollte, wie behauptet wurde.

„Seht mal nach vorne, was da auf uns zukommt", rief jetzt Alwin entgeistert.

Alle blickten nach vorne und sahen direkt voraus die Mondsichel auf sie zukommen. Noch war sie sehr weit weg, aber doch deutlich größer als von der Erde aus zu sehen.

Die Erde hing im anderen Cockpitfenster als blaue Kugel im Weltraum. Sie hatten sich bereits so weit von ihr entfernt, dass sie als ganze Kugel zu sehen war.

„Was machen wir, wenn die Energie jetzt aus ist und wir nicht zurück können", rief Julia erschrocken aus.

Draußen vor den Scheiben des Cockpits herrschten Weltraumtemperaturen von mindestens minus zweihundert Grad oder noch weniger. Innen spürten sie davon nichts, der Vogel musste auch eine Heizung haben, die sich automatisch eingeschaltet hatte. Oder das Energiefeld, das die

Erdanziehung abschirmte, sorgte auch dafür, dass die Kälte des Weltraums draußen blieb. Sie wussten es nicht.

Doch es war klar, dass sie sich dringend Gedanken über ihren Rückflug machen mussten.

Kapitel 43

Es gab eine Krisenkonferenz über gesicherte Internetleitungen zwischen der Spitze der CIA, der Spitze des Pentagon und der Homeland Security.

„Wir sollten POTUS informieren. Das ist die höchste Stufe der nationalen Sicherheit, die hier betroffen ist", erklärte der Generalstabchef im Pentagon.

„Nein, den Präsidenten informieren wir erst, wenn wir Antworten haben", widersprach der oberste CIA-Chef.

„Was habt ihr überhaupt für Informationen und wozu die ganze Aufregung?", wollte der Chef der Homeland Security wissen.

„Fassen wir zusammen", meinte der CIA-Chef.

„Unser Satellit hat scharfe Bilder eines Flugzeuges geliefert, das mehr als ungewöhnlich aussieht. Es ist eine Mischung aus Kampfjet und Bomber, es hat zwei Düsentriebwerke, aber ein völlig fremdes Heckleitwerk und viel zu kleine Tragflächen für den massigen Rumpf. Die Maschine hat eine errechnete Länge von über dreißig Meter.

Ist das schon ungewöhnlich genug, es kommt noch schlimmer. Die Maschine ist über Marokko aus dem Nichts heraus aufgetaucht, sie war einfach plötzlich da, ohne von irgendwo gestartet zu sein.

Die Marokkaner haben die Verfolgung aufgenommen und wir haben zwei F22 Raptoren hingeschickt, um die Maschine abzufangen.

Aber sie hat alle unsere Flugzeuge abgehängt und auch den Sidewindern und den AMRAAMs ist sie scheinbar mühelos entkommen. Sie ist Manöver geflogen, die für ein Flugzeug dieser Größe unmöglich sind.

Solche Flugmanöver kannten wir bisher nur von UFOs. Die UFO-Manöver sind bei uns gut dokumentiert, wir wissen nur nicht, wer hinter den Dingern steckt. Doch die UFOs kommen und gehen wieder und stören uns sonst nicht weiter.

Aber hier ist es das erste Mal, dass ein Objekt, welches wie ein Flugzeug aussieht, auch solche UFO-Manöver vollbringen kann.

Hier ist uns jemand in der technischen Entwicklung um Jahrzehnte voraus. Das ist mehr als besorgniserregend. Wir wissen nicht, wer dahinter steckt. Die Marokkaner sind es mit Sicherheit nicht. Eigentlich bleiben nur die Chinesen als Antwort. Aber wenn das stimmt, wäre das schrecklich. Dann hätten wir gegen sie nicht den Funken einer Chance, wenn es je zum Konflikt kommen sollte."

Betretenes Schweigen machte sich in der Runde breit.

„Und wo ist dieses Flugzeug jetzt?", wollte der Homeland Security Chef wissen.

„Das Flugzeug ist senkrecht nach oben geschossen und im Weltall verschwunden. Unser Satellit hat den Kontakt verloren. Nicht einmal Elon Musk mit seiner

313

Schwerlastrakete kann so kerzengerade in den Weltraum fliegen. Auch seine Rakete muss eine Kurve beschreiben. Das sind die Gesetze der Gravitation. Doch dieses Flugzeug musste den bekannten Gesetzen der Physik offensichtlich nicht gehorchen. Das hat seine eigenen Gesetze."

„Die Chinesen streiten alles ab", erfahre ich gerade von unserem Militärattaché aus Peking", erklärte der Generalstabschef. „Sie sagen, sie haben keine Ahnung und glauben unseren Behauptungen nicht."

„Wie gehen wir weiter vor? Wenn das Ding von der Erde stammt, dann muss es ja irgendwann wieder zurückkommen. Da können wir es dann schnappen und untersuchen", erklärte der CIA-Chef.

„Wir haben nur eine einzige Waffe, die schnell genug ist, dieses Ding zu treffen. Das sind Laserkanonen, die allerdings noch immer im Testbetrieb sind. Die Stärkste mit 500 Kilowatt könnte diesen Vogel zumindest beschädigen, so dass er landen muss", erklärte der Generalstabschef.

„Wir haben die Hälfte unserer Spionage-Satellitensysteme umgedreht. Sie beobachten jetzt den Weltraum statt das Gebiet, über welches sie gerade fliegen. Das ist ein hohes Risiko, denn so sehen wir zur Hälfte nicht, was unten am Boden passiert. Aber das ist unsere einzige Chance, rechtzeitig zu erfahren, wann und wo dieses Flugzeug oder Raumschiff wieder zurückkommt", erklärte der CIA-Chef.

„Wenn wir die Meldung rechtzeitig haben, dann schießen wir unsere F-35 mit der Laserkanone hoch. Wir haben zwar nur eine Laserkanone, aber das ist der modernste Jet der Welt, den wir im Hangar haben. Damit erwischen wir sie garantiert", stellte der Generalstabschef zufrieden fest.

*

„Sind sie vom bösen Affen gebissen worden", brüllte der CIA-Chef los, als er endgültig die Beherrschung verlor. „Wieso habe ich davon nicht früher erfahren."

Der CIA-Chef saß in seinem weiträumigen Büro in der Zentrale in Langley hinter seinem riesigen Schreibtisch. Er hatte eben die Webkonferenz mit dem Pentagon beendet und dann eine Meldung aus Marokko empfangen.

Paul Simon, den er sofort herbeizitiert hatte, stand in Habt Acht Stellung mit zusammengebissenen Zähnen vor dem Schreibtisch und stammelte: „Sir, ich wollte erst sicher gehen, dass es sich wirklich um High Tech Artefakte handelt, bevor ich Sie informieren wollte."

„Wir haben jetzt ein nationales Sicherheitsproblem ungeahnten Ausmaßes, die gesamte Navy und Air-Force ist alarmiert, unsere Spionagesatelliten suchen den Weltraum nach einem feindlichen Raumschiff ab, das allen unseren Systemen haushoch überlegen ist.

Und dann erklären Sie mir, dass dieses Raumschiff ein archäologisches Artefakt sein soll, des von einem durchgeknallten deutschen Archäologieprofessor geflogen wird.

Wieso haben Ihre Leute es nicht geschafft, dieses Raumschiff in unseren Besitz zu bekommen. Erklären Sie mir das, Sie Versager."

„Sir, das weiß ich leider auch nicht. Ich weiß nur, dass der Professor Technik im Einsatz hat, die wir nicht haben. Sie sind durch Mauern gegangen, wo wir mühsam sprengen mussten. Da sind der Professor und sein Team einfach durchgegangen. Das waren mächtige Felsbarrieren."

„Ihre Leute haben doch den Hangar erobert, da muss doch noch mehr von dieser Technik drinnen sein", rief der CIA-Chef verwirrt.

„Ja Sir, aber sie konnten bis jetzt nichts finden. Da sind nur nackte Felswände und ein paar leere Kammern. Einen leeren Treibstofftank haben wir gefunden, sonst nichts.

Das Hangartor bestand aus fünfzehn Meter dicken Felsplatten, die sind einfach verschwunden. Das ganze Spektakel hat einen riesigen Felssturz ausgelöst, als das darüberliegende Gestein abgebrochen und ins Tal gedonnert ist. Niemand hat eine Ahnung, wie das technisch möglich gewesen ist. Wie kommt ein Raumschiff in eine geschlossene Felsenkaverne und wie kann es daraus wieder so ohne Probleme starten?

Die Zivilisation, die dieser Professor Steiner untersucht, gibt es seit mindestens zehntausend Jahren nicht mehr, das ist wissenschaftlich erwiesen. Wir kämpfen hier gegen prähistorische Technik, von der wir keine Ahnung haben, wie sie funktioniert."

„Deswegen müssen wir sie unbedingt in unseren Besitz bekommen, denn wenn das den Russen oder den Chinesen in die Hände fällt, sind wir erledigt", meinte der CIA-Chef, jetzt schon in etwas ruhigerer Tonlage. Denn er hatte erkannt, dass keine unmittelbare Gefahr drohte, da weder die Chinesen noch die Russen diesen Vogel steuerten.

„Schon wieder diese Deutschen", dachte er, „die Geschichte wiederholt sich. Wernher von Braun baut die erste Mittelstreckenrakete der Menschheit und wir nehmen sie ihm weg. Jetzt findet ein deutscher Professor dieses antike Fluggerät und wir werden es ihm wegnehmen und für unsere Zwecke nutzen.

Wer weiß, welche Waffen dieser Vogel an Bord hat. Damit haben wir für die nächsten tausend Jahre garantiert die Weltherrschaft."

Kapitel 44

Der Mond kam viel rascher näher, als sie dachten. Sie hatten sich inzwischen ein wenig daran gewöhnt, in einem Raumschiff zu fliegen. Zum Glück hatten sie ihre ganze Ausrüstung an Bord des Donnervogels gebracht, denn mit der Bordverpflegung sah es schlecht aus.

Anna hatte einen Vorratsschrank gefunden, der einige mumifizierte Lebensmittel enthielt. Doch es war nicht mehr erkennbar, was das einst gewesen war.

Zum Glück hatten sie noch Vorräte für einige Tage in ihrem Proviant. Nur mit dem Wasser sah es nicht so gut aus, da sie damit gerechnet hatten, überall Wasser zu finden. Mit einem Raumflug hatten sie nicht gerechnet.

Alle verdrängten den naheliegenden Gedanken, dass dieses Schiff zehntausend Jahre alt war und jederzeit ein Defekt auftreten konnte, der ihrem Leben ein jähes Ende setzen würde. Eine zerbrochene Cockpitscheibe würde reichen. Sie würden den Druckabfall nicht überleben.

Aber alle waren jetzt richtiggehend euphorisch, was ihr Abenteuer betraf und meinten, wieder sicher auf der Erde landen zu können.

Sie hatten ihre Schlafsäcke in der Kajüte über die zerfallenen Schaffelle gebreitet und machten es sich dort unten recht bequem. Alle waren in der Kajüte, nur Alwin saß oben am Joystick und steuerte das Schiff immer stur geradeaus.

Die wahnwitzige Idee stammte von Julia.

„Kinder, wenn wir jetzt schon hier im Weltraum sind, dann lasst uns so richtig Geschichte schreiben. Wir drehen eine Schleife um den Mond herum und fliegen dann zur Erde zurück. Oder hat jemand eine andere Idee."

„Die Idee ist irre, aber wenn es klappt, dann haben wir Filmaufnahmen von Details der Mondrückseite, die sonst niemand hat", erklärte Fabian.

Frank hatte mit seinem Leben schon abgeschlossen: „Macht, was ihr wollt, ich verstehe diese Technik nicht."

Gleichzeitig überlegte er, wie sie nach der Rückkehr zur Erde den Donnervogel verschwinden lassen konnten, damit die Geheimdienste ihn nicht finden würden.

Die Bomben im Bombenschacht machten ihm Sorgen. „Was ist, wenn das wirklich Antimateriebomben sind, wie behauptet wird. Welche Wirkung haben die, wenn die alle hochgehen. Verschwindet dann womöglich ein ganzer Erdteil?"

Dann begann er fatalistisch zu werden und dachte: „Meine Mission bei TOTH ist doch, den Donnervogel zu finden und vor dem Zugriff der Geheimdienste zu schützen.

Das beste Versteck für den Donnervogel ist doch der Weltraum. Hier kommen die Geheimdienste sicher nicht hin.

Wenn wir immer weiter geradeaus ins All fliegen, dann kann kein Mensch auf diese tödliche Waffe zugreifen.

Aber dann sterben wir alle. Müssen wir uns opfern, um die Menschheit zu retten? Oder gibt es noch einen anderen Weg."

Schweißperlen standen dem Professor auf der Stirn, als er diese Gedanken hatte.

Doch nun drängten alle zurück ins Cockpit, denn der Mond hing schon als große Sichel vor ihnen im Cockpitfenster.

Sie mussten schneller geworden sein, denn sie flogen noch keine sechs Stunden durch den Raum.

Hans überschlug die Entfernung Erde Mond mit der Zeit, die sie unterwegs waren und erklärte: „Leute, wir fliegen mit fast sechzigtausend Stundenkilometern, das ist verdammt schnell. Wie kratzen wir da die Kurve um den Mond."

„Das sollte kein Problem sein", meinte Fabian, „Wir fliegen mit Gravitationsantrieb und Vakuumenergie. Schwerefelder von Planeten und Monden stören uns nicht. Wir müssen nur aufpassen, dass wir nicht in den Mond hineinkrachen."

„Vielleicht sollten wir genau das tun", dachte Frank. „Dann sind alle Probleme gelöst und der Donnervogel existiert nicht mehr."

„Wer übernimmt die Steuerung"; rief jetzt Julia. „Ich will filmen, ich kann nicht gleichzeitig steuern."

„Ich mach das", sagten Anna und Fabian gleichzeitig.

„Ich übernehme die Hecksicherung", erklärte plötzlich Alwin. „Wer weiß, wer hinter dem Mond auf uns lauert." Mit diesen Worten kletterte er nach hinten zum Leitstand von einem der beiden Heckgeschütze.

„Wer soll denn dort schon sein", erklärte Hans, „Der Mann im Mond vielleicht. Die Bilder der Apollomission haben doch schon gezeigt, dass auf der Rückseite nichts los ist. Aber wenn ihr unbedingt ein paar Bilder machen wollt, halte ich euch nicht auf."

Anna und Fabian schwangen sich auf die mittleren Pilotenstühle. Julia suchte sich die beste Position zum Filmen und Frank und Hans mussten sich in die Waffenleitsessel links und rechts außen setzen.

Fabian steuerte mit seinem Joystick die Maschine ganz sanft ohne ruckartige Bewegungen auf einen Kurs, der geschätzt tausend Kilometer am Mond vorbei führen würde.

„Geh doch näher ran", rief Julia, „ich will bessere Bilder machen."

„Wir sollten einen Sicherheitsabstand einhalten", erklärte Fabian. Zu nahe dran ist nicht gut."

„Wie weit runter sollen wir denn gehen, damit du gute Bilder bekommst", fragte Anna.

„Dreißig Kilometer, das wäre doch spektakulär. Denn ich habe leider kein großes Teleobjektiv mit."

„Das ist viel zu tief, da könnten wir mit unserem Tempo eine Bruchlandung machen", rief Fabian erschrocken aus.

„Ich brems uns sanft ab, damit der Vogel nicht auseinanderfliegt", erklärte Anna, die sich auf die Seite von Julia geschlagen hatte.

„Sicherheit geht vor, maximal hundertfünfzig Kilometer über der Oberfläche", erklärte Hans. „Ein falscher Zucker am Joystick und bei dreißig Kilometer Höhe knallen wir in wenigen Sekunden am Mond auf."

„Kinder, seid ihr ängstlich", rief Julia ganz euphorisch. „Anna bremst uns doch ab, wir könnten doch auch dort unten landen."

„Schnapp nicht über, wir haben keine Raumanzüge", konterte Hans.

Frank saß schweigend in seinem Sessel und überlegte: „Ich kann hinübergreifen und ein schneller Ruck am Joystick des Piloten und gleichzeitig eine Beschleunigung würde reichen. Sie würden auf die Mondoberfläche krachen und alles wäre gelöst.

Aber kann ich das meiner Tochter und den anderen antun? Was, wenn meine Selbstmordaktion schief geht. Wie kann ich dann den anderen je wieder in die Augen schauen. Was denken sie dann von mir.

Aber wenn wir zur Erde zurückkehren, wo soll ich dann den Donnervogel verstecken? Die Geheimdienste finden ihn auch am tiefsten Meeresgrund und im hintersten Gebirgstal des Himalayas in jeder noch so entlegenen Höhle.

Uns zu retten und gleichzeitig den Donnervogel zum Verschwinden zu bringen ist ein Ding der Unmöglichkeit. Was soll ich nur machen, ich bin schuld an dem ganzen Abenteuer. Hätte ich doch den Leuten von TOTH damals das

Ankh und den Skarabäus gegeben. Sie hätten die Dinger sicher zerstört und der Donnervogel wäre nie gefunden worden. So bin ich am Tod von fünf lieben Menschen schuld. Elisabeth verliert ihre Familie, mich und ihre Tochter.

Ich kann es nicht tun.

Aber nein, ich muss es tun, denn sonst bin ich womöglich am Tod von Millionen Menschen schuld, wenn die Mächte mit ihrem Kampf um den Donnervogel einen Weltkrieg auf der Erde auslösen. Das wäre noch viel schlimmer. Dann hätte ich den Tod auf die Erde gebracht.

Ich muss es tun, aber es muss schnell gehen und keiner darf etwas merken, bis es zu spät ist. Ich muss ganz ruhig und gefasst bleiben."

Die anderen hatten keine Ahnung von den finsteren Plänen von Frank.

Anna hatte es geschafft, den Donnervogel abzubremsen und Fabian steuerte vorsichtig auf eine Mondumlaufbahn. Er ging langsam tiefer, damit sie auf die hundertfünfzig Kilometer Abstand kämen. Doch er hatte keine Ahnung, wie er die hundertfünfzig Kilometer messen sollte. Sein Notebook lag unten in der Kabine und ob die Höhenanzeige beim Mond funktionieren würde, war ungewiss. So musste er schätzen. Er hatte aber keinen Größenvergleich. Waren die Krater dort unten hundert Meter im Durchmesser oder zehn Kilometer. Er konnte es nicht erkennen.

Er ahnte, wenn er es erkennen könnte, wären sie auf alle Fälle zu tief.

Er dachte: „Blindflug ohne Instrumente über der erdabgewandten Mondoberfläche, wenn mir das jemand vor einer Woche gesagt hätte, hätte ich ihn für verrückt erklärt."

Langsam kamen die Krater näher und näher. Die Erde verschwand hinter der Mondoberfläche. Sie waren jetzt alleine im Weltraum ohne Sichtkontakt zur Erde.

„Hoffentlich finden wir wieder zurück", dachte Fabian.

Sie waren jetzt dort, wo die Apolloastronauten bei ihren Mondumkreisungen gewesen waren.

Die Mondrückseite wies keine dunklen Flecken, die so genannten Mare, auf. Es gab aber viel mehr Krater als auf der Vorderseite des Mondes.

Sie kamen tiefer und tiefer und konnten immer mehr Einzelheiten erkennen. Eine völlig fremde von Kratern zerfurcht Landschaft lag unter ihnen. Ein Krater ging oft in einen anderen Krater über oder lag innerhalb eines größeren Kraters. Der Mond musste hier einem heftigen Bombardement von Trümmern ausgesetzt gewesen sein.

Da er keine Atmosphäre hatte und es daher keine Verwitterung gab, waren diese Spuren seit Millionen Jahren unverändert erhalten geblieben.

Keiner dachte an einen Systemausfall. Julia filmte und fotografierte wie verrückt.

„Seht mal, dort drüben, das sieht wie der Grundriss einer Stadt aus", rief Julia plötzlich auf.

„Unsinn, hier wohnt doch keiner", murmelte Hans. Trotzdem sahen alle in die von Julia gezeigte Richtung.

Tatsächlich lag dort unten neben einem der seltenen dunklen Flecken ein seltsam oval geformter Krater, der in seinem Inneren rechteckige Strukturen aufwies. Diese sahen aus wie ein Straßennetz gigantischen Ausmaßes.

„Ist das natürlich entstanden, oder sind das Reste einer alten Mondbasis von Außerirdischen", entfuhr es Fabian.

„Gehen wir doch dort langsam runter, dann können wir es genauer sehen", schlug Julia vor.

„Ich mache Aufnahmen und dann fliegen wir nach Hause. Der Donnervogel fliegt so toll. Wir landen in Berlin Brandenburg am Flughafen und machen ganz große Presse. Die Journalisten und das Fernsehen werden von mir im Landeanflug informiert und warten schon am Flughafen. Da können uns die Geheimdienste nichts mehr tun, wenn alle Welt zuschauen kann", rief sie ganz unschuldig.

„Kindchen, zehn Minuten später wird das Militär den Vogel beschlagnahmen und das war's dann, kein einziger Journalist wird seine Bilder je senden dürfen", dachte Frank.

Hans hatte das Notebook von Fabian geholt und sich von ihm erklären lassen, wie die Übersetzung der Hieroglyphen der KI der Geschwindigkeits- und Höhenanzeige funktionierte.

„Wir sind nur mehr achtzig Kilometer über der Oberfläche und fliegen mit knapp zweitausend Stundenkilometern. Also für Weltraumverhältnisse stehen wir fast, wenn die Formeln von Fabian stimmen."

„Meine Formeln stimmen sicher, sonst wären wir nicht so schnell hier gewesen", schmollte Fabian.

„Dann haben wir den Vogel sicher im Griff und können tiefer gehen", bemerkte Frank ganz unschuldig, nachdem er die ganze Zeit geschwiegen hatte. Sein Plan stand fest.

Fabian zog eine Schleife und steuerte den Donnervogel auf diese seltsame Struktur zu. Anna nahm noch mehr Tempo weg. Frank beobachtete die beiden genau, denn er musste wissen, in welche Richtung er die Joysticks drücken musste, um einen Absturz mit hoher Geschwindigkeit auszulösen. Sein Herz schlug bis zum Hals, doch äußerlich war er ganz ruhig und ließ sich nichts anmerken.

Die Strukturen wurden größer, doch noch immer ließ sich nicht erkennen, ob sie künstlichen Ursprungs waren.

„Höhe nur mehr dreißig Kilometer, ganz wie du wolltest, Julia", bemerkte Hans.

Frank sah seine Stunde gekommen, er konzentrierte sich auf die beiden Joysticks von Fabian und Julia. „Den einen nach links reißen und den anderen vom Sitz weg drücken. Dann sind wir in fünf Sekunden unten", dachte er. Er spannte seine Muskeln an, um die Hände der beiden wegzustoßen und um den Überraschungseffekt auszunützen. Er wusste, dass er für seine Aktion nur wenige Sekunden Zeit hatte. Dann würden sie ihn überwältigen, aber es würde zu spät sein, den Kurs nochmals zu korrigieren. Sie würden mit mindestens zehntausend Stundenkilometer in die Mondoberfläche krachen.

Da erscholl die Stimme von Alwin aus dem Heck des Donnervogels: „Alarm, Gefahr, Fabian zieh ihn hoch, wir müssen weg, aber schnell."

Fabian, der nie gewollt hatte, so dicht zur Oberfläche hinunter zu fliegen, reagierte in Sekundenbruchteilen. Im Augenwinkel sah er, wie die Hand von Frank nach seinem Joystick greifen wollte. Er dachte, er wolle übernehmen, weil er zu langsam reagierte. Das würde er nicht zulassen.

Er zog den Stick voll zu sich und der Sinkflug verwandelte sich in einen extremen Steigflug, weg von der Mondoberfläche.

„Anna, gib vollen Schub", rief er aus. Anna tat es und sie schossen steil nach oben.

Da kam Alwin aus dem Heck und kletterte die Leiter ins Cockpit hoch.

„Schaut euch das an", rief er und hielt ihnen sein Smartphone mit der Kamera vor die Nase. „Was ich eben fotografiert habe.

Sie sahen ein Foto der Mondoberfläche. Knapp darüber schwebte ein grünlich leuchtendes Objekt, das wie eine langgestreckte Zigarre aussah.

„Das ist eindeutig ein UFO", rief Alwin aus.

„Kann das nicht eine optische Täuschung sein?", meinte Julia. „Wer weiß, was du gesehen hast."

„Dann komm mit, ich zeig es dir", rief Alwin aufgebracht. „Aber schnell, sonst sind wir außer Sichtweite."

Die beiden kletterten die Leiter hinunter und rannten durch den Gang, der zwischen den Bombenschächten hindurchführte, zu den beiden Heckgeschützständen.

Julia hatte ihre Kamera mit dem kleinen Teleobjektiv dabei und Alwin zeigte ihr das Objekt.

Julia schoss Foto um Foto. „Das muss ja riesig sein, das Ding, wenn ich mir die Krater dahinter ansehe", rief sie aus.

„Da stimmt etwas nicht, das Ding wird nicht kleiner. Das müsste es aber, weil wir wegfliegen. Shit, ich glaube, sie verfolgen uns", schrie Alwin gestresst auf.

Ihn konnte nichts so leicht in Panik versetzen, aber von einem UFO verfolgt zu werden, das überforderte auch seine Nerven.

„Fabian, voller Schub, wir werden vom UFO verfolgt", brüllte er in den Gang zum Cockpit.

Dann richtete er sich im Sitz des Heckschützen ein und überlegte, wie er das UFO mit der seltsamen Kanone, die es hier gab, vom Donnervogel fernhalten könne. Er konnte die Hieroglyphen der Beschriftung aber nicht lesen und es war auch niemand da, der sie ihm übersetzt hätte, denn Anna und Fabian flogen das Schiff.

Im Cockpit hatte sich ebenfalls Panik breitgemacht. Irgendwie musste die Schwerkraft doch einen Einfluss auf den Donnervogel haben, denn die Mondoberfläche sackte noch viel schneller nach unten, als es die Erdoberfläche getan hatte. Oder war gar noch ein weiteres Antriebsmodul aktiviert worden.

Sie sahen nur mehr den prächtigen Sternenhimmel vor sich. Von Mond und Erde war nichts zu sehen, da diese hinter ihnen lagen.

Fabian schwitzte, denn wohin sollte er jetzt steuern.

Da kam Julia nach vorne geklettert und erklärte: „Vom Heck kann man schon den ganzen Mond sehen und schräg dahinter auf neun Uhr die Erde. Fabian, du musst nach rechts steuern, dann wird die Erde gleich wieder ins Blickfeld kommen.

Fabian tat es und nun konnten sie seitlich im Fenster den Mond und schräg dahinter die Erde sehen. Doch beide Himmelskörper waren viel kleiner geworden.

„So weit hinaus in den Weltraum war noch nie ein Mensch gekommen", jubelte Julia. „Wir schreiben die Geschichte der Raumfahrt um!"

Sie filmte und fotografierte wieder wie wild.

„Von der Erde zum Mond sind es dreihundertsechzigtausend Kilometer. Wenn ich mir die Mondgröße so anschaue und dahinter die kleine Erde sehe, dann müssen wir jetzt rund fünfhunderttausend Kilometer von der Erde entfernt sein. Dabei ist kaum Zeit vergangen. Der Antrieb scheint nach oben kein Limit zu haben", entsetzte sich Fabian.

Er korrigierte den Kurs in einer weiten Schleife so, dass der Bug des Donnervogels auf die Erde zeigte. Diese begann langsam wieder größer zu werden.

„Hans, kannst du die Geschwindigkeit berechnen, was gibt der Zeiger an?", wolle Fabian wissen.

„Nichts, es sieht so aus, wie wenn er klemmt oder abgebrochen ist. Ich kann ihn nicht ablesen."

„Der erste Defekt, das ist der Anfang vom Ende", durchzuckte es Fabian, er sagte aber nichts.

Die Erde kommt viel zu rasch näher, wir müssen ein wahnwitziges Tempo fliegen", rief Anna aus.

„Dann brems doch mit dem Joystick", konterte Julia.

„Was glaubts du, was ich die ganze Zeit mache, aber es passiert irgendwie nichts. Ich habe den Eindruck, wir werden nicht langsamer", erklärte Anna sichtlich in Sorge.

„Dann müssen wir es wie die Apolloastronauten machen, wir bremsen durch Reibung an der Erdatmosphäre ab", erklärte Fabian.

„Bist du wahnsinnig, da verglühen wir doch sofort, wir haben doch kein Hitzeschild", widersprach Hans.

„Das muss vorsichtig passieren und kann in unserem Fall viele Erdumkreisungen dauern. Ich stelle mir das so vor, dass wir von einem Energiefeld umgeben sind, welches die Schwerkraft aufhebt, aber dieses Energiefeld muss eine Außenseite haben, und an dieser findet die Reibung statt. So ist der Donnervogel nicht direkt der Reibung ausgesetzt."

„Glaubst du das nur, oder weißt du es auch?"

„Genau weiß ich es nicht, aber da wir hier herinnen immer noch normale Schwerkraft haben, muss es ein solches Feld geben."

„Was ist, wenn das Feld nur wenige Zentimeter über die Außenhaut des Donnervogels reicht und die Reibungsenergie nicht aufnehmen kann. Dann verglühen wir sicher."

„Das Risiko müssen wir eingehen, oder fällt euch etwas anderes ein", seufzte Fabian.

„Können wir den Vogel nicht umdrehen und Gegenschub geben", meinte Hans, der sich zwar mit Flugzeugen auskannte, von Antigravitationsantrieben aber nichts verstand.

Leider verstand Fabian auch nicht viel mehr davon: „Ich kann ihn nicht wenden, ohne das Feld auch umzudrehen. Dann fliegen wir wieder von der Erde weg, wenn ich das mache."

„Unsere Aussichten sind trübe, wenn wir den Vogel nicht abbremsen können", stöhnte Hans.

Nur Frank regte sich nicht auf, sondern dachte: „So müssen wir uns jetzt doch opfern und verglühen in der Atmosphäre. So bin ich nicht zum Mörder geworden, aber die Geheimdienste bekommen den Vogel nicht in die Finger.

Laut sagte er stattdessen: „Dann sollten wir uns langsam auf das Sterben vorbereiten, denn die Aktion von Fabian ist Selbstmord."

Fabian aber wollte nicht aufgeben und rief: „Ich glaub, wir werden doch langsamer, die Erde wird nicht mehr so schnell größer. Wir verstehen nur einfach dieses Antriebssystem viel zu wenig. Ich versuche auf alle Fälle die Reibungslandung. Wenn sie nicht gelingt, verglühen wir oder wir werden auf Nimmerwiedersehen in den Weltraum geschleudert und sterben dort, wenn unser Sauerstoff alle ist.

Da kam Alwin wieder heraufgeklettert und berichtete: „Das UFO verfolgt uns noch immer, aber in gleichbleibendem großen Abstand. Es scheint keine Gefahr für uns zu sein, denn sonst hätten sie schon etwas gegen uns unternommen."

„Wegen deinem Alarm sind wir so schnell geworden und können nicht mehr richtig bremsen", fauchte ihn Anna an. „Der Donnervogel beginnt kaputtzugehen."

„Dafür kann ich aber nichts, ich habe nur vor dem UFO gewarnt, ich bin nicht für die Situation verantwortlich, ich habe euch schon ein paar Mal gerettet", machte Alwin seinem Frust Luft.

Dann blieb ihnen nur mehr das Warten.

Es stimmte, die Erde kam nicht mehr ganz so schnell näher, aber sie waren doch wesentlich schneller als beim Hinflug. Hans rechnete und schätzte ihre Geschwindigkeit auf siebzigtausend Stundenkilometer.

Alle saßen apathisch in ihren Sesseln und warteten auf das unvermeidliche Ende.

Nur Fabian wollte nicht aufgeben. Er konzentrierte sich auf das Reibungsmanöver und hoffte, dass ihm seine Intuition und sein Gefühl nicht im Stich lassen würden.

Er steuerte den Donnervogel behutsam an der Erde vorbei und visierte die äußersten Atmosphärenschichten an, um den Reibungseffekt einzuleiten.

Die Erde hing inzwischen als riesiger Ball über ihnen. Das Cockpitfenster war Richtung Erde gerichtet. Fabian hatte dies so gewollt, damit er besser navigieren konnte. Sie standen in Bezug zur Erde sozusagen auf dem Kopf.

Fabian versuchte, eine spiralförmige Kreisbahn zu fliegen, die sie langsam immer näher an die Erde heranführen würde. Sie hatten keine Ahnung, wie hoch die Temperatur an der Außenseite der Donnervogelhülle war. Über ihnen konnten sie die Küstenlinie von Südamerika erkennen.

Sie bemerkten nicht, dass die Moleküle der äußeren Atmosphäre an der Außenhülle des Donnervogels bereits zu glühen begannen.

Kapitel 45

Ein umgedrehter Spionagesatellit, der gerade über dem Südatlantik seine Bahn zog, ortete den Donnervogel als erstes. Weitere Satelliten meldeten kurz danach ebenfalls Kontakt.

Die Chefs von CIA, Pentagon und Navy waren umgehend informiert worden.

Die F35 mit der Laserkanone war in Area 51 in Colorado stationiert, einer streng geheimen Luftwaffenbasis.

Sie erhielt noch keine Starterlaubnis, da erst der Kurs des Donnervogels berechnet werden musste.

Dann kamen die ersten Bahndaten aus dem Rechner und der zuständige Offizier erkannte sofort: „Die sind viel zu schnell, die müssten längst bremsen. Da oben stimmt etwas nicht. Wer so hereinkommt und nicht bremst, der kann nur verglühen."

Dem CIA-Chef schmeckten diese Nachrichten gar nicht. Er rief sofort bei Paul Simon an und wollte mehr Einzelheiten über den Donnervogel wissen.

„Ich will einen ganzen Donnervogel in unserem Besitz, verglüht nützt er mir nichts", tobte er durchs Telefon.

Doch Simon konnte ihm auch nicht mehr sagen, als er ohnehin schon wusste.

„Verdammt, da sind wir so nahe an der Gravitationstechnik dran und dann geht dort irgendwas kaputt und alles wird vernichtet", schimpfte er vor sich hin.

Wie nahe er mit seiner Schimpfkanonade der Wahrheit gekommen war, ahnte er allerdings nicht.

Denn wie würden die Antimateriebomben im Rumpf des Donnervogels reagieren, wenn dieser in der Atmosphäre verglühte. Dies könnte das Ende der Menschheit einleiten, aber davon hatte der CIA-Chef keine Ahnung.

Stattdessen rief er den NASA-Chef an und erklärte in kurzen Worten den Sachverhalt.

„Können wir mit den Leuten in diesem prähistorischen Flieger irgendwie kommunizieren und ihnen sagen, sie sollen außerhalb der Atmosphäre bleiben", fragte er den NASA-Chef.

„Schwierig, wir wissen die Frequenz nicht, und wir wissen nicht, ob es da oben überhaupt eine Empfangsmöglichkeit gibt", erklärte dieser.

„Wenn ich die Information von diesem Simon früher gehabt hätte, dann hätten die F22 Raptors nicht auf das Raumschiff geschossen", sinnierte der CIA-Chef verärgert.

„Aber was nützt mir der Kopf von diesem Simon auf einer Stange, wenn ich dieses Raumschiff nicht in meinen Besitz bringen kann. Es müsste ein Space Shuttle da oben sein, welches die Donnervogel Crew retten könnte. Aber leider ist keines da oben, da die Space Shuttle Missionen eingestellt worden sind. Die Leute in der ISS können auch nichts machen, denn die kommen von dort nicht weg. Die Situation ist völlig verfahren und in ein paar Minuten ist der Donnervogel verglüht und wir müssen hilflos zusehen. Es ist zum Verrückt werden."

Kapitel 46

Die Temperatur im Cockpit hatte merklich zugenommen. Nun sahen alle das Leuchten an der Außenseite des Donnervogels. Das Energiefeld umhüllte zwar den ganzen Rumpf, aber der Abstand zur Metallverkleidung war sehr gering.

Fabian grübelte, wie die Atlantiden das hinbekommen hatten, denn er meinte, das Feld müsste eine Eiform haben, in deren Mitte der Donnervogel Platz hatte. Doch das Feld umhüllte den Rumpf wie eine zweite Haut ganz eng.

Wenn er mit der Hand auf die Cockpitscheibe griff, verbrannte er sich schon die Finger, so heiß war die Scheibe mittlerweile geworden.

Die anderen schwiegen und stellten sich auf den Tod ein, denn der Donnervogel konnte jeden Moment zerstört werden.

Der Joystick zur Temporeduktion war inzwischen völlig ohne Wirkung. Irgendetwas im Inneren der Maschine musste kaputt gegangen sein. Das konnten sie unmöglich finden und reparieren.

„Wir müssen die Landung abbrechen", rief Fabian verzweifelt und zog an seinem Joystick. Dieser war noch intakt und die Maschine gehorchte. Sie stiegen wieder an und ließen die Atmosphäre hinter sich.

Bald breitete sich vor dem Donnervogel der endlose Weltraum aus, der Erde hatten sie jetzt das Heck zugekehrt.

Sofort trat eine merkliche Abkühlung ein. Die Temperatur begann schnell zu sinken, viel zu schnell.

„Mir wird plötzlich kalt", rief Julia aus, die bisher immer noch tapfer gefilmt und fotografiert hatte.

„Was ist das, die Kamera schwebt, ich schwebe auch, Hilfe", schrie sie plötzlich auf.

„Die Kabinenschwerkraft ist ausgefallen", rief Fabian. „Die Vakuumenergieversorgung hat ein Problem. Das ist der Grund, warum wir nicht bremsen konnten. Vielleicht ist ein Teil durchgebrannt und müsste getauscht werden."

„Vergiss es, wir können hier nichts tauschen, wir wissen doch gar nicht, wie der Vogel funktioniert. Wir haben ihn mit dem Mondflug schlichtweg überfordert", ließ sich jetzt Hans vernehmen.

„Der Mondflug war meine Idee", heulte Julia jetzt los, „jetzt habe ich uns alle auf dem Gewissen, das habe ich nicht gewollt."

„Ja, das hast du nicht gewollt, aber die geilen Fotos von der Mondrückseite hast du schon gewollt. Aber die wird sich jetzt niemand mehr anschauen können, wenn wir alle tot sind", zischte ihr Anna zu.

„Kinder, können wir nicht wenigstens in Frieden und Würde sterben", warf Frank ein. „Streitet euch nicht, niemand hat Schuld, wir haben alle zugestimmt und wir müssen jetzt alle die Konsequenzen tragen.

Lasst uns in die Kajüte gehen und uns umarmen, dann hält die Körperwärme ein bisschen länger, denn ich denke die Heizung ist auch ausgefallen."

Wie zum Beweis hinterließ sein Atem einen eisigen Hauch in der Kabine. So rasch war die Temperatur gefallen.

Die Isolierung durch das Energiefeld war jetzt weg und die Weltraumkälte drang rasch durch die dünnen Scheiben.

Sie kletterten alle nach unten, um sich wärmer anzuziehen. So würden sie den Tod noch ein wenig hinauszögern können.

Alwin erklärte: „Ich will im Angesicht der Erde sterben, nicht hier in dieser engen Kajüte, ich gehe nach hinten zum Heckgeschütz."

Alwin ging den Gang zwischen den Bombenschächten ein letztes Mal, wie er meinte, nach hinten und sah die Erde unter sich liegen. Tief unten konnte er die afrikanische Ostküste erkennen. Dort musste Marokko liegen, von wo sie vor nicht langer Zeit zu ihrem Todesflug gestartet waren.

In der Kanzel des Heckgeschützes war es noch ein wenig kälter als in der Kajüte, aber das war Alwin egal. Er wollte die Angelegenheit mit dem Sterben hinter sich bringen.

Doch was war das. Ein riesiges Ding schob sich plötzlich in sein Sichtfeld. Es leuchtete in einem hellen Grün. Alwin konnte die Distanz schwer schätzen.

Es war die grüne Zigarre, die er schon auf der Mondrückseite gesehen hatte.

Würden die Aliens gnädig sein und sie rasch töten, oder bestand Hoffnung auf Rettung.

Die Zigarre drehte sich langsam um ihre Achse und bald sah Alwin nur mehr einen Kreis, da das fremde Raumschiff dem Donnervogel das Heck zuwandte.

Es kam langsam näher und Alwin konnte Strukturen hinter dem grünen Leuchten erkennen.

Plötzlich meinte er, einen Ring zu sehen. In der Mitte des Kreises war eine schwarze Fläche zu sehen.

Der Ring kam näher und näher. Alwin schätzte jetzt den Außendurchmesser des Ringes auf mindestens hundert Meter.

„Dann muss dieses Ding mindestens einen Kilometer lang sein", durchzuckte ihn ein Gedanke.

Er saß da mit offenem Mund und staunte. Er vergaß die Kälte und er vergaß, die anderen zu informieren.

Der Abstand wurde immer geringer und Alwin konnte erkennen, dass die schwarze Fläche keine Fläche war, sondern ein riesiger Hangar. Lichter gingen im Inneren an, als der Donnervogel langsam ins Innere des fremden Schiffes gezogen wurde.

Die anderen bekamen von der Aktion nichts mit, da sie sich in der Bugkajüte verkrochen hatten.

Erst als der Donnervogel mit einem sanften Plumps am Boden des Hangars aufsetzte, reagierten die anderen und einer schrie: „Brechen wir jetzt auseinander."

„Nein, wir sind gerade gelandet", schrie Alwin in Richtung Kajüte, nachdem er seinen Schreck überwunden hatte.

„Die Schwerkraft ist wieder da", hörte er jetzt Julia schreien, „was ist passiert? Alwin, was hast du gemacht?"

Alle drängten nach hinten zu Alwin, doch dort war zu wenig Platz für alle. Doch sie konnten durch die Heckschützenfenster ein wenig ihrer neuen Umgebung sehen. Alle waren fassungslos.

Alwin erklärte: „Das UFO hat uns aufgenommen, sie haben uns gerettet. Wir sind im Hangar Bereich eines eindeutig nichtirdischen Raumschiffes. Wir sollten uns friedlich verhalten und abwarten, was als nächstes geschieht."

„Ihr könnt die Schleuse jetzt öffnen und rauskommen, die Luft ist für euch atembar, fürchtet euch nicht."

Doch das waren keine von außen gesprochenen Worte. Anna sprach diese Worte, da sie einen Impuls verspürte, diese Worte zu sprechen, die plötzlich in ihren Gedanken erschienen waren.

„Wie kommst du da drauf, das kann eine Falle sein", wollte Hans wissen.

„Das ist Telepathie, das ist keine Falle, wir können ihnen vertrauen, glaub es mir", erwiderte Anna.

„Los, packt euere Notfallrucksäcke bevor wir aussteigen. Wer weiß, ob es in diesem Schiff für uns essbare Nahrung gibt", erklärte Alwin, der nun wieder logisch denken konnte.

Alle drängten in die Kajüte und suchten ihre Sachen zusammen. Julia packte diesmal sorgfältig ein und achtete darauf, nichts von ihrer Fotoausrüstung liegen zu lassen. Auch Alwin packte seine Sachen und auch seine Uzzi samt restlichen Magazinen ein. „Man kann nie wissen, wofür das Ding noch nötig ist", dachte er.

Zehn Minuten später waren alle abmarschbereit und Anna erklärte: „Mein Gefühl sagt mir, dass wir den Donnervogel nie wieder sehen."

Alwin öffnete vom Cockpit aus die Heckschleuse. Diese krachte mit einem lauten Rumps aus der Verankerung auf den

Hallenboden auf. Die Bordenergie musste wirklich schon sehr erschöpft sein.

Sie hatten ihre Rucksäcke übergeworfen und stiegen im Gänsemarsch aus. Instinktiv hatten sie die Hände erhoben und zeigten ihre leeren Handflächen nach vorne.

Niemand außer ihnen war im Hangar. Die Halle war so groß, da hätten noch drei weitere Donnervögel hineingepasst.

Anna sah sich um und betrachtete den Donnervogel liebevoll von außen. Dieser Flieger hatte sie auf eine unglaubliche Reise geführt. Diese Reise war allerdings noch lange nicht zu Ende.

Das Hangartor hinter dem Donnervogel war geschlossen, Anna konnte keinen Sternenhimmel sehen, nur eine glatte Metallfläche schimmerte hinter dem Donnervogel im Lichte der Hangarbeleuchtung. Der ganze Hangar schien vollkommen leer zu sein. Nur der Donnervogel und seine Besatzung befanden sich darin.

Es geschah eine Weile nichts. Dann sprach Anna plötzlich wieder nach, was ihr die telepathische Stimme in ihrem Kopf vorsagte: „Geht nach hinten an die innere Querwand. Ihr werdet erwartet. Fürchtet euch nicht."

Sie gingen schweigend nach hinten in den Hangar hinein. Anna drehte sich um und fand, der Donnervogel sah plötzlich sehr alt aus.

Plötzlich öffnete sich vor ihnen in der Wand eine Schleuse. Sie traten ein. Hinter ihnen schloss sich die Schleuse sofort wieder. Sie befanden sich in einem langen hellerleuchteten Gang. Das Licht kam direkt aus den Wänden, sie konnten keine Beleuchtungskörper ausmachen. Die

Wände waren aus einem metallischen fugenlosen Material gefertigt, das sich bei Berührung warm und elastisch anfühlte.

Kapitel 47

Eine Türe öffnete sich seitlich und Anna sagte: „Wir dürfen eintreten."

Die Überraschung war groß, als sie sich in einer Art Seminarraum wiederfanden. Es gab Stühle und Tische, die alle recht irdisch aussahen. Der Raum bot Platz für leicht dreißig Personen. Auf den Tischen standen gefüllte Wasserflaschen. Julia ergriff eine und trank daraus: „Schmeckt wie frisches Quellwasser", erklärte sie, als die anderen sie entgeistert ansahen.

„Erwartet ihr jetzt, dass ich tot umfalle oder was", erklärte sie keck. „Wir dürften hier zu Gast sein, also genießen wir es."

Als die anderen sahen, dass es keine Nebenwirkungen gab, tranken sie auch aus den Flaschen und nahmen dann hinter den Tischen Platz. Die Sessel waren recht bequem und eindeutig auf menschliche Körper zugeschnitten. Hier schien es öfter menschliche Besucher zu geben, schlussfolgerte Anna.

Es kam keine rechte Unterhaltung auf, da alle gespannt warteten, was nun kommen würde. Hoffentlich würde das Raumschiff sie auch wieder zur Erde zurück bringen, denn die letzte Kursinformation war, dass sie sich rasch von der Erde entfernten, als der Donnervogel an Bord geholt worden war. Danach wussten sie nichts mehr, da es hier keine Fenster gab.

„Könnt ihr das auch hören, das ist wie Stimmen in meinem Kopf", rief plötzlich Julia auf.

„Ja, sicher, ich hörte es schon ein paar Mal", meine Anna.

„Ich höre nichts"; meinte Alwin, „doch nein, jetzt höre ich auch etwas, aber sehr leise."

„Mir ist es fast zu laut", erklärte Frank. „Warum schreien die so."

„Hören wir alle dasselbe, oder jeder etwas anderes?", wollte Anna wissen.

Sie tauschten ihr Gehörtes aus und erkannten, alle hörten dasselbe: „Fürchtet euch nicht, wir werden euch gleich begrüßen, tapfere Freunde von der Erde."

Vorne an der Seite des Raumes wurde eine Türöffnung sichtbar. Drei großgewachsene Fremde betraten den Raum. Sie trugen eine Art enganliegenden elfenbeinfarbenen Overall, wie er den Sehern alter Science-Fiction Filme aus den achtziger Jahren des zwanzigsten Jahrhunderts ein Begriff war. Einige seltsam aussehende Gerätschaften hingen an ihrer Brust. Doch das Merkwürdigste war ihre dreieckige Kopfform. Ein spitzes Kinn, das die untere Spitze eines auf den Kopf gestellten gleichschenkeligen Dreiecks darstellte. Dazu große mandelförmige Augen und ein schmaler kaum erkennbarer Mund.

Die Hautfarbe der drei Wesen wies einen bläulichen Ton auf. Sie schienen dieselbe Luft atmen zu können, wie die anwesenden Menschen, da sie keine erkennbare Atemvorrichtung trugen.

Ihre Größe betrug mindestens zwei Meter zwanzig. Sie hatten lange schmale Finger an den Händen und Anna glaubte zu erkennen, dass sie nur vier Finger hatten.

Sie stellten sich an die Stirnseite des Raumes und alle anwesenden Menschen konnten hören, wie sie auf telepathischem Weg in bestem Deutsch mit ihnen kommunizierten.

„Seid gegrüßt, Menschen von der Erde. Wir haben euch einiges zu erklären, denn ihr habt uns einen großen Dienst erwiesen und dabei euer Leben riskiert.

Aber zuerst möchten wir uns vorstellen, wir, Al-Seh, El-Mol und ich, der ich Ul-Toth bin, kommen aus dem System, das ihr Orion nennt. Unsere Zivilisation beobachtet euch schon sehr lange Zeit.

Ich, Ul-Toth bin derzeit der oberste Leiter der Organisation TOTH, die auf dem Planeten Erde die Aufgabe wahrnimmt, eine weitere Atlantis Katastrophe zu verhindern.

Jetzt lernen wir uns endlich persönlich kennen. Denn einer von euch muss Professor Frank Steiner sein, den die Organisation TOTH auf der Erde angeheuert hat, um die Artefakte zu schützen."

Frank stand auf und sagte: Ich bin Frank Steiner, von dem ihr gerade sprecht."

„Wir danken dir, du hast uns den Donnervogel gebracht, aber dein Spiel war hoch riskant, fast wäre der Donnervogel in die Hände des Militärs gefallen und ihr wäret dabei gestorben. So hohes Risiko darf man nicht eingehen, denn sonst endet es so, wie es damals geendet hat, als alles vernichtet wurde."

Frank wurde blass und sagte nichts mehr. Er wusste, dass der Orioner recht hatte.

Dieser fuhr mit seinen Gedanken fort, die sich in den Gehirnen aller Anwesenden als Sprache manifestierten.

„Denn unsere Vorfahren haben damals vor mehr als fünfzehntausend Jahren den schlimmen Fehler gemacht, den Menschen zu rasch mit hochentwickelter Technik helfen zu wollen.

Eure heutige Zivilisation beginnt sich langsam an die Dinge zu erinnern, da immer mehr Artefakte von damals gefunden werden.

Die Sage von Phaeton, der den Sonnenwagen seines Vaters, des Sonnengottes Helios auslieh und damit zu nahe an die Erde kam und alles in Brand setzte, beruht auf einer wahren Begebenheit. Es war einer der schlimmsten Asteroideneinschläge in der menschlichen Geschichte, der fast die gesamte Menschheit auslöschte.

Deshalb wollte Prometheus, ein Bürger unseres Volkes, verhindern, dass dies nochmals geschah. Er gab den Menschen die Fähigkeit, Asteroidenabwehrwaffen zu bauen. Das waren die sogenannten Donnervögel. Ihr habt den letzten existierenden Donnervogel gefunden und ihn sogar ohne Einschulung geflogen.

In eurer Sage von Prometheus bringt dieser den Menschen das Feuer. In Wahrheit hat Prometheus euch nicht das Feuer gebracht, sondern die Beherrschung dessen, was ihr Materie nennt, den Menschen verraten.

Leider hat Prometheus hier einen schweren Fehler begangen, denn die Menschen waren nicht so weit, diese Technik friedlich nutzen zu können.

Denn es ging um die echte Beherrschung der Materie. Nicht in dem eingeschränkten Sinn, wie ihr sie heute kennt. Ihr kennt bloß Kernfusion und Kernspaltung. Aber das sind nur die primitiven Formen. Damit könnt ihr nur Wärme erzeugen.

Erst, wer Materie mittels bestimmter hochfrequenter Schwingungen auflösen und wieder verdichten kann, wer die Massenträgheit und die Schwerkraft überwinden kann, der beherrscht die scheinbar so feste Materie wirklich. Dem stehen dann die überlichtschnellen Reiserouten durch unsere Galaxie und viele andere Dinge offen.

Unsere Zivilisation kann dies seit Jahrtausenden. Ihr auf der Erde seid nicht die einzige Zivilisation in der Galaxis, der wir in der Entwicklung helfen.

Leider haben die Menschen damals in ihrer Zivilisation, die ihr heute nur noch in der Sage von Atlantis kennt, die Macht über die Materie dazu benutzt, die Waffen, die zur Asteroidenabwehr gedacht waren, gegeneinander einzusetzen. Dies geschah, weil die Menschen ihre Aggressionen und Ängste nicht in den Griff bekommen konnten.

Der ägyptische Osiris Mythos berichtet vom Kampf zwischen Seth und Osiris. Die junge ägyptische Zivilisation hat die Könige und Generäle der untergegangenen Zivilisation von Atlantis dann zu ihren Göttern gemacht, da die Ägypter die Technik von Atlantis nicht beherrschten und auch nicht verstanden.

Den letzten Bunker der Isis habt hier vor ein paar Jahren gefunden. Doch darin waren nur Flüchtlinge aus Atlantis, die zusammen mit Isis dort den Tod gefunden haben.

Aber jetzt ist auch der letzte existierende Donnervogel in Sicherheit und kann von uns fachgerecht abgewrackt werden.

Wenn ihr mit dem Donnervogel in den Mond gekracht wärt, dann wären die an Bord befindlichen Asteroidenabwehrwaffen automatisch aktiviert worden.

Das hätte der Mond nicht überstanden. Er wäre in Trümmer gesprengt und zum größten Teil aufgelöst worden. Doch der Mond ist viel zu nahe bei der Erde. Auf so kurze Entfernungen dürfen Antiasteroidenwaffen nicht eingesetzt werden. Eine Asteroidensprengung muss viel weiter draußen im Weltraum erfolgen.

Die übriggebliebenen Trümmer des Mondes wären auf die Erde gestürzt und hätten eure Zivilisation komplett zerstört und die Erde für lange Zeit unbewohnbar gemacht."

Frank war knapp daran, in Ohnmacht zu fallen. Sein Plan zur Rettung der Menschheit hätte diese in Wahrheit völlig vernichtet.

„Zum Glück weiß niemand, was ich vorhatte", versucht er sich zu beruhigen."

Fabian sah Frank von der Seite an und wusste ganz plötzlich, was die Hand des Professors bei seiner Konsole gewollt hatte. Ihn schauderte. Aber dann musste er daran denken, wie er selbst den Donnervogel mit seinem dilettantischen Bremsmanöver beinahe hatte verglühen lassen. Die Bomben wären dann vermutlich in der Erdatmosphäre hochgegangen und hätten die Erde schwer beschädigt.

„Ich lese in euren Gedanken, ihr erkennt, wie knapp die Menschheit einer neuerlichen Katastrophe entkommen ist", ließ sich der Orioner wieder vernehmen.

Unwissenheit, genauso, wie damals, als sich die feindlichen Fraktionen von Seth und Osiris mit Atombomben und Antimateriewaffen beworfen haben.

Sie haben die Donnervögel gegeneinander eingesetzt. Es gab entsetzliche Luftschlachten. Zu dieser Zeit war kein Schiff von Orion in der Nähe und als dann eines kam, war Atlantis verschwunden und die Zivilisation zerstört.

Mit den Resten an High Tech Geräten aus Atlantis haben die Ägypter ihr erstes Reich errichtet. Doch sie konnten keine Ersatzteile erzeugen und so gaben die High Tech Gerätschaften nach und nach ihre Funktion auf. Sie wurden dann von späteren Generationen als heilige Reliquien verehrt und immer mehr zerkleinert, da jeder ein Stück davon haben wollte."

Jetzt konnte sich Anna nicht mehr halten. Sie sprach ihre Gedanken laut aus, damit es alle im Team hören konnten: „Dann hätte ich hier eine wichtige Frage. Wozu waren die Pyramiden denn wirklich gut. Was ist ihr eigentlicher Zweck?"

Es schien Anna, wie wenn der Orioner, der sich Ul-Toth nannte, leise lächelte.

„Ich sehe, ihr habt wirklich keine Ahnung von der Beherrschung der Materie. Dieses Riesenraumschiff, in dem ihr euch gerade befindet, ist äußerst unpraktisch, wenn nur eine Person reisen will.

In so einem Fall verwenden wir die Pyramiden als Materietransmitter. Die Person startet vom Orion und kommt in der Königskammer in der Pyramide an, die ihr Cheopspyramide nennt. Das funktioniert einfach und sicher über Lichtjahre hinweg.

In der ägyptischen Mythologie gibt es sogar noch Hinweise auf unser Transportsystem. Dort wird von Seelenreisen des Pharaos nach seinem Tode gesprochen. Wir haben aber nie einen menschlichen Pharao bis zum Orion befördert. Was hätte das für einen Sinn gemacht."

„Wie ist das dann mit den verschiedenen Bauformen der Pyramiden in Ägypten", wolle Anna wissen. „Es gibt die Stufenpyramide von Sakkara, die Knickpyramide, die rote Pyramide und viele andere. Waren das alles Transmitter zu den Sternen."

„Nein, es gab in Ägypten nur drei Transmitter in der Cheops- und der Chephrenpyramide für den interstellaren Reiseverkehr und die Mykerinospyramide für den erdgebundenen Reiseverkehr.

Die anderen Pyramiden waren alles nichtfunktionierende Nachbauten, welche die ägyptischen Dynastien mit den restlichen Werkzeugen der Atlanter errichtet hatten. Keine davon ging je in Betrieb.

Cheops- und Chephrenpyramide sind auch nicht mehr funktionsfähig, es fehlen zu viele wichtige Teile. Auch die Mykerinospyramide ist kaputt. Die Araber haben einfach zu viele Steine entwendet und Kairo daraus gebaut.

Deshalb sind wir jetzt mit diesem Großraumschiff hier, weil alle interstellaren Transmitter auf der Erde defekt sind.

Aber das ist nicht das, was wir euch mitgeben möchten.

Wir möchten euch eine Botschaft für die Menschheit mitgeben. Eine von euch hat schon erkannt, dass dieser Raum hier auf dem Schiff nicht nur für euch geschaffen worden ist, sondern, dass schon andere Gruppen hier gesessen sind.

Leider haben viele unsere Informationen nach der Rückkehr zur Erde verdrängt, als Traum abgetan oder gar verdreht wiedergegeben.

Hier jedenfalls habt ihr die Erklärung für das, was bei euch die sogenannten UFO-Entführungen sind.

Ihr seid aber die einzigen lebenden Menschen, die je einen Donnervogel geflogen haben. Ihr habt die Filmaufnahmen davon und ihr werdet gleich noch mehr Aufnahmen sehen.

Du da links vorne, pack dein Aufnahmegerät aus, du wirst es gleich brauchen."

Der Orioner hatte auf Julia gedeutet. Diese wurde rot und begann in ihrem Rucksack zu kramen, um die Videokamera herauszuholen.

Die drei Orioner traten an den Rand des Saales und die Wand hinter ihnen verwandelte sich in einen großen Bildschirm.

Diesmal kam der Ton nicht telepathisch, sondern auf Englisch aus verborgenen Lautsprechern.

Auf telepathischem Weg konnten sie dagegen hören: „Entschuldigt, wir haben das Video nur in vier Sprachen,

Deutsch ist leider nicht dabei. Wir haben Englisch, Chinesisch, Russisch und Spanisch zur Auswahl. Aus jeder dieser vier Sprachen waren bereits Gäste hier bei uns."

Dann begann schon der Film mit dramatischer Musikuntermalung.

Der Sprecher erzählte: „Hier seht ihr die Erde vom Weltraum aus, wie sie vor fünfzehntausend Jahren ausgesehen hat."

Die Kamera zoomte heran, so dass Details sichtbar wurden. Man konnte Afrika mit einer begrünten Sahara sehen, der Meeresspiegel lag deutlich tiefer und die Küstenlinie war dort, wo heute längst Wasser ist. Große Ströme durchzogen den Nordteil von Afrika. Der Nil war nur einer unter mehreren. Der jetzt fast ausgetrocknete Tschadsee war ein riesiges Binnenmehr, das von Wäldern umgeben war.

Dann wurde Europa überflogen. Hier war das riesige Eisschild der Alpen zu sehen. Im Mittelmeerraum blühte hingegen das Leben. Es gab viel mehr Inseln als heute und Malta war mit Sizilien verbunden. Der größte Teil der Adria war trockenes Land.

Die britischen Inseln gab es nicht, sie waren Teil des Kontinents. Rhein und Themse flossen dort zusammen, wo heute der Ärmelkanal ist und ergossen sich erst westlich vom heutigen Lands End, der Südspitze Englands, in den Atlantik.

Der Flug ging weiter nach Norden und dann nach Westen. Das riesige grönländische Eisschild war mit dem kanadischen Eisschild verbunden.

Sie konnten jetzt den Terminator erkennen. Das ist die Grenze zwischen der von der Sonne beleuchteten Seite der

Erde und der Nachtseite der Erde. Die Kamera zoomte zurück und es war wieder die ganze Erde zu erkennen.

Anna kannte die Linie vom Flight Radar auf ihrem Computer. Doch sie konnte ihren Augen nicht trauen, die Linie verlief anders als gewohnt.

Da hörte sie auch schon den Sprecher: „Ihr wundert euch jetzt über den Terminator. Der verlief damals etwas anders. Der geographische Nordpol lag mitten in Kanada. Die Erdachse ist gekippte auf Grund der schrecklichen Ereignisse, durch die sich Atlantis selbst vernichtet hat."

Der Flug setzte sich fort zur amerikanischen Westküste und dann über den Pazifik nach Asien.

Dort erkannten sie die vertraute Landkarte nicht wieder. Eine riesige Landmasse lag dort, wo jetzt das südchinesische und das ostchinesische Meer liegen. Die vielen Inseln Indonesiens waren zu einer einzigen großen Landmasse zusammen gewachsen.

Die Kamera zoomte nach unten und sie sahen riesige Städte mit Millionen Einwohnern. Diese lagen dort, wo sich in heutiger Zeit das Südchinesische Meer ausbreitet.

Sie kamen aus dem Staunen nicht heraus, als der Flug nach Norden abbog und die Kamera erst über Sibirien wieder ins Detail zoomte.

Die sibirische Tundra war verschwunden. Dort waren weite Wälder und offene Savannen, in denen tausende Mammuts grasten.

Anna erkannte, hier war keine Eiszeit, das Land war bewohnbar und es gab keinen Permafrost. Das war logisch, denn der Nordpol lag in Kanada, und war von Sibirien viel weiter weg als heute.

Die Stimme des Sprechers war zu hören: „Sibirien hätte die Kornkammer des Planeten sein können, doch damals lebten noch zu wenige Menschen auf der Erde, so dass es faktisch unbewohnt war."

Dann schwenkte der Flug nach Süden und die Kamera zoomte wieder zurück. Sie überflogen abermals die grüne Sahara und die Kamera zoomte diesmal noch weiter heran und alle konnten die Ringstruktur von Atlantis sehen, dort wo heute das „Eye of Sahara" liegt.

Dort unten lag tatsächlich eine Stadt, umgeben von Kanälen, die bis zum Atlantik reichten. Die Afrikanische Platte musste damals an der Westseite niedriger gelegen haben als heute.

Dann ertönte wieder die Stimme des Sprechers: „So war es damals. Wir hatten einen Satelliten im All, der alle diese Aufnahmen anfertigte."

Die Kamera zoomte zurück und zeigte die ganze Erde mit dem diagonal verlaufenden Terminator.

Plötzlich zuckten unten überall Blitze auf und eine schmutziggraue Wolkenschicht begann sich an vielen Stellen gleichzeitig auszubreiten. Nach kürzester Zeit war von der Erdoberfläche nichts mehr zu sehen.

„Das war der Krieg der Götter, von dem in euren Mythen auf allen Kontinenten noch immer berichtet wird", ließ sich der Sprecher vernehmen.

Das Bild fror ein und ein Jahreszähler erschien. Fünfzig Jahre wurden heruntergezählt, dann verschwand der Zähler und die schmutzigen Wolken lösten sich auf und gaben das Bild einer anderen Erde frei.

Es war das Bild der heutigen Erde. Anna liefen die Tränen über das Gesicht.

„Die Vernichtung von solch großen Materiemassen durch die Antimateriebomben führte zu einer Verschiebung der Erdachse", ertönte die Stimme des Sprechers schonungslos.

„In ihrer Verzweiflung wollten die Atlantiden dies verhindern und warfen weitere Bomben in das Kanadische Eisschild. Dieses schmolz explosionsartig und löste eine riesige Flutwelle aus, die in euren Mythen Sintflut genannt wird."

Der Film endete und keiner aus der Gruppe konnte etwas sagen. Alle schwiegen betreten, da sie nun wussten, wie schrecklich die Waffen waren, die an Bord des Donnervogels waren.

Ul-Toth meldete sich wieder in ihren Gedanken zu Wort: „Die Botschaft, die wir euch mitgeben, lautet, überwindet eure Konflikte und eure Aggressionen. Keine Nation soll über die anderen Nationen herrschen. Löst die Nationen auf, sie behindern euch nur. Lebt friedlich in kleinen Gruppen verteilt über den ganzen Planeten.

Sperrt die, welche von Weltherrschaft träumen, ins Krankenhaus, denn dort gehören sie hin.

Entsorgt eure Waffen und wenn euch die Aggression plagen sollte, lebt sie in sportlichen Wettkämpfen aus und nicht auf dem Schlachtfeld. Ihr seid schließlich Menschen und könnt nicht aus eurer Haut. Eure Gene haben eben einen

Anteil an eurem Verhalten, den ihr nicht so schnell ändern könnt.

Gleichzeitig habt ihr eine unsterbliche Seele. Erst nach dem Tod eures physischen Körpers könnt ihr ein paar Zusammenhänge mehr erkennen und seht, wie das Universum wirklich aufgebaut ist.

Denkt daran, die Grenze zwischen dem was ihr Diesseits und Jenseits nennt, ist nur die Grenze eurer Wahrnehmungsfähigkeit. Diese ist zurzeit noch sehr eingeschränkt. Doch wenn ihr sie trainiert, dann könnt ihr diese Grenze ganz gewaltig verschieben.

Dann sind Gedankenlesen und Kontakte mit Verstorbenen keine esoterischen Nischenthemen mehr, sondern normales Alltagswissen und für jeden zugänglich.

Einige von euch beginnen gerade jetzt, sich dieser Fähigkeiten bewusst zu werden."

Dabei sah Ul-Toth Anna und Fabian an.

"Trainiert eure Fähigkeiten und wendet sie an. Bringt den Frieden in die Welt.

Denn euch ist jetzt klar geworden, dass die Menschheit die Beherrschung der Materie erst dann wieder ausüben darf, wenn auf der Erde Frieden herrscht und die Waffenarsenale verschwunden sind. Vorher darf es diese Erfindungen nicht geben. Da schauen auch wir drauf, denn eure Zivilisation hat zwölftausend Jahre an Entwicklung vertan.

Wäre Atlantis friedlich geblieben, dann würdet ihr heutzutage bereits Vertreter in den Galaktischen Rat entsenden können, wo alle entwickelten Zivilisationen der Galaxis vertreten sind. Ihr hättet Kontakt mit einer Vielzahl anderer Zivilisationen und hättet längst das ganze Sonnensystem besiedelt.

Aber so steht ihr immer noch im Pubertätsalter einer Zivilisation und kommt nicht darüber hinaus. Schämt euch und werft die Waffen weg."

Kapitel 48

Die drei Orioner waren gegangen und eine andere Tür am hinteren Ende des Raumes hatte sich geöffnet.

Sie erhielten die telepathische Anweisung, durch diese Tür zu gehen, das sei der Weg zurück zur Erde.

„Bin gespannt, wie sie uns runterbringen. Vielleicht gar mit einem UFO", dachte Anna.

Als sie durch die Tür gingen, kamen sie in einen anderen kleineren Raum, dessen Wände aussahen, wie festes Felsgestein. Verwundert betastete Anna die Wand und stellte fest, das war wirklich fester Granit. Damit kannte sie sich aus.

„Nein, das können sie nicht machen", durchzuckte ein Gedanke ihr Hirn. „Wir sind doch keine Götter und keine Orioner, nein, ich will nicht."

Sie ahnte, was jetzt kommen würde.

Da kam auch schon die Anweisung: „Legt eure Handflächen an die Wand und schließt die Augen."

Sie sahen sich skeptisch an. Bis Fabian meinte: „Wir sollten tun, was sie sagen. Schließlich wollen wir nicht ewig hier bleiben."

Sie legten ihre Handflächen auf die Granitwand und ein feines Sirren ertönte, das rasch immer lauter wurde und dann herrschte plötzlich Dunkelheit.

Die Temperatur war viel niedriger und die Luft roch anders, irgendwie modrig. Anna fröstelte.

Sie standen in völliger Finsternis und konnten nicht das Geringste sehen.

Bis Alwin seine Stirnlampe aus dem Rucksack gekramt hatte und den Raum ausleuchtete.

Die Form der Wände hatte sich verändert. Es waren jetzt Felswände, die eine Höhle umschlossen, in deren Mitte sie alle standen. Die Höhle war geräumig, aber nicht sehr groß, vielleicht zwanzig Quadratmeter. Sand bedeckte den Boden und einzelne Steine lagen herum. Die Wände sahen aus, als bestünden sie aus Granit. Sie wiesen regelmäßige Frässpuren auf.

Alwin leuchtete den Raum aus und dann sahen sie den Gang, der in den Felsen hinein führte.

„Ich glaube, wir sind auf der Erde", erklärte Alwin verwundert. „Keine Ahnung, wie sie das gemacht haben, aber es scheint funktioniert zu haben."

„Denk an die Transmitter, von denen sie uns erzählt haben"; rief Anna aus.

„Aber die Dinger sind doch nicht mehr in Betrieb, haben sie uns erklärt", meinte Frank.

„Nein, er hat nur gesagt, die interstellaren Transmitter sind kaputt. Es könne noch andere geben, die vielleicht nicht kaputt sind, aber nur für kleine Entfernungen verwendet werden können. Lasst uns schauen, dass wir an die Oberfläche kommen", erklärte Julia. „Ich will meine Filme auswerten. Hoffentlich haben die Chips den Transmitter gut überstanden, denn sonst ist alles gelöscht, was ich fotografiert und gefilmt habe."

Dann gingen sie im Gänsemarsch durch den Gang. Dieser war recht eng und niedrig. Seine Wände waren nur roh aus dem Felsen gehauen. Sie stießen fast mit den Köpfen an der Decke an.

Nach rund vierzig Metern endete der Gang in einem kleinen Raum, keine zehn Quadratmeter groß. Von hier ging es nirgendwo weiter.

„Nicht schon wieder eine Schleuse, wir haben keine Schlüssel mehr, die sind alle im Donnervogel geblieben", stöhnte Anna.

„Seht mal nach oben, ich glaub, wir dürfen wieder klettern", rief Alwin aus, als er mit seiner Lampe die Gangdecke anleuchtete.

Ein senkrechter Schacht führte in der Mitte des Raumes nach oben. Alwin stellte seine Stirnlampe auf maximale Leistung und sie konnten sehen, dass der Schacht oben mit einer Steinplatte abgedeckt war. Der Schacht ging mindestens zwanzig Meter weit nach oben.

„Das hatten wir doch schon in Ägypten", rief Julia verzweifelt aus. „Senkrechte Schächte und Türen, die sich nicht öffnen lassen."

„Immerhin ist die Luft hier herunten atembar, das ist keine Selbstverständlichkeit. Wir haben schließlich keine

Sauerstoffvorräte mehr, die sind im Donnervogel geblieben", erklärte Alwin.

„Die Orioner können uns doch nicht hier herunter schicken und uns sterben lassen, wenn wir eine Botschaft für die Menschheit haben", sinnierte Fabian. „Sie denken doch sonst so logisch."

„Könnte es nicht sein, dass die Orioner den Zustand dieser alten Anlage gar nicht kannten. Sie konnten in ihrem Schiff messen, dass der Transmitter noch betrieben werden kann, hatten aber keine Ahnung, dass der Ausgang zugeschüttet worden ist", wand Anna ein.

„Egal, ich gehe nach oben und schau mir an, wie wir hier herauskommen.

Seine Kletterausrüstung hatte Alwin immer noch im Rucksack drinnen. Ein dünnes Seil und ein paar Haken und seinen Klettergurt.

Frank und Hans machten ihm die Räuberleiter und dann konnte Alwin sich mit den Beinen im Schacht verspreizen und sich langsam höher arbeiten.

Nach wenigen Metern bemerkte er, dass es in den Schachtwänden Vertiefungen gab, die als Griffe und Tritte verwendet werden konnten. Dies erleichterte seinen Aufstieg erheblich.

Schließlich war er unter der Steinplatte angekommen. Diese steckte schräg im Schacht und hatte einen großen Riss in der Mitte. Es sah so aus, als ob große Lasten von der anderen Seite dagegen drückten.

Er brauchte jetzt einen Standplatz, um seine Hände frei zu bekommen.

Da sah er, dass die Steinplatte auf der einen Seite nicht im Schacht steckte, sondern auf dem Schacht auflag. Das musste bedeuten, die Platte lag in einem größeren Raum und deckte den Schacht ab.

Alwin gelang es, einen Haken zwischen Schachtwand und Platte zu schieben, in den er das Seil einhängen konnte. Mit den Füßen umklammerte er dann das Seil, der Haken trug tatsächlich sein Gewicht.

Dann konnte er noch zwei Haken einschlagen und seinen Standplatz ausbauen. Doch wie sollte er die Felsplatte wegbekommen? Seine Uzzi fiel ihm ein. Diese war unten im Rucksack.

„Wie kommst du voran", rief Hans von unten.

„Ich brauch die Uzzi, die Platte ist schon sehr porös."

Hans band die Uzzi ans Seil und Alwin zog sie hoch.

„Pass auf, dass dir die Platte nicht auf den Kopf fällt", rief Anna von unten.

„Ich habe meinen Steinschlaghelm, der muss das aushalten", rief Alwin nach unten. Er war sich dessen aber keineswegs sicher. „Notfalls muss ich mich für die Gruppe opfern", dachte er, „falls mich die Platte erschlagen sollte."

Als er die Uzzi in Händen hatte, schoss er damit nicht, sondern steckte den Lauf in den Riss der Platte und versuchte mit Hebelwirkung den Riss zu vergrößern.

Er wusste, dies war ein riskantes Unterfangen, denn wenn die ganze Platte nach unten krachte, war sein Standplatz auch weg und er fiel mit der Platte zwanzig Meter tief nach unten. Denn seine Haken stecken zwischen Schachtwand und Platte.

Doch er sah keine andere Möglichkeit, um die Platte wegzukriegen.

Der Lauf ließ sich recht weit in den Riss schieben, doch dann war Schluss. Alwin drückte und stemmte sich mit aller Kraft dagegen. Dabei kam er am Abzug an und eine Salve entlud sich ins Gestein.

Durch den Rückstoß wurde die Uzzi aus dem Riss geschleudert und fiel wie ein Stein nach unten.

Doch die eine Hälfte der Platte begann sich zu bewegen. Diese Hälfte steckte im Schacht fest und lag nicht darauf auf.

Ein lautes Rumpeln und Krachen ertönte, als die Platte endgültig entzwei brach und die eine Hälfte nach unten donnerte.

Unten waren schon alle zur Seite gesprungen, als sich die Salve gelöst hatte.

„Deckung", schrie Hans und alle drängten zurück in den engen Gang.

Sekunden später krachte die Plattenhälfte auf den Boden der Grotte und zersplitterte in tausende Teile. Messerscharfe Splitter flogen pfeilschnell durch die Luft.

Hans, der als letzter in den Gang geflüchtet war, bekam einige davon in sein Hinterteil. Sein Kopf blieb zum Glück unverletzt.

Alwin hatte zwar Glück gehabt, dass der Teil der Platte, unter dem er hing, oben geblieben war, aber er blutete aus etlichen tiefen Schrammen.

Mit der Stirnlampe leuchtete er in die entstandene Öffnung und sah altes Wurzelwerk von Bäumen oder Sträuchern, das aus einer Erdschicht ragte.

„Wir sind richtig, da oben beginnt bereits eine Erdschicht", rief er freudig nach unten.

„Pass bloß auf, dass du dir nicht weh tust", rief Julia besorgt nach oben.

Mit einer akrobatischen Aktion schaffte er es, eine der Wurzeln zu erreichen. Er zog sich hoch und befestigte das Seil mit einem Knoten daran.

„Hoffentlich ist die noch stabil", dachte er. Denn er hatte keine Ahnung über das Alter des Holzes.

Jetzt rieselte ständig Erde nach und der Schacht erweiterte sich nach oben.

Unten fiel es Frank ein, dass er einen kleinen Spaten in seiner archäologischen Ausrüstung hatte, den würde Alwin da oben gut brauchen können.

So war es auch, aber als Alwin zwei Meter nach oben gebuddelt hatte, war er am Ende seiner Kräfte. Denn das Erdreich war hier sehr fest und mit kleinen Steinchen durchsetzt. Er hatte kaum Platz für seine Arme, da die Wurzeln zu einem Baumstamm gehört hatten, der den größten Teil des Schachtes ausfüllte.

Irgendjemand musste vor nicht allzu langer Zeit einen Baumstamm in den Schacht geworfen haben, um ihn zu verstopfen.

Der Baumstamm konnte keine zehntausend Jahre hier unten sein, da wäre er längst vermodert. Aber Alwin war kein

Experte, um das Alter bestimmen zu können. Er befestigte das Seil sicher am Baumstamm und ließ sich wieder zur Gruppe hinunter.

„Alwin, wie siehst du denn aus", entsetzte sich Julia, als sie ihn mit ihrer Lampe anleuchtete.

Alwin war völlig mit Erde verschmiert und Blut tropfte aus etlichen Wunden.

Anna und Julia säuberten Alwin mit ihren Erste Hilfe Päckchen so gut es eben ging.

Währenddessen sah sich Hans den Schacht an und meinte: „Kinder, ihr habt eine Gabe, immer unter senkrechten Schächten verschüttet zu werden.

In Ägypten schütten sie euch mit Sand zu, hier bleibt ihr in der Erde stecken."

Fabian entgegnete leicht verärgert: „Aber diesmal bist du mit dabei. Wenn du auch in Ägypten verschüttet gewesen wärst, wäre dir auch nichts anderes eingefallen als uns. Wir haben den zweiten Ausgang gesucht und gefunden."

„Aber hier scheint es keinen zweiten Ausgang zu geben, da muss ich mir etwas einfallen lassen"; erklärte Hans.

„Was passiert, wenn wir zu viert an dem Seil kräftig ziehen", sinnierte er.

„Dann reißt du das Seil ab", befürchtete Fabian.

„Das Seil hält das aus, lass es uns versuchen", erklärte Alwin, denn es ärgerte ihn, dass er mit seinen Grabungen gescheitert war.

Alwin, Frank, Hans und Fabian zogen kräftig am Seil und zuerst geschah nichts, aber dann mussten sie das Seil loslassen und sich in Sicherheit bringen, denn der ganze Baumstamm und die andere Hälfte der Platte kamen nach unten gesaust mit einer Menge Erde und Gestein.

„Jetzt sind wir verschüttet und kommen gar nicht mehr raus", schrie Julia entsetzt auf.

„Blödsinn, lass uns die Erde und die Steine beiseiteschaffen, dann kommen wir schon raus.

Mit bloßen Händen machten sie sich mit neuem Tatendrang im Scheine ihrer Stirnlampen an die Arbeit.

Bald waren die Erde und die Steine weg geschafft, so dass Julia, die eine sehr geschickte Kletterin war, am Baumstamm hochklettern konnte. Das Seil, welches auch wieder zur Gänze herunten war, band sie sich um die Hüfte, da sie keinen Klettergurt hatte.

Sie sah nach oben und ober ihr im Schachtausschnitt war der blaue Himmel zu sehen.

„Wir sind gerettet, der Schacht ist offen", schrie sie euphorisch nach unten. „Ich kann den Himmel sehen."

Dann kletterte sie den Schacht nach oben. Jetzt schien Licht in den Schacht. Die Griffe und Tritte waren so leicht zu sehen.

Bald war Julia oben und stand in einer völlig unbekannten Landschaft vor einer großen Kirche mit einem mächtigen Turm.

Neben ihr befand sich eine seltsam geformte barocke steinerne Bildsäule. Seltsame Engels- und Teufelsgesichter zierten die Säule.

Geistesgegenwärtig band sie das Seil um die Säule so, dass die anderen einen leichteren Aufstieg hatten.

Es dauerte eine Weile, aber dann waren alle versammelt und auch die Notfallrucksäcke mit den Resten ihrer Ausrüstung waren wohlbehalten oben angelangt.

Julia hatte als erstes ihre Videoausrüstung gecheckt und erleichtert festgestellt, dass alle Videos und Fotos ihres Weltraumabenteuers vollständig vorhanden waren.

Keiner von ihnen kannte die Gegend, in der sie sich befanden.

Eine flache, leicht hügelige Landschaft breitete sich vor ihnen aus. In der Ferne waren Dörfer und Hochspannungsleitungen zu sehen.

Die mächtige Kirche lag auf einem Hügel. Das Kirchenschiff schien viel zu groß und viel zu hoch. Es stand landschaftsbeherrschend vor ihnen. In der Nähe gab es keinerlei andere Gebäude.

„Was macht diese riesige Kirche hier mitten in den Feldern, wo darunter eine Transmitterstation der Orioner verstreckt worden ist", rief Anna aus.

Fabian hatte inzwischen sein Smartphone hervorgeholt und rief: „Hier gibt es ein Netz, wir sind wieder in der EU, kaum zu glauben. Wir sind zu Hause, oder zumindest fast zu Hause."

„Mach's nicht so spannend, wo sind wir", rief Julia dazwischen.

„Der Ort heißt Wartberg und das ist die Kirche von Wartberg, sagt Google Maps", rief Fabian vergnügt aus.

„Wo zum Teufel ist Wartberg, ich kenne nur Wartburg bei Eisenach in Thüringen", rief Frank aus. „Da wären wir ja fast in Berlin rausgekommen."

„Nein, nicht ganz", widersprach Fabian.

„Wir sind in Österreich, genauer gesagt, im nördlichen Niederösterreich. Von hier ist es noch ein Stück bis Berlin."

„Das ist doch egal, wir haben keine Grenzkontrolle zu passieren, da wir im Schengenraum sind. Wir können heimfahren und sind gerettet", jubelte Julia.

„Schaut mal dort hinüber, da drüben ist eine Bahnlinie und dort fährt ein Schnellzug, so wie das aussieht", rief jetzt Anna aus. „Lasst uns zum nächsten Bahnhof gehen, denn Taxi gibt es hier wohl nicht."

„Was machen wir mit dem Loch, wenn da wer hineinfällt, ist er tot", stellte Alwin sachlich fest.

„Das Problem dürften die Leute im Mittelalter auch schon gehabt haben", erklärte Anna, „denn der Baumstamm muss aus dem Mittelalter oder der frühen Neuzeit stammen. Älter ist der nicht. Damals haben die Bürger oder die Kirche das hier einfach zugeschüttet.

Ich bin sicher, die hatten keine Ahnung, was da unten für eine Anlage existiert.

Eigentlich unfassbar, vor wenigen Stunden waren wir noch in einem abstürzenden Raumschiff gefangen, dann hat uns ein UFO-Mutterschiff gerettet und jetzt sind wir in Österreich. Wenn wir das jemandem erzählen, der glaubt uns kein Wort", erklärte Anna.

„Ich fürchte, du hast recht, ich habe zwar die Fotos und Videos, aber das sieht aus der Distanz aus wie in einem billigen SF-Film. Die Leute werden sagen, die Szenen mit den Raumschiffen hat alle die KI generiert. Ich habe zwar die Beweise, aber wer wird uns glauben?", stellte Julia ernüchtert fest.

„Wir wissen, dass es wahr ist, aber vielleicht ist es besser, wenn die anderen nicht davon erfahren. Vielleicht leben wir dann länger und können in Frieden unseren Jobs nachgehen", meinte ein nachdenklicher Fabian.

„Denkt an die Verfolgungsjagden der Geheimdienste. Jetzt gibt es nichts mehr zu finden. Wir sollten das so belassen."

„Aber wir haben einen Auftrag der Orioner bekommen, die Erde friedlicher zu machen, damit sich die Menschheit weiter entwickeln kann", das sollten wir nicht vergessen", warf Anna ein.

„Besprechen wir das, wenn wir wieder in Berlin sind", entschied Frank, der schon gerne noch Ruhm geschnuppert hätte.

So machte sich eine völlig verschmutzte Wandergruppe zu Fuß auf den Weg nach Eggenburg, denn dort war die nächste Bahnstation.

Sie fielen dabei nicht weiter auf, da es in dieser Gegend einige Wanderwege gab und niemand der Gruppe besondere Beachtung schenkte.

Den Schacht hatten sie offenlassen müssen, da sie nichts zum Abdecken hatten finden können. Darum sollen sich die

Ortsansässigen kümmern. Die würden ihn sicher rasch wieder zuschütten. Das Seil hatten sie natürlich entfernt.

In Eggenburg hatten sie extremes Glück, es fuhr gerade der nur einmal am Tag verkehrende Eilzug von Wien nach Prag in die Station. Sie konnten zusteigen und ohne Kontrolle die Grenze zur Tschechischen Republik passieren.

In Prag stiegen sie in einen der Züge der Deutschen Bahn und waren fünf Stunden später in Berlin, wo sie alle in der Villa von Frank unterkamen. Nur Hans war sofort zu seiner Ilse gefahren.

Elisabeth war ganz aus dem Häuschen, sie hatte nicht mehr damit gerechnet, ihren Ehemann lebend wiederzusehen.

Fabian telefonierte lange mit Tina in Karlsruhe. Es war ein Gespräch, welches noch weitreichende Folgen haben würde.

Am nächsten Tag würde er nach Karlsruhe zu Tina aufbrechen.

Anna und Julia würden am nächsten Tag nach Hamburg zurückkehren. Vielleicht würde Julia ihr Bildmaterial zu einem späteren Zeitpunkt verwenden können, falls sie sich daran machten, den Auftrag der Orioner zur Friedensmission zu erfüllen.

Kapitel 49 – 3 Tage später

Die Chefs von CIA, Pentagon und Homeland Security waren wieder per Webkonferenz zusammengeschaltet. Alle Auswertungen der Satelliten lagen jetzt den Chefs vor und sie waren fassungslos.

„Ich habe mir die Bilder der Satellitenaufzeichnung drei Mal angesehen", stöhnte der Generalstabschef vom Pentagon. „Sie sind da, die Aliens gibt es wirklich. Ich habe das ja nie glauben wollen und alle Geschichten über UFOs als Märchen abgetan. Aber das ist eindeutig. Das Riesenschiff taucht aus dem Nichts auf, nimmt diesen Donnervogel auf, als dieser gerade auf einen Kurs geht, um die Erde wieder zu verlassen und verschwindet wieder im Nichts.

Wir wissen, der Donnervogel muss einmal den Mond mit einer unglaublichen Geschwindigkeit umrundet haben. Sonst wäre er nicht nach so kurzer Zeit wieder von unseren Satelliten entdeckt worden, als er vom Mond zurückkam. Es ist einfach unglaublich. Dann hat das UFO den Donnervogel entführt.

„Unsere Zielpersonen sind seither verschwunden", erklärte der Chef der Homeland Security.

„Nein, sind sie nicht", unterbrach der CIA-Chef. „Ich bekomme gerade eine Meldung aus Berlin herein, Professor Steiner ist wieder an der Humboldt Universität und seiner Tochter geht es auch gut. Fabian Kuntner ist wieder in Karlsruhe. Es sieht so aus, als ob die alle zusammen gar nie weggewesen wären. Denn wie wären sie dann so schnell wieder nach Deutschland gekommen?"

„Dann beschließen wir doch hier offiziell unter höchster Geheimhaltungsstufe, dass das alles gar nicht stattgefunden hat und es nie einen Donnervogel gegeben hat.

Wir haben keinen Zugriff darauf, die anderen auch nicht. Weder die Russen noch die Deutschen oder die Chinesen haben diesen Vogel.

Der Donnervogel muss ein extraterrestrisches Artefakt gewesen sein, welches sich die Extraterrestrischen jetzt zurückgeholt haben. Schließen wir den Akt", schlug der Pentagon Chef vor. „Jetzt gibt es keine Bedrohung der nationalen Sicherheit mehr. Das alles war einfach ein bedauerlicher Fehlalarm."

„Dem kann ich mich anschließen", erklärte der Chef der Homeland Security.

„Wie erkläre ich das dem Geheimdienstausschuss im Senat", sinnierte der CIA-Chef vor sich hin.

„Na gar nicht, so wie immer halt, wenn es wirklich geheim bleiben soll", feixte der Generalstabschef.

„Gute Idee, und die Abteilung von diesem Paul Simon wird ersatzlos aufgelöst. Simon ist eigentlich an der ganzen Sache schuld. Ihn werde ich entlassen müssen und wenn er den Mund aufmacht, ist er ein toter Mann", erklärte der CIA-Chef und schloss die Sitzung.

*

Polizeihauptkommissar Helmut Kopetzky konnte es nicht fassen. Er las das Schreiben noch zweimal durch und schüttelte den Kopf.

Das Schreiben stammte vom Berliner Innensenator und trug dessen persönliche Unterschrift.

Die SOKO Archägypt werde mit sofortiger Wirkung aufgelöst, stand darin. Für seine besonderen Verdienste bei der Arbeit der SOKO Archägypt werde Kopetzky mit der Landesverdienstmedaille in Silber ausgezeichnet. Wegen seiner langjährigen hervorragenden Tätigkeit im Polizeidienst darf er mit sofortiger Wirkung und bei vollen

Bezügen seine Pension zwei Jahre vor Erreichen seines Pensionsalters antreten.

Kopetzky jubelte, denn damit war er diese Heinis vom CIA auch los. Ein Pensionist konnte schließlich keine Daten und Fakten liefern.

*

In Hamburg war es dann so weit gewesen. Anna gab Julia ihre Entscheidung bekannt, sie wolle es noch einmal mit ihr versuchen.

Daraufhin fiel ihr Julia um den Hals und die beiden verbrachten eine sehr stürmische Nacht gemeinsam im Appartement von Julia.

Anna hatte erkannt, dass Fabian doch besser zu Tina passte, als sie gedacht hatte. Ihre Eifersucht auf Tina war erloschen, die Anziehung von Julia war stärker gewesen.

*

Einen Tag später saßen Fabian, Tina, Frank und Anna in Karlsruhe bei einer Krisensitzung zusammen und beratschlagten, was sie als nächstes tun sollten.

Tina hatte mit ihren Informationen diese überstürzte Krisensitzung ausgelöst. Eine Webkonferenz wäre zu gefährlich gewesen. Nun saßen sie im Hinterzimmer eines billigen Restaurants wie Verschwörer beisammen.

Tina hatte Fabian vor drei Tagen freudestrahlend berichtet, dass es ihr gelungen sei, alle unübersetzten Texte aus dem ISIS-Bunker zu übersetzen. Da sind bahnbrechende Erfindungen darunter, meinte sie, doch sie verstehe den Sinn nicht ganz. Da ginge es darum, wie man Materie auflösen könne, wie solle das denn gehen.

„Wenn diese Texte bekannt werden, ist das Ende der Zivilisation eine ziemlich sichere Sache", erklärte Frank mit ernster Miene.

Dann erzählte Fabian Tina, was sie in Marokko und im Weltraum mit dem Auflösen von Materie erlebt hatten.

Tina wurde sehr blass. Nachdem Fabian seinen Bericht beendet hatte, war auch sie der Meinung, dass diese Daten noch lange nicht an die Öffentlichkeit gelangen durften.

Sie löschte umgehend alle Daten vom KIT-Server und auch alle Sicherungskopien. Doch zwei externe Terrabyte Festplatten wurden angelegt. Diese würden in die Tresore von zwei Banken kommen und dort vermutlich für sehr lange Zeit verbleiben.

Frank verkündete: „Erst muss die Menschheit ein friedliches Zusammenleben lernen, bevor sie sich ernsthaft mit Antimaterie und dem Aufheben der Massenträgheit beschäftigen darf. Die Waffen, die daraus gebaut werden können, sind nichts für eine unreife Menschheit, das hat der Untergang von Atlantis gezeigt. Und das hat uns auch das Verhalten der Geheimdienste gezeigt, die über Leichen gingen, um an die Daten zu kommen, um wiederum nur neue Waffen zu bauen."

Doch niemand von ihnen wusste, dass in der Nacht zuvor eine unbekannte Person eine weitere Kopie der Daten vom KIT-Server gezogen hatte.

So geht das Abenteuer weiter und sie haben noch keine Ahnung, wie sie ihre Friedensmission umsetzen können.

Nachwort

Die Geschichte dieses Romans ist reine Fiktion, es könnte sich aber auch genauso oder so ähnlich bereits zugetragen haben und wir wissen nur nichts davon.

Denn die offiziellen Stellen wollen offensichtlich nicht, dass die geänderte Geschichte der Menschheit ans Licht kommt. Archäologische Forschungen werden nicht genehmigt, oder deren Ergebnisse verschwinden in irgendwelchen unzugänglichen Archiven.

Denn es ist offensichtlich, dass es zumindest schon einmal in der Geschichte der modernen Menschheit, des modernen Homo Sapiens Sapiens, eine Zivilisation gegeben hat, die der heutigen Zivilisation ähnlich oder gleichwertig, möglicherweise sogar in manchen Punkten überlegen war.

Ob diese Zivilisation von Menschen oder von Außerirdischen entwickelt worden war, lässt sich nicht mit Bestimmtheit sagen. Sie könnte auch von Menschen, die von Außerirdischen Unterstützung erhalten haben, errichtet worden sein.

Es gibt über die ganze Welt verstreut Bauwerke einer Kultur, die aus gigantischen Steinblöcken passgenau auf Millimeterebene zusammengefügt sind, und von denen niemand sagen kann, wie sie errichtet und bearbeitet worden sind. Der Transport von diesen oft dreihundert Tonnen schweren Steinblöcken über Berge und Schluchten hinweg ist ebenfalls völlig unklar und die Theorien der Archäologen können nichts erklären. Egal, ob es sich um Peru, Ägypten, Mexiko oder den Libanon handelt, überall findet man die gleiche Bauweise der gigantischen passgenauen Steinmauern auf die nachfolgende Kulturen oft weit schlechtere und kleinere Steinmauern aufgesetzt haben.

Es gibt auch eine Vielzahl unterirdischer Funde. Ein solches prähistorisches Gangsystem befindet sich unter Klosterneuburg in Niederösterreich. Es wurde von der Kirche im sechzehnten Jahrhundert mit viel Aufwand zugeschüttet und jetzt teilweise wieder von Privaten freigelegt. Es wurden Frässpuren an den Wänden mit unglaublicher Präzision gefunden und Aluminiumeisenlegierungen, die es in der Bronzezeit nie gegeben haben durfte. Steinbeile mit unglaublicher Präzision millimetergenau geschliffen lagen dort neben Holzstücken, deren Alter mittels Radiokarbonmethode auf sechzigtausend Jahre bestimmt wurde. Hier handelt es sich möglicherweise um die Reste einer noch viel älteren Hochkultur.

Ob diese Hochkultur von Außerirdischen inspiriert worden ist und extraterrestrische Wesen hier auf der Erde gelandet sind, steht nicht mit Sicherheit fest, aber viele Keramikfunde und Höhlenmalereien aus der Zeit von vor sechzigtausend Jahren zeigen Wesen, die eindeutig nichtirdische Köpfe und Gesichtszüge aufweisen. Auch der Körperbau dieser Wesen weicht von den Darstellungen von Menschen aus dieser Zeit, die es ebenfalls gab, erheblich ab.

Die Frage ist jedenfalls wissenschaftlich noch nicht beantwortet, sollte aber dringendst untersucht werden.

Seit der Zeit vor zwölftausend Jahren, als die letzte Hochkultur untergegangen ist, stieg der weltweite Meeresspiegel um mehr als hundert Meter an.

Wenn wir unsere heutige Zivilisation ansehen, dann haben wir 75% unserer Großstädte direkt an eine Meeresküste gebaut.

Sollte es erneut durch die Gletscherschmelze zu einem solchen Anstieg kommen, dann wäre unsere Zivilisation genauso dem Untergang geweiht, wie die damalige Zivilisation. Egal, ob das jetzt Atlantis war, oder eine andere unbekannte Zivilisation.

Für diese Erkenntnisse braucht es noch überhaupt kein Eingreifen von Außerirdischen, das schafft die Menschheit auch alleine. Den Aufstieg von Zivilisationen und leider auch deren Untergang.

Hoffen wir, dass sich der Schleier des Vergessens und Verdrängens bald lüften wird und eine neue Forschergeneration den Fakten ins Gesicht blicken kann und diese ernsthaft erforschen möchte.

Seltsamerweise traten Ende 2024 wieder vermehrt Sichtungen von unbekannten Flugobjekten über der amerikanischen Ostküste und über US-Militärstützpunkten auf, die Flugeigenschaften aufweisen, wie sie im Donnervogel beschrieben werden.

Möglicherweise ist in der Geschichte der Menschheit doch vieles ganz anders verlaufen, als uns Politik und Wissenschaft glauben machen möchten.

Andy Hermann

Vom Autor ist bisher erschienen

Wie gefährlich ist ein Papyrus, der mehr als doppelt so alt ist, wie die Ursprünge der ägyptischen Zivilisation? Welches tödliche Geheimnis ist darin verborgen?

Professor Steiner hat das Papyrus in Kairo als Fälschung billig erstanden. Doch bald wird er gnadenlos gejagt, da mysteriöse Ägypter das Papyrus unbedingt wieder haben wollen. Es darf keine Übersetzung geben.

Es ist aber zu spät, seiner Tochter Anna und ihrem Freund, einem IT-Experten, ist die Übersetzung mittels IT und künstlicher Intelligenz gelungen und Julia, eine Hamburger Journalistin hat von der Sache Wind bekommen und wittert die Megastory.

Alle wollen nach Kairo, aber sie wissen nicht, in welch tödliche Gefahr sie sich begeben, als sie illegal in den Untergrund des Gizeh Plateaus vordringen.

Finden sie tief unter der Wüste Beweise für eine untergegangene uralte High Tech Zivilisation oder werden sie alle in dem unterirdischen Labyrinth sterben?

Die junge und dynamische Juristin Vera, die nur an ihre Karriere im Diesseits glaubt, erkennt in Brüssel erst nach ihrer jähen Ermordung, dass es drüben weitergeht und das Leben noch lange nicht zu Ende ist.

Vera wird in eine Welt gestoßen, die wir nur aus Alpträumen zu kennen glauben und die doch gleich hinter unserem Wachbewusstsein beginnt.

Aber mit Hilfe alter und neuer Freunde aus Diesseits und Jenseits gewinnt sie so viel Kraft, dass sie der Polizei spirituell helfen kann, die Profikiller zu jagen.

Andy Hermann

Wo ist deine Heimat?
Das Seelenkarussell
Band 2

Eine Liebesgeschichte, die unter die Haut geht, über mehrere Schichten der Wirklichkeit hinweg. Jeder bringt seine Vergangenheit mit, aber haben sie eine gemeinsame Zukunft?

- Vera, als junge aufstrebende Journalistin will die Wahrheit schreiben.
- Ali, ein radikalisierter Deutschtürke will den Westen in die Luft sprengen.
- Daniel, ein Forstwissenschaftler will Südamerika aufforsten.
- Otto aus Wien möchte Führer der PRO werden, der Partei für Recht und Ordnung.

Kann ein Mord eine Beziehung beenden, oder ist er erst der Anfang davon?

Wer ist der Vater ihres Kindes, und wer ist das Kind?

Etwas Unsichtbares kommt auf die Menschheit zu.

Nur wenige wissen, wie schrecklich die Folgen sein werden.

Vera, erfolgreiche Chefredakteurin eines Internet & TV Channels gerät in den Strudel der Ereignisse als sie, des Mordes verdächtigt, nach Peru fliehen muss.

Dort trifft sie im Heiligen Tal auf Don Pedro. Dieser hat das zweite Gesicht und weiß mehr als manchen Leuten recht ist.

Kann er das drohende Unheil für die Menschheit abwenden und welche Rolle spielt Veras TV Channel dabei?

Was passiert, wenn die Energien von 150 Millionen Menschen auf einen Gedanken gerichtet sind.

Braucht es dann noch die alte Weltordnung, oder beginnt etwas völlig Neues zu entstehen?

Erkennen die Menschen die Kraft ihrer Gedanken?

Wieviel Einfluss hat Don Pedro, der berühmte Peruaner, die Reichen und Mächtigen dieser Welt zur Vernunft zu bringen, bevor er einem Anschlag zum Opfer fällt?

Vera, Chefredakteurin eines Internet & TV Channels will ihm helfen, doch die Geheimdienste dieser Welt haben andere Pläne.

Kann Europa neu geboren werden, wenn die EU das größte Problem darstellt?

Oder versinkt alles in Chaos und Diktatur grüner Politik, die Wohlstand und Demokratie einem radikalen Umweltschutz opfern will

Kann eine geistige Wiedergeburt die Menschen zu Frieden und Wohlstand führen und die Umwelt gerettet werden?

Dieser Politthriller zeichnet eine Utopie, die so manche Grenzen sprengt.

Auf der Webpage **dieanderenseiten.com** finden sich weitere Texte zu den hellen und dunklen Seiten der Menschheit, sowie Kurzbeschreibungen, Leseproben und Links zu allen bisher erschienenen Romanen.

Ein Literaturportal für alle, welche die Welt mit anderen Augen wahrnehmen wollen.

www.dieanderenseiten.com